문학으로 읽는 북한

- 경직성과 유연성 사이

문학으로 읽는 북한

– 경직성과 유연성 사이

오 태 호

국학자료원

북한에도 문학이 존재하다

1. 코로나19의 시대

'신종코로나바이러스감염증'의 전세계적 확산에 따른 불안과 공포가 좀처럼 수그러들지 않고 있다. 2019년 12월 중국 우한 지역에서 발병한 특수한 감염증이 처음에는 그야말로 남의 나라 이야기처럼 들리더니, 일본과 한국을 비롯하여 유럽과 북미, 아프리카 등등 전세계적으로 확산되면서 감염병의 대유행이 중세의 공포를 현재화하고 있다. 페스트, 스페인 독감, 에이즈, 사스, 메르스 등 각종 '전염병들의 세계사'(윌리엄 맥닐)가 언급되면서 인간의 탐욕이 자초한 부메랑이라며 인간의 오만함에 대한 비판의 목소리가 거세다.

코로나19 이전과 이후가 다르다고 한다. 코로나19 이전으로 되돌아갈 수 없으며, 코로나19의 역설을 통해 산업 문명 중심으로 진행되던 지구촌의 질서를 재편해야 한다고도 한다. 실감 나지 않는 혹은 실감하기 어려운 진단과 예측 속에 감염증의 확산과 정체(停滯)를 확진자의 숫자로 가늠하며 하루하루 데이터에 시선을 두고 있다. '손수건 돌리기'처럼 특정 지역이나 종교를 볼모로 삼아 비난의 화살을 돌리거나 책임 전가의 목소리를 높이는 부류도 존재한다. 우한, 중국, 일본, 도쿄, 이탈리아, 브라질, 미국, 대구, 신천지, 이태원 등등의 지명을 거론하면서 마치 바이러스를 직접 대면한 것처럼 혐오와 적대를 쏟아놓는다. 그래야 나와 우리가 안전할 수 있다는 듯이, 차별과 비난의 대상을 찾아다니며 하루의 일과를 마감하는 시선도 실재한다.

그러나 '코로나19'의 시대에도 문학은 계속된다. 위기의 시대에도 문학은 '잠수함 토끼'처럼 위기의 전조를 예감하거나 사후적 보고를 통해 예방과 치유의 감수성을 길러 왔다. 문학이 자신의 목소리를 차분하게 준비하며 창작의 성과를 집적할 때 문학 연구도 그 의미를 추적해 왔다. 코로나19 이전에도 그리고 이후에도 북한문학 역시 우리와는 다른 방식으로이긴 하지만 현존한다. 그리고 그 구체적 양상의 갈피를 들춰보는 지난 19년 동안의 연구 결실이 이 『문학으로 읽는 북한』이라는 텍스트이다.

2. 북한문학을 들여다보다

필자가 북한문학 텍스트를 처음 접했던 시기로부터 31년이 지났다. 대학교 1학년 때인 1989년 노태우 정부에서 추진한 남북 화해 정책에 맞춰 방북답사를 학과에서 준비하면서 부분적으로 '주체의 문예이론'을 복사해서 읽었던 기억이 있다. '국가보안법상 이적표현물'에 해당했기 때문에 복사물을 돌려 읽는 행위 자체는 불법이었지만, 합법성 여부를 떠나 각 단락 앞부분에 일종의 두운처럼 배치된 '위대한 수령 ○ ○ ○ 동지'라는 표현은 너무나도 이질적으로 다가왔다. '미지의 괴뢰국'에 대해 공연한 거부감이 들었고, 모든 것이 '김일성 수령' 중심으로 표현되고 실천되는 '조선민주주의인민공화국'의 문학예술에 대한 배타적 적대의식이 생겨나기도 했다.

적을 이롭게 하는 '이적표현물'임에도 불구하고 그 당시 답사를 준비하면서 '불후의 고전적 명작'인 『꽃 파는 처녀』, 『피바다(=민중의 바다, 혈해)』, 『한 자위단원의 운명』 등의 북한 작품과 문예이론을 공부하게 된 동기는 45년 동안 이어져온 분단체제가 한시적이라는 전제로부터 출발한 것이었다. 1945년 이후 해방과 동시에 분단을 경험했으므로 1945년 이전의 한반도를 복원하는 것이 분단조국에 살아가는 청년들의 책무라고 생각했다. 그래서 당시에는 마치 왕조시대의 연호처럼 '통일염원, 조국해방투쟁, 민족해방투쟁 45년' 등으로 '학생회 일지'에 적는 것이 유행이기도 했다.

그러나 결국 각 대학이나 단체에서 진행하려던 방북 답사는 이유 여하를 불문하고 무산되었다. 그때 실제로 방북 답사가 진행되었다면 어땠을까를 상상해 본다. 그랬다면 벌써 '전면개방, 자유왕래'가 실현되어 남과 북을 자유롭게 오가고 있을지도 모른다. '탈북민'이나 '입북민'이 아니라 자유롭게 '자발적 이주민'이 되어 남과 북을 오가며 자신의 일터를 찾아 주거지를 선택하게 되었을 수도 있다. 그러나 아직 남북의 분단체제는 요지부동이다. 심지어 2018~19년 두 해 동안 남북 정상회담 세 차례, 북미 정상회담 두 차례(혹은 판문점 회동까지 세 차례)가 진행이 되었음에도 불구하고 말이다. 문재인 대통령과 김정은 국무위원장이 판문점에서 최초로 만난 2018년 4월 27일은 내가 1989년 이래로 꿈꾸어온 장면을 감동적으로 보여주었다. 새로운 평화체제의 가능성을 '전시효과'로나마 보여준 셈이다. 그러나 2020년 5월 현재 여전한 개성공단의 폐쇄와 금강산 관광사업 중단에서 보이듯 남북교류의 진척을 위한 상징적이고 실질적인 실마리는 아직 풀리지 않고 있다.

3. 북한문학 연구 20년을 정리하다

1996~2000년까지 대학원 석박사과정을 거치면서 일회적이고 파편적으로 북한문학을 공부하다가, 지속적인 북한문학을 연구하게 된 계기는 월간지 『문학사상』에 2002~03년에 9개월 동안 '북한문학 리뷰'를 연재하면서부터이다. 광화문 우체국 6층에 자리했던 '통일부 북한자료센터'에 한 달에 한 번 이상 방문하여 월간지 『조선문학』, 『청년문학』, 계간지 『통일문학』을 읽으면서 북한의 동시대 문학을 점검하게 되었다. 그때 2000년대 초반

북한문학의 실상을 접하며 안타까움을 금할 수 없었다. 모든 텍스트가 '김일성의 말씀'과 '김정일의 지도'로 수렴되고 당의 지시를 실현하는 것으로 귀결되면서 인민의 상상력이 억압되어 있었기 때문이다. 더구나 동어반복적인 결말의 뻔함은 '재미없는 북한문학'의 이미지를 고정하게 만들었다.

물론 그때 필자가 썼던 글을 지금 읽어보면 텍스트를 제대로 소화도 못했을 뿐만 아니라 쓰기 싫은 원고를 억지로 채워넣은 듯한 느낌이 든다. 아마 그래서 그랬는지도 모르겠지만, '북한문학 리뷰 꼭지'가 9개월 만에 사라졌다. 내가 애정 어린 비판으로 그 꼭지를 지속적으로 유지할 수 있도록 매력적인 원고를 작성했다면 남북 관계에 도움이 될 수도 있지 않았을까? 어쨌든 북한문학에 대한 관심은 이때부터 미우나 고우나 일종의 소명의식으로 남게 되었다.

북한문학에 대한 연구를 지속적으로 진행하게 된 결정적 계기는 '남북문학예술연구회(이하 '남북연')' 모임에 참여하면서부터이다. 2004년 말경 경희사이버대의 홍용희 선배와 경희대의 고인환 선배가 북한문학 연구 모임에 함께 가자고 권유한 이래로 2020년 현재까지 모임에 꾸준히 참석하고 있다. 두 선배는 각기 학교 생활로 바쁘기도 하고, 시 비평과 비서구문학에 대한 관심과 연구 활동으로 지금은 연구회에 함께하지 않는다. 나는 그때 말석에 있었고 현재 모임에서 중견 연구자로서 선후배를 연결하는 역할을 담당하고 있다.

'남북연'은 성균관대 김성수, 원광대 김재용 선생이 '학연에 매이지 않는 연구 모임을 만들자'는 취지로 발의하여 2004년 모임을 구성한 이래로 한국체대 유임하, 건국대 전영선 선생이 모임의 중심 역할을 하면서 월 1회 이상 모임을 만 16년째 지속해오고 있다. 이화여대와 건국대, 성균관대와 북한대학원대학교 등의 장소를 거치면서 김은정, 이상숙, 임옥규, 오창은, 남원진, 배인교, 이지순, 천현식, 홍지석 등의 동학 선생들과 활발한 세미나를 진행하면서 모임의 내실을 다질 수 있었다. 뿐만 아니라 한승대, 마성은, 김민선, 고자연, 오삼언, 하승희, 김태경 등의 후배들이 지속적으로 함께 연구성과를 제출하면서 모임의 명맥이 끊기지 않을 수 있었다. 그리고 모임의 성과물이 '북한문학의 지형도'라는 이름으로 현재 7권까지 출간된 바 있다. 첫 번째 공저인 『북한문학의 지형도』(2008)부터 최근의 저서인 『감각의 갱신, 화장하는 인민』(2020)에 이르기까지 공동 연구성과가 집적되고 있다.

2020년 5월 현재 남북연 모임을 거쳐간 인원은 40명이 넘을 것으로 짐작된다. 현재에도 20명 내외의 구성원이 항상 함께하고 있다. 다만 아쉬운 대목은 북한 영화 연구자였던 고(故) 이명자 선생이 우리 곁에 없다는 사실이다. 올초 『통일시대』에 남북연 소개 글과 함께 '남북연 사진'을 달라는 요청이 있어서 스냅 사진을 고르다가, 『북한문학 지형도』 1권 출판기념회를 조촐하게 열었던 이화여대 포스코관 사진을 보며 마음속으로 눈시울을 붉혔다. 이명자 선생이 생전에 보여준 사진 속 환한 미소처럼 어느 하늘 아래에선가 남북연을 응원하며 한반도의 평화를 소망하고 있을 것이라고 생각한다. 삼가 고인의 명복을 빈다.

(우측 오른쪽 앞줄부터 왼쪽 시계 방향으로 故 이명자, 김성수,
김은정, 임옥규, 이상숙, 필자, 유임하, 김재용, 남원진, 전영선)

벌써 12년 전이다. 사진 속 2008년 여름날의 우리들은 참으로 젊었다. 그
젊음이 헛되지 않고 지났음을 증거하는 연구서가 『문학으로 읽는 북한』이
라는 이 책이다. 모임이 해체 위기에 이른 적도 있었고, 지금은 활발히 참여
하지 못하는 분도 있지만, 다양한 부침에도 불구하고 한반도 평화의 길잡이
역할을 위해 노력하는 '북한 문학예술 연구자'로서 서로 응원하며 각개 약
진하고 있다. 30대 중반에 참여한 모임에서 50대 초반이 되었고, 총무 역할
을 하던 필자가 얼떨결에 올해 초 회장의 직책을 맡게 되었다.

4. 북한문학 연구는 지속된다

2020년 5월 현재 북한에 대한 이미지는 만화영화 <똘이장군>으로부터 훨씬 벗어나 있고, 여전히 '동토의 왕국, 유격대 국가(와다 하루키)'의 이미지를 가지고는 있지만, '뿔난 빨갱이들의 천국'이라는 왜곡된 인식으로부터도 많이 벗어나 있다. 그렇다면 북한과 남한의 관계는 앞으로 어떻게 펼쳐질 것인가? 나는 정치나 경제에 대해서는 잘 모르지만, 사회문화적 관계의 특수성에 대해서는 문학을 통해서라도 미루어 짐작할 수는 있다. 법과 제도를 정비함으로써 남북 관계를 합법적으로 개선하는 것도 필요하지만, 선제적으로 남북한의 사회문화적 교류를 강화하는 것도 필요하다고 생각한다. 한반도의 비핵화라는 거시적인 평화 체제를 위해 많은 디딤돌들이 놓여져야겠지만, 적어도 그 토대를 굳건히 구축하기 위해서는 문화 텍스트의 교류가 더욱 진전되어야 한다고 본다.

비로소 필자가 지난 19년 동안 연구해온 혹은 지난 31년 동안 접해온 텍스트의 연구 성과를 묶어낸다. 그야말로 감개무량이다. '1부 김정은 시대를 읽다'에서는 2014년 이래로 최근에 이르기까지 김정은 시대 북한문학의 현장을 들여다본다. 2014년 탈북자 소재 단편소설, 2018년 전쟁과 평화의 변곡점을 보여준 작품들, 7차 당대회(2016) 이후의 장단편소설 등을 중심으로 북한문학의 2010년대 풍경을 의미화해 보고자 했다.

'2부 구체적인 작가와 작품을 만나다'에서는 1970~80년대 '총서 <불멸의 역사>'를 비롯한 최학수의 장편소설, 1950년대 황건의 『개마고원』, 1960년대 윤시철의 『거센 흐름』, 1970년대 최학수의 『평양시간』 등의 작품을 구체적으로 분석하면서 북한소설의 경직성과 유연성을 함께 들여다보고자 했다.

'3부 해방기(1945~1950)의 실상을 들여다보다'에서는 북한문학의 기원이 형성되는 해방기를 주목하였다. 그리하여 시집 발매를 금지한 '『응향』사건' 이후 '『응향』 관련 결정서'를 둘러싼 해방기 남북한 문단의 표정, 북한문학 초기 창작방법론의 역사적 기원과 전개과정, '주체사실주의'의 전조로서의 '고상한 리얼리즘' 논의 과정 등을 추적하였다.

'4부 소설의 계보를 균열적으로 독해하다'에서는 한국연구재단 '중견연구 과제'로 수행했던 연구논문을 모았다. 북한문학사에서 선택되거나 배제된 텍스트들을 꼼꼼히 들여다보면서 북한문학의 여집합을 복원해야 할 필요성을 제기하면서, 1950년대 전후(1945~1953)의 대표 단편소설, 1950~60년대 대표 소설, 1970~80년대 대표 장편소설 들을 통해 월북작가뿐만 아니라 북한문학의 현재적 표정을 보여주는 작품들을 주목하였다.

지난 2019년 6월 30일 판문점에서 트럼프 미국 대통령과 김정은 조선민주주의인민공화국 국무위원장, 문재인 대한민국 대통령이 함께 만난 장면은 상징적이었다. 그리고 필자가 1989년부터 꿈꿔온 한반도의 표정을 이상적으로 보여준 비현실적인 풍경이었다. 그러한 상징적이고 이상적인 풍경의 내실화를 위해서는 다양한 남북 교류가 지속되어야 한다. 유엔의 제재 등 다양한 난제가 현실적으로 산적해 있겠지만, '정전 체제'의 한반도를 평화 체제로 바꾸기 위해서는 직간접적으로 더욱 자주 만나야 한다. 개성공단과 금강산이 여러 군데 생겨나면 자연스레 남북민이 서로를 더 잘 알아갈수 있다. 남북 간에 '전면 개방'과 '자유 왕래'를 조속히 실현하기 위해서라도 문학 텍스트 교류가 선제적으로 진행되기를 바란다.

이제 '북한문학 연구'의 개인적인 첫 결산을 내놓는다. 전체 텍스트를 몇 번이나 통독했음에도 불구하고 여전히 미흡하고 아쉬운 대목이 많다. 부족한 대목은 앞으로 채워넣어야 할 연구 몫이라고 생각한다. 감사해야 할 분들이 많지만, 특히 남북문학예술연구회 구성원들이 없었다면 여기까지 올수 없었다. 현재 필자에게는 일종의 소명의식이 존재한다. 당문학을 표방하는 북한문학에도 수령형상문학과 당문학의 자장에서 포괄하지 못했던 다양한 리얼리즘 문학이 존재한다는 사실을 『조선문학』에 게재된 단편소설을 통해 입증하고 싶기 때문이다. 이 연구서가 그 소명의식을 향한 첫 걸음이다. 한 사람의 열 걸음보다는 '여러 사람의 함께 걸음'이 연구의 본령임을 깨닫게 해준 남북연 식구들께 진심으로 감사를 표한다.

2020년 5월
5.18 40주년에 즈음하여
경기도 용인 서천마을에서 필자

차례

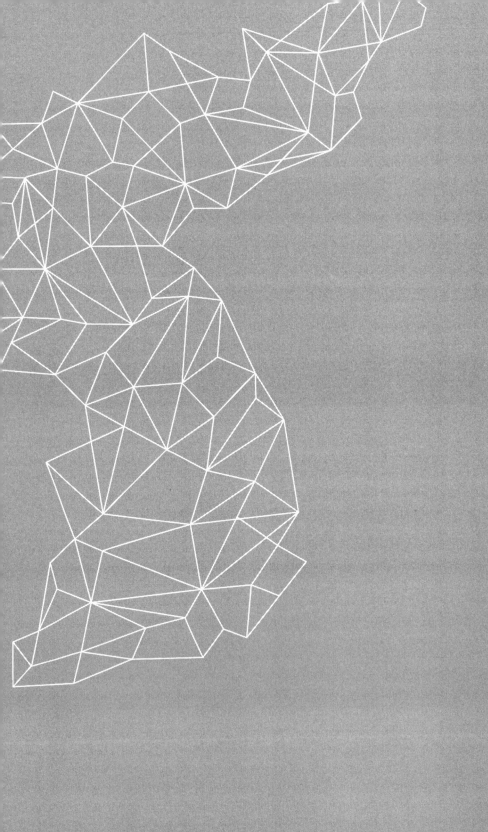

1부 김정은 시대를 읽다

'탈북자' 소재의 활용

1. 김정은 시대의 문학과 '탈북자' 소재

이 글은 『조선문학』 2014년 1월호에 발표된 김하늘의 단편소설 「들꽃의 서정」을 중심으로 북한문학에서 '탈북자'[1]를 소재로 활용한 '김정은 수령 형상 단편소설의 구체적 양상을 분석하는 데에 목적을 둔다. 한 편의 단편소설에 불과하긴 하지만, 이 작품이 2012년 이래로 김정은 시대에 북한에서 발표된 소설 중 최초이자 유일하게 '탈북자'라는 표현이 등장하고 '탈북여성'의 '재입북' 문제를 중심으로 '배반과 용서, 상처와 치유, 사랑과 믿음' 등 구체적인 북한의 입장이 드러난다는 점에서 주목을 요한다. 특히 이 작품은 김정은을 '경애하는 지도자'로 내세운 수령형상문학의 첫 번째 단편소설인 『불의 약속』(2014)에도 수록되어 있어, 북한 문학의 현재적 표상을 대표하는 작품이다.

---

1) 북한 지역을 이탈하여 생활하는 북한 주민들은 탈북자, 새터민, 북한 이탈주민 등으로 불리고 있으며, 최근에는 '북한이탈주민'이라는 용어가 공식적으로 사용되고 있다. 하지만 '탈북자'라는 명칭이 북한을 탈출하여 제3세계에 머물고 있는 북한 주민을 개별적으로 일반화한 명칭이라는 점에서 대부분의 연구자들이 '탈북자 소설'이라는 표현을 활용하고 있다. 이 글에서는 기존 연구자들의 고심이 담긴 명칭을 수용함과 함께 북한 작품인 「들꽃의 서정」에서 '탈북자'라는 표현을 그대로 살려 쓰고 있다는 점을 환기하여 '북한 이탈주민'을 '탈북자'로 명명하여 논의를 진행하고자 한다.

「들꽃의 서정」은 '김일성─김정일 시대의 수령형상문학'이 보여준 '무오류적 존재'라는 특징과는 다른 김정은 시대의 새로운 수령형상의 문학적 전형을 보여준다는 점에서도 분석의 대상이 되기에 충분하다. 뿐만 아니라 북한 당국 입장에서 감추고 싶은 치부를 보여주는 '탈북 문제'를 '탈북민의 재입북 수용'이라는 지도자의 결단을 통해 넘어서려는 정치적 지향 역시 내포하고 있다는 점에서 정치한 분석이 필요한 작품이다. 특히 2011년 12월 김정일 사후 채 3년이 지나지 않은 김정은 정권 초기에 김정은의 지도력을 안정화하려는 정치적 의도가 담겨 있는 문학적 텍스트임을 확인할 수 있다.

2000년대 이후 한국 사회에 유입되고 있는 '탈북민'의 증대와 함께 '탈북 관련 소설'[2]은 상당히 많이 누적되고 있으며, 그에 따라 관련 연구 역시 상당히 많이 축적된 바 있다. 특히 '탈북자 문학'은 '탈경계의 상상력' 속에서 난민이나 이주의 문제와 함께 자본주의에 대한 비판과 국민 국가의 경계를 다시 사유하게 하고 있다. 따라서 탈북 문학에 대한 연구는 한반도의 분단 문제를 포함하여 북한 사회와 탈북자의 인권 문제, 여성 문제, 정치범 수용소, 남한 사회에서의 적응, 탈북 디아스포라 등 다양한 주제의식 등을 표출하면서 분단현실의 특수성과 함께 소수자 인권 문제라는 보편성을 함께 주목하게 한다. '탈북'이라는 개념이 본격적으로 등장한 것은 '고난의 행군' 시

---

2) 탈북 문학은 초기에는 남한의 전문 작가 중심으로 '탈북'이 소재적으로 차용되어 창작되었지만, 최근에는 실제로 탈북을 체험한 작가의 자전적 서사로 이야기가 확장되고 있다. 대표적인 작품으로는 '박덕규, 『고양이 살리기』(2004) / 김영하, 『빛의 제국』(2006) / 정철훈, 『인간의 악보』(2006) / 강영숙, 『리나』(2006) / 황석영, 『바리데기』(2007) / 권리, 『왼손잡이 미스터 리』(2007) / 이호림, 『이매, 길을 묻다』(2008) / 정도상, 『찔레꽃』(2008) / 이대환, 『큰돈과 콘돔』(2008) / 이응준, 『국가의 사생활』(2009) / 전성태, 「강을 건너는 사람들」(2009)과 「로동신문」(2015) / 강희진, 『유령』(2011)과 『포피』(2015) / 조해진, 『로기완을 만났다』(2011) / 윤정은, 『오래된 약속』(2012) / 김유경, 『청춘연가』(2012) / 장해성, 『두만강』(2013) / 반디, 『고발』(2014) 등'을 참고할 수 있다.

기인 1994년 북한 벌목공 3명이 시베리아 벌목장에서 탈출하면서부터이다. 이후 1990년대 중후반 이래로 전세계로 확산된 탈북민의 숫자가 20만 명을 넘어서며, 2017년 현재 3만 명이 넘는 한국 정착민이 있다는 집계[3]는 '탈북 문제'가 더 이상 예외적 소수자 문제가 아니라 다문화사회로 진입하는 한국 사회에서 분단 극복 문제의 일환으로 탈북자 관련 문제를 함께 바라보아야 할 필요성을 제기하고 있다.

2000년대 이래로 탈북문학 연구는 거칠게 요약하자면 크게 세 부류로 나누어 볼 수 있다. 첫째로 탈북 여성의 고난과 인권을 중심으로 남한 사회의 적응과 관련하여 자본주의적 모순에 대한 성찰을 심화한 연구, 둘째로 탈북자 개인의 정체성과 디아스포라적 탈국경 문제를 검토한 연구, 셋째로 탈북자 작가들이 자신의 사적 체험을 문학화한 텍스트에 대한 연구 등으로 구분된다.

먼저 탈북 여성과 자본주의적 모순 문제를 다룬 논문 중 홍용희[4]는 탈북자 문제가 위기의 북한체제, 남한 사회의 시장지상주의와 소수자 문제, 통일시대의 가능성, 동북아의 국제질서와 인권문제, 세계의 제국주의적 자본질서 등을 가로지르는 문제적 사건임을 주목한다. 이성희[5]는 탈북자 소설

---

3) 통일부 국회 업무보고에 의하면 2017년 9월말 현재 국내에 입국한 탈북민은 총 31,093명이며, 2017년 입국인원은 881명으로 전년 동기(1,036명) 대비 14.9% 감소하였으나, 2015년 동기(854명) 대비 3.1% 증가하였다. 2012년 김정은 집권 이후 입국 인원은 연 1,200∼1,500명 수준을 유지하고 있다.(통일부, 「주요업무 추진현황」, 2017년도 국정감사 외교통일위원회, 2017. 10. 13, 12쪽.)

4) 홍용희, 「통일시대를 향한 탈북자 문제의 소설적 인식 연구─정도상의 『찔레꽃』, 이대환의 『큰돈과 콘돔』을 중심으로」, 『한국언어문화』 제40집, 한국언어문화학회, 2009. 12, 377∼396쪽.

5) 이성희, 「탈북자 소설에 드러난 한국자본주의의 문제점 연구─박덕규 소설을 중심으로」, 『한국문학논총』 제51집, 2009. 4, 261∼288쪽. / 이성희, 「탈북여성을 중심으로 살펴본 남한 정착과정의 타자정체성연구─이대환의 『큰돈과 콘돔』과 정도상의 『찔레꽃』을 중심으로」, 『여성학연구』 제23권 제2호, 2013. 6, 77∼96쪽

이 남북한의 이질성을 극복하고 새로운 통일시대를 맞이하려는 시기에 자본주의적 문제점을 성찰하게 한다고 분석하며, 탈북자의 타자정체성을 사회적 관계에 초점을 맞추어 분석하면서 여성 탈북자가 한국문학의 소수자 담론 문제와 밀접한 관련이 있다고 분석한다. 김인경[6]은 탈북자 소설이 분단현실의 재현 속에서 남한 사회의 자본주의적 모순과 타자적 인식의 변화를 가져오면서, 현실 적응과 다른 세계의 탐색을 욕망하게 한다고 분석한다. 이지은[7]은 탈북 여성이 자본주의에 노출되는 과정과 인신매매를 당하는 과정을 분석하면서 성매매 노동에 종사함으로써 상품과 화폐의 교환 구조 속에 놓인 '상품화된 존재'의 문제를 추적한다.

둘째로 탈북자의 정체성과 디아스포라적 문제에 대한 연구 중 고인환[8]은 기존의 탈북 디아스포라 문학의 경향을 '분단 체제와 탈국경의 상상력'으로 구분하면서 탈북자 문제가 전지구적 차원의 문제로 확장되었으며, 디아스포라적 이주와 연대의 문제임을 분석한다. 김효석[9]은 탈북자 소설이 분단 현실에 대한 대응방식과 더불어 포스트모던 시대의 초국가, 초민족의 탈경계적 상상력을 드러낸다면서 탈북자들의 정체성 탐색 노력을 주목한다. 이성희[10]는 탈북자 소설에 나타난 자발적 소통 불응과 적극적 연대 불

---

6) 김인경, 「탈북자 소설에 나타난 분단현실의 재현과 갈등 양상의 모색」, 『현대소설연구』 57호, 2014. 11, 267~293쪽.
7) 이지은, 「'교환'되는 여성의 몸과 불가능한 정착기—장해성의 『두만강』과 김유경의 『청춘연가』를 중심으로」, 『구보학보』 16집, 구보학회, 2017. 6, 517~542쪽
8) 고인환, 「탈북 디아스포라 문학의 새로운 양상 연구—이응준의 『국가의 사생활』과 강희진의 『유령』을 중심으로」, 『한민족문화연구』 제39집, 2012. 2, 141~169쪽. / 고인환, 「탈북자 문제 형상화의 새로운 양상 연구—<바리데기>와 <리나>에 나타난 '탈국경의 상상력'을 중심으로」, 『한국문학논총』 제52집, 2009. 8, 215~245쪽.
9) 김효석, 「'경계'의 보편성과 특수성 : 탈북자를 대상으로 한 최근 소설들을 중심으로」, 『다문화콘텐츠연구』 2호, 2009. 10, 126~152쪽.
10) 이성희, 「탈북소설에 나타난 탈북자의 정체성 구현 방식 연구—호네트의 인정투쟁

응을 통해 탈북자의 인정투쟁을 분석한다. 김세령[11]은 민족 차원과 개인 차원에서 '탈북자'를 분석하면서 '탈북자 문제'가 '경계인과 코즈모폴리턴, 타자와 소수자'로서 민족 차원의 분단과 통일, 다문화 사회와 관련된 디아스포라, 자본주의에 대한 비판과 탈경계까지 포함하는 복합적 이슈임을 분석한다. 박덕규[12]는 탈북문학을 크게 두 가지로 구분하여 하나는 제3국에 거주하는 탈북자, 다른 하나는 국내에 미적응하고 있는 탈북자로 나누고, 디아스포라적 문제와 다문화 사회의 소외와 관련된 양상으로 분석한다. 황정아[13]는 탈북자에 대한 태도와 관계를 맺는 성격을 '미리 온 통일'의 관점에서 바라보면서 이웃과 타자로서의 탈북자와의 상호주체성을 분석한다.

셋째로 김유경과 장해성 등 실제 탈북 체험 작가에 대한 연구 중 김효석[14]은 증언과 고발문학으로서의 탈북서사를 고찰하면서 탈북자의 탈영토화와 재영토화의 방식을 분석한다. 이성희[15]는 탈북여성이 탈북과정과 정착과정에서 경험한 상실감을 치유하는 방식을 분석한다. 서세림[16]은 김유경의 소설 연구를 통해 탈북자들의 정치적 소명 의식과 폭력적 제도의 상충

을 중심으로」, 『우리말글』 56, 2012. 12, 717~738쪽.

11) 김세령, 「탈북자 소재 한국 소설 연구─'탈북'을 통한 지향점과 '탈북자'의 재현 양상을 중심으로」, 『현대소설연구』 53호, 2013. 7, 35~86쪽.

12) 박덕규, 「탈북문학의 형성과 전개 양상」, 『한국문예창작』 제14권 제3호(통권 제35호), 한국문예창작학회, 2015. 12, 89~113쪽.

13) 황정아, 「탈북자 소설에 나타난 '미리 온 통일' : 「로기완을 만났다」와 「옥화」를 중심으로」, 『순천향 인문과학논총』 제34권 2호, 2015, 47~69쪽.

14) 김효석, 「탈북 디아스포라 소설의 현황과 가능성 고찰─김유경의 『청춘연가』를 중심으로」, 『어문논집』 제57집, 2014. 3, 305~332쪽.

15) 이성희, 「탈북자의 고통과 그 치유적 가능성─탈북 작가가 쓴 소설을 중심으로」, 『인문사회과학연구』 제16권 제4호, 부경대학교 인문사회과학연구소, 2015. 11, 1~21쪽.

16) 서세림, 「탈북 작가 김유경 소설 연구─탈북자의 디아스포라 인식과 정치의식의 변화를 중심으로」, 『인문과학연구』 52, 2017. 3, 81~104쪽. / 서세림, 「탈북 작가의 글쓰기와 자본의 문제」, 『현대소설연구』 제68호, 한국현대소설학회, 2017. 12, 69~102쪽.

문제와 함께 사랑과 욕망 등의 내적 사유를 분석하고, 북한의 '장마당' 경제에서부터 탈북 과정의 교환성과 한국 사회의 자본주의에 대한 탐색을 분석한다. 연남경[17]은 탈북 여성을 서발턴의 현재적 양상으로 판단하여 트라우마를 드러내는 글쓰기의 가능성을 점검한다.

이상의 기존 연구에서 드러나듯 '탈북 소재 소설' 연구는 남한에서 출판된 작품들을 중심으로 분석이 진행되면서 분단 체제 하의 북한 문제를 중심으로 개인의 정체성에서부터 초국경시대의 디아스포라적 상상력을 매개로 이주와 난민, 인권 문제에 대해 논구하고 있다. 하지만 이 글에서는 기존에 연구된 적이 없는 북한 소설에 드러난 탈북 소재 소설의 이질적 양상을 구체적으로 분석해 보고자 한다. 이러한 분석이 '탈북'을 바라보는 남북한 문학의 차이를 분명하게 드러내면서 이질화된 분단 체제의 모순적 현상을 가시화할 수 있기 때문이다. 특히 조선작가동맹의 공식적인 기관지인 『조선문학』에 게재된 김하늘의 「들꽃의 서정」은 일종의 '수령형상문학'으로서 '탈북자'에 대한 북한의 현재적 시각과 입장을 선명하게 드러낸다는 점에서 중요한 분석 대상이 된다.

김정은 시대의 북한소설은 '김일성=김정일⇒김정은'으로 이어지는 3대 세습을 강조하면서 김정은의 지도력을 예찬하는 데에 방점을 두고 있다. 김성수에 따르면 김정은이 '미래를 지향하는 친근한 지도자'로서 '인민생활 향상'과 '청년 미래' 담론 속에 '선군과 민생의 병진 담론'을 원심화하면서 청년 지도자의 욕망으로 '사회주의 낙원'을 실현하려는 모습을 형상화하고 있는 것이다.[18] 뿐만 아니라 '백두 혈통'의 3대 세습 담론 강화 속에 '김정일

---

17) 연남경, 「탈북 여성 작가의 글쓰기 연구」, 『한국현대문학연구』 51집, 한국현대문학회, 2017. 4, 421~449쪽.

18) 김성수, 「김정은 시대 초의 북한문학 동향 : 2010~2012년 『조선문학』, 『문학신문』 분석을 중심으로」, 『민족문학사연구』 제50호, 민족문학사학회 민족문학사연구소,

애국주의의 추구, 최첨단 시대의 돌파, 긍정적 주인공들의 양심과 헌신의 목소리' 등이 드러나면서[19] '당'을 중심으로 인민의 기억을 재현하는 정치적 양상이 두드러지고 있다.[20] 결과적으로 김정은 시대 소설의 특징은 2016년 제7차 당 대회 이후 '김일성—김정일주의'를 통치이념으로 내세우며 '김정일 애국주의'를 실천담론으로 강조하면서[21], '사회주의 대가정'의 구조가 '화목한 하나의 대가정'으로 형상화되는 사회주의 문명국의 복지 담론을 내세우고 있는 것으로 드러난다.[22] 이렇게 보면, 2012년 이후 김정은 시대의 북한소설은 '김정일 애국주의', 최첨단 시대 돌파, 만리마 시대(속도), 자강력 제일주의, 김일성—김정일주의 등이 핵심 키워드로 활용되면서 수령형상문학을 위시로 사회주의 현실 주제를 다룬 작품들이 함께 생산되고 있다.

2014년은 김정은이 2013년 12월 12일 고모부인 장성택을 처형한 직후의 시기라는 점을 주목해 본다면, 공포 정치를 수행하는 철권 통치자라는

2012. 12. 31, 481~513쪽. / 김성수, 「'선군'과 '민생' 사이 : 김정은 시대 초(2012~2013) 북한의 '사회주의 현실' 문학 비판」, 『민족문학사연구』 제53호, 민족문학사학회 민족문학사연구소, 2013. 12. 31, 410~440쪽. / 김성수, 「북한문학, 청년 지도자의 욕망 – 김정은 시대, 북한 문학의 동향과 전망」, 『세계북한학 학술대회 자료집』, 북한연구학회, 2014. 10, 259~277쪽.

19) 오태호, 「김정은 시대 북한단편소설의 향방 : 김정일 애국주의의 추구와 최첨단시대의 돌파」, 『국제한인문학연구』 12집, 국제한인문학회, 2013. 8. 31, 161~195쪽.

20) 오창은, 「김정일 사후 북한소설에 나타난 '통치와 안전'의 작동 – 인민의 자기통치를 위한 기억과 재현의 정치」, 『통일인문학』 제57집, 건국대인문학연구원, 2014. 3, 285~310쪽.

21) 박태상, 「김정은 집권 3년, 북한소설문학의 특성-2012년 1월부터 2014년 12월까지 『조선문학』 발표작품을 대상으로」, 『국제한인문학연구』 16집, 국제한인문학회, 2015. 8. 31, 53~91쪽.

22) 이선경, 「김정은 시대 소설에 나타나는 복지 담론의 의미—'사회주의 대가정'의 구조 변동과 '사람값'의 재배치」, 『북한연구학회 춘계학술발표논문집』, 북한연구학회, 2017. 4, 253~264쪽.

이미지를 상쇄할 문학적 텍스트가 등장할 필요가 제기된 것으로 추정해 볼 수 있다. 결국 김정은 체제의 결속력을 강화하기 위해서는 강력한 독재적 지도자가 아니라 인민 사랑의 화신이라는 이미지를 착색시키기 위해 '수령형상문학 단편집의 기획'이 작동되었을 가능성이 높은 것이다.

'탈북 여성'의 '재입북' 문제를 형상화한 김하늘의 「들꽃의 서정」23)은 조선작가동맹 기관지인 『조선문학』 2014년 1월호에 게재되어 '탈북'과 관련된 북한문학의 시각과 관점을 여실히 보여준다는 점에서 주목을 요한다. 김성수24)에 따르면 이 소설은 일종의 실화를 모티프로 한 소설로서 김정은의 '광폭정치, 인덕정치'를 체득한 내용을 강조한 '수령형상소설'에 해당한다. 북한 평론가인 김용부 역시 '수령의 위대성'에 방점을 찍어 평가를 진행한다.

> 위대한 령도자 김정일동지께서는 다음과 같이 교시하시였다.
> <로동계급의 수령을 형상하는데서 무엇보다 중요한 것은 수령의 위대성을 잘 그리는 것이다.>
> 지난해 문학예술출판사에서는 언제나 경애하는 원수님만을 믿고 따르는 우리 작가들이 자기의 뜨거운 심장이 내뿜는 피방울을 충정의 붓대로 한점 한점 찍어 창작한 주옥같은 단편소설들을 묶어 단편소설집 『불의 약속』을 내놓았다.
> 『불의 약속』은 경애하는 원수님의 불멸의 형상을 창조한 단편소설들을 묶은 첫 단편집이라는데서 또 사상예술성이 비상히 높다는 의미에서 그 의의가 비할바없이 크다.25)

---

23) 김하늘, 「들꽃의 서정」, 『조선문학』, 2014. 1, 13~21쪽.
24) 김성수, 「청년 지도자의 신화 만들기―김정은 '수령형상 소설' 비판」, 『대동문화연구』 제86집, 성균관대학교 대동문화연구원, 2014, 485~516쪽.
25) 김용부, 「경애하는 원수님을 모시여 조선의 미래는 창창하다 – 단편소설집 『불의 약속』에 대하여」, 『조선문학』, 2015. 2, 27쪽.

김용부의 평론인 인용문에서 드러나듯 "수령의 위대성"을 잘 그려내라는 '김정일의 교시'를 잘 수행한 것으로 평가받는 이 작품은 "경애하는 원수님의 불멸의 형상을 창조한 단편소설들을 묶은 첫 단편집"이자 "사상예술성이 비상히 높"은 작품집인 『불의 약속』(2014)에 게재되어 있다는 점에서 김정은 시대 북한 단편소설의 향방을 가늠해볼 수 있는 소설이다.

뿐만 아니라 『조선문학』 2014년 1호 표지에 실린 "위대한 김일성동지와 김정일동지는 영원히 우리와 함께 계신다"(1쪽)라는 모토뿐만 아니라, '김정일의 지시'인 "전당, 전군, 전민이 김정은 동지의 두리에 단결하고 단결하고 또 단결하여 백두에서 시작된 주체의 행군길을 꿋꿋이 이어나가야 합니다."(2쪽)가 목차 위에 글상자로 적시되고, "기적을 낳는 어머니는 대중의 정신력이며 강성국가건설에서 새로운 전성기를 열어나가기 위한 기본열쇠는 대중의 심장에 불을 다는것입니다."(3쪽)라는 표현이 '김정은의 말씀'으로 적시된 부분에서 확인할 수 있듯, 김정은 시대의 북한 소설은 '김일성─김정일주의'에 대한 방점이 문학적 형상화의 기본적 전제에 해당한다. 더불어 '김정일의 지시' 속에 '당─군─민'의 삼위일체적 결속이 강조되며, '어머니=당'을 중심으로 인민대중을 동력화하는 것이 강성국가건설의 핵심임이 드러난다. 결국 '김일성 민족, 김정일 조선, 김정은 지도'를 중시하면서 '김정일 애국주의'[26]를 지향하는 작품들을 지속적으로 생산하고 있는 것이 김

---

26) '김정일 애국주의'는 인민생활 향상과 사회주의 강성대국 건설을 위해 헌신한 김정일의 형상을 담론화하여 애국자의 전형으로 표현한 것이다. 결국 김정은 정권 초기의 '김정일 애국주의'란 김정일에 대한 애도와 헌사를 표방하면서도, 김정일의 후계자이자 계승자로서 김정은의 미미한 지도력을 상쇄하려는 고육지책적인 의도로 파악할 수 있다. 1994년 김일성 사후 '김일성주의'가 재삼 강조되었듯 김정일 사후 김정은 시대의 체제 결속을 위해 '김정일 애국주의'가 재삼 강조된 것이다.(오태호, 김정은 시대 북한 단편소설의 향방─'김정일 애국주의'의 추구와 '최첨단 시대'의 돌파」, 『국제한인문학연구』, 국제한인문학회, 2013. 12, 161~195쪽.)

정은 시대 북한문학의 현실인 것이다. 이제 김하늘의 「들꽃의 서정」에 대한 구체적 분석을 통해 '탈북자'를 소재로 활용한 김정은 시대 수령형상문학의 특성을 확인해 보고자 한다.

2. 김정은의 내적 갈등 ─ 상반된 두 여인의 형상

김하늘의 「들꽃의 서정」은 김정은이 탈북했다가 재입북하려는 '탈북 여성'에 대한 신병 처리 문제를 둘러싸고 '인민 사랑'을 현실화하는 방법을 형상화한 작품에 해당한다. 북한에서는 김정은이 김일성과 김정일이 펼쳐온 "대원수님들의 광폭정치를 최상의 높이에서 체현"하고 있으며, 이 작품이 "경애하는 원수님께서 펼치시는 광폭정치의 심오한 철학을 담고 있"다고 평가한다.[27] 애국과 애민 정신을 담은 김정일의 지도가 '광폭정치의 본질'이며 그것을 김정은이 체화하여 실천하고 있음을 주목하고 있는 것이다.

작품은 한밤중에 김정은이 두 개의 문건을 놓고 고심하는 내용으로 시작된다. 이러한 부분은 '김일성─김정일 시대의 수령형상'에서는 거의 드러나지 않는 대목이다. 즉 전지전능한 만능의 해결사로서 수령이 형상화될 수 있을 뿐 수령의 고심이 형상화되지는 않기 때문이다. 만약에 '김일성─김정일 시대의 수령형상문학'이었다면 고위 당 간부의 고민이 우선 제기되고, 그 고민에 대한 해결 방안을 수령이 제시하는 것이 수령 형상의 기본이자 원칙에 해당한다.[28] 두 개의 문건 자체는 하나는 인민군총참모부에서 올린 문건이고, 다른 하나는 당 중앙위원회의 한 부서에서 올린 문건이다. 군에

---

27) 김용부, 앞의 글, 28쪽.
28) 윤기덕에 의하면 '수령형상의 본질'은 '수령의 위대성과 고결성, 인간적 풍모의 예술적 형상화'를 통해 인민을 계몽하는 것에 있기 때문에 '갈등하는 인간'으로서가 아니라 숭고한 풍모를 지닌 영도자로서 형상화해야 한다.(윤기덕, 『수령형상문학』, 문예출판사, 1991. 155~157쪽.)

서 올린 문건은 3년 전 총참모부로 올라왔던 사단장급 군관이 1년 전 여름 자신의 맏아들이 폭우 속에서 어린 학생들을 구출하다가 희생된 부대로 보내달라고 요청한 문건이다. 사단장으로 적임자라는 내용인데다가, 그의 아내도 남편의 결심을 적극 지지한다는 생각을 전하자 김정은은 헌신적인 부부의 희생정신에 마음이 쓰인다. 27년간을 최전방에서 고생하며 살다가 평양에 올라왔던 아내가 편히 쉬지도 못한 채 다시 이삿짐을 싸들고 최전선으로 남편을 따라나서겠다는 것이기 때문이다.

> 김정은동지께서는 그옆에 놓인 마지막문건에 눈길을 돌리시였다. 몇해전에 몇푼의 돈을 바라고 이웃나라에 갔다가 남조선에까지 흘러갔던 녀인문제였다. 이제 와서 다시 조국에 받아달라고 남조선을 탈출하여 중국 심양의 우리 나라 대표부 문을 두드렸다고 한다. 두 문건에 너무도 상반되는 녀인들이 있었다. 그 녀인들이 지금 평범하고도 범상치 않은 자기들의 삶을 문건에 씌여진 끝줄들로 이야기하고 있다. 참된 군관의 안해는 짤막한 한문장으로, 일시적인 시련을 이겨내지 못하고 떠나갔던 녀인은 집안래력과 살아온 경력, 국경을 넘어가게 된 동기와 그 후의 굴욕적인 생활, 다시 조국의 문을 두드리게 되기까지의 긴 이야기로…29)

인용문에서 드러나듯 마지막 문건에는 "몇해전에 몇푼의 돈을 바라고 이웃나라에 갔다가 남조선에까지 흘러갔던 녀인문제"가 담겨 있다. "이제 와서 다시 조국에 받아달라고 남조선을 탈출하여 중국 심양의 우리 나라 대표부 문을 두드렸다"는 내용을 보면서 김정은이 두 문건에 대조적으로 상반된 여성이 기재되어 있음을 절감하는 것으로 그려진다. "참된 군관의 안해는 짤막한 한 문장"이지만 "남편의 결심을 적극 지지"하는 것으로 적혀 있

---

29) 김하늘, 앞의 글, 13쪽.

고, "일시적인 시련을 이겨내지 못하고 떠나갔던 녀인은 집안래력과 살아온 경력, 국경을 넘어가게 된 동기와 그 후의 굴욕적인 생활, 다시 조국의 문을 두드리게 되기까지의 긴 이야기"(13쪽)로 상세한 내용이 적혀 있기 때문이다. 두 대조적인 모성상이 북한 인민의 '롤 모델'과 '반면 교사'의 양극단을 상징적으로 보여주는 것임을 확인할 수 있다. 하지만 탈북 여성의 굴욕적 삶의 내력이 소설에서 구체적으로 드러나지 않는다는 점에서 이 작품은 여느 남한의 '탈북자 소설'과는 다르다. 이를 테면 황석영의 『바리데기』나 조해진의 『로기완을 만났다』의 경우처럼 '고난의 행군' 시기 북한의 기아와 난민의 실상은 남한 작가의 소설에서는 적나라하게 사실적으로 설명되거나 묘사되고 있다. 그러나 당 문학으로서 사회주의 체제 문학을 지향하는 북한 문학의 입장에서 일종의 '김정일 애국주의'와 김정은의 인민 사랑이라는 결과론적 해결을 강조하기 위해 탈북 여성의 고난과 시련 등 북한 사회의 음화와 연관되어 서사화하기 어려운 내용은 과감히 생략하고 있는 것이다.

오늘부터 입사증이 발급된 평양의 창전거리의 불야경을 보면서 김정은은 "새집에서 누리게 될 희한한 생활"을 누릴 주인이 누구일 것인지를 고민한다. 초고층건물 건설장을 현지지도하던 김정은은, "고생을 많이한 우리 인민들을 다 이런 집에서 살게 하자는 것이 바로 나의 리상"이라고 말하던 부친 '김정일의 말씀'을 회상한다. 그리고는 그 뜻에 따라 "이 집에서는 조국의 부강번영을 위해 땀을 많이 흘린 가장 평범하고 소박한 근로자들이 살아야 한다"고 강조한다. '평양의 뉴타운'으로서의 초고층건물이 소위 말하는 조국을 위해 성실히 노력한 근로인민대중의 삶의 질을 향상시키기 위한 공간이어야 한다는 당위적 소명을 피력하는 것이다.

새 거리의 입사증을 받아안은 사람들이 행복의 이사짐을 꾸리고있을 이밤 총참모부사택의 어느 한 집에서는 군관의 안해가 남편을 기다리며 조용히 이사짐을 싸고있을 것이다. / 어떤 사람들이 살아야 하는가? 우리 장군님 위대한 생애의 마지막심혼이 깃들어있는 저 새 거리에서는?… / 그날 새 거리 건설장에서 누구에게라없이 하시였던 그 물음이 새로운 의미를 담고 자신에게로 되돌아온것만 같이 여겨지시였다.[30]

인용문에서 드러나듯 김정은은 '김정일 애국주의'를 계승하는 실천적 수행자로서의 지위가 강조된다. 즉 "우리 장군님 위대한 생애의 마지막 심혼"이 담겨 있는 평양의 신도시에는 조국을 위해 고생한 인민들을 우선적으로 배려하여 그들에게 '행복한 보금자리'를 제공해야 한다는 책무가 강조되고 있는 것이다.

하지만 김정은에게 보고된 탈북 여성 관련 문건 내용에는 "평양에서 대학교원을 하는 아들을 비롯하여 그 녀인의 가족, 친척들도 모두 그를 만나는 것을 거절하고 있습니다."라고 적혀 있다. 탈북 여인의 재입북 의지와 함께 가족과 친지들의 만남 거부가 적혀 있는 내용을 보면서 김정은은 내적 갈등으로서의 '괴로움'에 젖어드는 것으로 형상화된다. "아들을 훌륭한 군인으로 키운 한 어머니와 자식들에게 수치를 가져다준 다른 한 어머니"가 여전히 대비되기 때문이다. 그러면서 "아름답고 강의한 녀인에게는 무엇을 주고 치욕을 안고있는 녀인에게는 무엇을 주어야 하는가?"를 고민한다. "아름답고 강의한 녀인"과 "치욕을 안고 있는 녀인"의 대비 속에 인민에 대한 믿음과 사랑의 실천 방법을 진지하게 고민하는 존재로 김정은이 형상화되고 있는 것이다. 이렇듯 김정은 시대의 '수령형상문학'에는 김일성—김정일 시대의

---

30) 김하늘, 앞의 글, 14쪽.

무오류적 지도자의 결심이나 행동이 아니라 다양한 내적 갈등을 표출하는 '새로운 지도자상의 형상화 방식'을 보여준다는 점에서 주목을 요한다.

3. 광폭정치의 본질과 현상 ― 배반과 용서 사이

김정일 시대의 '광폭정치'[31]는 '통 큰 지도자'로서의 김정일의 풍모를 강조하는 용어지만, 김정은 시대에도 이어져 본질적으로 계승되고 새로이 범주화되어 활용된다. 당 중앙위원회 부부장 리문성은 해당 부문 일군들과 심중히 토론했다면서 탈북 여성에 대한 불신을 토로한다. "한번 배반했던 사람은 두 번, 세 번도 배반할수 있다고 하는데 실지로 지난 시기 그런 실례들이 있었"기 때문이다. 하지만 김정은의 안광에는 어두운 그늘이 스쳐간다. 이어서 "지난날을 뉘우치고 우리에게 다시 찾아온 사람을 적들에게 되밀어 보내자는 거"냐면서 "받아는 들이되 믿지는 못하겠다?… 무엇을 믿지 못하겠다는거요? 그래 믿지 않을바엔 왜 받아들인단 말이요?"라고 되묻는다. 김정은은 탈북 여성의 배반 행동과 불신 사례에 대해 반문하면서 인민에 대한 믿음과 사랑의 실천 방법을 재설정하고자 하는 것이다.

> 문건에도 씌여있지만 그 녀성의 가족은 위대한 장군님의 은덕을 많이 받아안았습니다. 아버지가 전쟁때 월남했지만 어머니는 공화국의 품속에서 자기 재능을 마음껏 꽃피웠고 더욱이는 위대한 장군님께서 그 녀성의 어머니에게 일흔돐생일상까지 보내주셨습니다. 그런 집안

---

31) '광폭정치(廣幅政治)'란 김정일이 모든 사업을 '대담하고 통 크게' 지도한다는 통치 방식을 이르는 용어로서, 1993년 1월 28일 인덕정치(仁德政治)와 함께 처음으로 사용되었다. 당 기관지인 『노동신문』에 '인덕정치가 실현되는 사회주의 만세' 제하의 논설에서 "인민을 위한 정치는 그릇이 커야한다", "노동계급의 당의 정치는 어디까지나 정치의 폭이 넓어야 한다"고 주장하며 김정일 국방위원장의 통치방식을 광폭정치로 표현한 바 있다.(한국학중앙연구원, 『시사상식사전』, 박문각, 2013.)

이여서 당에서는 그 녀성의 아들을 평양음악대학의 교단에도 세워주
었습니다. 그런 남다른 사랑과 배려를 받아안고도 조국이 시련을 겪을
때 배신의 길로 갔으니… 지금은 그의 가족들까지도 만나지 않겠다고
합니다.[32]

인용문처럼 리문성은 '탈북 여성'의 삶을 요약하면서 '신뢰할 수 없는 여성'임을 강조한다. 한국전쟁 당시 월남한 아버지가 있었음에도 불구하고, 생전에 김정일이 '탈북 여성의 어머니'에게 칠순 생일상을 보내줄 정도로 은덕을 베풀었고, 당에서도 '탈북 여성의 아들'에게 교수 자리를 만들어 주었을 정도로 '남다른 사랑과 배려'를 받았음에도 '탈북 여성'은 '조국의 시련' 시기에 '배반의 길로 갔다는 것이다. 더구나 그 여성의 가족 역시 만남을 거부하고 있음을 피력한다.

하지만 리문성의 의견에 김정은은 "그만하시오."라고 말한다. 그리고는 요즘 무리해서 몹시 피곤한 것 같으니 오늘은 집에 들어가서 하루 푹 쉬라면서, 리문성에게 최전선으로 향하게 된 사단장급 군관인 류철문 동무의 집에 찾아가 옛 전우들끼리 회포를 풀라고 지시한다. 그리고 나서 김정은은 다시 고민한다. 해당 일군들의 말처럼 탈북여성의 행동이 "명백히 배반"이라는 사실에는 변함이 없기 때문이다. "생활상 난관"이라지만 "아버지를 찾아 국경을 넘"었다는 점에서 그 여성의 배반 행위에 용서가 있을 수 없는 것이 사실인 것이다.

김정은은 문건을 만들어올린 일군들의 모습을 눈앞에서 떠올리며, 그들이 모두 분개하고 있다는 사실을 인정한다. 그리고 "정의롭고 진실한 사람들일수록 불의와 거짓을 용납하려 하지 않고 타협하려 하지 않는 법"이기에 "믿을수 없습니다, 믿어선 안됩니다"라는 글줄들의 밑바닥에서는 "용서

---

32) 김하늘, 앞의 글, 17쪽.

할수 없습니다!"라는 일군들이 내비치는 불관용의 외침이 분명히 감지된다. 이렇듯 고민하고 내적 갈등을 일으키는 지도자의 모습은 김정은 시대 수령형상문학의 대표적인 특징으로 판단된다. 김일성 시대나 김정일 시대에는 무갈등론의 표방과 개진 속에 전지전능한 존재로 '수령의 형상'이 그려졌지만, 김정은의 경우 심리적 갈등과 번민을 드러내면서 보다 인간적이고 친근한 지도자 이미지를 내포한 것으로 형상화되고 있기 때문이다.

김정은의 고민이 깊어가던 그때 다시 들어선 리문성이 "경애하는 최고사령관동지의 넓으신 도량과 인덕을 다 깨닫지 못하고 너무 편협"했다면서 문건을 고쳐 올리겠다고 전한다. "위대한 장군님"인 김정일이 "벌써 오래전에 우리 당의 정치는 광폭정치"라고 했는데, 그것을 제대로 파악하지 못하고 "허물이 있는 사람"을 그냥 내치려고 했다며 자신의 오판에 대한 자성을 드러낸다.

하지만 김정은은 '광폭정치'가 허물을 탓하지 않는 것이 아니며 관대성도 아닐 뿐만 아니라, 리문성이 당의 '광폭정치의 본질'과 김정일의 '인덕정치의 근본'을 다 알지 못하고 있다고 지적하면서 과거를 회상한다. 그러면서 생전에 "일시적인 시련을 이겨내지 못하고 국경을 넘어간 우리 사람들을 유괴, 랍치하여 끌어가던 남조선괴뢰들, <탈북자>로 불리운 그 사람들이 남쪽에서 당하는 온갖 치욕과 고통"을 언급하던 김정일이 전선길에 또 나서려고 했던 기억을 떠올린다. 김정일의 생전 분노를 회상하면서 "남조선괴뢰들"에 의해 "유괴, 랍치"되어 끌려간 존재들을 '탈북자'로 호명하는 현실이 북한문학 사상 처음으로 적시되는 것이다. 이것은 남한 정부를 비판하기 위해서이기도 하지만, 실제 현실에서 사용되고 있는 표현을 활용하고 있다는 점에서 리얼리즘적 기율에 해당한다.

옷자락을 부여잡는 일군들에게 장군님께서는 마치 불을 토하시는 듯 했다. / "나의 피와 같고 살점과도 같은 인민을 원쑤들이 떼내자고 하는데 가만 있겠는가! 동무들도 문건을 봤지? 그렇게 끌어다가 노예가 아니면 쓰레기로 만든단 말이요. 내가 어떻게 아끼고 어떻게 정을 쏟은 인민이라고 놈들이 감히 떼여낼수 있다고, 감히?!—" / 으스러지게 틀어쥐신 주먹에서 분노가 푸들푸들 뛰고 서슬푸른 안광에서 불이 펄펄 일었다.[33]

인용문에서처럼 김정일은 생전에 '자신의 피와 살점'과 같은 인민을 "원쑤들이 떼내"려고 하는데 어찌 가만히 있을 수 있겠느냐며 감정을 폭발한다. 특히 그렇게 끌려가 '노예나 쓰레기' 같은 존재로 멍에를 쓰고 살아가는 '탈북민'의 비참한 모습을 참을 수 없어 한다. 더구나 그들이 자신이 얼마나 아끼면서 "정을 쏟은 인민"인지를 강조하면서 분노를 폭발했던 것으로 회상된다. 김정일은 '탈북자의 배신'에 분노하는 것이 아니라 탈북 이후 남한에서 '노예나 쓰레기'처럼 생활하는 '탈북자의 치욕과 고통'에 분노하는 '인민 사랑의 통 큰 지도자'로 그려지는 것이다. 북한 체제의 입장에서 '자신의 피와 살과 같은 '자신의 인민'이기 때문에 분노를 표출하는 김정일의 말과 행동은 '지도자의 피와 살=인민'이라는 자의식 속에 지도자와 인민을 피붙이로 혈연화하는 '김정일의 인민 사랑'을 보여준다. 하지만 이러한 지도자와 인민의 동일시적 태도는 인민을 하위 주체이자 자신의 부속물로 여기는 독선적이고 우월적인 인식이라는 점에서 '짐이 곧 국가'라는 전근대적 왕조 국가의 한계상황적 인식을 보여준다.

그러나 김정은에게 김정일은 "내 고생으로 인민들이 잘살수만 있다면!" 이라는 생각 속에 "불같은 한생"을 산 존재로 인식된다. 작고하기 하루 전

---

33) 김하늘, 앞의 글, 19쪽.

인 2011년 12월 16일에도 그 한 마디를 뇌이며 현지 지도의 길에 올랐을 정도이기 때문이다. 그러면서 김정은은 '광폭정치'가 사람들의 허물을 탓하지 않고 모두 다 품에 안아주는 것이 아니라면서, 자신의 새로운 견해를 추가한다.

> 아니요, 그것만이 아니요. 누구보다 그 허물을 가슴아파하며 하루 빨리 씻어주자고 더 정을 쏟아붓는 것이 우리 당의 광폭정치요. 그 녀성이 남조선에서 얼마나 모진 멸시와 천대를 받다가 왔는가, 공화국의 품속에서 나서자란 그 녀인으로서는 난생 보지도 듣지도 못한 고생을 겪었을것이 아닌가. 나는 그게 더 가슴아픕니다. 제 자식이 집을 나갔다가 인간이하의 모멸과 고생을 겪었다고 보면… 어머니라면…[34]

인용문에서처럼 김정은은 탈북자의 허물을 신속하게 씻어주기 위해 온정을 쏟아붓는 것이 '광폭정치'[35]임을 강조한다. 탈북 행위에 대한 비난이나 배신에 대한 분노가 아니라 '남조선에서의 멸시와 천대'를 보듬어주면서 당이 어머니처럼 '탈북자의 모멸과 고생'을 품어주자는 것이다. 김정은은 리문성에게 다가가면서 "더 뜨겁게 품어주고 지금까지 누려왔던것보다 더 큰 행복을 누리게 해서 치욕의 상처를 깨끗이 가시게 해주고싶"다면서 치욕과 상처를 "흔적도 없이" 해주고 싶다고 말한다. 그러면서 "다시 돌아왔다는 그 하나만 가지고"도 탈북 여인을 믿자면서 "일시적인 동요와 방황은

---

34) 김하늘, 앞의 글, 19쪽.
35) 김용부는 이 작품이 "조국을 배반하였다가 경애하는 원수님의 믿음속에서 평양에 자리를 잡는 한 녀인과 평양을 떠나 조국수호전의 최전방으로 자리를 옮기는 인민 군군관의 형상을 대조적으로 보여주어 경애하는 원수님의 광폭정치의 새로운 본질적의미를 증폭시키고 있다"고 평가한다.(김용부, 앞의 글, 31쪽.) 김정일 애국주의를 계승하면서도 김정은이 새로운 지도자로서 새롭고 본질적인 의미를 강화하는 혁신적 지도자임을 강조하고 있는 셈이다.

있었어도" 그 여인이 "우리 장군님께서 한평생 품에서 떼여놓으신적 없는 인민의 한사람"이기 때문임을 강조한다. 김정은의 결정은 일종의 심신 미약 환자를 적극적으로 치료하여 사회에 정상적으로 복귀시키려는 헌신적인 의사의 처방을 연상케 한다.

리문성은 눈물이 어리면서도 "그 뜨거운 사랑"이 그대로 가닿도록 조직사업을 진행하겠다고 말한다. 그 여인을 비행기에 태워오겠으며, 가족과 친척들을 모두 데리고 내일 리문성 본인이 비행장에 직접 나가겠다고 말한다. 그러자 김정은이 그제야 마음이 놓이는 듯 미소를 짓는다. 그러면서 비행장에 나갈 때 꽃송이도 들고 나가라고 지시한다. "조국과 고향과 그리고 귀중한 사람들의 모습을 담은 그런 꽃송이"가 천백 마디 말을 대신할 수 있기 때문이라고 덧붙인다. 결국 김정은의 '광폭정치'란 당의 모성적 포용력과 함께 상처의 조속한 치유를 위해 인민에 대한 무한 사랑을 실천하는 지도자의 배려를 표상하는 셈이다.

4. 인민에 대한 신심(信心) - 들꽃과 모성의 동일시

김정은은 해돋이 무렵에 초여름의 산속에서 생신한 숲의 향기가 느껴지자 산보를 하면서 생전에 김정일이 보여주었던 "조국애의 강렬한 열정"을 회상하고는 "목메인 그리움"을 느낀다. 그리고 소박하고 수수하게 핀 들꽃들을 보면서 사단장급 군관의 아내 얼굴을 떠올린다. 작품 말미에서도 김정은은 들꽃들을 상기하면서 그 꽃송이들이 "가장 소박하고 진실한 전선의 녀인들의 모습"으로 바뀌는 것을 상상한다. "모진 시련과 고생속에서도 변함없이 조국을 받들고 병사들의 어머니로 억세게 살아온 그들"이 "한없이 소중하게 안겨오는 모습들"로 연상되기 때문이다.

들꽃, 이름모를 꽃들… 찬바람에 시달리고 눈비에 젖고 가꾸어주는 사람 따로없어도 엄혹한 계절을 이겨낸 하많은 사연들을 조용히 묻어 두고 그곳이 어디든 뿌리를 내리고 피여나는 꽃들, 소박하고 강의한, 그래서 더 유정한 꽃들이다.[36]

김정일이 북한의 인민을 자신의 피와 살처럼 애지중지했던 지도자였음을 알기에 김정은은 김정일의 인민 사랑을 본받아 전선으로 아들을 보낸 어머니들을 들판에 피어난 "이름모를 꽃들"로 치환한다. 들꽃들은 '소박하고 강의해서 더 유정한 존재의 꽃들'이 되어 북한 사회의 모성적 이미지로 치환됨과 동시에 헌신적인 어머니 당이 배려하는 여성들로 환유되는 셈이다.

이후 김정은은 류철문 대좌에게 소장의 군사칭호를 수여하고 조선인민군 제125사 사단장으로 임명한다는 명령을 전달한다. 그리고 류철문의 아내의 모습이 "비바람사나운 전호가에 억세게 뿌리박고 피여있는 한송이 들꽃처럼 유정하게 안겨"오는 것을 상상한다. 뿐만 아니라 다음날 "평양비행장에서 조국의 품에 다시 안긴 녀인이 고향의 향기 그윽한 들꽃을 받아들고 흐느낄 때 전선동부로 달리는 군용차안에서는 류철문과 그의 안해가 최고사령관동지의 안녕을 간절히 축원하며 멀어져가는 평양하늘을 우러"르는 것으로 연상한다. 결국 김정은의 올바른 지도로 상반된 길을 걸어온 대조적인 두 여성이 '아름다운 들꽃'의 이미지 속에서 '인민의 일원'으로 함께 수용되는 것이다.

김정은은 탈북 여성이 자신의 아들과 함께 국내외 기자들 앞에 나선 녹화물의 모습을 지켜보는 것으로 그려진다. 실제로 탈북여성의 재입북 이야기는 2012년 6월에 발생한 실화이다. 이 재입북 실화를 통해 김정은은 결국 인민 사랑의 지도자로 형상화되고 있는 것이다.[37] 김정은은 "인민에 대한

---

36) 김하늘, 앞의 글, 20쪽.

사랑과 책임, 참된 인권에 대한 정의를 온 세계가 뜨겁게 새겨보는 순간"을 응시하며, "불신과 리간, 간계와 모략으로 이 제도를 무너뜨리려는 적들을 우리는 사랑과 믿음"으로 이겨냈다고 자부한다. 반대자들의 논리를 '불신과 이간질, 간계와 모략'의 세력으로 묶는 반면에 북한 체제가 '사랑과 믿음, 정의와 인권'을 중시하는 도덕적 우월의 사회임을 강조하는 셈이다. 더구나 "우리 장군님께서 한평생 그렇게 정을 쏟아부어주신 인민인데 달리야 살수 없지."라면서 인민 사랑을 위해 헌신했던 김정일에 대한 그리움을 표명하면서 '김정일 애국주의'를 계승한다.

> 이윽고 그이께서는 산자드락에 점점이 피여있는 전선길의 이름모를 들꽃들에 다시 눈길을 주시였다. 그 들꽃들이 안고있는 만단사연이 향긋한 향기로 가슴에 흘러드는 듯… / 그이께서는 조용히 미소를 그리시였다. 조국의 품에 다시 안긴 그 녀인도 이 땅에 뿌리내린 한떨기 꽃으로 다시 피우고싶으신 마음이였다. 그 녀인도 장군님 맡기고가신 우리 인민의 한사람이 아닌가!…38)

김정은은 원래 지방에서 살았던 '탈북 여성'을 평양에 올라와 새로운 신도시에서 생활하도록 지시한다. 그리고 작품 말미에는 저녁노을이 불타는

---

37) '탈북자의 재입북' 문제에 대해, 남한에서는 남한 사회에 대한 부적응 문제이기에 대응책 마련이 시급함을 지적하는 논자도 있으며(윤여상, 「포커스 : 탈북자재입북 현상과 현행 탈북자 관리의 문제점 ; 탈북자지원사업 지방정부,민간단체 중심으로 전환돼야」, 『통일한국』 351집, 평화문제연구소, 2013, 38~39쪽.), 탈북 여성의 재입북을 비판적으로만 해석할 것이 아니라, 남북 관계 개선의 실마리로 파악할 것을 강조하는 입장도 있다.(김형덕, 「탈북자 재입북, 남북 소통의 단초가 될 수도」, 『디펜스+』, 한겨레, 2012. 08. 30.) 이렇듯 탈북자의 재입북 문제는 탈북자를 바라보는 남한 사회의 복합적이고 다중적인 스펙트럼을 보여줌과 동시에 분단 체제의 모순을 상징화하는 사건임을 보여준다.
38) 김하늘, 앞의 책, 21쪽.

산악도로를 달리면서 들꽃들에 눈길을 보낸다. 그리고는 미소를 띠면서 "조국의 품에 다시 안긴 그 녀인도 이 땅에 뿌리내린 한떨기 꽃으로 다시 피우고싶으신 마음"을 먹는다. 그 여인도 김정일이 맡기고 간 '인민의 일원'이라고 생각하기 때문이다. 김정은이 "바라노라 나의 조국아 / 그대의 넓은 대지에 / 그 언제나 꽃들이 피고 / 황금이삭 설레이기를"이라는 가사의 노래를 들으며, 사회주의 문명국에 풍요로움이 넘쳐나기를 우회적으로 기원하는 것으로 작품은 마무리된다.

이렇게 보면 김정은 시대의 '탈북자 소설'은 배신과 믿음, 분노와 사랑, 탈북과 귀국 등의 이항대립적 요소 속에서 김정일의 광폭정치와 인민 사랑의 정신을 강조하기 위한 텍스트로 형상화되고 있음을 확인할 수 있다. 탈북의 동기나 지난한 시련의 과정이 지닌 세목, 탈북 이후의 삶의 궤적을 생략한 채 '재입북'에 초점을 맞춤으로써 북한문학의 당문학적 속성을 여실히 보여준다. 그리고 탈북 여성 역시 인민 사랑과 믿음의 대상이기에 '인민의 일원'으로 받아들이겠다는 김정은의 포용력을 전면에 내세우면서 '수령형상문학'의 특성을 보여준다. 결국 북한문학에서 '탈북 소재 소설'은 남한 문학과는 다르게 지도자의 폭넓은 사랑과 믿음을 앞세우는 수령형상문학의 특성과 함께 북한 체제의 도덕적 우월성을 강조하려는 당문학의 지향을 보여주면서 목적의식적으로 형상화되고 있는 것이다.

5. '탈북자'에 대한 포용력 강조

이 글은 2014년 1월호에 발표된 북한의 단편소설인 김하늘의 「들꽃의 서정」을 구체적으로 살펴보았다. 최초이자 유일하게 '탈북자'를 소재로 다룬 수령형상문학이라는 점에서 기존에 남한에서 발표된 '탈북문학'과는 상당히 이질적 양상을 띠고 있음을 확인할 수 있었다. 작품의 구체적인 특성은 다음의 일곱 가지로 파악할 수 있다. 즉 첫째 김정일 애국주의의 표방 속에 김정일의 인민 사랑 정신을 전면에 내세운다. 둘째 김정은을 김정일의 광폭정치를 올바르게 계승하고 실현하는 실천적 수행자로 형상화한다. 셋째 김정은을 심리적 갈등을 드러내는 지도자로 형상화한다. 넷째 들꽃을 어머니로 환유하며 인민과 당의 관계를 자식과 어머니의 관계에 빗대고 있다. 다섯째 김정은이 무갈등론이나 무오류적 수령이 아니라 자유로운 토론에 능수능란한 수평적 의사소통 능력을 지닌 인민 사랑의 지도자임을 보여준다. 여섯째 '탈북자'라는 호명 속에서도 탈북의 동기나 과정은 소략화되어 있지만, '일시적인 고난과 시련'을 피상적으로나마 진술하게 드러내고 있다. 일곱째 배반과 용서, 불신과 신뢰, 적대감과 친밀감, 증오와 사랑 등의 이항대립적 대비가 여전히 주요 서사 장치로 활용된다. 이러한 특징은 김정은 시대 수령형상문학의 '새로운 특성'에 해당한다고 판단된다.

최근 한국문학의 영토에 자리잡고 있는 '탈북문학'은 남한의 기성 작가의 작품뿐만 아니라 탈북자 작가의 수기나 소설에 이르기까지 '탈경계의 상상력' 속에서 전세계적인 이슈에 해당하는 난민이나 이주의 문제와 함께 자본주의에 대한 비판과 국민 국가의 경계를 다시 사유하게 하고 있다. 따라서 탈북 문학에 대한 연구는 한반도의 분단 문제를 포함하여 북한 사회와 탈북자의 인권 문제, 여성 문제, 정치범 수용소, 남한 사회에서의 적응, 탈북 디아스포라 등 다양한 주제의식 등을 보여주면서 분단현실의 특수성과 함께 소수자 인권 문제라는 보편성을 함께 주목하게 한다. 2019년 현재 한반도 평화체제 구축 분위기 속에서 북한문학에 대한 관심과 남북한 문학의 비교 분석은 더욱 중요한 대화적 국면을 유도할 수 있는 것이다.

북한 '조선작가동맹'의 공식적인 기관지인 『조선문학』에 게재된 '수령형상문학 작품인 김하늘의 「들꽃의 서정」이 김정일 애국주의의 표방 속에 김정일의 인민 사랑을 계승하고 실천하는 김정은이 '광폭정치'의 본질을 꿰뚫고 있으며, 조국을 배반했던 탈북 여성을 북한 인민의 일원으로 받아들이는 포용력 있는 '인민 사랑의 지도자'임을 형상화하고 있는 작품임을 분석하였다. 특히 주목할 부분은 김정은의 심리적 번민과 갈등이 작품 곳곳에서 서사의 중심을 장악하고 있다는 점에서 김정은 시대 수령형상문학의 문학적 새로움이 드러난다. 그리고 이러한 새로움은 2018년 이래로 한반도의 비핵화와 평화 체제 구축의 도정 속에서 남북한 북한의 점이지대를 확장하면서 리얼리즘적 외연으로서의 공통분모를 확인하게 한다는 점에서 유의미한 대목이라고 판단된다. 2018년 이후 남북 정상회담과 북미 정상회담이 연이어 개최되면서 한반도 평화체제의 구축 분위기가 지속되고 있는 현실은 남북한의 문학적 접촉을 통한 이질성 극복의 가능성 타진 역시 현재진행형으로 필요한 작업임을 확인하게 한다.

전쟁과 평화의 변곡점[1]

1. 2018년 『조선문학』 읽기

이 글은 2018년 『조선문학』에 나타난 문학 작품을 토대로 한반도 비핵화와 평화체제 구축 분위기를 문학적으로 확인할 수 있는지 여부를 판단하는 데에 기여하고자 작성된다. 『조선문학』은 2018년 12월호가 '루계 854호'라는 점에서 알 수 있다시피 1946년 '북조선문학예술총동맹'의 기관지였던 『문화전선』을 잇는 '조선작가동맹의 기관지'로서 명실공히 북한문학을 대표하는 월간지에 해당한다. 북한 최초의 문예조직은 1946년 3월 25일 결성된 '북조선예술총연맹'이며, 1946년 10월에는 '북조선문학예술총동맹'으로 확대되고, 1951년 3월 다시 '조선문학예술총동맹'으로 명칭을 개정한 이후 1953년 9월부터는 문학예술 장르별 분과동맹(음악, 미술 등)으로 개편되어, 대표적인 하부조직으로 '조선작가동맹'이 존재한다.

김성수[2]에 따르면, 월간지 『조선문학』은 북조선문학동맹의 기관지였던

---

1) 필자가 회원으로 참여하고 있는 '남북문학예술연구회'에서는 2007년 이래로 1998년 이후 2020년 현재에 이르기까지 『조선문학』을 함께 읽어오고 있다. 조선작가동맹의 기관지로서 수령형상문학과 당문학의 전제가 깔려 있기는 하지만, 논설과 시, 단편소설 등의 작품들을 통해 동시대 북한문학의 맨얼굴을 들여다볼 수 있다는 점에서 이 독회는 소중한 작업이다. 이 글은 이러한 공동 작업의 연장선 상에서 작성될 수 있었다는 점을 밝힌다.

계간 『조선문학』(1947. 9~12)의 뒤를 이어 1953년 10월 창간 후 2020년까지 간행되고 있는 조선작가동맹 중앙위원회의 기관지다. '북문예총'의 기관지를 포괄하면, 구체적으로는 『문화전선』(1946~1947)과 『문학예술』(1948~1953)의 전사를 계승한 기관지에 해당한다. 1967년 주체사상의 유일화 이후에는 문예지적 성격보다 개인 숭배적인 내용과 당 정책 중심의 의도가 반영되었으며, 1970년대 이후로 1990년대에 이르기까지 '비문학적인 당 정책과 김일성·김정일 개인 숭배' 중심으로 매체 전략이 변모된다. 그리하여 2000년대 이후 최근에 이르기까지 주민들의 생활상을 풍부하게 담아내는 사회주의 현실 반영의 문학보다는 '김일성—김정일—김정은' 등 김일성 가계에 대한 수령형상문학과 당 문학 원칙에 충실한 텍스트가 게재되고 있다.

> 위대한 수령 김일성 동지의 발기와 배려로 주체 35(1946)년 3월 25일 평양에서 결성된 북조선예술총련맹의 하부조직으로 나왔다. 조선작가동맹은 위대한 수령님께서 항일혁명투쟁시기에 이룩하신 혁명적 문학예술의 전통을 계승한 조직이다. 조선작가동맹은 위대한 수령 김일성 동지께서 창시하신 영생불멸의 주체사상과 우리 당이 밝혀준 주체적 문예사상으로 동맹원들을 교양하는 사상교양단체이며 주체적 문학예술건설에로 동맹원들을 조직동원하는 조선로동당의 믿음직한 방조자이다. 조선작가동맹은 주체사상과 주체적문예사상을 자기활동의 유일한 지도적지침으로 삼고 당이 밝혀준 혁명문학건설방침을 관철함으로써 위대한 수령님께서 개척하신 주체혁명위업을 대를 이어

---

2) 김성수, 「매체사로 다시 보는 북한문학: 『조선문학』 연구 서설」, 『현대문학의 연구』 57, 한국문학연구학회, 2015. 10, 353~383쪽 / 김성수, 「주체문학 전성기 『조선문학』(1968~94)의 매체전략과 '3대혁명소조원' 전형론」, 『한국근대문학연구』 19, 한국근대문학회, 2018. 4, 193~224쪽. / 김성수, 「개념 분단사와 매체론으로 다시 보는 북한문학」, 『민족문학사연구』 70권, 민족문학사학회·민족문학사연구소, 2019. 8, 105~139쪽.

완수해나가는데 이바지한다. 조선작가동맹은 동맹원들속에 당의 유
일사상체계를 철저히 확립하여 그들을 우리 당의 주체적문예사상으
로 철저히 무장시키고 작가들의 창작기량을 끊임없이 높여주기 위한
사업을 조직진행한다.[3]

인용문에서 알 수 있다시피 '조선작가동맹'은 우선적으로 '김일성의 발기
와 배려'로 조직된 '북조선예술총련맹'의 하부조직으로 생성되었으며, 김일
성의 항일혁명투쟁시기에 만들어진 "혁명적문학예술의 전통을 계승한 조
직"임이 강조된다. 그리고 북한에서의 문학적 전통과 지향이 '수령의 항일
혁명문학'에 있으며, 김일성의 주체사상과 당의 주체적 문예사상을 교양하
는 '사상교양단체'임이 강조되고, '주체적 문예건설'로 동맹원들을 조직 동
원하는 "조선로동당의 믿음직한 방조자"임이 명시된다. 결과적으로 유일사
상인 주체사상으로 철저히 무장하고 개인적이고 조직적으로 창작 기량을
높여 수령과 당의 사상과 방도를 교양하는 단체이며 "당의 유일사상체계를
철저히 확립"하기 위해 노력해야 하는 작가적 임무를 강조하고 있는 조직
인 것이다.[4] 따라서 조선작가동맹의 기관지인 『조선문학』을 일별하는 것
은 수령형상문학과 당문학적 테제를 지향하는 공식적인 북한문학의 현재
를 조명하기 위한 필요조건에 해당한다.

주지하다시피 2018년은 2월 평창올림픽 개최를 기반으로 한반도의 평화
체제 구축 분위기가 이어지고 있는 해임을 염두에 둘 필요가 있다. '자력갱
생'[5]과 '정면돌파전'을 강조하는 2020년 1월 신년사에 이르기까지 북미 간

3) 사회과학원, 「조선작가동맹」, 『문학대사전』 3, 사회과학출판사, 1999, 429~430쪽.
4) 오태호, 「북한에도 작가가 존재한다-북한의 등단, 작가, 조직, 문학 이해하기」, 『내
   일을 여는 작가』 75호, 한국작가회의, 2019년 하반기(2019. 7), 38~51쪽.
5) '자력갱생'은 일반적으로 "자신의 힘으로 생존을 추구한다는 뜻으로 남에게 의존하
   지 않고 오직 자신의 능력과 의지로 발생하는 도전을 극복하려는 행동 또는 정신"이
   라는 사전적 의미를 갖지만, 북한에서는 1960년대 주체사상이 표면화되면서 중국

의 협상 진행 과정에서 미묘한 부침이 지속되고 있긴 하지만, 아직 큰 틀에서 한반도 비핵화 궤도에서는 벗어나지 않고 있다. 북한에서는 2018년 김정은의 신년사를 통해 2017년 11월 '국가 핵무력 완성'에 대한 자신감을 토대로 핵탄두와 탄도미사일의 실전 배치 가속화를 선언함과 동시에 평창동계올림픽 참가 의사 등 남북관계 개선 의지를 적극적으로 표명한 바 있다.6) 그리고 『조선문학』에서는 2018년 신년호부터 '7차 당 대회'에 대한 강조 속에 김정은이 '인민의 어버이'로 강조되면서 '자강력 제일주의'의 기치 속에 문학예술의 '명작 폭포'를 기대하는 것으로 드러난다. 2019년에도 이러한 분위기는 지속된다. 하지만 아쉽게도 2018년 『조선문학』에 대한 연구는 현재까지 부재한 상태이다. 따라서 이 글은 한반도 평화 체제의 분기적 시공간에 해당하는 2018년을 주목하고자 한다. 이 시기가 1953년 이후 정전 체제를 극복할 수 있는 계기를 제공한 연도이기 때문이다.

한반도에서의 2018년은 전쟁과 평화의 변곡점에 해당하는 시기이다. 2017년 연말까지는 북한이 '핵―경제' 병진 노선 속에 핵 개발과 미사일 발사를 반복하면서 북미간의 대결 구도가 극에 달하고 전쟁 불사론이 펼쳐졌지만, 2018년 남한에서 펼쳐진 평창 동계올림픽에 대한 북한의 적극적 참여 분위기 속에 한반도 평화에 대한 기대감이 고조되었기 때문이다. 특히 2018년

공산당이 1950년대부터 즐겨 구사했던 자력갱생의 구호를 수용하여 주체사상의 지도적 지침인 '경제에서의 자립'을 제시하게 된 근거가 된다. 자원이나 기술이 부족한 북한이 외국에 의존하지 않고 자체의 자원과 기술에 의거하여 경제를 이끌고 나가려는 의지를 담은 표현이다.(이종석, 『북한의 역사』 2, 역사비평사, 2014. 참조.) '자력갱생'의 강조는 1960년대 이래로 1990년대 고난의 행군 시기나 2000년대 '우리민족 제일주의', 2010년대 핵―경제 병진노선에서도 강조되었으며, 2012년 이후 김정은 시대에도 지속적으로 강조되는 개념이다. 2020년 신년사에서는 '정면돌파전'과 함께 '자력갱생'이 강조되면서 미국의 제재 압박에도 굴하지 않으려는 의지를 강조하는 표현으로 활용되고 있다.
6) 정성장, 「2018년 김정은의 신년사와 한반도 정세 전망」, 『세종논평』, 세종연구소, 2018. 1. 2.

4.27 남북정상회담을 필두로 6.12 싱가포르 북미 정상회담이 개최되면서 종전과 평화, 통일에 대한 기대감이 높아진 것이 사실이다. 하지만 2019년 12월 현재 남북미 정상의 다양한 노력에도 불구하고 아직 한반도는 북미 관계의 부침 속에 안개 속 정국을 보여주고 있다. 이러한 시기에 2018년 『조선문학』을 일별하면서 북한 문학의 변모 양상을 점검하는 것은 2018년 이후 현재에 이르는 북한 사회의 변화된 지향성을 가늠하면서 한반도 평화 체제 구축 분위기의 현재성을 파악함과 동시에 근미래적 평화 체제의 가능성을 문학적으로 모색할 수 있게 한다는 점에서 의미있는 작업에 해당한다.

2018년 『조선문학』 전체를 검토해 보면, 몇 가지 특징을 확인할 수 있다. 즉 '만리마 시대'와 '사회주의 문명국'에 대한 기대 속에 인재 확보를 통한 교육 강국과 과학기술 강국의 지향 등이 강조되고 있으며, '자력갱생'[7]의 논리 속에 1등주의의 지향과 경쟁 담론 속에서 인민 생활 향상에 대한 기대가 두드러지게 드러난다. 이 중에서 본고는 '미국과의 대결 구도'를 다룬 리동구의 단편소설 「성전의 나팔소리」와 리성철의 시 「나의 입대탄원서」, 한반도 평화 시대에 대한 기대를 다룬 렴형미의 시 「평화」와 방명혁의 시 「그이의 발걸음」, 1등주의에 대한 강박과 경쟁 담론을 형상화한 리명선의 단막희곡 「보답」과 김성옥의 시 「너와 경쟁한다」 등 6편을 구체적으로 분석해 보고자 한다. 상기한 6편의 작품이 2018년 북한문학이 전쟁과 평화의 갈림길에서 평화를 선택하는 변곡점의 양상을 보여주고 있으며, 경쟁 담론의 형상화 속에 새로운 사회 변화를 추구하고 있음을 구체적으로 드러내고 있

---

7) 오창은에 의하면, '자력갱생'은 1990년대 '고난의 행군' 시기 배급체제의 붕괴로 발생된 엄청난 인명피해 이후 각별해진 용어로서, 북한에 대한 유엔과 미국의 봉쇄와 제재를 이겨내려고 강조되는 인민 스스로의 자기혁신과 자기관리를 의미한다.(오창은, 「북한 자력갱생 담론과 인민의 삶 대응 양상 연구」, 『통일인문학』 제80집, 건국대학교 인문학연구원, 2019. 12, 85~111쪽.)

기 때문이다. 물론 표면적인 의도는 '종자' 중심의 '주체사실주의'를 따르는 것이 기본이며 '수령—당—인민'의 삼위일체 속에 지도자의 지시를 따르고 당의 목소리를 체현하는 것이 인민의 고상한 품성에 해당하지만, 그 이면을 독해하자면 북한 사회의 변화를 가늠해볼 수 있는 것이다. 따라서 이러한 변모 양상의 추적은 북한의 사회적 변화를 반영하거나 견인하는 문학적 상상력의 표정을 통해 남북한 문학의 공감각을 확보하는 밑거름이 될 것이다.

2. 잔존하는 대결 구도

1) '사랑과 평화의 전쟁'이라는 역설[8]

리동구의 「성전의 나팔소리」는 북미 갈등이 최고조에 달하던 2017년까지의 한반도 분위기를 그대로 반영한다. 특히 김정은의 올바른 지도로 김일성군사종합대학 교수인 엄남용이 제대로 된 논문을 작성하게 된다는 이야기를 통해 '사랑과 전쟁의 역설'을 강조한 작품이다.[9] 이미 2014년에 '김정은의 수령형상화'[10] 첫 단편집인 『불의 약속』에 수록되었지만, 2018년 1호

---

8) 리동구의 「성전의 나팔소리」 분석 부분은 필자의 기존 논문(오태호, 「김정은 시대의 북한 단편소설에 나타난 서사적 특성 고찰—사회주의적 이상과 현실의 균열적 독해」, 『인문학연구』 제38호, 경희대학교 인문학연구원, 2018. 12, 147~176쪽.) 중에서 2018년 『조선문학』의 변화를 개괄하기 위해 논문의 일부를 차용했음을 밝혀둔다.

9) 이 작품은 '김정은의 수령형상'을 창조한 첫 단편집으로 평가되는 『불의 약속』(2014)에 먼저 게재된다.(김용부, 「경애하는 원수님을 모시여 조선의 미래는 창창하다 - 단편소설집 『불의 약속』에 대하여」, 『조선문학』, 2015. 2, 27~31쪽.) 이렇게 보면 이 작품은 2017년까지 북미 간에 전개되는 전쟁 고조 분위기를 반영할 뿐만 아니라 2014년 이후 대미 적대감을 강조하기 위해 2018년 1월호에 재수록되었다고 볼 수 있다.

10) '김일성 수령, 김정일 장군, 김정은 원수'가 김일성 가계에 대한 공식화된 호칭에 해당한다. 하지만 '수령, 장군, 원수'의 내포는 기본적으로 '수령'과 동일하다. 김정일 사후 '김정일 애국주의'가 전면화되고, 1980년 제6차 당대회 이후 36년 만에 개최

에 재수록되면서 2014년 이후 2018년 초까지의 '전쟁 불사론' 분위기를 반영하는 작품에 해당한다.[11] '수령형상문학'에 해당하는 이 작품에서 김정은은 "조선반도의 평화와 안정은 대원수님들의 유훈"이라면서 적들의 전쟁준비에 맞서 북한의 평화애호적인 입장에는 변함이 없음을 강조한다.

김정은은 엄남용이 논문에서 "적들에 대한 무자비한 증오와 징벌만을 강조"했다고 지적하면서, "우리가 앞으로 치르어야 할 혁명전쟁도 우리의 혁명무력이 이미 겪은 두 차례의 전쟁과 그 본질이 같"다고 강조한다. 즉 "우리의 혁명무력은 과거나 지금이나 외래침략자들로부터 조국과 민족을 구원하고 평화를 수호하는데 그 력사적사명이 있"다는 점을 강변한다. 북한은 평화를 원하지만, 일제 강점기 시절의 일본이나 한국전쟁기 이래로의 미국처럼 적대국이 선제적으로 침략을 감행했기에 정당방어로서의 전쟁을 수행할 수밖에 없었음을 주장하는 것이다. 이러한 논리는 북한이 2017년 '핵 무력 완성'을 통해 사회주의 체제의 유지 강화를 기획하고 실천하는 '평화 지향의 국가'임을 선전하는 내용으로 이어진다.

뿐만 아니라 김정은은 엄남용이 "원쑤놈들에 대한 무자비한 징벌만을 강조"한 것이 일면적 관점이라면서 "우리의 혁명전쟁은 어디까지나 조국과 민족에 대한 사랑과 믿음으로 벌리는 전쟁"이며, "사랑과 믿음의 철학으로

된 2016년 제7차 당대회에서 '김일성—김정일주의'가 강조되긴 하지만, 김일성 수령과 김정일 장군의 의도를 실현하는 체현자가 '김정은 원수'라는 점에서 김정은은 '현존하는 수령'인 셈이다.

11) 『조선문학』은 조선작가동맹의 기관지로서 작가동맹원들의 새로운 작품만을 게재하는 것이 아니라, 필요하다고 판단될 경우 기존에 발표되었던 작품들 중 '수령형상'이나 '당문학적 지향'을 보여주는 모범적인 시나 소설, 수필을 재수록하기도 한다. 재수록은 기획 의도에 해당하는 '종자'로서의 '마땅한 신작'이 없을 경우 편집자들이 선택적으로 활용하는 편집권의 권한에 해당하는 것으로 짐작된다. 1950년대 작품부터 1990년대 작품에 이르기까지 연도나 호수에 상관하지 않고, 재수록 의도에 대한 설명 없이 재수록이 진행되고 있기 때문이다.

우리가 벌리는 전쟁의 본질을 풀이해야' 함을 지적한다. 분노와 적대감을 강화하는 '증오와 징벌로서의 피상적 전쟁'이 아니라 조국과 민족을 위한 '사랑과 믿음의 성전'이 '전쟁의 본질'임을 강변하고 있는 것이다. 이러한 태도는 북한문학이 '당문학적 지향'을 교양하는 근대문학 초기의 계몽주의적 계도 문학의 경향을 유지하고 있음을 보여준다.

그리고 김정은은 "적들이 만일 불질을 한다면 기회를 놓치지 않고 반타격으로 대응하려는 것은 우리가 자기 조국과 민족에 대한 뜨거운 사랑을 지닌 혁명가, 애국자들이기 때문"이고, "조국과 민족에 대한 사랑이 없이는 원쑤들에 대한 증오도 있을 수 없"다면서 "사랑이 열렬할수록 증오도 무자비"함을 강조한다. '조국과 민족에 대한 사랑의 크기'가 '원쑤들에 대한 증오의 크기'를 비례적으로 확대해 왔다고 파악하고 있는 것이다. '조국과 민족'에 대한 에로스적 욕망이 '외세와 적들'에 대한 타나토스적 충동을 비례적으로 상승시켰다는 진술인 셈이다. 그러나 이러한 자부심은 '조선 대 외세, 사회주의 대 제국주의'의 구도 속에 '선과 악, 동지와 적'이라는 이분법적 대립을 전면화함으로써 인민들로 하여금 도덕적 우위 속에 체제 내적 결속을 강화하게끔 만드는 전략에 해당한다.

> "우리는 누구보다 평화를 사랑합니다. 우리 당의 그러한 립장에는 지금도 변함이 없습니다. 그러나 적들이 전쟁을 강요한다면 우리는 최후의 선택을 하지 않을 수 없습니다. … / 우리의 전쟁은 어디까지나 조국과 민족에 대한 뜨거운 사랑이 구현되는 성전으로 되어야 합니다."[12]

인용문에서 김정은은 "우리는 누구보다 평화를 사랑"하지만, "적들이 전쟁을 강요한다면" 어쩔 수 없이 "최후의 선택을 하지 않을 수 없"으며, 자신

---

12) 리동구, 「성전의 나팔소리」, 『조선문학』, 2018. 1, 17쪽.

들의 전쟁이 "어디까지나 조국과 민족에 대한 뜨거운 사랑이 구현되는 성전"이 되어야 함을 강조한다. 애국심이라는 근대적 감각을 일깨우며 '사랑과 성전'을 연결하는 김정은은 최종적으로 자신이 '철학과 창조성'을 중요시한다면서 "철학성이 결여된 글"을 인정할 수 없다고 단언한다. 그러면서 엄남용에게 "사랑과 믿음의 철학을 가지고 론문을 다시 잘 써주시오."라고 지시한다. '십자군 전쟁' 같은 종교적 성전을 연상시키는 김정은의 '사랑의 성전'은 결과적으로 '평화 애호와 전쟁의 불가피성' 속에 적대적 대결 구도를 강조하면서 '인민에 대한 지도자의 사랑과 신뢰'를 표명함으로써 제국에 맞서 인민들에게 국가주의적 결속력을 강제하려는 레토릭에 해당한다.

원고의 마무리에 서술자는 "원쑤들은 파괴와 살육을 전쟁의 본질로 알고 있"지만, "조선에서 원쑤들에 의해 전쟁의 불집이 터진다면 사랑과 믿음의 철학이 파괴와 살육의 철학을 어떻게 타승하는가를 세계는 보게 될 것"이라면서 북한의 "인민과 군대"가 "위대한 대성인을 진두에 모시고 있"음을 강조한다. 결과적으로 '파괴와 살육을 일삼는 원쑤들'에 맞서서 사랑과 믿음의 화신인 '위대한 대성인으로서의 김정은'을 위시로 '사랑과 믿음의 철학'을 지닌 '조선'이 승전할 수밖에 없음을 강변하고 있는 것이다. 이러한 서술자의 태도는 결국 외세의 침략으로 인해 발생할 '파괴와 살육'을 막아내기 위한 체제 내적 언술임과 동시에 전세계적 고립과 제재를 신념과 의지로 극복하려는 방어기제의 작동이라고 볼 수 있다. 그러나 과연 신념과 의지만으로 유엔의 제재와 봉쇄를 넘어설 수 있을 것인가?

이렇듯 「성전의 나팔소리」는 '사랑과 살육, 평화와 전쟁, 선과 악'이라는 대비적 구도를 분명히 전개하면서 사랑과 평화를 선호하는 모범 국가가 김정은이 지도하는 '조선'임을 강조한다. 즉 방어와 공격, 사랑과 증오, 평화와 전쟁이라는 상대적 개념을 대비시켜 '원쑤들의 적대적 관점'에 비해 북한식 사회주의 체제가 지닌 도덕윤리적 가치관의 우월성을 강조하고 있는 것이다. 특히 김정은의 인민 사랑의 정신과 평화 애호를 기반으로 '조선은 선'이고, '외세는 악의 무리'라는 이분법적 선악 구도가 2018년에도 여전함을 보여준다.13) 적어도 북한문학에서는 '사랑과 평화'가 '전쟁 불사'의 다른 이름으로 역설적으로 호명되고 있는 셈이다.

2) 대미 적대감의 고조와 참전 결의

리동구의 「성전의 나팔소리」가 김정은이 군사대학 교수의 부족한 논리를 지닌 논문의 완성을 지시하여 사랑과 믿음으로서의 불가피한 성전을 강조하면서 전쟁 불사론을 피력하고 있다면, 리성철의 시 「나의 입대탄원서」는 "늙다리 트럼프의 히스테리적 광기"를 비난하면서 '황해도 신천사건'14)을 매개로 미국에 대한 적대감을 피력하는 작품이다. 리성철의 시는 2018년 이래로의 한반도의 평화 구축 분위기가 반영되기 전 2017년까지의 적대적 대결 구도를 반영하면서, 트럼프 대통령의 '광기'를 비판하고 대미 적대감을 강화하는 내용을 다룬 시편이다.

---

13) 이외에도 리명순의 단편소설 「박수소리」(1호)에는 독일에서 유학하던 북측 과학자 신광현이 미국의 대북제재로 고국으로 돌아가려는 모습을 통해 미국과의 대결 구도가 2017년까지의 강대강 대립 구조 속에 지속되고 있음이 드러난다.

14) 한국전쟁 시기인 1950년 10월 황해도 신천군에서 35,000여 명의 민간인이 학살된 사건을 말한다. '신천학살' 혹은 '신천학살사건'이라고 불리며, 북한에서는 '신천대학살'이라고 명명한다. 학살의 주체를 두고 북한과 남한의 주장이 극명하게 엇갈린다. 북한에서는 학살의 주체를 미군으로 지목하며, 학살 현장에 신천박물관을 건립하여 반미교육의 현장으로 활용하고 있다. 역사문제연구소에서 기획한 '북한현대사'에서는 신천군 사건이 미군의 학살 개입과는 상관없이 신천군 내의 기독교 세력과 북한 정권을 지지하는 공산주의 세력 사이의 알력으로 촉발되었으며, 특히 북한 정권에서 시행한 토지개혁을 매개로 격화되어 비극이 잉태되었다고 설명한다.(김성보·기광보·이신철, 『사진과 그림으로 보는 북한현대사』, 웅진지식하우스, 2004. 참조.) '신천 사건'을 형상화한 황석영의 장편소설 『손님』 역시 역사문제연구소의 시각과 궤를 같이한다.

나의 할아버지 할머니들이 / 마지막으로 남기고간 피절은 웨침이 / 오늘도 이 가슴을 쾅쾅 치는 신천 / 그 원한으로 치솟은 / 사백어머니, 백둘어린이의 봉분앞에서 / 나는 입대탄원서를 쓴다 // 세월이 흘러도 변하지 않는 승냥이의 본성 / 오늘 또다시 / 우리 국가의 <완전파괴>를 함부로 줴쳐댄 / 늙다리 트럼프의 히스테리적광기에 / 쌓이고쌓인 신천의 원한은 / 분노의 활화산을 세차게 터치며 / 미제와의 최후결산에 나를 부르거니 // 나는 신천에서 나서자라 / 살인귀 미제에 대한 불타는 증오를 / 한살한살 / 복수의 나이로 재워온 이 땅의 새 세대 // 나는 입대탄원서를 쓴다 / 휘발유를 빨다 너무도 속이 타 / 손톱이 닳도록 담벽을 쥐여뜯고 / 불에 타면서도 애타게 엄마를 찾던 아이들과 / 원쑤의 총탄에 숨지면서도 / 자식들을 피타게 부르고부르던 / 어머니들의 이름으로 한자 또 한자 // 최후의 순간에도 <조선로동당 만세!>를 소리높이 웨치며 / 원쑤들을 전율케 하던 애국자들 / 그들의 천백배의 복수를 다짐하며 한자 또 한자 // 오늘도 / 저 녹쓴 호미와 긴 쇠못들은 / 이 가슴에도 아프게 박혀있고 / 서슬푸른 복수의 칼날로 벼려져 / 내 손에 억세게 쥐여져있나니 // 피비린내나는 미제의 썩은 몸뚱이를 / 속시원히 각을 뜨고 단숨에 칼탕쳐 / 쌓이고쌓인 신천의 피맺힌 원한을 풀리라 / 조선인민의 철천지원쑤 미제침략자들을 소멸하라 / 아, 나는 입대탄원서를 쓴다![15)

전체 7연으로 이루어진 시는 '황해도 신천의 양민학살 사건'을 호명하면서 미제에 대한 적대감을 피력한다. 시적 화자는 1연에서 '사백 어머니'와 '백둘 어린이의 봉분' 앞에서 '입대탄원서'를 쓰고 있다는 내용으로 시작한다. 1950년 10월 한국전쟁 시기 신천에서 자행된 피맺힌 원한의 외침이 2018년에도 현재적으로 울려퍼지고 있기 때문이다. 더구나 2연에서 미국은 야만적이게도 과거의 "승냥이의 본성"을 지속적으로 내포한 국가이며, 2018년 현재에도 지속적으로 북한의 "완전 파괴"를 주창하는 트럼프 대통

---

15) 리성철, 「나의 입대탄원서」, 『조선문학』, 2018. 1, 77쪽.

령의 "히스테리적 광기"가 현존하는 적성국이다. 그러므로 수만 명에 달하는 학살의 원혼이 자신을 호명한다는 전제 하에 화자는 "분노의 활화산"으로 "미제와의 최후 결산"을 치르고자 한다.[16]

3연을 보면 화자는 신천에서 나고 자란 존재로 "살인귀 미제에 대한 불타는 증오"를 내면화하고 있으며, "복수의 나이"를 먹으며 자란 '새 세대 청년'임을 강조한다. 4연에서 봉분에 새겨진 '사백 어머니'와 '백둘 어린이'의 비명(碑銘)은 그야말로 '비명(悲鳴)'처럼 새겨져 화자는 "원쑤의 총탄에 숨지"던 비극적 고통을 되새기게 된다. 그리고 5연에서 그들의 단말마적 고통을 "조선로동당 만세"라는 구호와 함께 애국으로 소환하면서, "천백배의 복수"를 다짐하는 것으로 그려진다. 6연에서 "서슬 푸른 복수의 칼날"을 벼리는 화자는 7연에서 극단적으로 분노를 표출한다. "미제의 썩은 몸뚱이"를 향해 "신천의 피맺힌 원한을 풀"어내는 것이 그에게 주어진 임무라고 생각하기 때문이다. "조선 인민의 철천지 원쑤 미제침략자들을 소멸"시키는 것이 신천에서 학살된 원혼들의 위령제를 치르는 방법이라는 판단 속에 화자는 '입대탄원서'를 제출하는 것이다.

리성철의 시는 1945년 해방과 함께 찾아온 분단 체제 이래로 1950년대 한국전쟁을 치른 이후 미국에 대한 적개심을 노골적으로 드러내는 전형적인 북한의 선동시에 해당한다. 물론 이러한 적대적인 감정을 직접적으로 드러내는 시편들은 2018년 1월호를 끝으로 『조선문학』에서 사라진다. 적어도 필자가 확인한 바에 따르면 2019년 9월호에 이르기까지 찾아볼 수는 없

---

16) 고봉준에 따르면 2000년대 초반 신천박물관은 누적 관람객 수 1,500만 명이 넘었으며, '반미 의식의 거점'이자 '계급 교양의 장소'로 기능한다. 특히 '400 어머니 묘'와 '102 어린이 묘'는 제국주의의 반인간적인 면모를 강조하기 위한 휴머니즘적 기념물에 해당한다.(고봉준, 「신천 학살의 시적 형상화와 반제 투쟁—최근의 북한시를 중심으로」, 『북한문학의 이해 3』, 청동거울, 2004, 290~304쪽.)

었다. 그리고 그 사라진 자리에 희미하게나마 평화의 기운이 움트는 모습이 시를 통해 드러난다. 이것은 2018년 2월 평창 동계올림픽 참가 결정 이후 반미, 반남한 정서가 완화되면서 한반도 비핵화를 향한 남북의 노력 속에 문학 작품에서도 체제 대결이나 적대감 고조의 분위기가 사라지고 있음을 보여준다.

3. 한반도 평화 시대의 기대

1) 구체적 평화의 형상

2018년 1호까지의 적대적 분위기는 적어도 2호 이후부터는 완전히 달라진다. 아마도 일차적으로는 남북 화해 분위기가 문학 작품에도 영향을 끼친 것으로 짐작된다. 특히 3호에 게재된 렴형미의 시 「평화」는 북한에서 생각하는 평화에 대한 갈망을 잘 보여주면서, 평화의 구체적 형상을 피력하고 있다는 점에서 주목을 요한다. 각 연의 제일 앞에 "평화! 그것은"이라는 구절을 두운처럼 배치함으로써 북한에서 상상하는 평화의 이미지와 함께 한반도에서의 평화의 의미를 지속적이고 반복적으로 주목하게 만드는 효과를 발휘한다.

> 평화! 그것은 / 이른새벽 밥지으며 듣는 〈애국가〉의 선율 / 출근길에 만나는 다정한 사람들의 인사말 // 평화! 그것은 / 넘어진 아이 앞에서도 아파지는 내 마음 / 능금볼 다독이며 비벼주는 애틋한 손길 // 평화! 그것은 / 붐비는 뻐스안에서도 책을 읽는 내 습관 / 영화로만 보아온 전쟁의 하많은 이야기들 // 평화! 그것은 / 초소에서 보내온 아들의 명포수 영예사진 / 기쁨으로 흐르는 어머니의 행복한 눈물 // 평화! 그것은 / 귀중한 나의 가정 아름다운 우리 생활 / 목숨 바쳐 지키는것이여라[17]

1연에서 화자는 평화의 구체적 양상을 두 가지로 포착한다. 첫째로는 아침밥을 짓는 새벽녘에 듣는 "애국가의 선율"에서 평화로운 일상이 시작됨을 주목한다. 그리고 이어서 출근길에 마주치는 사람들의 '다정한 인사말'에서 일상의 평화를 구체적으로 확인한다. 이렇게 보면 시적 화자에게 평화란 잔잔한 일상을 이어가는 하루의 시작임과 동시에 이웃들과 함께 다정하게 대화적 의사소통을 나누는 안정된 감각으로 체감되는 것이다. 2연에서의 화자 역시 평화의 구체적 양상을 기록한다. 그리하여 길가에 "넘어진 아이"를 보면서 함께 아파할 줄 아는 '측은지심의 소유자'로서, 다친 아이의 건강을 염려한다. 특히 아이의 통증을 가라앉히길 원하면서 "능금볼 다독이며" "애틋한 손길"로 보듬어주는 따뜻한 감수성이 평화의 구체적 감각임을 포착한다.

3연에서 화자는 출퇴근 버스에서도 놓지 않던 독서 습관을 유지하고, 전쟁에 대한 불안과 공포를 추체험하는 것이 아니라 전쟁 이야기를 영화로 관람하면서 전쟁을 영상으로 간접 체험하는 것이 평화로운 일상의 연속임을 주목한다. 뿐만 아니라 4연에서 화자는 군에 간 아들이 보내온 "명포수 영예사진"을 보면서 기쁨과 행복의 눈물을 지을 줄 아는 병사의 어머니로부터 평화를 체감한다. 전쟁이 두려움과 공포의 대상이 아니라 '영상 이야기'의 대상으로 호명되고, 군에 복무하는 아들의 사진을 통해 건강한 군 생활을 확인하는 것이 평화의 실상임이 드러나는 것이다.

끝으로 5연에서 화자는 1~4연에 이르는 가정과 사회에서의 모든 일상생활이 유지되는 "아름다운 생활"을 "목숨 바쳐 지키는 것"이 평화임을 강조한다. 결국 렴형미 시인의 평화는 일상의 시작과 끝을 평화롭게 유지하며 가정과 사회, 심지어 군대에서도 전쟁의 공포와 불안, 걱정으로부터 벗어나

---

17) 렴형미, 「평화」, 『조선문학』, 2018. 3, 71쪽.

자유로운 일상의 경험을 지속하는 것임을 보여준다.

결과적으로 렴형미의 「평화」는 한반도 북쪽에 고립된 채 살아가고 있는 북한 인민들에게 일상적 평화가 얼마나 소중한지에 대해 '전쟁 불사'나 '적대감의 선동', '학살의 원혼' 같은 '전쟁에 대한 레토릭' 없이 강조하는 서정적인 시편에 해당한다. 미제에 대한 적개심을 전면에 내세우지 않고도 평화의 감각을 지향하는 구체적 일상의 양상을 묘사하고 있다는 점이 이 작품의 미덕인 셈이다.

2) 세계 평화의 은인 '김정은'

렴형미의 「평화」가 일상적 평화의 중요성을 강조하는 시편이라면, 방명혁의 시 「그이의 발걸음」은 김정은 시대의 북한에서 상상하는 평화에 대한 '전형적 이미지'를 강조하는 시편이다. 특히 김정은의 '수령형상문학'[18]에 해당하는 '찬양시'로서 북한 내부에만 그치는 것이 아니라 전세계적인 '인류 평화의 시대'를 개척하는 '은인'으로서의 김정은의 형상이 강조된다.

신비하여라 / 한번 울리면 / 눈부신 기적과 신화가 태어나고 / 또 한 번 울리면 / 만복의 열매들이 무르익게 하는 / 아, 우리 원수님의 발걸음 // 그 발걸음 / 새로 솟은 가방공장 구내길에 새겨지면 / 나의 아들의

---

18) '수령형상문학'의 저술자인 윤기덕은 수령형상의 의도가 "수령의 혁명력사와 숭고한 풍모를 진실하고 생동하게 예술적 화폭에 그려 수령의 위대성을 예술적으로 감득하게 하는 것"이라면서 수령형상의 본질을 '수령의 위대성과 고결성, 인간적 풍모의 예술적 형상화'를 통해 인민을 계몽하는 것에 있다고 밝히고 있다. 그리하여 수령형상창조의 원칙을 '첫째 충성심을 다하여 최상의 높이에서 형상, 둘째 밝고 정중하게 형상, 셋째 인민들 속에 계시는 수령 형상, 넷째 위대한 인간의 형상, 다섯째 력사적 사실에 철저히 기초하여 형상' 등으로 밝히고 있다.(윤기덕, 『수령형상문학』, 문예출판사, 1991, 155~157쪽.) 김정은의 수령 형상 역시 이 원칙에서 벗어나지 않고 있다.

어깨우엔 / 멋진 <소나무> 책가방이 메워지고 / 궁궐같은 새 집들 그 층계를 오르시면 / 나의 집에도 밝은 해빛이 흘러들어라 // 이 땅의 방 방곡곡에 / 사랑의 자욱 끝없이 새겨가시는 / 우리 어버이 / 백리청춘 과원엔 사과대풍 안아오시고 / <바다 만풍가>의 노래 높이 울리는 / 황금해의 새 력사도 펼쳐주시였거니 // 진정 / 물란리가 지나간 북변의 산간마을엔 / 인민사랑의 전설을 꽃피우고 / 충천하는 건설의 전역들 엔 / 만리마의 나래를 달아주시는 / 우리 원수님의 발걸음 // 그것은 / 뜨거운 조국애 / 멸사복무의 인민관을 가슴에 지니시고 / 불같은 헌신 으로 이어가시는 / 어버이의 한걸음한걸음 / 그 걸음 / 대양멀리 대륙 멀리로 이어가시여 / 흠모의 열풍으로 지구를 들끓이시고 / 이 행성에 / 자주의 축을 굳건히 세우신 / 우리 원수님 / 정녕 내 조국을 / 세계의 상상봉에 올려세우신 / 그이는 민족의 어버이 / 아름다운 평화의 시대 를 펼쳐주시는 / 전인류의 은인 // 조국과 인민을 위해 끝없고 / 세기와 세기를 이끌어 불멸할 / 우리 원수님의 자욱자욱우에서 / 내 조국은 인 류리상의 기념비로 / 우뚝 솟아 빛나려니 // 아, 신비하여라 / 이 땅에 / 대대손손 전해갈 전설을 수놓으시고 / 눈부신 인류의 미래를 당겨오시 는 / 불세출의 위인 / 우리 원수님의 발걸음이여!19)

화자는 1연에서 김정은의 발걸음이 "눈부신 기적과 신화"를 탄생시키며 "만복의 열매"를 풍성하게 맺게 할 정도로 온 세상에 울려퍼지고 있음을 '이적의 신비'로 파악하며 주목한다. 그리고 그 발걸음이 2연에서는 공장 과 가정에도 울려퍼지며 아들에게 '소나무 책가방'을 메게 하고, 집 안으로 는 '밝은 햇빛'이 흘러들도록 견인하는 것으로 그려진다. 그리고 3연에서 는 과수원에서 사과 대풍년이 펼쳐지고 바다에서 '만풍가'가 울려퍼지게끔 "사랑의 자욱"을 새기는 새로운 역사의 발걸음을 김정은이 북한 전역에 옮 기고 있다고 강조한다. 4연에서는 수재 복구 지역과 건설 현장에서 "인민 사랑의 전설" 속에 '만리마의 날개'를 달아주는 지도가 김정은의 발걸음임

19) 방명혁, 「그이의 발걸음」, 『조선문학』, 2018. 11, 5쪽.

을 강조한다. 5연에서는 김정은이 "뜨거운 조국애"와 "멸사복무의 인민관"을 내면화한 "불 같은 헌신"의 소유자이기 때문에 가능한 발걸음임을 찬양한다. 이렇듯 김정은의 발걸음이 북한 사회 곳곳을 놀라운 생산 증대와 함께 풍요로운 곡창지대로 만들어 '사회주의 문명국'으로 인도하고 있다고 찬양하는 것이다.

6연에 이르면 이러한 발걸음이 한반도 북쪽에만 국한되는 것이 아니라 "대양멀리 대륙멀리"로 퍼져나가면서 지구촌 곳곳에서 김정은을 향한 "흠모의 열풍"이 일어나고 있음을 강조한다. 7연에 이르면 김정은은 북한을 "세계의 상상봉"에 오르게 만든 "민족의 어버이"로서 "아름다운 평화의 시대"를 선보이는 "인류의 은인"으로 추앙된다. 8연에서는 김정은의 발걸음이 '인류적 이상'을 실현하는 '불멸의 기념비'로 빛날 것임을 예견한다. 그리고 9연에서는 김정은의 발걸음이 '과거의 전설'과 '눈부신 미래'를 견인하는 "불세출의 위인"으로서의 거보(巨步)임을 강조한다. 김정은은 '김일성—김정일주의'를 실현하는 '전형적인 수령'으로서 북한을 주춧돌 삼아 전세계적 지도자로 거듭나고 있음을 자랑하고 있는 것이다.

이렇게 보면 김정은이 자신의 족적을 통해 2018년 이래로 남북 정상회담과 북미 정상회담을 거치면서 한반도의 평화 시대를 견인하는 '세계적 지도자'로서 추앙되고 있다는 '종자' 중심의 주체사실주의적 시각이 북한에서의 '평화시'의 전형이라고 볼 수 있다. 그러나 남한이나 미국 등의 상대국의 대화 노력이 배제된 채 지나치게 일방적인 김정은 찬양 일변도라는 점에서 문학적 과잉 수사(修辭)로 일관된 '수령 찬양시'에 불과하다고 비판받을 소지가 농후하다. 손뼉도 마주쳐야 소리가 나는 법이기 때문이다.

4. 경쟁 담론의 형상화

1) 1등주의의 강박

리명선의 단막희곡 「보답」은 김정은 시대의 사회주의 현실 주제 문학이 '1등주의'[20]에 포박되어 있음을 보여주는 작품이다. 특히 1등주의를 표방하는 가운데 개인의 영광을 넘어서는 응분의 사회적 보답을 내면화하면서 제국주의의 봉쇄를 헤쳐나가려는 북한 사회의 욕망이 잘 드러난 작품이다. 리명선의 희곡은 전국도대항군중체육대회에 '그네뛰기 감독'인 정금이 팔 부상에도 불구하고 금메달을 따기 위해 그네 경기에 참전하는 과정을 그린 작품이다. 작품 말미에 동점 상황이 발생하자 '평안북도'와의 대결에서 '량강도' 대표인 정금은, 기권하거나 후보 선수로 감독이 뛰거나 양자택일해야 하는 상황에서 부상을 무릅쓰고 경기에 나가고자 한다. 그리고 부상당한 정금의 노력이 결과적으로 량강도가 1등을 수상하게 된 원동력이 되지만, 역설적이게도 북한 사회가 '1등주의의 강박'에 사로잡혀 육체적 한계를 넘어 의지를 앞세우는 '정신승리의 사회'임을 비판적으로 독해할 수 있는 대목이 된다. 물론 '패배주의'를 넘어 '미국과의 전쟁 같은 경쟁'에서 지지 않으려는 고투가 강조되고 있음은 분명해 보인다.

작품의 도입부에서 주인공인 정금의 남편인 의사 춘복은 아내 정금이 팔을 다쳐서 병원에 입원했다가 겨우 퇴원했음에도 불구하고, 아직 정상적으

---

20) 2018년 3월호에 게재된 렴예성의 단편소설 「사랑하노라」 역시 1등주의를 표방하는 대표적인 텍스트에 해당한다. '세계 일류 지향과 인재 강국 건설을 향한 의지'를 연정(戀情)의 감각적 표현으로 형상화한 이 작품은 언제나 1등생 꿈을 꾸었던 화자 홍유정과 동창 김정인의 일화를 통해 '조국의 운명'을 향한 사랑과 과학자의 실천 의지를 드러낸다. 결과적으로 유정처럼 1등에 대한 고집이 '조선 내부'에만 머무르는 것이 아니라 정인처럼 "최상의 문명을 최고의 수준에서" 건설하려는 노력이 진정한 세계 1등을 지향하는 '과학자의 꿈'이어야 함을 강조한다.

로 회복하지 못한 몸을 이끌고 '그네'를 타는 것을 나무란다. "그네에 미쳐서" "돌아두 단단히 돌았"다면서 정금의 행동을 비판하는 대목은 북한 사회의 일상을 드러내면서 실감 나는 부부 관계를 보여주는 대사에 해당한다. 하지만 정금은 '전국도대항군중체육대회' 날짜가 다가오는 통에 자신이 가만히 있을 수 없었다고 대꾸한다. 더욱이 이번 대회에서도 금메달을 따야 한다는 당위적 책임을 강조한다. 하지만 남편인 춘복은 감독을 그만두고 이제 집에서 안정치료를 받으라고 권유한다. "이러다간 정말 당신이 미치든 내가 미치든 일이 나겠"다며 만류하는 것이다. 그러나 명금은 언니 정금이 없이 대회에 나간다면 시합에 나가 망신이나 당할 것이라면서 차라리 안 나가는 것이 낫겠다고 이야기한다. 그러자 정금은 "너같이 패배주의에 물젖은 사람은 아무 일에서나 성공할수 없"다며 나무란다. 도 대표로서의 '승리에 대한 갈증'이 개인적인 '패배주의적 한계'를 넘어설 수 있다는 인식을 보여주는 것이다.

때마침 이웃집 기성이가 특류영예군인인 형 기철이가 보내는 선물이라면서 '토끼곰' 단지를 가지고 와서 정금에게 약해진 몸에 최고라며 건네준다. 뿐만 아니라 기성이 정금에게 기철의 편지를 건네며 자신들도 건설장에서 1등을 하겠으니 1등 경쟁을 하는 게 어떻겠냐고 제안한다. 정금은 알겠다면서 도당 부위원장을 설득하여 건강을 돌보면서 경기에 참여하겠다고 약속한다. 실제 대회에서 명금이 9m, 혜란이 9.5m를 돌파하면서 경기가 끝나지만, 경기가 끝난 뒤 평안북도와 량강도의 총 연장길이 기록이 46.5m로 동일한 결과로 나온다. 그러자 심사위원회에서 후보 선수를 한 명 더 참가시켜 그 점수를 합산한 종합점수로 승패를 보자고 결정한다.

정금은 기권을 할 것인지 후보 선수로 뛸지를 고민하다 "경기야 이기자고 하는건데 2등이나 할바에야 무엇 때문에 예가지 왔단 말입니까?"라면서

부국장에게 뛰겠다는 결심을 이야기한다. 하지만 혜란이 "그 무슨 국제 경기도 아닌데 1등이면 어떻고 2등이면 어떻단 말이예요. 그렇다고 운명이 달라질 것도 없는데."라고 말하고, 명금이 "이런 경기 때문에 일생 고생하겠어요?"라고 만류한다. 국제대회도 아니고 1등이든 2등이든 운명을 바꾸는 것도 아니라는 혜란의 인식이나 군중체육대회 때문에 일생을 고생하겠느냐고 반문하는 명금의 인식은 지나친 보신주의적 관점일 수도 있지만, 이면적으로 독해하자면 북한 인민이 '전국도대항군중체육대회'를 바라보는 일반적인 인식의 수준을 보여준다. 하지만 정금은 기철의 편지를 보여주면서 승리의 중요성을 강조한다.

> 기철 : 정금누이, 난 지금 삼지연군건설장으로 떠납니다. 비록 내가 가는 앞길에 칼벼랑이 막아선다 해도 이 길이 날 아껴주고 위해주는 고향사람들의 뜨거운 정에 보답하는 길이고 경애하는 최고사령관동지를 받드는 길이기에 웃으며 떠납니다. 정금누이, 제 비록 경기장에는 못 가지만 저의 몫까지 합쳐 꼭 이겨주십시오. 누이가 이겼다는 소식만 들으면 전 열배백배의 힘이 솟구칠것입니다. 고향사람들의 이름으로 부탁하건대 승리의 기발을 꼭 휘날려주십시오.[21]

인용문에서처럼 정금에게 전해진 기철의 편지는 두 가지를 강조한다. 첫째 고향 사람들의 기대와 온정에 보답해야 하고, 둘째 김정은에게 충성과 보은을 수행해야 한다는 것이다. 그것이 고향과 지도자에게 기쁨을 전달하는 승리의 방정식이라는 것이다. 정금은 다리를 상한 기철이 먼 건설장을 찾아가는 이유가 "하나를 받으면 열백으로 보답하려는 정신을 지녔기 때문"이라면서 혜란과 명금을 설득한다. "기철이가 지닌 그런 의지로 싸울 때

---

21) 리명선, 「보답」, 『조선문학』, 2018. 4, 75쪽.

이 세상 점령 못할 요새가 없다는걸 사람들에게 보여주자"면서, "우리가 패배주의에 빠진다면 미국놈들과의 총포성없는 전쟁에서도 어떻게 이길 수가 있겠니?"라며 안타까워 한다. 이러한 인식은 북미 간의 대결 구도가 2018년 4월까지도 이어지고 있음을 보여주는 대목이다. 춘복의 만류에도 불구하고 정금은 "우리의 한생은 보답의 한생"이라면서 "우리 제도의 고마움에 천만분의 일이라도 보답"하겠다고 강변한다. 나아가 백두산 가까이에 사는 량강도 선수들이 1등을 한다면 '경애하는 원수님'도 기뻐하실 것이라고 강조한다.

"사람은 순간을 살아도 빛나게 살아야 하는거야"라며 정금이 선수로 나서서 시합을 뛴다. 결국 정금이 덕분에 량강도가 이번에도 1등에 오르게 되고, 부위원장은 "모든 사람들이 정금동무처럼 부닥치는 난관을 맞받아 뚫고나가며 백번 쓰러지면 백번 다시 일어나 기어이 이기고야마는 혁명정신으로 싸운다면 사회주의 강국의 새 아침도 반드시 밝아올" 것이라면서 백절불굴(百折不屈)의 자세가 "위대한 수령님들의 유훈을 관철하는 길이고 경애하는 원수님의 원대한 구상을 받드는 길"이라고 강조하면서 작품은 마무리된다. 결국 정금이처럼 부상을 무릅쓰고 사회와 제도에 보답하기 위해 지속적이고 헌신적으로 응분의 노력을 기울이는 것이 사회주의 강국을 선도하는 견인차 역할을 수행할 원동력임을 보여준다.

특류영예군인인 기철의 승리에 대한 집착이나 정금의 1등에 대한 강박은 북한 사회가 승리와 성공, 1등주의에 집착하는 사회로 변모하고 있음을 보여준다. 하지만 이러한 1등에의 강박은 실패에 대한 부담감으로 이어져 열등감이나 패배의식을 강화할 수도 있다는 점에서 문제적 지향이라고 볼 수 있다. 그러나 이 작품은 춘복이의 일상어투에서 드러나는 북한 사회의 생동감 어린 목소리들을 '단막희곡'의 양식에 걸맞게 형상화하고 있다는 점에서 소중하다. 뿐만 아니라 명금이나 혜란이가 보여주는 긍정적 주인공에 대한 반대의 목소리 역시 생생하게 드러난다는 점에서 2018년 북한문학의 중요한 문제작이라고 판단된다.

2) 경쟁 담론의 일상화

리명선의 「보답」이 사회적 보답에 대한 강조로 '1등주의 지향'을 보여준다면, 김성옥의 시 「너와 경쟁한다」는 북한 사회 내부에 팽배해진 경쟁 담론의 일상화를 보여주는 시편에 해당한다. 이 시는 식료품 노동자인 엄마 화자가 공부하는 어린 딸아이를 경쟁 상대로 상상하며 딸과의 경쟁에서 승리하여 식료품 증산에 대한 신심을 키우는 내용을 그린 작품이다. 2016년 7차 당대회 이후 인민생활 향상의 강조 속에 경쟁 담론이 북한 사회의 일상에 널리 퍼지고 있음이 드러나는 구체적인 작품이라는 점에서 주목을 요한다.

> 식료상점 매대앞에 아까부터 서서 / 빵이며 과자이름 읽고 세는 딸애야 / 이 엄마가 만든 식료품을 교과서삼아 / 너 한창 글공부 셈공부 하려니 // 그래 어서 배우거라 / 원수님 꿈만 같이 찾아오시여 / 기쁘게 보아주신 제품들이란다 / 상표마다 새겨진 송도원종합식료공장! / 얼마나 긍지로운 이 엄마의 일터냐 // 셈만이 아닌 글만이 아닌 / 원수님 기뻐하신 그 자강의 정신을 / 너 한창 익혀가는줄 엄마는 안단다 / 우리것이 세상 제일 으뜸이란 믿음이 / 순결한 너의 맑은 눈동자에 / 그대로 비껴지리라는 것을 // 엄마에겐 그저 그냥 기쁘기만 하구나 / 하면서도 은근히 조여지는 탕개 / 으쓱으쓱 자라오르는 너의 공부솜씨에 / 그만에야 나의 일솜씨 뒤질가봐 / 너는 그렇게 이 엄마와 경쟁을 거는구나 // 맛나는 사탕 과자 빵이랑 단물 / 어느덧 아름벌게 골라안은 딸애야 / 내 또한 맘속에 새 일감을 안는다 / 경쟁력있는 명제품향해

돌진할 속다짐을 // 영광의 그날에 원수님 당부하신 / 온 나라 공장들과의 경쟁도 / 온 세상 제품들과의 경쟁도 / 너와 나 이 경쟁속에 있기에 / 증산돌격의 보폭은 커진다 / 엄마는 너와 경쟁을 한다[22]

화자는 식료품 가공노동자로 추정된다. 1연에서 화자는 자신의 식류품 매대 앞에서 딸아이가 빵과 과자 이름을 읽고 헤아리며 글 공부와 셈 공부를 하는 모습을 흐뭇하게 바라본다. 2연에서 화자는 딸에게 어서 배우라면서 김정은이 꿈처럼 찾아와 현지 지도를 통해 보아준 제품들이라면서 '송도원종합식료공장'이 자신의 자랑스런 일터임을 강조한다. 3연에서 화자는 김정은이 강조한 "자강의 정신"을 익혀가는 아이를 보면서 "우리 것이 세상 제일 으뜸이란 믿음"이 아이의 '순결한 눈동자'에 스며들며 체현되는 모습을 상상한다. 아이의 배움이 김정은의 '자강력 제일주의'를 체화하는 공부임을 확인하고 엄마 화자가 딸아이의 공부를 뿌듯해하고 있는 것이다.

이어지는 4연에서 화자는 아이의 공부 솜씨에 그저 기쁘다면서도 은근히 자신의 마음이 '탕개(='죄어드는 마음이나 긴장감'의 북한어)'됨을 느낀다. 그리하여 아이의 공부 솜씨보다 자신의 일 솜씨가 뒤처질까봐 걱정하게 된다. 그러면서 아이가 자신에게 '경쟁을 거는 것'이라고 지레짐작한다. 그리고 5연에서 사탕, 과자, 빵 등의 식료품을 한가득 품에 안은 딸아이를 보면서 화자는 마음속으로 새로운 일감을 받아안았다며 "경쟁력 있는 명제품" 제작을 다짐한다. 6연에 이르러 화자는 김정은이 당부한 내용인 '자강의 정신'을 전제로 "공장들과의 경쟁"과 "제품들과의 경쟁"을 수행하고자 다짐한다. 뿐만 아니라 딸아이와의 경쟁까지 보태어 "증산 돌격의 보폭"을 확대하려는 의지를 다지는 것으로 그려진다. 결국 화자는 딸의 공부와 자신의

---

22) 김성옥, 「너와 경쟁한다」, 『조선문학』, 2018. 11, 26쪽.

노동을 견주면서 '자강의 정신'을 위해 증산 돌격을 실현하려는 경쟁적 다짐을 보여주는 것이다.

시인은 딸아이와의 '농담 같은 경쟁' 속에서 나라를 위해 증산 경쟁에 앞서가겠다는 다짐을 보여준다. 하지만 비판적으로 독해하자면 북한 사회가 국제 사회의 제재와 고립을 극복하기 위해 모녀지간에도 '증산'과 '경쟁'을 논해야 하는 경제적 결핍 국가임이 드러나는 대목이다. 물론 이 시는 북한 문학에서 일반적으로 표상되는, 자신의 책임과 의무를 다하는 '슈퍼우먼'이자 '헌신적이고 강한 여성'이라는 전형적인 북한 여성의 이미지가 투영된 작품임을 보여준다. 결국 1등주의의 지향이나 증산에 대한 '경쟁 담론'은 2010년대 '핵—경제 병진노선'으로 인해 더욱 강화된 유엔이나 미국 등 외부 세계로부터의 제재와 고립을 극복하려는 북한 사회 내부의 자구책이자 고육지책적인 담론인 셈이다.

5. 2020년대 북한문학의 전조

2012년 이래로 김정은 시대의 북한문학은 수령형상문학과 당문학을 앞세우며 '수령—당—인민'의 삼위일체를 강조하던 '김일성—김정일 시대'의 계승적 관점이 핵심이다. 특히 2016년 제7차 당대회 이후 '김일성—김정일주의'의 천명 속에 여전히 수령형상문학을 위시로 내세우며 당문학적 전통 속에 사회주의 현실 주제를 다룬 작품들이 후순위로 배치되어 존재하는 것이다. 본고에서는 전쟁과 평화의 변곡점이자 1등주의의 지향과 경쟁 담론이 형상화된 시기로 2018년 『조선문학』을 검토하면서 북한문학의 변화 양상을 주목하였다.

첫째로 '전쟁 분위기'를 피력한 작품으로 리동구의 「성전의 나팔소리」에서는 '평화와 전쟁, 선과 악'이라는 대비적 구도가 강조되면서 조선은 선이고, 외세는 악의 무리라는 이분법적 선악 구도가 2018년에도 여전함을 분석하였고, 리성철의 「나의 입대탄원서」에서는 "늙다리 트럼프의 히스테리적 광기"를 비난하면서 '황해도 신천'을 매개로 미국에 대한 적대감을 피력하는 내용을 주목하였다.

둘째로 '한반도의 평화'를 기대하는 작품으로 렴형미의 「평화」에서는 북한 인민들에게 '전쟁에 대한 레토릭' 없이 평화의 감각을 지향하는 구체적 일상의 양상을 주목한 반면에, 방명혁의 「그이의 발걸음」에서는 '수령형상문학'에 해당하는 '찬양시'로서 '평화의 시대'를 개척하는 '인류의 은인 김정은'의 형상이 강조된 '전형적 평화시'의 의미를 분석하였다.

셋째로 '경쟁 담론의 형상화'를 보여주는 작품으로 리명선의 단막희곡 「보답」에서는 1등주의를 표방하는 가운데 개인의 영광을 넘어서는 응분의 사회적 보답을 내면화하면서 제국주의의 봉쇄를 헤쳐나가려는 북한 사회의 욕망을 분석하였다. 김성옥의 시 「너와 경쟁한다」에서는 경쟁 담론의 일상화를 보여주면서 식료품 노동자인 엄마 화자가 공부하는 어린 딸아이를 경쟁 상대로 상상하며 중산에의 다짐을 그린 내용을 구체적으로 살펴보았다.

이상 6편의 대표 작품을 통해 2018년 『조선문학』에 나타난 북한문학의 변화 양상을 고찰해 보았다. 여전히 수령형상문학과 당문학적 전통에 매여 있지만, 그럼에도 불구하고 제재와 고립, 전쟁에 대한 불안과 공포 속에서도 평화에 대한 기대를 드러내면서 전쟁과 평화 사이를 길항하는 작품이 선보이고 있으며, 인재 강국과 과학기술 강국을 지향하면서 '만리마 시대'의 '사회주의 문명국'을 건설하기 위해 1등주의와 경쟁 담론에 포박되어 있는 북한 사회의 현실을 확인할 수 있었다.

2019년 12월 현재 읽어낸 2018년의 『조선문학』은 2017년까지의 북한문학과 닮아 있으면서도 조금은 다른 표정을 보여준다. 즉 2018년 이래로의 한반도의 비핵화 여정과는 다르게, 2017년까지 전쟁 위기를 설파하던 분위기가 2018년 1호에서는 두드러지게 드러난다. 하지만 2018년 2호 이후에는 평화에 대한 지향을 보여주면서 사회주의 현실 주제에서는 1등주의를 지향하는 경쟁 담론이 다양하게 형상화되고 있음이 주목된다. '자강력 제일주의'를 표방하는 2018년 이후의 북한은 북미 관계의 부침 속에서도 '자력갱생'과 '경쟁 담론' 속에 생존과 활로를 모색하고 있는 것으로 판단된다. 물론 2020년 신년사에서 강조한 '자력갱생'과 '정면돌파'라는 키워드는 북미 관계의 고착 속에서 '제3의 길'에 대한 가능성을 예고하기도 한다. 그러나 '한반도 평화의 길'에 들어선 지난 2년간의 여정은 쉽사리 2017년 이전으로 회귀하지 않을 것을 예상하게 한다. 그것이 2018년『조선문학』이 예고하는 2020년 북한문학의 전조이다.

7차 당대회(2016) 이후 소설의 징후적 독해

1. 징후적 독해의 필요성

이 글은 7차 당대회(2016) 이후 김정은 시대 북한소설의 현황과 전망을 검토하기 위한 징후적 독해 작업에 해당한다. 2020년 신년사에서 김정은 위원장은 "자력갱생의 위력으로 제재 봉쇄 책동을 총파탄시키기 위한 정면돌파전에 매진해야 한다"고 강조한다. 더구나 "미국이 대조선 적대시 정책을 끝까지 추구한다면 조선반도 비핵화는 영원히 없을 것"이라면서 "핵억제력 강화의 폭과 심도는 미국의 대조선 입장에 따라 상향 조정"되어 "세상은 멀지 않아 새로운 전략무기를 목격하게 될 것"이라고 선언한다.[1] 이렇게 보면, 2020년 북한 사회의 전체적인 방향은 북미 관계의 조정 속에 '자력갱생'과 '정면돌파전'을 지향할 것으로 예측된다. 이러한 방향 설정은 2019년 「신년사」에서 김정은 위원장이 '자력갱생의 기치높이 사회주의건설의 새로운 진격로를 열어나가자'라는 구호로 '자력갱생'만을 강조하면서, 문학적으로는 '사회주의 문명 건설'을 위해 "시대와 현실을 반영하고 대중의 마음을 틀어잡는 영화와 노래를 비롯한 문예작품들"을 많이 창작할 것을 독려[2]한 것과는 사뭇 다른 분위기로 파악된다.

---

1) 김정은 신년사, 『한겨레신문』, 2020. 1. 1. ~ 1. 3.
2) 이관세, 「김정은 2019년 신년사 : 주요 내용과 평가 및 전망」, 『SPN 서울평양뉴스』,

김정일 사망(2011. 12. 17) 이후 애도 정국을 거쳐 '김정일 애국주의'를 강조하던 김정은 시대 북한문학의 표상은 점차 김정은의 지도력과 인민 사랑에 대한 예찬으로 방점이 옮겨가고 있다. 주지하다시피 북한문학은 1967년 유일사상체계 확립 이후 1970년대 이래로 김일성 가계를 형상화하는 '수령형상문학'을 전면에 내세운다. 사회주의 사실주의 작품이 강조하는 '당성, 계급성, 인민성'의 특성을 밑면에 깔고 있으면서도 '주체사상'의 강조는 '주체문예이론'을 거쳐 '주체사실주의'라는 창작방법론으로 이어져, '항일혁명문학' 이래로 '김일성 가계'에 대한 찬양이 주류를 이루는 문학 풍토는 2020년에도 여전히 지속되고 있다. 북한은 7차 당대회 이후 현재까지 '김일성—김정일주의' 기치 아래 '김일성 민족, 김정일 조선'을 내세우며 '김일성=김정일⇒김정은'으로 이어지는 3대 세습이 정착되고 있는 나라로서 '수령—당—인민'의 위계와 삼위일체적 결속이 강조되는 '사회주의 대가정' 사회인 것이다.

김정은 시대의 북한소설 연구를 개괄해보면, 먼저 김성수[3]는 김정일에 대한 '추모문학'을 거쳐 부조(父祖)의 권위를 계승한 김정은이 '미래를 지향하는 친근한 지도자'로서 '인민생활 향상'과 '청년 미래' 담론 속에 '선군과 민생의 병진 담론'을 원심화하면서 청년 지도자의 욕망으로 '사회주의 낙원'을 실현하려는 모습을 형상화하고 있다고 분석한다. 뿐만 아니라 최근

2019. 1. 1.

3) 김성수, 「김정은 시대 초의 북한문학 동향 : 2010~2012년 『조선문학』, 『문학신문』 분석을 중심으로」, 『민족문학사연구』 제50호, 민족문학사학회 민족문학사연구소, 2012. 12. 31, 481~513쪽. / 김성수, 「'선군'과 '민생' 사이 : 김정은 시대 초(2012~2013) 북한의 '사회주의 현실' 문학 비판」, 『민족문학사연구』 제53호, 민족문학사학회 민족문학사연구소, 2013. 12. 31, 410~440쪽. / 김성수, 「북한문학, 청년 지도자의 욕망 – 김정은 시대, 북한 문학의 동향과 전망」, 『세계북한학 학술대회 자료집』, 북한연구학회, 2014. 10, 259~277쪽.

논문4)에서는 7차 당대회를 전후하여 당 정책에 대한 작가들의 절대 복종과 선전문학의 주문생산식 창작이라는 낡은 프레임이 변화되지 않은 방식으로 반복되고 있음을 비판한다. 오태호5)는 2012년『조선문학』의 단편소설을 일별하면서 '백두 혈통'의 3대 세습 담론이 강화되고 있으며, '김정일 애국주의의 추구, 최첨단 시대의 돌파, 긍정적 주인공들의 양심과 헌신의 목소리' 등으로 제재를 분류하여 김정은 시대의 소설적 현재성을 검토한다. 뿐만 아니라 최근 논문6)에서는 '김정은 시대의 이상과 현실, 사회문화적 과잉과 결핍, 공적 담론과 사적 욕망의 균열' 등을 통해 사회주의적 이상과 현실의 균열을 독해한 바 있다. 오창은7)은 김정일 사후 불확실성이 강조되었을 때의 '통치와 안전'의 메커니즘을 중심으로 '혁명의 일상화'와 '정치 부재의 사회'에서 드러나는 세계 인식의 공통감각, '당과 인민의 자기 통치' 양상을 구체적으로 분석한다. 박태상8)은 김정은 시대 소설의 특징으로 '인민들의 삶의 질 증대, 최첨단 돌파, 여성 노동력 확보 시도' 등이 두드러진다고 분석한다. 이선경9)은 탁숙본의『정의 바다』를 중심으로 김정은 시대 '사회

---

4) 김성수, 「당문학의 전통과 7차 당 대회 전후의 북한문학 비판」, 『상허학보』 49집, 상허학회, 2017. 2, 383~415쪽.
5) 오태호, 「김정은 시대 북한단편소설의 향방 : 김정일 애국주의의 추구와 최첨단시대의 돌파」, 『국제한인문학연구』 12집, 국제한인문학회, 2013. 8. 31, 161~195쪽.
6) 오태호, 「김정은 시대의 북한 단편소설에 나타난 서사적 특성 고찰―사회주의적 이상과 현실의 균열적 독해」, 『인문학연구』 제38호, 경희대학교 인문학연구원, 2018. 12, 147~176쪽.
7) 오창은, 「김정일 사후 북한소설에 나타난 '통치와 안전'의 작동 - 인민의 자기통치를 위한 기억과 재현의 정치」, 『통일인문학』 제57집, 건국대인문학연구원, 2014. 3, 285~310쪽.
8) 박태상, 「김정은 집권 3년, 북한소설문학의 특성-2012년 1월부터 2014년 12월까지 『조선문학』 발표작품을 대상으로」, 『국제한인문학연구』 16집, 국제한인문학회, 2015. 8. 31, 53~91쪽.
9) 이선경, 「김정은 시대 소설에 나타나는 복지 담론의 의미―'사회주의 대가정'의 구조 변동과 '사람값'의 재배치」, 『북한연구학회 춘계학술발표논문집』, 북한연구학

주의 대가정'의 구조가 '화목한 하나의 대가정'으로 형상화되는 사회주의 문명국의 복지 담론임을 분석한다.

이상의 연구사를 검토해 보면, 김정은 시대의 출발을 알리는 2012년 이래로 현재에 이르기까지 북한문학은 '강성대국 건설'과 함께 '인민생활 향상'을 주제로 한 작품들이 등장하면서 '김일성─김정일주의'의 모토 속에서 '김정일 애국주의'와 '김정은의 인민 사랑'이 문학적 주제로 강조된다. 김정은 시대 초기에는 '핵─경제' 병진노선의 유지 속에 김정일의 사망에 대한 애도와 안정적 세습 구도가 우선시되면서 '최첨단시대의 돌파'가 시대적 과제로 대두된다. 하지만 1980년 6차 당대회 이후 36년 만에 개최된 2016년 5월 7차 당대회 이후 2017년 11월 핵 무력 완성을 선포한 이래로 2020년 현재는 한반도 비핵화 논의 속에 만리마 시대와 사회주의 문명국을 강조하며 과학기술의 강조와 인재 강국의 전망 속에 인민 생활 향상을 추구하는 작품들이 생산되고 있다. 특히 김정은이 조선노동당 위원장으로 취임한 제7차 당 대회에서는 '자위적 국방력의 강화, 경제강국, 문명강국 건설의 사회주의 조선'을 지향하는 것이 강조된 바 있다.

2018년 1월 들어 평창올림픽에 북한이 참가를 선언하면서 한반도를 둘러싼 분위기는 변개된다. 즉 2018년 4.27 남북정상회담과 6.12 북미정상회담 이후 9.19 평양 남북정상회담을 치른 뒤, 2020년 1월 현재 한반도는 북미 대화의 진전과 교착 속에서도 비핵화와 평화 체제를 안착시키기 위한 도정에 놓여 있다. 북한에서는 2018년 김정은의 신년사를 통해 '국가 핵무력 완성'에 대한 자신감을 토대로 핵탄두와 탄도미사일의 실전 배치 가속화를 선언함과 동시에 평창동계올림픽 참가 의사 등 남북관계 개선 의지를 적극적으로 표명한 바 있다.[10] 그리고 『조선문학』에서는 2018년 신년호부터 '7

___

회, 2017. 4, 253~264쪽.

차 당 대회'에 대한 강조 속에 김정은이 '인민의 어버이'로 강조되면서 '자강력 제일주의'의 기치 속에 문학예술의 '명작 폭포'를 기대하는 것으로 드러난다.

2020년 1월 현재 남북미 정상의 다양한 노력에도 불구하고 아직 한반도는 북미 관계의 부침 속에 안개 속 정국을 보여주고 있다. 7차 당대회 이후 김정은 시대의 북한 소설의 현황과 변모 양상을 점검하는 것은 2016년 이후 현재에 이르는 북한 사회의 변화된 지향성을 가늠하면서 한반도 평화 체제 구축 분위기의 현재성을 파악함과 동시에 근미래적 평화 체제의 가능성을 문학적으로 모색할 수 있게 한다는 점에서 의미있는 작업에 해당한다.

이 글에서 살펴볼 리희찬의 장편소설 『단풍은 락엽이 아니다』(2016)와 렴예성의 단편소설 「사랑하노라」(2018)는 그동안 수령의 지도나 당의 지침을 실현하는 인물들의 평면적인 내면을 형상화하는 일반적인 당문학적 특성을 반영한 북한문학과 결을 달리한다는 점에서 주목을 요한다. '주체문학'은 '무오류적 수령'[11]인 김일성과 김정일의 지시를 전제로 '당'의 실천적 지침을 따르는 '고상한 인간'들을 전면에 배치할 것을 주문한다. 따라서 평면적으로 사회주의적 신념을 외화하는 헌신적인 인간상이 주로 형상화된

---

10) 정성장, 「2018년 김정은의 신년사와 한반도 정세 전망」, 『세종논평』, 세종연구소, 2018. 1. 2.

11) 윤기덕에 따르면 '수령형상의 본질'은 '수령의 위대성과 고결성, 인간적 풍모의 예술적 형상화'를 통해 인민을 계몽하는 것에 있다.(윤기덕, 『수령형상문학』, 문예출판사, 1991. 155~157쪽.) 따라서 수령은 '고뇌하고 갈등하는 인간'으로서가 아니라 '숭고한 풍모를 지닌 영도자'로서 전지전능한 '무오류적 해결사'로 형상화해야 한다. 물론 김정은 시대에 들어와 '수령의 무오류론'에 대한 변화의 조짐이 드러나기도 한다. 실제로 김정은이 2019년 3월 9일 '당 초급 선전일군대회 참가자들에게 보낸 서한'에서 "수령의 혁명활동과 풍모를 신비화하면 진실을 가리우게 된다"라고 지적했기 때문이다.(이제훈, 「김정은은 왜 김정일의 '금강산 관광' 비판했을까」, 『한겨레신문』, 2019. 10. 24.) 이러한 발언은 앞으로 '수령 형상'과 관련된 중요한 변화의 계기가 될 수 있다고 판단된다.

다. 하지만 리희찬의 작품과 렴예성의 단편은 북한 사회가 지향하는 당문학적 이데올로그와 인물의 내면이 경쟁하고 갈등함으로써 입체적 인물의 형상화를 가져오고 있다는 점에서 북한 사회의 내면 풍경을 흥미롭게 포착하고 있다. 문학사회학적 관점에서 두 작품의 시대성을 함께 호흡한다면 북한 사회의 지향과는 다른 북한 문학의 생동감을 구체적으로 분석할 수 있다는 점에서 징후적 독해의 대상이 될 수 있다고 판단된다. 특히 이 두 텍스트가 북한 사회주의 현실의 구체적 형상화에 성공하면서도 대학 입시나 연애 문제 등 남한에 소개해도 좋을 북한 사회의 리얼리티를 실증적으로 보여주는 작품에 해당하기 때문이다.

2. 가정교육과 대입 문제의 형상화

리희찬의 『단풍은 낙엽이 아니다』(2016)는 인생의 가을기에 접어든 부모 세대와 청춘의 시절을 관통하고 있는 자식 세대의 이야기를 두 축으로 진행하면서, '인민 생활 양상'을 최우선 과제로 내세우고 있는 김정은 시대에 부모와 자식 간의 세대론적 갈등을 다룬 작품이다. 특히 대학 입학 문제를 두고 부모의 욕망과 자식의 기대가 충돌하면서 감정적 대립과 함께 소소하게나마 가출과 폭언 등의 일탈적 갈등이 드러난다는 점에서 기존 북한 소설의 '무갈등적 서사'의 흐름과 다르다는 점에서 흥미롭다. 작품 자체는 약제공장 지배인인 홍유철과 약국장 진순영 부부와 그의 아들 홍경식을 한 축으로 하고, 지배인의 운전사인 최국락과 대학 나온 의사 오순 부부와 그의 딸 최기옥을 또 다른 한 축으로 하면서 두 집안의 위계적 구도가 드러나고, 경식과 기옥의 연애 감정 속에 '인격 함양'과 가정교육의 중요성을 강조하는 내용이 그려진다.

북한식 사회주의 현실을 주제로 다룬 북한 문학은 남한에서도 동시대의 감수성으로 접근되어 공감대를 확보할 가능성이 크다. 남대현의『청춘송가』(1987)와 백남룡의『벗』(1988)이 1990년대 북한 바로 알기 운동 차원에서 '사람이 살고 있는 북한'의 모습을 전조처럼 보여주었고, 홍석중의『황진이』(2002)가 풍부한 언어 활용과 세부 묘사의 진실성으로 고전의 주인공을 형상화하여 역사소설을 통한 2000년대 남북한 문학의 교류 가능성을 보여주었다면, 리희찬의『단풍은 낙엽이 아니다』는 2018년 남북 정상회담과 북미 정상회담이 열리면서 한반도 비핵화의 분위기 속에 평화 체제 구축의 신호탄을 여는 가운데, 지금 시기 북한 사회의 생생한 현실적 욕망을 날것으로 드러내는 텍스트로 읽힐 가능성이 농후하다.

리희찬의『단풍은 낙엽이 아니다』는 일기장을 통한 소통과 교감, '자유주의와 놀새' 등의 표현, 지배인 아들의 대학 진학 문제, 청년동맹원들의 우정과 사랑, 정년을 앞둔 은퇴(명예 퇴직) 문제, 돈의 양면성, 공적 모범과 사적 기대가 충돌하는 가정교육 문제, 야근을 반복하는 과잉 노동, 사회주의 사회의 위계화된 구조 등 다면적 표정의 북한식 사회주의 현실을 생생하게 보여준다. 작품 속 시간적 배경은 2011년 가을에서 2012년 가을까지 김정일 사망(2011. 12. 17) 전후 1년을 주 배경으로 진행되며, 급양관리국에서 인민생활 향상이라는 당의 호소를 받아들여 '돼지목장확장공사'를 진행하면서 동창인 동맹위원장 기옥과 창고원 경식의 만남이 이어지고, '인격'을 둘러싼 계도와 연애담이 그려진다.

1) 부모의 눈 먼 사랑 ― 대학 진학 문제

모든 사건의 발단은 부모인 홍유철과 진순영이 대학 입학시험 준비를 착실히 시키기 위해 원자재공급소 창고원 자리에 넣어둔 아들 홍경식을 대학 입학을 위해 빼올 궁리를 하면서 발생된다. 자식의 의사도 제대로 확인하지 않은 채 자식의 '자유주의'를 걱정하는 홍유철이나 체면과 위신을 걱정하며 말썽이 생기지 않기를 바라는 진순영은 22세의 다 큰 자식을 과잉 보호하는 북한식 '헬리콥터 맘'이자 '헬리콥터 파파'에 해당한다.

경식의 대학입학 준비를 위한 가족의 '예비심사'가 열리는데, 시험관은 평양연극영화대학에서 교무과 부원으로 재직 중인, 홍유철의 외사촌 동생 조하문이다. 경식은 전공으로 기계공학을 희망하지만, 부모의 고집은 '공학 계통으로 나가면 고생'이라면서 배우과 시험을 치르려고 한다. 일종의 '노동계급의 천국'이어야 할 북한 사회에서 '3D 업종'처럼 고생을 이야기하며 직업의 귀천을 따지는 양상이 이채로운 대목이다. 그러나 부모와 달리 경식은 자신이 배우에 소질과 취미가 없다면서 자신의 점수를 불합격으로 정확하게 평가한다. 하지만 부모는 촬영과에 넣어서라도 공부를 시키는 것은 어떻겠냐며 고집을 이어간다. 이때 조하문은 불합격의 대상이 경식이가 아니라 '형님과 형수'라고 진단한다.

> "자식에 대한 사랑도 눈먼 사랑, 자식의 전망을 내다보는 눈도 그렇게 멀어가지고서야…… 그러니까 오늘 우리 앞에서 경식이를 웃음거리로 만든 게 아니고 뭡니까? 아니, 그래 자식의 타고난 소질과 앞날의 희망을 아버지나 어머니가 대신할 수가 있습니까? 그런 걸 정확히 잘 가려보고 아들이 장차 성공하도록 걸음걸음 이끌어주는 게 부모가 할 일이지요. 우리 아들이 앞으로도 고생을 모르고 살아가게 해주자면 어떤 공부를 시키는 게 유리할가 하는 눈으로 전망을 내다보면서 강요를 해가지고서야 자식을 나라에 쓸모 있는 인재로 키울 수 있겠는가 말입니다."[12]

조하문이 보기에 홍유철과 진순영은 자식에 대한 '눈 먼 사랑'을 보여줄 뿐

---

12) 리희찬, 『단풍은 락엽이 아니다』, 아시아, 2018, 250쪽.

이다. 자식의 전망을 제대로 내다보거나 자식의 입장을 고려하지 않기 때문이다. 부모의 책무가 자식의 소질과 희망을 이끌어주어야 하는 것인데도 부부는 자신들의 기대대로 자식을 잘못 인도하고 있는 것이다. 조하문의 비판은 "쓸모 있는 인재"가 되려면 고생을 모르고 살아가도록 강제하는 것이 아니라 아들의 소질과 전망을 계발할 수 있도록 조력자가 되어야 한다는 합리적 사고에서 출발한다. 이러한 시각은 교육열이 높은 남한의 부모들에게도 그대로 적용된다는 점에서 남북한 교육열의 교집합적인 양상을 보여준다.

2) 긍정 인물과 부정 인물의 입체성

작품 속에서는 타인에 대한 분노를 적절하게 형상화한 표현들이 곳곳에 등장하면서 실감나는 이야기로서의 공감대를 확보한다. 이를 테면 아버지 최국락의 강제 은퇴를 확인한 기옥은 "내가 그 못난이한테 시집 가? 흥, 어머니! 그 집에 찾아갈 때 나도 같이 가자요. 같이 가서 내가 다 빠개겠어요." 라며 투덜댄다. 긍정적 인물의 전형인 기옥의 입에서 "다 빠개겠"다는 표현은 기존 북한소설에서는 '숨은 영웅'에 해당하는 존재이기 때문에 겉으로 드러낼 수 없는 과잉된 대사에 해당하지만, 역설적이게도 감정선이 살아 있는 인물의 입체성을 보여주는 화법으로 파악된다. 더구나 기옥은 아버지를 섭섭하게 한 경식의 부모를 향해 욕이라도 한바탕 터뜨려야 속이 좀 풀릴 것 같다면서 자식을 "귀동자로 만든 사람들"이라고 비판한다.

뿐만 아니라 경식의 어머니인 순영 역시 기옥에 대한 배신감을 느끼면서 "기옥인지 뭔지 하는 그 계집애가 뒤에서 노는 꼴이"라는 말을 한다든가, 기옥의 어머니인 오순 역시 경식에게 "그 녀석은 백날 가야 사람질을 못해" 라면서 뒤끝과 후과를 두려워하지 않는 약점이 있다고 지적하는 등 경식의 부모가 '모범학부형'임에는 틀림없지만 경식이가 학교에 다니는지 부모가

학교에 다니는지 알 수 없을 지경에까지 이르렀다고 비판하는 대목은 북한식 리얼리즘의 생생한 표정을 보여준다. '공산주의적 인간형'으로서 오욕칠정을 숨기는 신념의 화신이 아니라 감정을 날것으로 드러내는 '인간적인 인간'의 형상을 보여주는 대목인 것이다.

운전사인 최국락은 지배인 홍유철을 보며 "젊은 총각의 말 한마디에도 심중한 태도를 취하며 귀를 기울이는" 모습에서 20대의 젊은 시절을 떠올리며, "좋은 사람은 역시 지금이나 예전이나 좋은 사람"이라고 판단한다. 더구나 오순과의 관계를 중재하여 결혼에 이르게 만들어준 일종의 중매 역할을 해준 인생 선배이기 때문에 긍정 인물로 그려진다. 특히 최근에는 자신이 눈이 잘 안 보인다면서 은퇴를 내비쳤는데도 마지막까지 함께 일하다 은퇴하자고 권유하는 대답을 들으며 인간적 고마움 속에 뜨거움과 간절함을 느끼게 된다. 인간적인 면모나 일군의 입장에서 거의 완벽한 '우리 지배인'이기 때문이다.

하지만 긍정인물이었던 홍유철이 자식 교육 문제로 인해서는 자식을 잘못 키운 까닭에 구설수에 오를까 걱정의 대상으로 표변한다. 더구나 기옥은 경식을 제대로 교육하지 못한 홍유철과 진순영에게 '부정인물들인 큰아버지, 큰어머니'로 명명하며 그들이 놀라서 정신을 차릴 줄 알아야 한다며 욕을 먹어도 싸다고 지적한다. 밤낮으로 나라일밖에 모르는 두 분이 좋은 사람들임에는 틀림없지만, '부모들의 책임' 문제에서는 아직 잘못이 많은 존재로 평가절하되는 것이다. 이렇듯 긍정 인물의 부정성이 함께 거론되고 '부정인물'로까지 호명되면서 성격과 감정의 변화 속에 인물의 입체성을 드러내는 작품이 북한 텍스트에서는 보기 드물다는 점에서 김정은 시대의 새로운 인물 형상화에 해당된다.

3) 돈의 양면성과 계급의 위계화

기옥은 오빠의 일기장에서 사람의 첫 스승이 친부모라고 가르친 이가 '장군님(김정일)'이라면서 경식이의 경우에는 '첫째 부끄러워하고 미안해하는 법을 채 배우지 못했으며, 둘째 누구를 사랑하는 법과 누구로부터 사랑받는 법을 못 배웠고, 셋째 모든 일들에 대한 후과를 미리 생각하지 못하는 것'이 문제라고 지적한다.13) 정치지도원 강명국 역시 '사람의 인격'이란 '첫째 부끄러워할 줄 아는 것, 둘째 미안해할 줄 아는 감각, 셋째 사랑을 고맙게 간직할 줄 아는 품성, 넷째 뒤끝과 후과를 미리 생각하는 습성'을 언급한다. 뿐만 아니라 돈의 양면적 속성을 강조한다.

> 강명국은 기옥이를 물끄러미 쳐다보았다.
> "기옥 동무가 생각하고 있는 게 아직 더 있을 것 같은데? 가령 돈에 대한 립장도 사람의 인격에 속하는 문제가 아니겠소?"
> "돈은 사람을 고상하게 만들 수도 있고 반대로 저속하게 만들 수도 있다고 생각합니다. 그것은 돈을 자기의 힘으로 어떻게 벌어서 그 돈을 어디에, 어떻게 값나게 쓰는가 하는 데 달렸다고 봅니다.……"14)

인용문에서 드러나듯 강명국은 돈의 화폐적 기능으로서의 교환 가치와 사용가치를 언급하지 않는다. 그에 의하면 '돈' 자체가 아니라 돈을 바라보

---

13) 이렇듯 김정일의 가르침을 강조하는 '김정일 애국주의'는 인민생활 향상과 사회주의 강성대국 건설을 위해 헌신한 김정일의 형상을 담론화하여 애국자의 전형으로 표현한다. 김정은 정권 초기로부터 현재까지 지속되고 있는 '김정일 애국주의'는 김정일에 대한 애도와 헌사를 표방하면서도, 김일성과 김정일의 후계자이자 계승자로서의 김정은의 지도력을 강조하려는 의도로 파악할 수 있다. 1994년 김일성 사후 '김일성주의'가 강조되었듯, 김정일 사후 김정은 시대의 체제 결속을 위해 '김정일 애국주의'가 재삼 강조되고 있는 셈이다.(오태호, 「김정은 시대 북한 단편소설의 향방―'김정일 애국주의'의 추구와 '최첨단 시대'의 돌파」, 『국제한인문학연구』, 국제한인문학회, 2013. 12, 161~195쪽.)

14) 리희찬, 앞의 책, 289쪽.

는 태도나 입장이 사람의 고상함과 저속함을 가르는 기준이 된다. 자력으로의 경제력 확보 여부와 함께 방법의 정당성을 중요시 여기며, 사용처와 효율적 활용 여부에 따라 돈은 양가적 가치를 내포하는 매개로 인식되는 것이다. 조심스럽긴 하지만, 이러한 인식은 사적 소유에 대한 북한에서의 사회주의적 인식이 '인민 생활 향상'이라는 모토 속에 자본주의적 요소의 유입으로 달라지고 있음을 보여주는 대목이라고 판단된다.

물론 이후 정치지도원은 평범한 일상생활에서 참된 인간으로 준비되도록 청년들의 인격 수양에도 깊은 주의를 돌리자고 강조하면서, 기옥처럼 '깊이 사색하는 기풍'을 세우자고 의례적으로 당부한다. 그럼에도 불구하고 '참된 인간'과 사색적 인격 수양을 강조하긴 하지만 '후불 처리' 문제 등의 돈과 관련된 에피소드들은 북한 사회에서 자본의 사적 소유가 화폐 시장의 확산과 함께 확대되고 있는 현실임을 짐작하게 한다.

뿐만 아니라 북한 사회에도 직급에 대한 위계적 차이가 차별로 존재한다는 사실이 작품 속에서 드러난다. 즉 홍유철이 경식이가 자신의 아버지의 사업을 보장하는 운전사의 딸과 연애 관계를 맺을 리가 있냐고 반문하는 대목에서 그것이 확인된다. 홍유철 지배인의 사고는 지배인 집안과 운전사 집안은 계층적 차이가 나서 인연을 맺을 수 없다는 위계적 사고의 전형을 보여주는 것이다.

더구나 최국락이 홍유철에게 은퇴할 마음의 준비를 하라는 말을 듣게 된 이후, 부인인 오순은 "지배인도 혁명과업을 수행하는 사람이고 운전사도 혁명과업을 수행하는 사람인데. 그래 우리 사회에 어디 높은 집이 따로 있구 낮은 집이 따로 있답디까?"라며 화를 낸다. 오순의 표현 자체는 지위 고하의 차이가 있을 수 없다는 당위를 말하고 있지만, 북한의 현실은 그렇지 않다는 모순적 상황을 보여준다. 북한 사회에서도 직위에 따른 '높은 집'과

'낮은 집'의 위계구조가 분명히 존재하기에 '고하'를 따지는 대사가 가능한 것이다.

특히 최국락이 은퇴 송별회를 마치고 집에 들어오자, 오순은 "어느 집이 더 잘되나 두구 보자요."라고 울분을 토하고, 기옥 역시 "우리하고 남남이 되자는 건데 좋아요."라면서 자신이 바보였다고 한탄하는 모습은 북한 사회가 이웃 간의 신뢰와 불신이 여반장처럼 손쉽게 역전될 수 있는 현실임을 보여준다. 비적대적 갈등이긴 하지만 사회적 지위의 고하에 따른 내적 갈등이 북한 사회 내부에 잠재되어 있음을 보여준다는 점에서 북한식 리얼리즘의 새로운 표정이 드러난다.

4) 일기장을 통한 소통과 연애, 진심의 확인

기옥은 오빠의 일기장을 통해 자신이 교훈을 얻었듯 자신의 일기장을 보고 경식이 교훈을 얻길 바라면서 자신의 일기장을 경식에게 건넨다. 경식은 기옥의 일기장을 보면서 처녀의 아름답고 깨끗한 진정성을 확인한다. 특히 어제 자신의 일을 적은 기옥의 일기를 보며 자신의 속마음을 정확히 읽어낸 기옥이 "귀신이 아니야?" 하고 혼잣말로 중얼거린다. 마치 경식의 행동을 다 지켜본 것처럼, 일기장에는 경식이 자기의 첫 스승인 부모에게 불손한 행동을 했으며 그들을 무시한 잘못이 지적되어 있었던 것이다.

기옥의 일기를 접한 경식은 난생 처음 일기를 써서 기옥에게 넘겨준다. 다음날 기옥은 "눈물이 나서 겨우 읽었어요."라든가 "웃음이 나서 겨우 읽었어요."라는 공감의 댓글 표현을 적은 경식의 일기장을 다시 건네주면서 노트 안에 '5점' 만점을 크게 써놓는다.[15] '5점'은 경식이 난생 처음 받아본

---

15) 마성은은『아동문학』을 분석하면서, 5점 만점을 받으려는 아동들의 열망을 담은 '5점꽃 담론'이 김정은 시대에 '최첨단 시대'를 강조하는 하나의 '담론'으로 격상되

최우등 점수에 해당한다. 이렇게 둘은 일기장을 통해 서로의 마음을 주고받는다.

정치지도원 역시 '얼굴이 빨개졌다'는 경식의 일기장 내용을 보며 부끄러움을 드러내는 '붉어진 얼굴'은 '가장 특징적이고 인간적인 사람의 속성'이라고 격려한다. 이 일기장은 다시 홍유철과 진순영에게 건네지고, 순영은 기옥과 경식 사이를 오해한 대목을 보면서 못 읽겠다고 하고, 홍유철은 얼굴이 뜨거워도 마저 읽을 수밖에 없다고 말한다. 하지만 결국 일기를 본 홍유철은 '새로운 아들'이 하나 더 생긴 것 같다고 말하고, 순영은 경식이 많이 달라졌다고 말하면서 아들의 변모를 인정하고 자신들의 잘못을 반성하게 된다.

결과적으로 이 작품의 '종자'는 작품의 마지막 부분에서 "제가 낳은 열매를 충실히 여물도록 할 생각"을 미처 하지 못했다는 지배인 홍유철의 반성에서 드러난다. 즉 사랑의 열매를 제대로 자라게 하기 위해서 단풍이 마지막까지 자신을 모두 다 불태워서 열매를 단단히 여물게 하듯이 자신 역시 앞으로는 자식을 제대로 여물게 하기 위해서 마무리까지 노력하겠다는 다짐이 드러나는 것이다. 홍유철이 마당에 은행 씨를 정성껏 심으면서 은행나무처럼 무성하게 자라기를 기원하며 이야기는 마무리된다. 두 집안이 사돈이 될 것이라는 후기 같은 마지막 대목은 일종의 사족처럼 확인되지만, 전형적인 북한소설의 '해피 엔딩'으로 서사는 완결된다.

이렇듯 리희찬의 『단풍은 낙엽이 아니다』는 부부의 사랑의 결실인 자식을 '눈 먼 부모'가 잘못 양육함으로써 발생하는 가정 교육의 문제를 다루고

었다면서 높은 교육열을 강조하는 담론이라고 분석한다.(마성은, 「김정은 시대 초기 북한아동문학의 동향 : '5점꽃' 담론으로의 귀결」, 남북문학예술연구회 지음, 『3대 세습과 청년지도자의 발걸음』, 도서출판 경진, 2014, 263~299쪽.) 이 작품에서는 '5점 담론'이 연애의 기술로 차용되어 연애 서사를 강화하는 데에 기여한다.

있다. 기옥과 경식의 우정과 연애 감정을 밑바탕에 깔고 있지만, 결과적으로 외동아들인 경식의 자유주의적 기질을 그의 부모인 홍유철과 진순영이 방치함으로써 그릇된 인격을 형성하게 만들었음을 깨닫는 각성 구조를 그린 작품인 것이다.

3. 세계 일류와 인재 강국 건설 지향

리희찬의 장편소설 『단풍은 낙엽이 아니다』가 지배인 가족과 운전수 가족의 대립구도를 통해 북한식 사람살이의 재미를 흥미롭게 보여준다면, 렴예성의 단편소설 「사랑하노라」는 일등주의에 대한 북한 사회의 욕망을 보여주면서도 연인 관계의 섬세한 감정의 떨림을 묘파하고 있다는 점에서 주목을 요한다. 이 두 작품은 남한 사회와 별반 다르지 않은 북한에서의 입시 문제와 연애 문제를 다루고 있다는 점에서 남한 독자와의 접점이 가능한 텍스트로 파악된다.

1) 국내 1등 인간과 감정의 동요

렴예성의 「사랑하노라」는 언제나 1등생 꿈을 꾸었던 화자 홍유정과 동창 김정인의 일화를 통해 '조국의 운명'을 향한 사랑과 과학자의 실천 의지를 드러낸 작품이다. 결과적으로 유정처럼 1등에 대한 고집이 '조선 내부'에만 머무르는 것이 아니라 정인처럼 "최상의 문명을 최고의 수준에서" 건설하려는 노력이 진정한 세계 1등을 지향하는 '과학자의 꿈'이어야 함을 강조한다. 2018년 현재 북한 사회의 욕망이 세계 일등 지향에 닿아 있음을 보여주는 작품에 해당한다.

작품 도입부에 1등 지향형 인간인 홍유정은 새로 실장이 왔다는 손전화를 받고는 내심 자신이 내정되리라 기대했던 마음 때문에 자존심이 상한다. 더구나 유정이 파마약 관련 최종 회의에 참석하지만, 4년 전 유학을 떠났다가 돌아온 동창 김정인이 실장이며, 그가 '수입제를 대신하지 못하는 국산 보조제, 냄새 문제, 머리 파장 문제' 등을 거론하면서 시험 생산을 보류할 것을 제기하자 마음에 상처를 입는다. 유정은 유학파인 정인의 무자비한 비판과 부정에 고통을 받지만, 파마약이 "우리의 것"임을 주장한다. 하지만 정인은 서글픈 표정으로 '세계적이지 못한 우리의 것'을 강변하는 유정을 냉정하게 바라볼 뿐이다.

> 문득 커다란 우산이 머리우를 가리웠다. / 그 사람이였다. / 까맣고 탄탄한 방수천의 우산을 펼쳐든 정인은 어색함과 미안함과 여러 가지 감정들이 뒤섞인 복잡한 표정으로 나를 내려다보고있었다. / 그에게서는 연한 향수내가 풍겨오고 있었다. 대학시절에는 전혀 느낄수 없었던 야릇한 냄새가… / 우산상표에 눈길이 가자 마음이 아파났다. / 류학을 갔다오고 외국물을 먹고오면 외국것만 눈에 보이는 이런 사람들 때문에 가슴아프게도 내 나라의것이 무시당하고 있다.… 그토록 힘들게 창조해낸 내 나라의것이!16)

  인용문에서 우산을 받쳐든 정인은 "어색함과 미안함" 등을 비롯하여 복잡한 감정에 젖은 채 유정을 쳐다보는 것으로 그려진다. 하지만 유정은 4년만에 만난 정인으로부터 '연한 향수내'를 맡는다. "대학시절에는 전혀 느낄수 없었던 야릇한 냄새"에 색다른 감정의 끌림을 받게 되는 것이다. 일종의 페로몬처럼 유정을 끌어들이는 정인의 향기지만, 우산 상표가 외제인 것을 알고는 야릇한 냄새를 서양 냄새로 오해한 유정은 그의 우산을 피해 꼿꼿이 걸어간다. 본능적인 끌림을 이성의 힘으로 억누르는 것이다. 하지만 다음날

---

16) 렴예성, 「사랑하노라」, 『조선문학』, 2018. 3, 41쪽.

3일 동안의 휴가를 신청하면서 유정은 다시 "여전히 은근히 풍겨오는 향수 냄새"를 감지한다. 이미 유정에게 정인은 매력적인 인간의 향기를 내뿜는 존재로 체감되는 것이다. 이렇듯 이 작품은 이성과 감성의 이중분리를 진솔하게 담아내고 있다는 점에서 심리 묘사의 리얼리티를 보여준다.

그러나 홀로 연구소를 나와 독성물질이 들어있는 시약을 보조제로 이용하려던 유정은 시약 중독에 의한 호흡기 장애와 극도의 피로로 쓰러지고, 눈을 떴을 때 "시약내와 어울려 은근히 풍겨오는 향수냄새"를 맡게 된다. 이렇듯 '향수내'는 유정에게 정인의 매력을 전달하는 핵심 매개체로 감각된다. 하지만 서양풍의 냄새라는 유정의 오해는 정인의 향기를 의도적으로 거부하게 한다. 이렇듯 향수내로 인해 흔들리는 유정의 동요하는 감정의 섬세한 포착이 이 작품의 핵심적 매력에 해당한다.[17)]

2) 세계 1등과 국내 1등의 비교

유정은 자신의 연구가 지금까지의 연구 중 제일 고급한 것이라며 의견을 제시하지만 정인은 세계적으로도 그렇겠냐며 반문한다. 그때 유정은 얼굴이 새하얗게 질린다. '우리 것'을 강조하며 내부적 기준만 중시하던 유정에게 정인이 '세계적 기준'이라는 외부적 잣대를 들이댔기 때문이다. 더구나 회의 이후 정인이 파마약 보조제를 금강무역회사 사장에게 부탁하자 유정은 수입제가 그렇게 좋냐며 격분한다. 하지만 유정의 반발에도 불구하고 정

---

17) 김성수는 이 작품에 대해 북한의 세태소설로서 연구사 처녀의 섬세한 애정 심리 묘사가 실감 난다면서 남대현의 『청춘송가』보다 진전된 서사적 지점을 보여준다고 긍정적으로 평가한다.(김성수, 「인민의 사랑과 일상의 행복」, 남북문학예술연구회 지음, 『감각의 갱신, 화장하는 인민』, 살림터, 2020, 17~49쪽.) 필자 역시 이러한 견해에 동의하는데, 특히 심리적인 원근감을 드러내는 유정의 내면풍경이 입체적이고 다면적으로 형상화되어 있기 때문이다.

인은 유정에게 '눈을 높이라'고 당부한다.

> "아니, 넌 선을 보라는데 왜 그렇게 싫다는거냐? 파마약이 성공한
> 다음에 보자는건 뭐냐? 파마약이 네 결혼지참품이라도 된다는거냐?"
> 아까부터 어머니는 온통 시약냄새밖에 나지 않는 딸의 옷에 향수를
> 치며 지청구를 들이대고 있었다.
> 집안의 하나밖에 없는 외동딸을 남 못지않게 내세우고 시집을 잘
> 보내고싶은 어머니의 소원을 나는 너무나 많이 외면해온 것이다.
> "파마약인지 뭔지 성공하길 손꼽아 기다리다가 이 엄마 머리가 희
> 겠구나."
> 어머니의 푸념에 나는 조용히 웃었다.
> 엄마, 이 파마약의 성공을 엄마보다 더 손꼽아 기다리시는분이 있
> 다는걸 아시나요?
> 우리 원수님께서 위대한 수령님들의 유훈인 우리 파마약을 빨리 성
> 공시켜야 한다고 벌써 두차례나 말씀하셨어요.
> 우리 녀성들을 우리의것으로 더 아름답게 가꾸어주자고, 그래서 우
> 리 거리가 밝아지고 우리 사회가 밝아지고 우리 래일이 더 밝아지게
> 해야 한다고…
> 이 작은 파마약 하나에도 사랑이 있다는걸 엄만 모르지요? 뜨거운
> 사랑이…
> 이제 성공한 다음엔 엄마가 하자는대로 다 할 게요. …18)

인용문은 '수령에 대한 인민의 충실성'을 예증하는 전형적인 북한 소설의
구도를 보여준다. 딸을 위해 어머니는 시집을 잘 보내고 싶은 마음이 우선
이지만, 유정에게는 '파마약의 성공'이 개인의 결혼을 위한 '선'보다 중요하
다. 왜냐하면 "위대한 수령님들의 유훈인 우리 파마약을 빨리 성공시켜야
한다"는 '김정은의 말씀'이 두 차례나 있었기 때문이다. 더구나 외제가 아니

---

18) 렴예성, 앞의 글, 44쪽.

라 조선 제품으로 더 아름다운 외양을 가꿀 수 있어야 함을 강조한다. 김정일의 '조선민족제일주의'에 대한 강조는 파마약의 국내산 제품에 대한 주문으로 이어진 것이다. 그리고 여성의 아름다움이 '거리와 사회와 내일의 밝은 미래'를 위한 전제 조건이기에 아름다움을 가꿀 '파마약 개발'을 위해 매진해야 한다고 강조한다. 그것이 지도자들의 '뜨거운 사랑'이 담긴 주문이기 때문이다. '선 조국 헌신, 후 개인 욕구 실현'이라는 북한식의 사회주의적 강박이 드러난다. 하지만 결과적으로 보자면 정인에 비할 때 유정의 태도는 지나치게 국수주의적인 관점에 머물러 있을 뿐, 국내라는 좁은 시야에 갇혀 있었음이 드러난다.

국내산 파마약이 성공했다는 유정에게 정인은 1등을 향한 꿈의 높이가 고작 이것이었냐면서 "낮은 꿈세계 때문에 우리 인민의 꿈이 나래치지 못하게 될까봐 겁"난다고 지적한다. 정인은 '낮은 꿈'과 '인민의 꿈', '우리의 것'과 '남들의 것'의 대비 속에 어려움에 처한 조국의 문제를 유정의 '국내 1등'을 지향하는 세계관 탓으로 전가하고 있는 셈이다. 더구나 그렇게 연구사업을 할 바에는 차라리 포기하라면서 유정을 향해 "우물 안에 앉아서 별 일곱 개를 세고 만족해하는 우물안의 개구리!"라고 비난한다. 유정의 좁은 시야는 세계적 제품을 선도하려는 정인의 시각에는 수준 낮은 인식을 보여주는 것이다.[19]

그러나 유정은 자신을 모욕하지 말라면서, "자기의 얼과 넋을 남에게 저

---

19) 오창은의 경우 이 작품에 대해 "주체의식과 세계와의 경쟁"이라는 두 가지 상반된 논의가 충돌하는 양상 속에서 두 담론의 갈등을 통해 북한 사회가 점차 세계와의 소통에 대비하고 있음을 분석한다.(오창은, 「북한 자력갱생 담론과 인민의 삶 대응 양상 연구」, 『통일인문학』 제80집, 건국대학교 인문학연구원, 2019. 12, 85~111쪽.) 하지만 이와 달리 필자는 세계와의 소통에 대비하는 것이라기보다는 '전세계적 제재와 고립의 지속에 대한 반발'에 따른 자력갱생 논리가 세계 1등 지향의 담론으로 이어지고 있는 것이라고 판단한다.

당잡힌 형편에 누굴 비웃"느냐면서 반박한다. 그러면서 여기에 필요 없는 사람은 오히려 정인이라면서 "자기의 것에 대한 애착도 긍지도 없는 동무 같은 허무주의자들"은 불필요한 존재라고 비판한다. 정인은 '국내'만 바라보는 유정의 좁은 시야를 탓하지만 유정은 정인을 조국애를 저버린 채 수입제에 기댄 '허무주의자'로 평가절하하고 있는 것이다. 이렇듯 '국내 1등'을 고집하는 유정과 '세계 1등'을 지향하는 정인의 대립과 갈등이 이 작품의 서사적 재미를 보여주는 장치에 해당한다.

3) 최상의 문명과 최고의 수준 지향

정인은 유학 시절 "세계일류급의 자기의 것을 만들 수 있는 힘"을 조선에서 달성하기 위해 외국에서의 연구 제안을 거부한다. 조선에서 "최상의 문명을 최고의 수준에서" 만들어가기 위해 "가까운 시일내에 세계과학의 최고봉, 세계문명의 최절정에 오르게 될 것"을 다짐했기 때문이다. 그것이 정인에 의하면 조선 반도에 살아가는 "우리 과학자들의 꿈"인 것이다. 결국 과학자로서 조국에 대한 사랑으로 국내 1등을 넘어 세계 일류의 기술 개발을 실천하려는 의지와 신념을 표명한 것이다.

유정은 선생으로부터 정인의 이야기를 들으며 자신과의 "엄청난 꿈의 차이"를 느낀다. 자신의 꿈은 자기 자신을 위해 1등을 하는 것이었기 때문이다. 그제서야 유정은 "세계일류급의 우리의것"을 만들기 위해 과학자들이 앞장서야 한다는 선생님의 말씀을 되새기며 '주체화'의 길로 매진할 것을 다짐하게 된다. 뿐만 아니라 정인과의 선의의 경쟁 속에 자본주의의 노예화와 예속화를 넘어서서 세계 제일을 지향하는 '조선의 운명'을 감당할 '발전지향형 인간'이 되고자 의지를 다지는 것으로 그려진다.

"원쑤들은 저들의 제재와 압박속에서 우리가 그럭저럭 대충 살아가는데 습관되기를 바라서… 그래서 자기것에 대한 긍지가 허물어지고 그 긍지로 떠받들던 우리 제도가 허물어지길 바라서 그토록 피눈이 되어 날뛰는 거요. 세계가 인정하고 우리 인민이 인정하는 세계일류급의 우리의것을 만드는데 우리 과학자들이 앞장서야 하오. 주체화는 우리 조선의 운명이요!"라고 하시던 선생님의 말씀이 이 순간 쟁쟁히 귀전을 쳤다.[20]

　　인용문에서 드러나듯 유정의 선생은 '원쑤들의 제재와 압박'에 굴하지 않고 세계 일류의 제품을 만들기 위해 과학자가 솔선수범으로 '주체화'에 앞장설 것을 강조한다. 그 말씀이 유정에게 이제야 "조선의 운명"으로 수렴되는 것이다.

　　이후 유정이 파마약 공업화 회의에서 "세계제일의 파마약을 만들 것을 제기"할 때, <화성>이 영원한 푸른 행성을 선언하며 날아오른다. 그리고 그러한 다짐은 정인과 눈높이를 맞추려는 유정의 독백으로 이어진다. 유정은 "우리의 <화성>이 날아간 아득한 우주의 끝에 닿아있는 그 사람의 시선에서" "세계의 첫 자리를 향해 나래쳐오르고있는" 조국의 모습을 보면서 자신이 사랑하고 싶었던 사람이 정인임을 확인한다. 그리고 "망막을 꽉 채우며 점점 커지는 그의 모습을 향해 나는 떨리는 걸음을 내짚"는 것으로 작품은 마무리된다.

　　<사랑하노라>의 노래곡조가 휘파람을 타고 은은하게 들려왔다. / 기뻐하고있구나.… 행복해하고있어.… / 가슴이 뭉클해졌다. / 그 사람이 바라보는 푸른 하늘, 우리의 <화성>이 날아간 아득한 우주의 끝에 닿아있는 그 사람의 시선에서 나는 세계의 첫 자리를 향해 눈부시

---

20) 렴예성, 앞의 글, 48쪽.

게 나래쳐오르고있는 내 조국의 모습을 보았다. / 이 사람이였구나.… 내가 사랑하고싶었던 사람! / 밤길을 갈 때, 새벽길을 갈 때 언제나 함께 가고싶었던, 언제나 의지하고 믿고싶은 강하고도 훌륭한 사람! / 망막을 꽉 채우며 점점 커지는 그의 모습을 향해 나는 떨리는 걸음을 내짚었다.…21)

인용문은 북한 연애소설의 새로운 표정을 보여준다. <사랑하노라>의 노래 곡조와 함께 기쁨과 행복감이 고조되면서 화자인 유정은 가슴 뭉클거림을 느낀다. 더구나 지상에서의 떨림이 푸른 하늘을 향한 정인의 시선에 포개지면서 감정의 떨림이 배가된다. '인공위성 <화성>의 비행'이 '세계 1위'를 향해 나아가는 조국의 모습을 상징하면서 자부심을 느끼게 하기 때문이다. 그렇게 조국의 미래를 향한 정인의 시선이 이상적 타자의 사랑스런 모습임을 확인하면서 유정은 고상한 인품으로 세계 1위를 향해 나가려는 정인에게 사랑의 감정을 확인한다. 결국 조국과 미래를 향한 올바른 신념과 탁월한 품성을 보여주는 정인을 향해 화자인 유정이 사랑의 감정을 품게 되는 것이다.

일반적인 북한소설에서는 '오해와 해결' 식의 도식주의적 결말로 둘의 결합이 마무리되는 것이 통상적이지만, 「사랑하노라」는 두 사람의 미래를 확정하지 않는다. 상투적으로 뻔한 서사적 결말로 흥미를 반감시키는 것이 아니라 여운 있는 결말이 이 작품의 서사적 매력에 해당하는 것이다. 이러한 미해결의 열린 전망 속에 유정의 심리적 갈등과 동요를 다루며 다양한 서사적 결말의 가능성을 개방하고 있는 이 작품의 특징이 렴예성의 작가적 매력이자 북한문학의 새로움으로 파악된다.

---

21) 렴예성, 앞의 글, 50쪽.

4. 입체적 인물의 리얼리티

2018년 이후 북한문학은 한반도 평화 시대의 분위기를 반영한 작품들이 미미하게나마 생산되고 있다. 따라서 2016년 제7차 당대회 이후, 그리고 2017년 핵무력 완성 이후 2020년 현재에 이르기까지 변화된 북한문학의 흐름을 검토하는 작업은 한반도의 평화체제 지속과 안정을 꾀하기 위한 문학적 노력에 해당한다. 주지하다시피 2018년은 2월 평창올림픽 개최를 기반으로 한반도의 평화체제 구축 분위기가 이어지고 있는 해임을 염두에 둘 필요가 있다. 특히 4.27 남북 정상회담과 6.12 북미 정상회담이 개최되었으며, 2020년 1월 현재에 이르기까지 북미 간의 협상 진행 과정에서 미묘한 부침이 지속되고 있긴 하지만, 아직 큰 틀에서의 한반도 비핵화 궤도에서는 벗어나지 않고 있다.

2012년 이래로 김정은 시대의 북한문학은 여전히 당문학을 앞세우며 '수령—당—인민'의 삼위일체를 강조하던 '김일성—김정일 시대'의 계승적 관점이 핵심이다. 수령형상문학이 우선시되면서 사회주의 현실 주제를 다룬 작품들이 후순위로 배치되어 존재하는 것이다. 『조선문학』에 실린 2018년 표어들만 일별해 보아도, "위대한 수령 김일성동지와 위대한 령도자 김정일동지의 혁명사상으로 철저히 무장하자!"(1호)라든가 "전당과 온 사회를 김일성—김정일주의화하자!"(2호), "위대한 김일성민족, 김정일조선의 불패성과 강대성을 세계만방에 떨치자!"(4호) 등 '김일성—김정일주의'를 내세우는 가운데 문인이 사상전선의 기수가 되어야 함을 강조한다. 뿐만 아니라 고철훈의 평론 제목이 "혁명적인 사회주의문학예술의 힘으로 부르죠아 반동문화를 짓눌러버리자"(3호)라고 내세운 데에서도 드러나듯 '주체사실주의'의 강조 속에 '부르주아 반동문화'에 대한 적개심과 반감 역시 2020년에도 여전한 형국이다. 하지만 김정은 시대에 들어와 실제 텍스트에서는 미세한 변화의 흐름이 감지된다. 김정은을 비롯하여 일반적 주인공의 동요하는 감정이 도식화된 사회주의적 신념에 압도되는 것이 아니라 자신의 목소리를 조금 더 분명하게 드러내는 방식으로 그려지기 때문이다.

기존 북한 소설이 평면적이거나 전형적인 인물 구도를 크게 벗어나지 않던 방식이었던 점에 비추어볼 때 리희찬의 『단풍은 낙엽이 아니다』는 감정이 생생하게 살아 있는 인물들을 보여준다는 점에서 북한문학의 새로움을 선사한다. 대표적으로 지배인 홍유철이 최국락을 은퇴시키거나 자식에게 폭언을 퍼붓는 모습, 운전수 최국락이 가부장적 모습을 보이거나 강제 명퇴를 당하는 씁쓸한 형상, 진순영의 드라마적 오해와 자식에 대한 과잉 보호, 오순의 상급자 집안에 대한 분노와 감정의 직설적 표현, 기옥의 과감하고 솔직한 타인 평가 등은 북한문학의 새로움이자 생동감에 해당한다. 결국 이 작품은 등장인물의 내면 심리의 유연성과 유동성을 포착하여 기존의 북한 소설이 지녔던 획일화된 캐릭터의 면모를 벗어나게 형상화했다는 점에서 의미가 깊다. 그것은 언어의 세련된 구사와 적실한 묘사가 뒷받침되었기에 가능했다고 판단된다.

렴예성의 「사랑하노라」는 한반도의 평화체제 구축 과정에서 드러나는 2018년 현재 북한문학의 지향을 보여준다. 즉 북한은 '조선'이라는 국수주의적 알을 깨고 나와 세계와 어깨를 견주며 인재 강국을 건설하여 세계 일류를 지향하는 의지를 피력하고 있는 것이다. 북한은 이제 한반도 비핵화를 통해 평화 체제를 구축하고 세계 제일의 강소국가가 되기 위해 경제력 강화를 통한 인민 생활 향상을 추진하고 있다. 단순히 '조선민족제일주의'에 대한 의지적 강제가 아니라 유엔의 제재를 넘어 경제부국이 되려는 열망이 과학기술자 우대로 드러나고 있는 것이다. 그리고 그것은 과학기술 인재들의 경쟁력 강화를 내세우는 가운데 '파마약 개발'을 통해 인민 생활 향상과 세계 1등을 실현하려는 「사랑하노라」의 주인공 정인과 유정의 지향에서 더욱 분명하게 드러난다.

2020년 1월 현재 북한문학은 한반도의 비핵화 여정에서 전쟁과 평화의 변곡점 속에 사회주의 현실 주제에서는 경쟁담론이 강화되고 있음을 보여준다. '자강력 제일주의'를 표방하는 2020년의 북한은 북미 관계의 부침 속에서 '자력갱생'과 '경쟁 담론', '정면돌파전' 속에 생존과 활로를 모색하고 있는 것으로 판단된다. 뿐만 아니라 김정일 시대의 북한문학과는 다르게, 무오류적 해결사로서의 경직된 지도자상이나 전형적인 공산주의적 인간형보다는 심리적인 동요나 내적 갈등에 젖은 인물이 생동감 있게 그려진다는 점에서 텍스트의 리얼리티가 살아 있으며, 따라서 남북한 텍스트의 거리감이 좁혀질 가능성이 높아 보인다. 문학적으로 한반도 평화문학의 교류 가능성이 점차 현실화될 수 있는 것이다.

2부 구체적인 작가와 작품을 만나다

'수령 형상'의 의미

1. 북한의 대표 작가 최학수

최학수(1937. 12. 4 ~ 2008. 4. 28)는 '천리마운동'의 대표적 형상인 '평양 속도'를 매개로 장편소설 『평양시간』(1976)을 창작함으로써 북한에서 문명을 널리 알린 작가이다. 이후 '4.15 문학창작단' 소속 작가가 되어 '주체문학의 본보기'[1]로 거명되는 '총서 <불멸의 력사>(이하 '총서'로 약칭)'를 창작한다. 김일성의 일대기를 역사적 사건 중심으로 형상화하고 있는 '총서'에서 1936년 5월 '조국광복회 창립'을 다룬 『백두산 기슭』(1978, 현승걸과 공동 창작)과 1937년 6월 '보천보 전투'를 형상화한 『압록강』(1983)[2], 해방 직후 김일성의 귀국을 다룬 『개선』(2002) 등이 대표적인 작품이다.

작가 스스로 『평양시간』을 써서 김일성으로부터 '과분한 치하의 교시'를 받았으며, 『백두산기슭』을 창작하여 김일성과 김정일로부터 '최상의 평가와 감사[3]까지 받았다고 회고할 정도로 최학수는 북한의 '수령형상문학'과 당 문학적 입장을 대표하는 작가이다. 특히 『평양시간』은 1977년 12월 13일, 1978년 1월 15일, 4월 13일 등 세 차례에 걸쳐 김일성으로부터 아주 잘 썼

---

1) 김정일, 『주체문학론』, 조선로동당출판사, 1992, 140쪽.
2) 윤기덕, 『수령형상문학』, 문예출판사, 1991, 297~336쪽.
3) 최학수, 「영생하는 작가의 초상」, 『조선문학』, 2003. 5, 35~44쪽.

다는 치하를 받았으며 김정일의 배려에 의해 25만부나 재발행되었고, 『백두산기슭』도 1978년 9월 19일 김일성으로부터 치하와 감사를 받았으며, 9월 25일에는 김정일로부터 높은 평가와 배려를 받았다. 작가는 이러한 치하속에 1982년 4월에는 '김일성상'을 수여받았으며, 1992년 12월과 1993년 10월 김일성의 접견을 받았고, 1997년에는 김정일로부터 표창장과 60돌 생일상을 받은 것으로 기록되고 있다.4)

북한에서 최학수 문학에 대한 평가는 주로 『평양시간』, 『백두산기슭』, 『압록강』 등에 걸쳐 있다. 『평양시간』은 사회주의 건설의 대고조로 들끓던 1958년에 새로운 속도에 해당하는 "<평양속도>를 창조한 평양시건설자들의 영웅적투쟁과 위훈을 형상"5)한 작품으로 거론된다. 특히 이 작품이 "위대한 수령님의 원대한 구상과 현명한 령도", "인민의 확고한 의지와 영웅적투쟁"을 뚜렷이 보여주었으며, "1958년 한해동안에 평양건설에서 일어난 위대한 전변을 취근하면서", "시대적폭을 넓히고 생활을 깊이있게 탐구하여 인물들의 성격을 여러모로 다양하게 천명하였으며 세부묘사와 정론적이고 박력있는 언어문체로 개성적특성을 뚜렷이 하였다"고 평가한다. 결국 수령과 인민의 적절한 관계 설정, '평양 속도'라는 종자의 포착, 인물의 전형성, 세부묘사의 진실성, 동시대적 사실성, 문체적 개성 등을 획득한 작품으로 평가되고 있는 것이다.

'총서'의 한 편인 『백두산 기슭』은 '수령형상'에 있어서 "인민적이며 혁명적인 문학이 창조하는 형상"을 보여주면서 "심오한 철학성과 높은 예술성"(171쪽)을 보장한 작품으로 거론된다. 하지만 처음부터 이런 고평을 받았던 것은 아니다. 김정일이 "『백두산기슭』의 심의본을 보아주시고는 소설

---

4) 편집부, 「편집후기」, 최학수 『개선』, 문학예술출판사, 2002, 602~604쪽.
5) 사회과학원, 『문학대사전』 4, 사회과학출판사, 2000, 224쪽.

에서 위대한 수령님의 현명성이 전면에 걸쳐 감동적으로 형상되지 못한 것이 기본결함"임을 파악하고, "반일혁명역량을 하나로 굳게 묶어세워나가시는 탁월한 령도의 력사가 잘 형상되게 하여야 한다."(156쪽)라는 식으로 '올바른 문제해결 방향'을 제시하여 작가가 그 방향으로 작품을 개작했기 때문에 가능한 것이다. 또한 『압록강』은 공산주의를 적대시하던 천도교 도정 박인진이 김일성의 "독창적인 반일민족통일전선방침과 한없는 도량에 감복"하여 진심으로 흠모하게 되는 부분에서 "작품의 철학적깊이를 보장하며 수령의 위대성을 빛나게 형상하는데"(246쪽)에 큰 역할을 했다고 평가하면서 '종자의 획득'과 '철학적 깊이의 보장'의 상관성을 예증하는 작품으로 거론된다.

이렇듯 『평양시간』, 『백두산 기슭』, 『압록강』 등의 장편소설에 대한 북한의 평가를 보았을 때, 북한에서 최학수의 작가적 비중이 높음을 확인할 수 있다. 특히나 『백두산 기슭』의 묘사력에 대해 상찬하고 있는 장희숙의 「자연묘사에 비낀 력사적사변의 의미」라는 단평[6]이나 김정일의 종자론을 바탕으로 『평양시간』의 제목이 지어졌음을 강조하는 글[7]에서도 알 수 있듯, 최학수의 작품들은 지속적으로 분석과 평가의 대상이 되고 있다. 따라서 이 글은 최학수가 지은 총서 세 편과 『평양시간』에 나타난 '수령 형상'의 의미를 고찰하여 각각의 작품에 나타난 특색을 검토하고, 작가적 개성의 유의미성을 구체적으로 평가하고자 한다.

---

6) 장희숙, 「자연묘사에 비낀 력사적사변의 의미」, 『조선문학』, 문학예술출판사, 2003. 5, 17~18쪽.
7) '위대한 령도 불멸의 업적', 「주체적인 소설문학발전에 이룩하신 불멸의 업적」, 『조선문학』, 문학예술출판사, 2003. 12, 19쪽.

2. '위대한 수령'의 형상화로서의 '총서'

'총서'는 북한이 내세우는 주체문예이론의 정수에 해당한다. 남한의 명명으로 보자면 '과거를 현재의 전사(前史)로서 생생하게 만든다'[8]는 점에서 역사소설에 해당하겠지만, 북한문학에서는 '수령'의 과거사를 문학적 허구로 재조명하려는 기획의도가 깔려 있다. 그리하여 '총서'는 항일무장투쟁의 험로를 헤쳐온 '수령의 신화'를 재창조하고 재형상화함으로써 인민을 계도하려는 유일사상체계 지향의 '주체문학'에 해당된다. 더구나 그것은 여타의 '수령형상문학'의 문예지침으로 활용되기에 북한문학의 이해와 감상, 비판적 평가를 위해서는 선행적 검토가 필수적이다.

최학수가 담당한 '총서'의 종자는 김일성의 항일무장투쟁사에서 중요한 전환점에 해당하는 사건들에 해당한다. 즉 반일민족통일전선체인 '조국광복회' 창립(『백두산 기슭』), 항일무장투쟁 최초의 국내진공작전인 '보천보전투'의 승리(『압록강』), 해방 직후 '김일성장군 환영 평양시 민중대회' 개최(『개선』) 등 북한의 '정통역사'에서 굵직굵직한 역사적 사건을 작품의 중핵으로 삼고 있다. 그것은 최학수의 문학적 수사가 이미 『평양시간』(1976)을 통해 객관적으로 공인 받은 바 크기 때문일 것이다. 최학수의 장편소설에 나타난 수령 형상의 의미를 검토하기 위해서는 북한문학에서 '수령형상'이 차지하는 위치를 파악해야 한다. 북한에서 '수령 형상'이 차지하는 지위와 역할, 방향성에 대한 저서로는 윤기덕의 『수령형상문학』과 김정일의 『주체문학론』을 들 수 있다.

우선 『수령형상문학』에서 주목하는 '총서'의 세 가지 특징을 검토하면 '총서'가 북한문학에서 차지하는 현재적 좌표와 위상을 확인할 수 있다. 즉

---

8) 게오르그 루카치, 이영욱 옮김, 『역사소설론』, 거름, 1987, 57쪽.

'1) 김정일의 지도, 2) 인민 계몽의 의도, 3) 위대성의 포착' 등이 그것이다. 첫째 특징으로 1972년 4.15문학창작단에서 『1932년』을 발간하면서 시작된 '총서' 간행이 '김정일의 지도'를 통해 수행되고 있다는 점이 주목된다. "충성의 창작전투"로 『혁명의 려명』 등의 심의본을 김정일에게 '올리면' 김정일이 "종자를 바로잡지 못한데 근본약점이 있다"(155쪽)고 지적하는 것이 바로 김정일의 지도인 것이다. 이것은 문학 내적인 요구에 의해서 나온 것이 아니라 김정일의 창작 지도의 형태로 '총서'가 지속적으로 간행되고 있다는 것을 보여준다. 즉 체제 내적 결속을 위해 수령의 역사를 신화화하고 있는 것이다.[9] 이것은 결국 '수령형상문학'이 유일사상체계를 문학적으로 튼튼히 뒷받침하는 체제 수호의 형태일 수밖에 없음을 증명한다.

둘째로 '수령 형상의 의도'가 인민 계몽에 있음을 밝힌다. 즉 "수령의 혁명력사와 숭고한 풍모를 진실하고 생동하게 예술적화폭에 그려 수령의 위대성을 예술적으로 감득하게 하는 것"(157쪽)이며, 수령 형상은 보통의 혁명가나 보통의 지도자의 형상과 구별될 뿐만 아니라 '인민적이며 혁명적인 문학'이 창조하는 형상에 해당한다고 강조한다. 결국 '수령형상의 본질'이 수령의 위대성과 고결성, 인간적 풍모의 예술적 형상화를 통해 인민을 계몽하는 것에 있음이 드러난다. 그러므로 '총서'에서의 수령 형상이 '인민을 향해, 인민을 위해 존재한다'고 강조되긴 하지만, 체제 바깥의 시선으로 비판적으로 독해하자면 결국 '수령의, 수령에 의한, 수령을 위한' '수령 개인만의 위대한 형상' 창조에 그치고 만다.

셋째 '총서'의 의도로 '위대한 수령의 풍모'를 형상화할 것을 주문한다. 즉 '수령형상창조의 원칙'을 '첫째 충성심을 다하여 최상의 높이에서 형상, 둘째 밝고 정중하게 형상, 셋째 인민들속에 계시는 수령 형상, 넷째 위대한 인

---

9) 신형기·오성호, 『북한문학사』, 평민사, 2000, 271~289쪽.

간의 형상, 다섯째 력사적사실에 철저히 기초하여 형상'의 다섯 가지로 강조한다. 이 다섯 가지 원칙들은 결국 총서를 집필할 때, '위대한 수령'을 묘사하는 창작방법론에 해당한다. 그리하여 '수령'의 불멸성과 영원성을 인민들의 내면에 강제하려는 형상 원리로 작동하게 된다. 마치 전근대적 봉건왕조국가에서 절대자를 숭배하는 것과 닮아 있다.

이렇듯 김정일의 지도와 인민 계몽의 의도, 위대한 수령의 형상화 등의 세 가지 특징은 '총서'가 "수령형상장편소설묶음의 포괄적이며 총괄적인 종자"이며, 총서에는 '위대한 혁명가'로서의 '불멸의 김일성'의 "빛나는 혁명력사와 숭고한 풍모가 집약"(302쪽)되어 있다는 강조로 취합된다. 결국 역사적 사실과 문학적 허구가 김일성이라는 한 '위대한 개인'을 매개로 대하연작소설로 묶여진 것이 바로 총서인 것이다. 그리하여 개인의 사적 역사가 국가의 공적 기억으로 향유되는 기념비적 텍스트가 바로 '총서'가 된다.

김정일의 『주체문학론』에서도 『수령형상문학론』과 유사한 논의가 펼쳐진다. 그리하여 "로동계급의 수령을 총서형식의 작품으로 형상한것은 우리나라에서 처음으로 시도하고 개척"하였음을 강조한다. 또한 '총서'가 김일성의 "혁명력사를 체계적으로, 전면적으로 깊이있게 그린 혁명적 대작을 하나의 통일적인 제목으로 묶어놓은 것"(137쪽)임을 역설하면서 작품 개개의 독자성 속에 연관성을 지닌 작품들임을 강조한다.

그리하여 '수령 형상'의 목적은 "사람들로 하여금 수령의 위대성을 깊이 알고 수령을 중심으로 존경하고 받들며 수령의 사상과 의도를 깊이 새기고 수령의 위업에 충실하도록 하자는데 있"음을 강조한다. 그러하기에 수령을 보좌하는 인물은 "충실성의 산 모범으로 전형화"되어야 하며, 따라서 "수령의 주위에는 수령과 고락을 같이하는 충신의 전형이 서있어야"(148~149쪽) 하는 것으로 여겨진다. 수령과 충신의 관계는 임금과 신하의 관계처럼 전근대적 '충효예'의 외적 발현을 보여준다. 그러므로 수령 형상 작품은 "철저히 수령을 주인공으로 중심위치에 세워야 하"며 "종자는 수령의 형상에 의하여 기본적으로 밝혀져야"(150쪽) 하는 것이다.

이상에서 드러나듯 결국 '수령형상문학'의 대표작으로서의 '총서'란 북한 역사에서 절대적 지도자에 해당하는 수령을 주인공으로 형상화한 연작 대하소설에 해당한다. '영원불멸의 위대한 사상'을 창시하고 국가를 운영하는 뇌수로서의 수령은 결코 심리적 갈등이나 비이성적 오류에 빠지지 않는다. 모든 문제를 슬기롭게 헤쳐나가는 만능해결사의 역할을 감당하기 때문이다. 한치의 동요도 허용하지 않는 전지전능한 사랑과 혁명과 정의의 존재가 바로 '수령'인 것이다. 그러므로 '총서'에서 '수령 형상'은 불굴의 신념을 가진 승리자의 표상이자, 따뜻한 인간미와 헌신성, 동지애적 신심을 표상하는 '위대한 수령'으로 형상화된다.

3. 민생단 문건의 소각과 조국광복회의 성립

'총서' 『백두산기슭』(1978)은 1978년판에는 '조선작가동맹중앙위원회 4.15문학창작단'이 창작한 것으로 작품 표지에 나오다가 1989년판(개작본 1)과 1990년판(개작본 2)에는 '현승걸·최학수' 공저로 나오며, 2002년 『개선』의 '편집후기'에 의하면 '최학수'의 세 번째 장편소설이라고 명기된다. 이것은 1980년대 중반까지 집체 창작에 의미를 부여하던 방식에서 1980년대 중반 이후 개인 창작의 노고를 드러내는 방식으로 북한 내부의 저자 표기 방식이 변화하고 있음을 보여준다. 즉 1980년대 후반 이후 창작 주체의 개별성을 보장하는 쪽으로 창작자에 대한 인식이 변화하고 있는 것이다.[10]

---

10) '총서'에서 개별 작가의 이름이 표명된 것은 1988년 출간된 박유학의 『혈로』부터 이다.

『백두산 기슭』 원본과 개작본 1, 개작본 2 사이에는 미세한 차이가 드러난다. 그것을 도표로 비교해보면 아래와 같다.

구분	1978년판	1989년판	1990년판	비고
저자	조선작가동맹 중앙위원회 4.15 문학창작단	현승걸 최학수	현승걸 최학수	
출판사	문예출판사	평양출판사	문예출판사	
발행부수	20만부 발행		2만부 발행	
겉표지	장편소설 불멸의 력사 백두산기슭	총서 ≪불멸의 력사≫9 장편소설 백두산기슭	총서 ≪불멸의 력사≫9 장편소설 백두산기슭	
본문내용	금성장군님(17쪽)	김일성장군님(16쪽)	김일성장군님(18쪽)	
본문내용	윤칠녀(17쪽)	장철구(16쪽)	장철구(18쪽)	
본문내용	권학식(32쪽)	권학식	리동백(34쪽)	
본문내용	혁명연극 ≪한 자위단원의 운명≫의 대본 (224쪽)	혁명연극 ≪한 자위단원의 운명≫의 대본 (222쪽)	원고(226쪽)	

원본과 개작본 사이를 비교해보면, 첫째 저자가 변화한 점, 둘째 표지의 제목이 '장편소설 불멸의 력사'에서 '총서 ≪불멸의 력사≫ 9 장편소설'로 바뀐 점, 셋째 원본의 금성, 윤칠녀, 권학식 등이 작품 바깥의 실제 인물의 본명인 김일성, 장철구, 리동백 등으로 바뀐 점, 넷째로 '혁명연극『한 자위단원의 운명』의 대본'이라는 표현이 '개작본 2'에서는 그냥 단순한 '원고'로 바뀐 점 등의 차이를 확인할 수 있다.

저자의 변화는 집단 창작의 공공성을 강조하는 태도에서 개인 창작 주체의 개성적 책임을 강화하는 방식으로 인식이 변화했기 때문인 것으로 보인다. 그리고 '9'라는 일련번호가 새겨진 것은 '총서' 연작이 체제 선전과 인민의 계도를 위한 '기획'의 산물임을 증명하는 것으로 판단된다. 즉 남한에서처럼 역사에 대한 창작자 개인의 주관적 판단과 상상적 개입이 중요한 것이 아니라 '수령 김일성'의 우상화라는 일련의 기획 의도하에 제작된 창작물임이 중요시되는 것이다. 그리고 본명으로 이름을 바꾼 것은 항일무장투쟁을 경험하지 못한 독자들에게 작품 내용의 사실성을 강화하기 위한 조치로 여겨진다. 그리고 구체적으로 '혁명연극『한 자위단원의 운명』의 대본'이라고 명기했던 대목을 그냥 추상적인 '원고'로 바꾼 것은 문맥으로 보자면 '창작 주체 김일성'이 지닌 허구성에 대한 의구심을 해소하기 위해서인 것으로 보인다. 하지만 2000년도판『문학대사전』에 따르면 '혁명연극『한 자위단원의 운명』의 대본'이 여전히 "경애하는 수령 김일성 동지께서 항일혁명투쟁 시기에 친히 창작하신 불후의 고전적명작"[11]이라고 기술되어 있다. 그렇다면 '원고'라는 표현은 일종의 오기일 수도 있다.

『백두산 기슭』의 서사는 1936년 3월부터 1936년 5월 5일 김일성이 조국광복회를 창립하기까지의 과정에서 민생단(1932년 일제가 친일조선인으로 조직한 친일단체) 문제를 해결하고, 조선인민혁명군의 외연을 확대한 이야기를 다루고 있다. 이러한 내용은 실제 역사적 사실과도 부합하는 내용이다.[12]『백두산 기슭』의 핵심 서사는 김일성 부대가 남호두 회의 이후 백두산 기슭으로 향하면서 민생단 문건을 소각하여 민생단 문제를 해결함과 동시에 조선인민혁명군의 외연을 확대하고, 동강회의에서 조국광복회를 창립함으로써 반일투쟁의 새로운 계기를 마련한 역사적 사실[13)]을 골격으로

---

11) 사회과학원,『문학대사전』4, 사회과학출판사, 2000, 321쪽.

12) 신주백은 김일성이 미혼진 회의와 동강회의, 민생단 혐의자 석방 등을 통해 동만 지방에서 재만한인문제를 담당하는 실질적인 지도자로 부상되었다고 진단한다. (신주백,「김일성의 만주항일유격운동에 대한 연구」,『역사와 현실』제12권, 한국 역사연구회, 1994. 6, 144~190쪽.)

진행된다. '민생단 문건 소각'은 김일성 자신이 민생단 혐의를 받고 대대 정치위원에서 물러났던 경험을 간직하고 있었기 때문에 조선인민혁명군의 외연 확대를 위해 중요한 의미를 내포한다.[14] 김일성을 중핵으로 하는 그 주변에는 '민생단으로 몰린 장기령, 윤칠녀(본명 장철구), 리경준과 최선금 부부, 글방 선생 권학식(본명 리동백), 강세호 중대장, 아동단 지도원 한남실, 10여 명의 아동단원들, 리북철 경위중대장, 전령병 주봉길, 사진사 박문필' 등이 자리한다.

『백두산 기슭』은 '인민들 속에 계시는 수령 형상 원칙'에서 "고매한 인민적풍모와 탁월한 령도력을 구체적인 인간관계와 생활을 통해 보여줄 데 대한 원칙"(194쪽)을 보여주는 전형적인 작품으로 평가받는다. 그리고 '위대한 인간 형상 창조 원칙'에서 "위대한 인간의 귀감으로서의 수령의 숭고한 풍모와 고매한 덕성을 생활적으로 진실하게 보여"(208쪽)준 예로 조국광복회 조직원인 이경준의 희생을 든다. 마지막 순간까지 김일성의 지시를 받아 조국광복회 창립대회에 참석하고자 했던 이경준의 헌신성과 그의 '고귀한 희생'을 가슴에 새기는 김일성의 모습이 감화력 높은 위대한 인간의 모습을 보여준다는 것이다.

수령 형상의 내적 원리를 모범적으로 표출하고 있다고 평가받는 『백두산 기슭』은 세 가지의 기본 서사가 반민생단 투쟁과 조국광복회 창립이라는 핵심 서사로 이어진다. 첫 번째 서사로 김일성의 사령부를 찾아오는 이경준 등의 민생단 혐의자들의 김일성을 향한 자발적 헌신성이 그려지고, 두 번째 서사로 강세호 중대장이 데려온 지식인 권학식이 김일성에게 감화되는 이야기가 있으며, 세 번째 서사로 근거지 해산 후 10여 명의 아동단원들

---

13) 『항일무장투쟁사』 편찬위원회, 『항일무장투쟁사』 5, 과학백과사전출판사, 2003.
14) 신주백, 「1932~36년 시기 간도지역에서 전개된 '반「민생단」투쟁' 연구」, 『성대사림』 9권, 수선사학회, 1993. 4, 3~64쪽.

을 데리고 사령부를 찾아오는 아동단지도원 한남실의 이야기가 진행된다. 이 세 가지 서사가 각종 전투를 승리로 이끄는 김일성 주력부대의 행군으로 모아지고, 김일성은 민생단 문건을 소각함으로써 무장조직인 조선인민혁명군을 확대하고 반일민족통일전선체인 조국광복회를 창립하게 된다. 이러한 기본 서사의 밑면에는 꼬마전령병 주봉길의 생일상을 마련해주는 세심함, 미혼진밀영 병원의 열병 환자를 보살펴주는 따뜻한 배려, 강반석 어머니가 준 20원으로 아동단원들의 새옷을 해 입히는 사랑 등이 자리하면서 김일성의 위대한 풍모가 드러난다.

그러나 수령 형상의 본질이나 수령 형상 창조의 원칙은 수령의 전지전능함과 완전무결함을 형상화하는 제약조건이 됨으로써 오히려 수령을 박제화하는 한계를 드러낸다. 김일성은 입체적 내면이 거세된 박제화된 영도자의 형상으로 그려지고 있는 것이다. 한남실과 장기령의 연애담이 형성되는 곳에서도 김일성은 보이지 않는 조종자이자 길을 안내하는 성좌가 되어 둘의 관계를 매개한다.

4. 보천보 전투 승리의 형상화

'총서' 『압록강』(1983)은 1936년 8월 무송현성전투 이후 백두산에 근거지를 창설한 뒤 1937년 6월 국내진공작전을 펼쳐 보천보 전투를 승리하는 부분까지의 역사적 사건을 형상화한 작품이다. 『압록강』의 기본 서사는 세 가지로 요약된다. 첫째로 김일성이 천도교 도정 박인진과 양심적 지주 김정보, 장백현 신흥촌 촌장 리제순 등을 감화시키면서 조국광복회의 외연을 확대한 서사이다. 둘째로 강세호, 리동학, 김주현, 곽두섭, 권영벽 등의 대원들의 정신 무장과 전투를 통해 조선인민혁명군 부대의 내실을 강화한다. 셋째로 작식대원인 장철구에 대한 애정, 권영벽의 부친 사망, 곽두섭과 조분옥의 사랑, 조분옥의 사망 등의 내용에서 가족애와 동지애를 보여준다. 물론 이 세 가지 서사는 위대한 품성을 지닌 '장군 김일성'을 매개로 하여 백두산 밀영지의 확보와 보천보 전투의 승리라는 중심 서사로 모아진다.

전체 10장으로 이루어진 『압록강』의 기본적 개요를 살펴보면 다음과 같다. 1장에서는 1936년 8월 2천여 명의 공산군이 만주의 무송현성을 공격한 뒤, 김일성이 주력부대를 이끌고 백두산밀영 후보지로 향하는 모습이 그려진다. 그리고 1936년 9월 30일 추석날(개작본에서는 추석 9일 전) 밤에 첫눈이 쏟아지는 가운데 사령부가 백두산 곰의골에 들어온다. 미리 밀영지를 답사한 선발대 김주현을 치하한(개작본에서는 김일성이 밀영지 선택) 김일성은 밀영지를 꾸미는 사업에 대해 역할을 분담한다. 2장에서 김일성은 화전부락 마을 촌장인 리제순을 만나 감화시키고, 3장에서는 그에게 신임장을 전해준다. 4장에서 김일성은 적들의 동기토벌 공세에 맞설 것을 결의하고 전투에서 승리를 거둔다. 5장에서 권영벽이 박달에게 김일성의 친서를 전하고, 김일성은 곽두섭과 조분옥의 결혼을 서두를 것을 명령한다. 6장에서 김일성은 김주현이 후방 병원으로 보낸 장철구를 만나 위로하고, 양심적 지주인 김정보는 김일성에게 감화되어 큰절을 올린다. 7장에서 천도교 도정 박인진은 김일성을 만나 감화되고, 동학의 창시자인 최수운 대신사를 만난 것 같은 느낌을 받는다. 8장에서 김일성은 박달을 만나 당에 대한 가르침을 주고, 음력설에 들이닥친 토벌대를 물리치고 3월 초에 무송으로 향한다. 9장에서 최현부대가 5월초부터 보조타격을 개시하자, 김일성은 국내진공을 예정보다 앞당기고자 한다. 10장에서 '대통령감' 리동백의 기록으로 보천보 전투가 묘사된다. 6월 4일 밤 김일성의 공격신호로 보천보 전투가 시작되고, 김일성은 승리를 이끈 뒤 단오날이자 일요일인 1937년 6월 13일 백두산 밀영으로 돌아와 경축대회를 갖는다.

『압록강』은 원본과 개작본(1992) 사이의 차이가 두드러지는 작품이다. 그 구체적 내용을 도표로 확인하면 아래와 같다.

구분	1983년판	1992년판	비고
제목	총서 <불멸의 력사> 중 장편소설 압록강	총서 <불멸의 력사> 10 장편소설 압록강	
저자	4.15문학창작단	최학수	
출판사	문예출판사	문학예술종합출판사	
본문내용	×	지난 몇 달 간의 면밀한 준비 후 백두산 행군 출발(15~16쪽.)	①
본문내용	×	33~34쪽 추가(적들을 답새기며 압록강을 건너는 내용)	②
본문내용	추석날이였던 9월 30일(37쪽) 폭설	추석날을 아흐레나 앞두고 있던 9월 21일(41쪽) 폭설	③
본문내용	귀틀집(37쪽)	천막(42쪽)	④
본문내용	햇눈덮인 천리수해우로 둥실 아침해가 솟구쳐오른다. 장쾌한 백두산해돋이가 시작되였다.(45쪽)	햇눈 덮인 장수봉(오늘날의 정일봉) 마루가 불현듯 금백색빛을 뿌린다. 해돋이바위우로 장쾌한 아침해가 솟기 시작한 것이다.(50쪽)	⑤
본문내용	밀영지 선택을 묘사하는 부분이 산만함(45~54쪽)	김일성의 중심적 역할 강조한 묘사로 확대(50~62쪽)	⑥
본문내용	적진으로 나가 타격하고 사흘만에 돌아왔다는 내용만 간략히 기술(96~97쪽)	백두산정 대탁온천에 세상을 등지고 사는 노인을 김일성이 감화해서 대탁밀영의 연락소책임자로 만듦. (104~105쪽) 추석날(9.30) 밀영으로 돌아온 김일성, 10월 4일 이도강 적들을 타격하고 돌아옴. (106~107쪽) 사령부 귀틀집 묘사 확대	⑦

본문내용	리동학의 <보따지> 별명 유래와 성격 묘사(102~103쪽)	삭제(리동학의 대사 간소화)	⑧
본문내용	리제순과 박달의 만남(121~128쪽)	김일성을 만난 리제순의 대화 묘사 부분 소략화(128~135쪽)	⑨

원본과 개작본의 시간적 차이가 9년인 만큼 수정된 내용도 다른 총서에 비해 상당히 많다. 우선 원문에 없던 내용이 추가된 ①, ②의 경우는 작품의 부실한 서사를 확충하기 위한 작가의 노력으로 판단된다. 무송현성전투 이후 별다른 준비 없이 '남호두 회의'의 결정을 따라 백두산으로 향한 것으로 느껴질 수도 있고, 적들과의 대치 없이 압록강을 건너는 것으로 그려진다면 조선인민혁명군의 험로를 독자들이 안이하게 낭만화할 수도 있기 때문에 작가가 수정한 것으로 짐작된다.

③의 경우는 특이한데, 같은 작가의 『개선』(2002)에서는 개작본(1992)이 아니라 원본(1983)의 내용처럼 9월 30일 추석날 밤으로 회상하는 부분이 드러나기 때문이다.[15] 이러한 날짜의 착오 혹은 혼동은 표면적으로 보면 총서가 지닌 역사적 사실의 신뢰성을 현저히 떨어뜨리는 요소라고 할 수 있다. 하지만 오히려 총서가 장편소설로 가공된 역사물이기에 역사적 문맥으로만 받아들여서는 안된다는 것을 반증하는 것으로 해석할 수도 있다. ④의 경우는 귀틀집을 하루만에 세울 수는 없으니 작품의 개연성을 위해 고친 것으로 보이며, ⑤의 경우는 김정일의 이미지를 투사하기 위해 삽입된 부분으로 보인다.

⑥은 원본에서 김주현이 보고하는 밀영지 선택의 산만함을 제거하고 개작본에서 김일성의 탁월한 예지력을 강조하는 내용으로 수정한 부분이다.

---

15) 최학수, 『개선』, 문학예술출판사, 2002, 132쪽.

⑦은 전투의 구체성과 문학적 긴장감을 살리기 위해 새로이 삽입한 것으로 보이며, ⑧, ⑨는 장황한 묘사 부분을 간소화한 부분이다. 이외에도 부분적으로 추가되거나 삭제된 부분이 많은데, 그것은 대체로 '보천보 전투'의 승리를 향한 서사적 개연성이 미흡하다고 '4.15문학창작단과 작가가 판단했기에 가능한 개작으로 판단된다.

『압록강』은 일대기나 전기식 구성을 배제한 채 '보천보전투'를 중심으로 '독창적인 구성형식'으로 창작된 대표적인 작품이며, 천도교 도정 박인진이 공산주의를 적대시하다가 김일성에게 감화되는 부분에서 '철학적 깊이'를 보장한 작품으로 평가받는다.[16] 그러나 이 작품의 종자가 '보천보 전투'임에도 불구하고 작품 말미에 소략적으로 개요만 정리될 뿐 대결이 지닌 긴장감은 드러나지 않는 작품의 한계가 엿보인다. 그것은 수령의 주도면밀함으로 백전백승하는 승리자 중심의 기록이라는 '총서 기획'이 동요하는 계층이나 적대세력과의 대립과 갈등이라는 긴장감을 제거하고 있기 때문이라고 할 수 있다.

5. 해방 후 김일성의 귀국과 평양시 민중대회

'총서' 『개선』(2002)은 '총서' 해방 후편의 첫 편에 해당한다. 1945년 8월 15일부터 10월 14일 김일성장군 환영 평양시민중대회까지의 일정이 기록된다. 이 작품은 "해방 후 위대한 수령님을 형상하는데 바쳐진 첫 단편소설

---

16) "천도교 도정 박인진이 공산주의를 적대시하다가 위대한 수령님의 독창적인 반일 민족통일전선방침과 한없는 도량에 감복하여 마침내 경애하는 수령님을 높이 우러러모시고 진심으로 흠모하게 되는 생활화폭은 수령형상작품에서 력사적사실에 기초하여 작품의 종자를 꽃피울수 있는 생활을 탐구하고 묘사하는 것이 작품의 철학적깊이를 보장하며 수령의 위대성을 빛나게 형상하는데서 얼마나 큰 역할을 하는가 하는 것을 잘 보여준다"(윤기덕, 앞의 책, 246쪽.)

로서 문학사적 의의"를 평가받는 한설야의 「개선」(1948)과의 거리를 검토할 필요성이 있다.[17] 하지만 한설야의 작품은 단편소설이며 '1945년 10월 14일 평양시 군중대회' 자체를 형상화하고 있다는 점[18]에서 '총서'의 창작 의도와는 다소 거리가 있다.

『개선』은 크게 세 가지 서사로 요약된다. 첫째로 조선인민혁명군 사령부의 귀국과 그 활동이 전개되고, 둘째로 곽두섭과 소원정의 연애, 리병훈 외과원장과 하루꼬의 사랑 등이 소개되고, 셋째로 해방 정국에서의 조선의 현실, 원산과 평양에서의 조선공산당 운동 등이 다루어진다. 이 세 가지 서사를 장악하는 핵심은 김일성이며, '개선 장군'의 이미지는 북조선공산당중앙조직위원회 결성과 평양시 민중대회 개최라는 행사로 집약되어 표출된다.

1장에서 '광복'의 소식은 조선에 부재하는 김일성 대신 김일성의 숙부인 김형록이 가네야마 순사와 마주치는 장면에서부터 기록된다. 2장에서 광복 날 아침 소련의 하바롭스크 비행장으로 향하던 김일성은 소련 원동군 총사령관으로부터 광복을 축하한다는 전보를 받고 훈련기지로 되돌아간다. 8월 16일 조선인민혁명군 전체 장병에게 자유시간을 준 김일성은 새로운 국가 건설을 위해 이제 정치투쟁이 개시되었다고 이야기한다. 3장에서 김일성이 부재하는 조선에서 조선총독부 일본인들이 조선인 사이의 이간질을 위해 분주한 활동을 하던 8월 14~15일의 풍경을 요약하고, 평남도당 책임비서인 현준혁이 서대문형무소에 갇혀 있는 박달을 만나러 경성으로 향한다. 4장에서는 조선인민혁명군 장병들의 귀국준비사업과 9월 18일 귀국 함선에 오른 김일성이 소리 소문없이 입국하면서, 사령부 정치위원 김영환으로 신분을 위장할 것임을 강조한다.

---

17) 사회과학원, 『문학대사전』 1, 사회과학출판사, 2000, 280쪽.
18) 강진호, 『그들의 문학과 생애, 한설야』, 한길사, 2008.

5장에서 9월 19일 원산으로 귀국한 김일성은 민덕원과 현준혁의 암살 소식을 접하고, 이튿날 음력 8월 15일(9월 20일)이 되자 1936년 9월 30일 첫눈 내리던 추석날 밤에 백두산밀영에 도착했던 기억을 떠올린다. 하지만 이내용은 4장에서 살펴보았듯 '『압록강』1992년판'의 내용과 다르다. 이것은 기억을 재가공하는 '총서'의 특성과 관련 있는 것으로 여겨진다. 김일성은 원산공산당부를 조직한 리주하에게 박헌영을 9월말이나 10월초에 평양에서 만나고 싶다는 말을 전하면서 북한에서의 주도권을 장악해간다. 6장에서 김일성은 9월 22일 10시 경 평양역에 도착하여, 평남공산당위원회 책임비서 김용범으로부터 해방 이후의 상황을 보고받는다. 7장에서 김일성은 20년 만에 대동강 숭어국을 맛보고, 곽두섭으로부터 리병훈외과전문병원이 '김영을내과병원'으로 바뀐 사연을 듣자 그 진위 확인을 지시한다. 8장에서 평양역에 내린 뒤부터 35시간 반 동안 눈도 붙여보지 못한 김일성은 리병훈 의사의 일이 나쁜놈들의 협잡놀음이라면서 불순이색집단의 정체를 밝혀내야 한다고 강조한다.

9장에서 김일성은 태평양호텔 3층에서 만난 조만식에게 조국광복회 창립선언문과 10대 강령을 보여준다. 10장에서 김일성은 리순금 등의 박헌영 특사 일행을 만나면서 공산주의 운동의 중심지가 평양임을 강조한다. 11장에서 림춘추는『선봉』의 창간호를 10월 1일에 발간할 것을 결의하고, 리병훈은 사령부에 2천원을 군자금으로 써달라고 기부하며, 김책은 당자금과 군자금으로 250만원을 마련하고, 곽두섭은 박달을 평양으로 데려온다. 12장에서 김일성은 10월 5일 평양숭실학교 교장실에서 창당준비위원회 예비회의를 갖고, 10월 10일 창당대회를 개최하여 북조선공산당중앙조직위원회를 결성한다. 그리고 10월 14일 오전 10시 평양 모란봉공설운동장에서 김일성장군 환영 평양시 민중대회가 개최된다.

『개선』은 김일성이 북조선에서 어떻게 제1인자로 나서게 되는지를 형상화한 '총서' 해방 후편의 첫 번째 권에 해당한다. 이 작품은 김일성이 부재하는 공간을 어떻게 서사화할 수 있는가를 보여준다. 즉 1장에서는 김일성의 숙부인 김형록과 그 주변 가계 인물들을 내세워 부재하는 김일성의 역할을 대신할 수 있도록 구성하고 있으며, 3장에서는 김일성의 비밀지하조직원을 내세워 김일성이 부재하는 공간에서도 김일성의 투쟁목표와 실천의지가 외화될 수 있음을 보여준다. '수령'은 공간적 실재성 여부와 무관하게 선형적 시간성을 초월한 존재로 그려지고 있는 것이다.

6. 평양 속도의 공식성과 연애담의 개연성 사이[19]

장편소설 『평양시간』(1976)은 최학수의 두 번째 장편소설[20]로, 그를 '4.15 문학창작단'으로 입성하게 만든 대표작에 해당한다. 즉 '1969년 12월 당중앙위원회 제4기 제20차전원회의 확대회의'에서 "평양시 보통벌이 건설된것만 가지고도 얼마든지 좋은 작품을 쓸수 있다"고 이야기한 '김일성의 교시'와 "『평양시간』을 높은 사상예술적수준에서 창작완성하도록 명확한 리론실천적방도를 제시"한 '김정일의 지도'가 이 작품의 탄생 배경이 된다.[21] 특히 『평양시간』이 김일성이 정해준 "주체조선의 새로운 속도, '평양시간'이라는 사상적알맹이를 심고 형상으로 꽃피움으로써" 김일성의 "주체적인 건설사상과 현명한 령도, 크나큰 사랑과 배려를 감동깊이 보여주었으

---

19) 이 장은 기존에 발표한 필자의 논문 내용을 축약한 부분임을 밝힌다.(오태호, 「『평양시간』에 나타난 '수령 형상'과 '연애담' 연구」, 『현대소설연구』 제36호, 2007. 12, 283~299쪽.)

20) 그의 첫 장편소설은 "전략적인 일시적후퇴시기에 군민이 협동하여 유격투쟁을 진행한 사실을 그려낸" 『그들은 함께 싸웠다』이다.(편집부, 『개선』, 문학예술출판사, 2002, 602쪽.)

21) 최길상, 『주체문학의 새 경지』, 문예출판사, 1999, 91~92쪽.

며 수령님께 충직한 우리 로동계급과 기술자들의 영웅적위훈을 폭넓은 생활화폭"에 담았다고 기록된다. 그리하여 "우리 인민의 신념과 의지, 지향을 예술적으로 일반화한 작품으로서 당의 령도밑에 찬란히 꽃펴나고 있는 우리 소설문학의 기념비적작품"이라고 평가한다. 결국 '김일성의 교시'와 '김정일의 지도' 속에 『평양시간』이 '기념비적 소설'로 탄생할 수 있었다는 것이다.

남한에서는 『평양시간』에 대해 '구성의 공식성, 김일성 우상화, 과도한 작품의 목적성' 등의 한계를 노출한다는 식의 비판적 평가22), 투철한 사상성으로 사회주의 건설의 기적을 이룩한다는 내용의 천리마 기수를 형상화한 작품이라는 소략적 평가23), "지식인 문제를 다룬 대표적인 장편"으로 '제대군인 이상철, 당 책임자 탁준범, 건축설계사 문화란' 등의 주인공이 수령을 중심으로 결합하면서 인텔리와 노동계급의 전형적인 결합 방식을 보여준다는 평가24), 서사적 한계로 '김일성의 과다한 현지 지도, 집체론적 협동의 미화, 조립식 아파트 공정 단축만의 미화, 이상철과 안오월간의 사랑의 후일담 부재' 등을 지적한 평가25) 등이 있다.

'수령형상문학'의 일종인 『평양시간』에서 '수령'은 모든 인물들의 개인적·심리적·사회적 고민과 갈등을 해소해주는 중핵으로 작동한다. 특히 사회주의 건설자로 돌아온 8만여 명의 제대군인들은 수령의 교시와 당의 지침을 몸소 실현해내려는 혁명과 건설의 전위부대가 된다. '수령'은 그들과 더불어, 적대적 인물을 제외한 대부분의 작품 속 인물들에게 '사회적 초자아'

22) 이명재 편, 『북한문학사전』, 국학자료원, 1995, 1086쪽.
23) 손화숙, 「공산주의적 교양과 긍정적 인물의 변모양상」, 최동호 편, 『남북한 현대문학사』, 나남출판, 1995, 341쪽.
24) 신형기, 『북한소설의 이해』, 실천문학사, 1996, 162~166쪽.
25) 박태상, 「북한소설 『평양시간』 연구」, 『북한문학의 동향』, 깊은샘, 2002, 287~320쪽.

처럼 권위와 양심, 법과 규범, 윤리와 도덕, 정의와 믿음의 표상으로 존재하기 때문이다.

작품의 주인공인 '리상철'에게도 '수령'은 심리적 동요가 있을 때마다 새로운 각오를 다지게 하는 '위대하고 현명한 지도자'로 인식된다. 1957년 8만 명의 제대 병사들 중 한 사람이 되어 돌아온 상철은 김일성의 '10월 전원회의 정신(건설방법을 조립식으로 전환하자)'을 듣고, 1946년 봄날 친구 종한(오월의 오빠, 한국전쟁 시기 사망)과 함께 김일성을 만났던 기억을 떠올리며 '수도 건설자'가 되고 싶어하던 종한이의 '숭고한 이념과 현실적 지향'을 이어갈 것을 다짐한다. '수령'은 상철뿐만 아니라 다른 작중 인물들에게도 이념적 좌표와 현실적 우상으로 내면화되어 새로운 사회 건설의 '정신적 표상'이자 '생활적 사표(師表)'로 인식되고 있는 것이다.

상철의 '매부'이자 도시계획설계 실장인 건축가 '문화린'은 수령의 신실한 믿음에 의해 부르주아적 미학관에 빠져 있던 자신의 잘못을 깨닫고 교화되는 인물로 그려진다. 그는 처음에 서구 부르주아의 건축 사상과 자기 만족에 빠져서 수령의 교시를 위반하였다는 자책감에 시달린다. 죄의식에 사로잡힌 문화린을 보며 아내 이상금은 남편의 고통을 '죄'로 추인하는 데다가 남편을 원망하면서 급기야 흐느껴 울기까지 한다. 상금의 모습은 '수령의 교시'에 대한 무조건적 수용과 헌신적 실천이 모든 개인과 사회적 윤리에 앞서는 절대 명제임을 보여준다.

현지지도를 나선 김일성은 설계나 시공의 문제가 아니라 '반혁명분자들과 반동분자들의 작간'이 건설을 방해하고 있음을 지적한다. 김일성에게 사회주의 혁명과 건설의 과정에서의 모든 투쟁은 반대의 목소리를 제거하면서 진행되는 전투이자 전쟁의 일환으로 비유될 수밖에 없는 절체절명의 중요한 순간들로 인식된다. 결국 김일성은 남의 기준이나 다른 나라의 시간이 아니라 '우리 식 기준'과 '우리의 시간'을 강조하며 주체형의 '평양 시간'을 기준으로 건설과 혁명에 나서야 함을 강조한다. 이러한 김일성의 담화는 다른 나라 사람들보다 빠른 시간 안에 혁명과 건설을 진척시키는 '평양시간'을 창조하게 하는 원동력이 된다. 그리하여 사회주의 혁명과 건설에서의 '천리마 정신'과 '속도 제일주의'를 강조하게 된다.

『평양시간』에서 드러난 '수령 형상'은 북한사회에서 '수령'이 초자아적 존재로 내면화되어 있음을 보여준다. 북한 인민들에게 법과 질서, 도덕과 규범보다 앞선 양심적 표상이자 희생과 헌신의 기표로 작동하는 '수령'은 개인들에게 '상상계적 동일시'[26]의 우상으로 형상화되고 있는 것이다.

하지만 이상철과 안오월의 연애담에서 드러나는 독백과 감정의 진폭은 독자에게 결말에 대한 궁금증을 유도하면서 서사적 추동력과 흡입력으로 작동한다. 특히 이 둘의 연애담은 지배 담론이 강제하는 사회윤리적 관점에서 벗어나 개인의 내면을 주목하면서 동요하는 사적 충동을 형상화함으로써 개성적 인물의 리얼리티를 확보하는 장치가 된다. 감정적 대응보다 이성적 판단과 윤리적 결심을 앞세우며 개인의 양심이 수령과 당의 방침을 향해 있어야 하는 사회에서 이 둘의 연애담은 북한 사회의 내면을 들여다보는 하나의 방법적 우회로에 해당한다.

7. '총서'와 장편소설의 형상화 차이

최학수의 소설에서 나타난 수령 형상은 '수령의 입체성'이 부족하다는 점에서는 유사해보인다. 그것은 '수령형상문학'의 창작 원리를 그대로 수용하여 작품을 창작했기 때문으로 보인다. '총서' 『백두산 기슭』에서의 수령 형

---

26) 아니카 르메르, 이미선 옮김, 『자크 라캉』, 문예출판사, 1994, 104~106쪽.

상은 동요하는 내면이 거세된 무오류의 영도자로 그려지며, 개작본『압록 강』(1992)에서는 김일성의 영웅적 투쟁과 영도력을 강조하는 방향으로 윤색되고,『개선』에서는 김일성의 '개선 장군'으로서의 이미지와 조선공산당의 제1인자로 부각되는 내용이 그려진다. 장편소설인『평양시간』에서 역시 모든 등장인물들의 고민과 갈등과 문제의식을 해소해주는 이상적 자아의 모습으로 그려진다. 하지만 '총서'에서 수령을 둘러싼 주변 인물들이 적절한 내면을 소유하지 못한 것으로 그려져 있다면,『평양시간』의 인물들은 끊임없이 자기자신을 들여다보고 회의하는 반성적 개인의 모습을 띠고 있다는 점에서 주목을 요한다.

4.15 문학창작단 작가로서 '총서' 세 편을 창작한 최학수와『평양시간』의 최학수는 유사하면서도 달라 보인다. 그것은 수령형상의 원칙 속에 수령의 일대기라는 역사적 사실을 소설로 형상화하는 '총서'들과 작가의 자전적 체험이 담겨 있는 '평양속도'의 형상화라는 차이에서 비롯된 것으로 보인다. 즉 수령형상문학이 강제하는 원칙을 넘어서지 못하는 한계와 더불어 작가적 체험이 지닌 직접성의 차이가 미적 형상화의 차이를 가져오는 것으로 판단된다. '불멸의 신화적 존재'가 지나온 역사적 장면을 상상력으로 재구성하는 것과 개인적 체험을 미적으로 재구성하는 것에서도 상상적 금기가 작동하고 있다는 것이 최학수의 '총서'와 장편소설을 통해 확인한 결론이다.

'북한의 총서'를 읽으면서 역사적 사실에 작가의 상상적 개입이 두드러진 남한의 역사소설 유형을 찾기는 힘들다. 다채로운 인물들의 입체적 형상화를 보여주는 박경리의『토지』나 황석영의『장길산』, 조정래의『태백산맥』등의 장면을 기대하기는 어려워 보인다. 창작자의 상상력을 억압하는 객관적 역사의 장면이 '신화와 수령의 이름'으로 거대하게 가로막고 서 있기 때문이다. 그렇다면 과연 창작자는 무엇을 할 수 있을까? 4.15 문학창작단의 고민은 바로 거기에 있을 것으로 보인다. 어렵겠지만 수령형상문학의 원칙을 과감하게 일탈할 수 있는 문학적 자유, 그것이 아마도 '총서의 여백'을 살릴 수 있을 것으로 보인다.

인물 형상의 유연성과 경직성

1. 1950년대 북한 서사의 대표작

이 글은 1950년대 북한문학의 대표작인 『개마고원』(1956)의 문학사적 특징을 개괄하고 인물 형상의 유연성과 경직성을 고찰하여 북한문학의 유연한 내면을 탐색하는 데에 그 목적을 둔다. 황건의 『개마고원』은 1945년 해방 전후로부터 1951년 한국전쟁 시기까지를 형상화한 1950년대 북한문학의 대표작 중의 하나이다. 이 작품은 당대의 문제적 개인인 지식인 청년의 유약한 내면과 각성된 사회주의자로서의 신념, 그리고 개마고원의 자연 풍경이 당대 현실과의 조화 속에 매끄럽게 그려지고 있다는 평가를 받는다. 특히 1967년 '유일사상체계확립기'로 들어서면서 북한 사회가 경직되기 이전에 쓰여진 소설이기에, 인물의 내면 형상화를 검토했을 때 김일성 가계 형상 중심의 '항일혁명문학'이 보여주는 도식성과 획일성 등에서 일정 정도 벗어나 상대적 자율성을 획득한 작품으로 파악된다.

「불타는 섬」(1952)과 『개마고원』으로 해방 이후 북한문학사에 큰 족적을 남긴 황건(1918~1991)은 양강도 풍서군에 있는 허천강 기슭의 화전농의 집에서 태어났고, 본명은 재건이다. 11세 때 형을 따라 서울에 온 그는 직업학교와 보성고등보통학교를 다녔으며 전주사범학교 강습과를 마친다. 이후 전북 무주와 중국 장춘 등지에서 교원 및 기자 생활을 하면서 습작을 하기도 하지만, 일제에 나라를 빼앗긴 민족의 설움과 고통을 체험하면서 울분과 절망 속에 가축을 기르며 은둔생활을 한 것으로 전해진다.[1]

북한의 공식적 문학사에서는 '습작'이라는 이름으로 일제 강점기에 발표된 황건의 문학활동을 평가절하하지만, 김윤식에 따르면 1941년에 이미 만주에서 발간된 『싹트는 대지』라는 단편집에 안수길 등의 단편소설과 함께 황건의 「제화(祭火)」가 실려 있다. 만주의 신경에서 회사에 다니며 문화운동에 열을 올리는 한 지식청년의 좌절과 내면의 갈등을 그린 이 작품은 만주국 조선족 지식인의 자의식을 다룬 자전적 심리소설에 해당한다.[2] 이 소설은 문장력이 있으며 "이상(李箱)을 연상케 하는 심리적인 탐구로서 재만 작가 가운데는 한 이채가 되는 듯" 하다는 상찬의 평가를 받는다. 하지만 습작 수준이라는 점과, 화자의 자살동기를 비롯한 심적 체험이 지닌 서사적 개연성의 미흡이 단점으로 지적된다.[3]

황건은 해방 직후 혼란스런 서울에서의 해방정국 풍경과 1946년 미소 대표단 환영 대회를 그린 「깃발」(1946)을 발표한다. 이 작품이 좌익의 해방공간 체험기를 다루고 있다는 점에서 이미 작가가 사회주의적 관점의 옹호 속에 좌익 이데올로기를 정치적으로 선택했음이 드러난다. 이후 고향인 삼수 갑산으로 돌아가 토지 개혁과 새조국 건설에 나선 산간마을 사람들의 생활을 그려낸 「산곡」(1948), 「목축기」(1948) 등을 발표한다. 이 두 작품은 당대의 대표 문인인 이기영에 의해 "우수한 묘사력과 능숙한 언어구사"의 탁월성을 인정받는다.

---

1) 사회과학원, 『문학대사전4』, 사회과학출판사, 주체89(2000), 479쪽.
2) 김윤식, 「황건론—정치·문학 일원론에 이른 길」, 『한국 현대 현실주의 소설 연구』, 문학과지성사, 1990, 173~183쪽.
3) 김오성, 「조선의 개척문학—재만조선인작품집 『싹트는 대지』를 평함」, 『국민문학』, 1942. 3. 24쪽.

「산곡」에 있어서의 비전형성문제라든가 「목축기」에 대한 '현실인식의 불충분성'이라는 지적등에서 보는바와 같이 이 두작품은 그 능숙한 언어구사와 우수한 묘사력을 유감없이 표정하고 있음에도 불구하고 인물설정이나 사건구성에 있어서는 번번이 약점을 들어내놓고 있다. (중략) 「산곡」 「목축기」에 나오는 인물들은 일반적으로 보수적이었고 미적지근 하였다. 그들은 인민정권이나 새로운 환경에 대해서 그저 감사하든지 수동적 립장에서 자기사업에 전력을 다할뿐 그이상의 능동성과 적극성을 보여주지는 않았다.[4]

물론 두 작품에 대한 평가는 막연한 상찬으로 끝나는 것이 아니라 사실주의적 관점 속에 '비전형성'과 '현실인식의 불충분성'이 비판을 받는다. 서사적 개연성의 부족이 인물 설정과 사건 구성의 약점으로 노출되고 있다는 지적을 구체적으로 진행하고 있는 것이다. 뿐만 아니라 「산곡」에 대해 평론가 박종식은 "묘사력의 우수성"이라는 긍정적 평가와 함께 "사상성의 저도"(23쪽)라는 비판을 진행한다. 이렇듯 황건의 초기작에 대한 당대적 평가는 공과가 함께 거론되고 있다.

이후 탄전의 노동계급 속으로 들어가 탄광생활 6개월 만에 단편소설 「탄맥」(1949)을 발표하는데, 이 작품은 북한에서 '민주건설시기' 애국적 헌신성으로 노동계급의 형상을 창조한 우수한 성과작의 하나로 꼽는다. 이기영은 이 작품에서 드러나는 "치밀하고도 정확한 소재연구와 성실한 창작태도와 줄기차고 근기있는 필력"(28쪽)을 높이 평가한다. 이후 한국전쟁이 일어나자 황건은 종군작가로 활동하면서 인민군의 형상과 인민들의 성격적 특징을 포착하여 사상과 정신의 변모를 형상화한 단편소설 「안해」(1951), 「불타는 섬」과 중편소설 『행복』(1952) 등을 창작한다. 특히 「불타는 섬」은 김일성의 "참된 혁명전사로서의 영생하는 삶을 빛내"면서, "1950년 9월 미제

---

4) 이기영, 「소설가 황건을 말함」, 『문학예술』, 1950. 4, 22~33쪽.

침략자들의 인천상륙을 저지파탄시키기 위하여 월미도를 영웅적으로 방어한 리대훈 해안포중대원들의 대중적영웅주의와 백절불굴의 투지를 형상한 작품"5)으로 고평된다.

이러한 창작 활동과 더불어 1954년 3월부터 작가동맹 소설분과위원장, 양강도 지부장 등의 직분을 수행하면서 개마고원 사람들의 생활을 생생하게 포착한 장편소설 『개마고원』(1956)과 중편소설 『새벽길』(1960)을 창작한다. 이 작품들에서는 해방 이후 전쟁 시기에 이르는 좌우익의 이념적 대립과 계급적 갈등이 첨예하게 그려진다. 이어서 그는 항일 혁명전통 주제의 장편소설 『아들딸』(1965), 『자라는 대오』(1971), 『새로운 항로』(1980)와 중편소설 『딸』(1987) 등을 창작한다. 창작생활 40여 년 동안 8편의 중장편소설과 3권의 단편소설집, 100여 편의 예술산문과 평론들을 쓴 공적으로 1988년 4월 28일 '김일성상'을 수상한 그는 언제나 시대 정신에 대한 깊은 탐구에 기초하여 의의 있고 깊이 있는 인간 문제를 제기하고 주인공들의 성격적 특성을 박력 있게 형상화한 작가로 평가받는다.6)

「제화」로부터 「딸」에 이르는 다수의 작품 중에서도 황건의 대표작인 『개마고원』은 북한식 사회주의 건설과 혁신을 위한 당문학적 지향점을 내포한다. 하지만 해방기 좌익의 도덕적 우월성과 한국 전쟁의 정당성 표방이라는 표면화된 주제의식의 이면에서 텍스트의 미세한 결을 읽다보면 주체사실주의가 강조하는 종자론의 신화로 귀속되지 않는 인물들의 내면 갈등과 심리 묘사의 유연성이 드러난다. 그것은 분단 이후 북한에서 창작 활동을 시작한 작가들과는 다르게 황건의 문학활동이 일제 강점기에 이미 시작되었기 때문에 가능한 것으로 파악된다. 이 글에서는 북한문학의 유연성과 경직

---

5) 김선려 외, 『조선문학사』 11, 사회과학출판사, 1994, 138~142쪽.
6) 사회과학원, 『문학대사전』 4, 사회과학출판사, 2000, 479쪽.

성을 동시에 내포하고 있는 『개마고원』에서 주인공 김경석을 중심으로 인물 형상화의 원리를 고찰하고자 한다. 이러한 접근이 '수령 형상화'에만 매몰되지 않은 1950년대 북한문학의 섬세한 내면을 탐색할 수 있는 입체적이고 분석적인 방법이기 때문이다.

2. 탁월한 심리 묘사에 대한 양면적 평가

해방 이후 1950년대 내내 지속된 반종파투쟁을 거치면서 김일성 중심의 유일 권력체제를 전일적으로 구성하려는 과정에서 북한에서의 문학예술은 대표적인 이데올로기 교양 수단으로 인식된다. 그리하여 문학적 핵심 과제로 '첫째 수령 형상의 등장, 둘째 수령의 영도를 중심에 둔 혁명 전통의 형상화, 셋째 집체 창작에 대한 강조, 넷째 항일혁명문학의 유일한 혁명 전통화' 등을 강조하게 된다.[7] 『개마고원』은 이러한 반종파투쟁 이후의 이념적 경직성을 함의함과 동시에, '수령의 절대화' 이전 인민의 내면 풍경이 생생하게 살아 있는 유연한 북한문학의 표정을 담고 있다. 특히 주인공 김경석은 투철한 사회주의적 신념으로 무장한 실천가이기 이전에 엄혹한 일제 강점기의 시대 현실 속에서 유약한 개인적 감수성을 지닌 동요하는 지식인으로 형상화되어 주목된다.

『조선문학통사(하)』(1959)에서는 이 작품을 이기영의 『두만강』, 한설야의 『설봉산』과 함께 1950년대 북한문학의 대표작으로 고평한다. 하지만 작품의 결정적 결함으로 심리묘사가 불필요한 사족에 이르는 경향이 있음이 지적된다.

---

7) 김재용, 『북한문학의 역사적 이해』, 문학과지성사, 1994, 218~219쪽.

심리묘사, 이것은 『개마고원』을 특징짓는 중요한 예술적 측면이다. 그러나 동시에 그것은 이 작품의 약점을 야기시킨 요소이기도 하다. 이 작품에서는 심리 묘사가 때로 불필요한 사족에 떨어지는 경향이 없지 않다. 조선 인민의 과거의 생활과 투쟁에 대한 역사적 주제는 해방 후 우리 문학에서 중요한 자리를 차지한다.[8]

'탁월한 심리묘사'가 『개마고원』의 중요한 예술적 측면임과 동시에 작품의 약점을 가져온 요소라는 평가는 이 작품의 특징을 가장 잘 보여주는 대목이다. 즉 불필요한 사족에 해당한다고 평가받는 심리묘사가 남한 연구자의 시각에는 역설적이게도 이 작품의 미학적 자율성을 보장하고 있는 것으로 판단된다. 하지만 사회주의 체제 유지를 위한 경직성이 강화되던 1950년대 후반의 북한에서는 그것을 하나의 사족으로 평가절하할 뿐이다. '천리마 운동'이라는 속도 제일주의의 지향 속에, 종파주의의 척결을 강조하던 시대적 분위기 속에서 김경석의 우유부단한 내면 표출은 '불필요한 사족'으로 평가될 수밖에 없었던 것이다.

이러한 '불필요한 사족으로서의 과도한 심리묘사'라는 비판적 평가는 이후 『조선문학사』(1978)에서도 이어진다. 그리하여 장점으로는 '장구한 역사적 시기가 배경인 점, 해방 후 계급투쟁을 다양한 인물 형상으로 그려낸 점, 인물들의 사회계급적 차이와 입장 속에 성장과정을 명확히 보여준 점, 새것의 승리와 낡은 것의 소멸이라는 생활발전의 합법칙성을 뚜렷이 천명한 점, 북방 산간지대 농민들의 생활풍습, 세태풍속, 자연풍경, 기후풍토가 생동한 화폭으로 펼쳐진 점'[9] 등이 거론되지만, 단점으로는 『조선문학통사』에서처럼 장황한 심리묘사가 사족이자 군더더기로 지적된다.

8) 과학원 문학연구실, 『조선문학통사(하)』, 과학원출판사, 1959, 인동판, 334쪽.
9) 사회과학원 문학연구소, 『조선문학사(1945~1958)』, 조선과학백과사전출판사, 1978, 인동판, 333쪽.

이렇듯 1980년대 이전의 문학사에서는 '심리묘사의 과도성'이 비판을 받고 있지만, 『조선문학사』(1999)에 이르면 작품 자체의 개별적 특성을 주목하면서 기존의 비판에 비해 단점을 상대화하는 평가로 변모된다.

> 인물들의 내면심리세계를 깊이있게 파고들어 그린 점에서 소설은 특이한 정서적감화력을 가지고있다. (중략) 경석이와 순희가 상대방에 대하여 인식하고 파악하며 자신들의 립장과 결심을 표명하지 못하는 내면세계의 묘사는 심각하다. 인물들의 내면세계를 묘사하는데서 주정토로를 많이 쓴것도 특징적이며 인물의 성격을 부각하며 작품의 사상적 내용을 강조하는데 복종한 개성화된 대사들을 길게 쓴 것도 남다르다.10)

이때에 이르면 『개마고원』은 '특이한 정서적 감화력'을 내장한 작품으로 인정되고, 내면 세계의 심각한 묘사, 과도한 주정 토로, 개성화된 대사의 장문화 등은 작품의 한계가 아니라 '특징'이자 '남다름'이라는 관점으로 평가된다. 이것은 수령에 대한 충성이나 당에 대한 충실성, 인민에 대한 헌신성 등 주체사실주의의 특성을 강조하다 보면, 내면이 거세되어 도식화된 인물을 반복적으로 재생산할 수 있다는 우려를 염두에 둔 1990년대적 평가로 파악된다.

이러한 인식의 변화는 『문학대사전』(2000)에서 "특히 애정관계에 있는 경석이와 순희와의 호상관계를 그리면서 그들의 사회계급적처지와 립장을 명확히 밝힌데 기초하여 내면세계에서 발현되는 미묘한 움직임까지 깊이 있게 추구함으로써 심각한 계급투쟁속에서 성장해가는 주인공의 성격을 생동한 형상적화폭으로 보여주었다."11)라는 심리묘사의 긍정적 평가로 이

---

10) 리기주, 『조선문학사』 12, 사회과학출판사, 1999, 158~159쪽.
11) 사회과학원, 『문학대사전1』, 사회과학출판사, 주체89(2000), 279쪽.

어진다. 미묘한 내면 세계의 움직임 포착과 생동감 있는 성격 형상화 등이 작품의 미적 특질로 규정되고 있는 것이다.

심리묘사의 측면을 보았을 때, 황건의 『개마고원』은 부정적 평가에서 긍정적 평가의 대상으로 변모된다. 그것은 크게 1980년대 이전과 이후를 가르는 문학사적 인식의 시대적 차이에서 비롯된 것으로 여겨진다. 즉 해방과 분단, 전쟁 시기를 거쳐 '우리식 사회주의' 건설과 수령에 대한 충실성을 통해 확고하게 체제 수호 의지를 강조하였을 때와, '숨은 영웅' 등의 사회주의 체제의 일상 현실을 형상한 소설들에서 미시적 일상성이 주목되던 시기와의 상대적 차이로 파악된다. 이러한 인식론적 단절의 단초는 1980년 1월 제3차 조선작가동맹대회에서 김정일이 1980년대 문학예술의 방향을 제시한 지침에서 확인된다.

> 높은 당성과 심오한 철학성은 혁명적 문학 창작의 주요한 요구이다. 모든 작가들은 당이 제시한 주체적인 창조 체계와 창작 원칙을 철저히 구현하며 자연주의·도식주의를 비롯한 온갖 그릇된 경향을 극복하고 창작에서 노동 계급적 선을 확고히 세우는 동시에 개성적 특성을 옳게 살리며 철학적 심도를 보장함으로써 사상 예술성이 높은 우수한 작품들을 더 많이 창작하여야 한다.

작품 창작에서 '높은 당성과 심오한 철학성'을 제기한 김정일의 창작 지침은 작품의 수월성 제고를 통해 개성적 특성의 확보와 철학적 깊이의 보장을 강조한다. 그리하여 1980년대 사회주의 현실을 다룬 소설에서는 '숨은 영웅'의 형상화, 절실하고 의의 있는 사회적 문제의 제기(도농 갈등, 세대간의 갈등, 여성문제), 예술적 기량의 성숙 등의 성과가 가시화된다.[12] 이러한

---

12) 김재용, 「1980년대 북한 소설 문학의 특징과 문제점―'사회주의 현실' 주제의 중·장편을 중심으로」, 앞의 책, 254~277쪽.

분석에서 드러나듯 『개마고원』의 심리묘사에 대한 문학사적 평가가 1980년대를 전후하여 부정적 비판에서 긍정적 평가로 바뀐 것은 당중앙의 이름으로 하달된 김정일의 문예지침의 변화에서부터 비롯되었다고 추측할 수 있다.

북한문학사에서 '심리묘사'의 긍정성과 부정성을 중심으로 평가가 변모되는 양상이라면, 남한에서는 개별 작품론에서부터 작가론에 이르기까지 황건의 문학세계에 대해 비판적 평가가 진행된다. 김윤식[13]은 '정치와 문학의 일원론'에 이른 길로 황건의 문학을 요약하면서 1941년 만선일보 출판부에서 발행한 『싹트는 대지』에 실린 단편 「제화」(1941)로부터 작가론을 시작한다. 이 단편집에는 "만주 개척사 서설"이 지닌 의미에 대한 염상섭의 서문과 함께 김창걸의 「암야」, 박영준의 「밀림의 여인」, 신서야의 「추석」, 안수길의 「새벽」, 한찬숙의 「초원」, 현경준의 「유맹」 등이 함께 실려 있는데, 황건의 작품은 만주국 조선족 지식인의 좌절과 내면 갈등을 형상한 심리소설로 평가된다. 그리고 해방기의 서울 풍경과 1946년 미소대표단 환영대회를 좌익의 관점으로 묘사한 「깃발」(1946)을 '작가와 정치가의 분기점'으로 읽어내고, 고향 산수갑산을 무대로 새로운 사회 건설의 분위기를 형상한 「산곡」(1948)과 「목축기」(1948)를 거쳐, 6.25의 체험이 형상화된 『개마고원』에서 소설가 황건이 정치와 문학의 일원론을 실천하고 있다고 평가한다. 특히 그는 『개마고원』의 갈등 구조를 두 가지로 파악하면서, 새로운 사회건설의 이념분자들과 반동지주세력과의 갈등이 단선적인 선악일변도의 계몽소설과 구별된다고 분석하고, 애정 변화의 가능성과 불변성을 토대로 주인공 경석이 현실원칙과 관념 원칙 사이에서 유동하고 있다고 평가한다.

---

13) 김윤식, 「황건론─정치·문학 일원론에 이른 길」, 『한국 현대 현실주의 소설 연구』, 문학과지성사, 1990, 173~207쪽.

김윤식이 「제화」에서 『개마고원』까지 이르는 작품 분석과 당대의 시대적 배경 속에 작가론을 입체적으로 펼치고 있다면, 김승종[14]은 1950년대를 전후한 북한문학의 배경 속에 『개마고원』의 문학적 공과를 비판적으로 평가한다. 그는 해방 이후 1960년까지의 북한소설을 일별하면서 『개마고원』이 해방기 북한문학의 특성인 '사회주의적 애국주의 사상, 혁명적 낭만성, 창조적 노력의 주인공, 비판적 모티프의 강화'를 반영하고 있다고 평가한다. 그리고 이 작품이 1956년 10월 '제2차 조선작가대회'에서 제기된 세 가지 문제, 즉 첫째 반동문학 조류의 청산과 항일혁명유산의 계승, 둘째 도식주의와 무갈등성의 극복, 셋째 고전과 문학 유산의 계승 등을 함의하고 있다고 강조한다. 그는 전반부 28장까지를 낡은 것을 청산하고 새것을 건설해가는 과정을 담은 '현실주의적 소설'로 평가하면서 경석과 순희, 경석과 계숙의 연애 관계에서 무갈등성을 극복하려는 작가의 노력이 드러나며, 공과 사를 구별하지 못하는 권성팔을 상투성에서 벗어난 개성적 인물이라고 평가한다. 그리고 후반부 50장까지를 '애국심의 실험대로서의 6.25'로 읽어내면서 6.25 전쟁이 인민들의 진정한 애국심을 실험하고 인민정권의 5년을 심판하는 무대였음을 설명하려는 계급교양의 목적으로 쓰여졌다고 분석한다. 그리하여 결론적으로 전반부가 현실성을 확보하고 있었다면 후반부는 현실성이 무시되고 있는 것으로 비판하면서, '무갈등성의 극복'을 내재화한 작품으로 평가한다.

김윤식의 작가론과 김승종의 작품론을 참고하면서 김재남[15]은 황건 문학 전체를 개괄한다. 그는 「제화」와 「깃발」이 '절망적 삶의 현실과 귀향의지'를 보여주는 작품이며, 「산곡」과 「탄맥」은 훼손된 가정이 회복되면서

---

14) 김승종, 앞의 글, 135~156쪽.
15) 김재남, 「황건문학연구」, 『세종대학교논문집』 18, 1991. 12, 85~97쪽.

새조국 건설의 지향이 형상화되고 있고, 「안해」와 「불타는 섬」과 「행복」은 6.25 전쟁시 인민군의 저항과 희생정신을 형상화한 작품이라고 분석하면서 그 영웅적 투쟁성이 비역사적이고 비현실적인 요소로 삽입되어 있다고 비판한다. 그리고 『개마고원』, 『아들딸』, 『새로운 항로』, 『딸』 등에서 역사를 소설화하기 위해 장편소설의 세계로 나아갔으며, 결국 작가의 문학세계를 '역사의 서사화를 위해 나아간 문학적 행보'로 요약한다. 그러면서 역사를 소설화하려다가 작가와 부정적 인물 사이의 객관적 거리가 유지되지 못하고 희화화된 단점을 지적한다.

이외에도 황건의 작품과 관련한 논문으로는, 「불타는 섬」이 역사적 폭력성을 희생정신으로 극복하기 위해 혁명적 비극의 형식을 띠고 있음을 주목한 글[16], 소설 「불타는 섬」과 영화 「월미도」를 비교하면서 소설의 개인적 경험 서사가 영화에서 영웅적 국가 이데올로기의 직접적 반영물로 변모되는 서사적 차이를 비교한 글[17], 1960년대 대표적인 '혁명적 대작'의 하나인 『아들딸』을 통해 항일혁명 문학과 전통성 확립 문제를 검토한 글[18] 등이 주목된다.

황건의 『개마고원』은 북한의 체제문학이 보여주는 공산주의적 윤리의 우월성과 사회주의 체제의 정당성을 텍스트 내부에 편재적으로 내장하고 있다는 점에서 '북한문학사'에서 의미 있는 작품으로 평가받고 있다. 남북한 문학의 개성과 차이를 선명하게 부각시키면서 해방기의 혼란상과 북쪽 체제의 이데올로기적 담론화 과정이 외화되고 있기 때문이다. 하지만 주인

---

16) 신형기, 「'주체'의 길, 고립의 길—전후 북한문학의 모습」, 『동서문학』, 2003. 가을, 354~364쪽.
17) 이선미, 「북한소설 「불타는 섬」과 영화 「월미도」 비교 연구—서서와 장르인식의 차이를 중심으로」, 『현대소설연구』 21집, 2004. 3, 275~297쪽.
18) 홍혜미, 「항일혁명 문학과 전통성 문제—황건의 『아들딸』을 중심으로」, 『현대소설연구』 24집, 2004. 12, 299~325쪽.

공 김경석의 내면에는 남과 북의 이데올로기 대립을 넘어 체제에 의해 통제되지 않는 개인의 심리적 동요가 자리하고 있음을 주목해야 한다.

3. 심리 묘사의 유연성

1950년대에 이르러 북한문학은 전후 문예조직의 개편과 함께 종파주의에 대한 사상적 검증과 미학적 투쟁을 강조한다. 그 연장선상에서 부르주아 미학사상의 잔재에 대한 비판 역시 지속된다.[19] 그리하여 북한에서는 한국전쟁 직후인 1953년 9월 제1차 '전국작가예술가대회'를 열어 '조선작가동맹'이 발족되면서, '애국주의'와 '대중적 영웅주의'를 강조하며 '고상한 도덕성'을 교양할 것을 당부하게 된다.

> 첫째, 전체 작가 예술가들은 우리 조국의 국토 완전 통일 독립의 강력한 담보로 되는 전후 인민경제 복구 발전을 위해, 우리나라의 공업화를 위해, 자기의 창조적 재능과 정력을 다 바칠 것이다. 그리하여 노동 계급의 가장 선진적 인물의 전형을 창조할 것이며, 경제건설 투쟁에 궐기한 전 인민들의 승리에 대한 신심을 더욱 강고케 할 것이며, 전쟁 승리를 우리 인민이 발휘한 애국주의와 대중적 영웅주의를 건설 투쟁의 승리로 계속 앙양시키도록 할 것이다.
> 둘째, 전체 작가 예술가들은 현실의 거대한 전변 속에 대담하게 들어가 노동 계급의 실지생활을 체험할 것이며 그들에게서 배움과 동시에 그들을 교양하며 노력 혁신자들의 위훈을 생동한 형상을 통하여 전체 인민들에게 보여주며 우리의 청소년들로 하여금 노력을 사랑하며 노동 속에서 기쁨을 느끼는 고상한 도덕성으로 교양할 것이다.[20]

19) 김성수, 「1950년대 북한 문학과 사회주의 리얼리즘」, 『통일의 문학 비평의 논리』, 책세상, 2001, 151~186쪽.
20) 윤세평, 「전후 복구건설 시기의 조선문학」, 조선작가동맹 편, 『해방후 10년간의 조선문학』, 조선작가동맹출판사, 1955, 280쪽.

북한에서는 1953년 박헌영 간첩사건과 1956년 8월 전원회의 사건을 통해 김일성 중심의 만주파와 국내 정파인 갑산파가 권력을 장악하면서 비판 세력이 거세된다. 이 사건들은 북한식 사회주의가 김일성 중심의 교조적 이데올로기로 전화하는 하나의 계기로 작동한다. 그러나 정치권력의 행로와는 다르게 1956년 10월 제2차 조선작가대회에서는 도식주의, 기록주의, 무갈등론 등이 비판되면서 현장성과 생동감이 사실주의의 핵심임을 제기한다. 그리하여 1950년대 북한문학은 사회주의 리얼리즘론의 이론적 심화가 진행된다.

이러한 시대적 배경 속에 『개마고원』은 북한문학사에서 1950년대 '혁명의 전취물을 지키기 위한 첨예한 계급투쟁의 반영'[21]을 대표하는 소설로 평가된다. 소설은 1945년 6월부터 1951년 5월까지의 시기를 대상으로 일제 강점기와 해방, 분단과 전쟁으로 이어지는 시대적 질곡을 김경석이라는 지식인의 변모를 중심으로 형상화한다. 김경석은 우유부단한 식민지 청년에서 현실 변혁의 중심에 서면서 투철한 사회주의자로 변모하는 문제적 주인공으로 형상화된다. 그가 문제적 주인공일 수 있는 이유는 끊임없이 당대의 현실적 요구에 대해 비판적 문제의식을 갖고 있으며, 이상적 국가 만들기의 대의명분 속에서도 사적인 애정 갈등을 통해 동요하는 내면 형상이 지닌 다양한 스펙트럼을 보여주고 있기 때문이다. 특히 이 작품에서는 도식적 결말 이전에 드러나는 인물들 간의 갈등 과정에서의 동요와 여백을 읽어내는 것이 중요하다. 이때의 동요란 윤리적 양심이나 심리적 판단, 사회적 신념이 미결정된 상태를 이름하는데, 김경석에게서는 작품 중반부에 이르기까지 유동하는 내면이 발견되기 때문이다.

전체 총 50장으로 구성된 『개마고원』은 내용상으로 볼 때 크게 6.25 전

---

21) 김선려 외, 앞의 책, 138쪽.

쟁 이전과 전쟁 중으로 나누어볼 수 있다. 구체적으로 1부는 1945년 6월부터 1950년 6월 전쟁 직전까지의 내용으로 1장에서 28장까지로 볼 수 있고, 2부는 전쟁 개시 이후인 1950년 6월에서부터 1951년 5월까지 29장에서 50장까지로 볼 수 있다. 『개마고원』의 서사를 장악하는 것은 지식인 청년으로 나오는 김경석이다. 일제강점기에 징병으로 끌려갔던 그가 탈출한 뒤에 고모집에 숨어 지내다가 집으로 돌아오는 것에서 소설은 시작된다. 그리고 작품 마무리에서는 군당 선전일꾼인 안계숙과의 결혼식을 전쟁 중인 1951년 5월에 치르는 것으로 종결된다. 이 작품에서 동요하는 내면이 가장 두드러지게 드러나는 부분은 경석과 약혼녀 순희와의 심리적 갈등, 경석과 계숙의 애정 관계, 경석의 여동생 경옥과 할머니의 말다툼 장면 등에서이다.

경석과 순희, 경석과 계숙을 둘러싼 애정선은 이 작품 속에서 가장 생동감 있게 살아 있는 인물들의 심리적 동요의 표정을 보여준다. 경석과 순희의 관계에 대해 김윤식[22]은 경석이 근대적 친일 세력과의 야합을 통해 부르주아적 신분 상승을 지향한 것으로 파악한다. 하지만 작품 내에서 경석이 순희에 대한 연정을 표명하면서 동시에 분출하는 것은 친일지주 집안에 대한 거부감이다. 특히 자신을 징병에 끌려가게 만든 순희네 집안을 동물 보듯 하며 노골적 분노와 적개심을 노출한다. 따라서 신분 상승에의 욕구가 드러나고 있다고 보기는 어려우며, 나아가 근대적 친일 세력과의 결탁이라고 파악하는 것은 무리가 따른다.

경석은 초등학교 동창생인 약혼녀 순희와 애정 관계를 유지하지만, 징병에 끌려가면서 지주 집안과 소작농 집안이라는 계급 간의 갈등 속에 가문의 반대와 우유부단한 성정으로 인해 결국 그녀와 헤어지게 된다. 하지만 그 과정에서 드러나는 경석의 심정적 동요와 순희의 흔들림은 북한문학의 공

---

22) 김윤식, 앞의 글, 200~205쪽.

적 연애 담론에 포섭되지 않는 사적 욕망을 생생하게 표출한다. 사실 가문이냐 애정이냐 식의 양자택일적 문제는 1910년대를 전후한 신소설의 멜로드라마적 구성이라는 점에서 전근대적 갈등 전개 양상에 해당하지만, 시대적 당위를 개인의 욕망보다 앞세우는 북한문학에서 개인의 정서적 충동과 다면체적 욕망이 가시화한다는 점에서 주목을 요한다.

> 이제 와본다면 순희와는 기울여온 정성이 컸던 그만큼 지금은 회한만 컸다. 애당초 그럴 수도 없는 일을 억지로 빠득빠득 끌고 온 것도 같았다. 이제 와본다면 순희는 단지 아름다운 여자였으며, 단지 그런 여자였을 뿐이었다. 남을 사랑함에 변할 줄 모르는 그 마음의 아름다움과 용모의 아름다움 그것 까닭에 자기는 그를 내내 잊지 못하고 왔다. 애정에 대하여 단순하였다는 그 점에서는 자기도 마찬가지였다. 오늘도 그 정은 어머니의 젖가슴 허비는 어린 아이의 손길처럼 내 가슴 속을 허비고 있는 것이었다. 탈은 여기에 있었다.[23]

경석은 순희에 대해 '정성'을 기울였지만 '회한'만 키운 관계였음을 고백한다. 순희에 대한 애정이 실은 유년시절부터 비롯된 변함없는 사랑의 마음과 외모의 아름다움에 치중한 호감에 불과했음을 자인하는 것이다. 이러한 인식은 사람을 입체적이고 종합적으로 판단한 것이 아니라 단지 외적 아름다움에 매료되어 자신의 이성적 판단이 마비되었음을 반성하는 것에 해당한다. 더구나 지주 집안의 딸임을 의식하고 있었음에도 불구하고 계급적 적대감보다는 유년시절의 추억에 동요되는 경석의 모습은 낭만적 기질을 내면화한 치기 어린 청년을 표상한다는 점에서 개연성 있는 모습으로 그려진다. 자신을 어머니의 정에 굶주린 어린아이에 비유한 묘사가 그것을 입증한다.

순희와의 애정 전선에 먹구름이 드리워진 사실로 고민하던 경석은 안계

---

23) 황건, 『개마고원』, 조선작가동맹출판사, 1956, 143쪽.

숙을 보면서 첫눈에 반한다. 경석이 순희와의 관계가 채 마무리되기도 전에 다른 여성을 자기의 욕망의 시선 내부로 인입한다는 점에서 삼각관계를 배제하는 북한문학의 서사적 특성과 공적 윤리의식에 나포되지 않고 있음이 드러난다. 경석이 순희와 계숙을 대할 때는 끊임없이 자신의 욕망을 점검하고 심리적으로 동요하고 있다는 점이 이 작품의 서사적 매력으로 작동하는 것이다.

순희 역시 경석과 계숙 앞에서는 자신의 흔들리는 내면을 고백한다.

> 순희는 아무에게도 원망을 가지는 일 없이 자신을 사죄만 하였다. 그러나 마음 속은 날마다 고요한 것 같은데 그 밑바닥에 단 한가지 풀리지 않는 것이 있었다. 단 한 사람 계숙에게만은 같은 마음을 가질 수 없는 것이었다. 자신을 속이듯이, 딴 사람들에게 대하여서나 마찬가지 생각으로 얼핏 스쳐 지날려는 것인데, 생각은 자꾸 거기서 맺혀 돌았다. 뿐만 아니라 생각이 미칠수록 계숙에 대한 원한의 매듭은 더 상글하게 살아오면서, 그것으로 하여 마음 속은 다시 평안을 잃고 점점 번조를 일으켰다.[24]

순희는 경석과 헤어진 후에 자살을 결심하면서 그동안 감춰왔던 자신의 속내를 표출한다. 겉으로는 '사죄'의 표정을 짓지만 실은 경석에 대한 원망과 계숙에 대한 질투가 그녀의 내면에 자리한 감정의 원형들인 것이다. 하지만 순희는 연애의 파국의 원인을 자기화하는 데에만 급급한 나머지 경석에 대한 잘잘못을 정확하게 판단하지 못한다. 그저 수동적이고 보수적으로 자신의 탓이라며 경석과의 연애에 종지부를 찍으려 하고, 사태의 본질을 제대로 파악해내지 못한다. 자신의 연적인 계숙 앞에서는 분노와 함께 질투와 시기 등의 감정이 드러나면서 원한의 매듭으로 감정이 폭발할 지경에 이르

---

24) 황건, 앞의 책, 194쪽.

게 된다.

연정의 대상인 경석 앞에서는 수동적인 봉건 윤리의식만을 보여주지만, 연적인 계숙 앞에서는 공격적 적대감을 표출한다는 점에서 순희의 형상 역시 이데올로기적 선택과는 상관없이 사실적 내면을 보여준다. 경석과 계숙을 향한 순희의 이중적 타자의식은 입체적 개인의 내면을 보여주는 대목이다.

남성에 대해 전통적이고 순응적인 가치관을 내면화하고 있다는 점에서는 계숙 역시 순희와 성격이 유사하다. 하지만 계숙은 순희의 아픔을 수용하면서 개인의 감정을 괄호치는 이타적 존재로 그려진다.

> 경석이와 가까워졌기 때문에 받게 된 자기 가책의 괴로움과, 그런 뒤에 그를 더 잊지 못하게 되는, 도저히 같이 있을 수 없는 마음의 싸움이 계속되었다. 그러나 괴롭던 기억은 너무나 컸으며, 그중에도 가장 가슴을 여미며 남아도는 마음은 (그러면 나는 끝내 남의 사랑을 빼앗으려한 여자며 자기 까닭에 남을 죽여도 좋다고 생각한 여자인가?) 이것이었다. 결국 계숙은 경석의 생각을 물리치고 또 물리치며 자기는 차라리 아무와도 결혼을 하지 않으리라고 생각했다.[25]

계숙은 경석과 가까워지면서 순희에 대한 가책과 함께 순희의 자살사건이 자신으로부터 비롯된 일임을 반성한다. 하지만 그러한 장애가 오히려 경석에게로 향하는 욕망의 강도를 더욱 고조시키고 자신이 사랑의 변절자가 아닌가 하는 회의 섞인 질문을 던진다. 결국 순희와 계숙 앞에서의 경석, 계숙과 경석 앞에서의 순희, 경석과 순희 앞에서의 계숙 등은 제3의 타자를 상정함으로써 삼각형의 애정 관계를 통해 성격이 고정된 것이 아니라 유동적 관계망을 형성하게 되는 전형적인 멜로드라마의 형상을 보여주고 있다.

이처럼 애정 전선에서의 심리적 동요는 나중에 혼인이 성사되는 경석과

---

25) 황건, 앞의 책, 293쪽.

계숙의 사이에서도 유지된다. 끊임없이 서로를 향해서 그리고 자기 스스로에게 이 사람이 나의 배우자가 될 것인가 아닌가라는 질문이 던져진다. 더구나 이 둘의 결합을 방해하는 순희의 자살 미수 사건이 낭만적 사랑의 성사로서의 결혼을 유예시키면서 사랑의 장애물로 등장한다. 물론 여러 난관을 뚫고서 경석과 계숙은 동지적 이성애를 기반으로 결혼에 성공하게 된다. 하지만 거기까지 이르는 과정에서 그들은 타자의 욕망을 응시하면서 충분히 충동적이고 인간적인 표정을 보여준다.

경석의 가족 내부에서 심리 묘사의 유연성과 리얼리티를 보여주는 흥미로운 관계는 할머니와 여동생 경옥 사이에서 드러나는 대립과 갈등 부분이다. 경옥과 대립각을 세우는 할머니는 전쟁 중 일시적 후퇴 시기에 사망하지만, 사망 전까지 전쟁 중에 여군으로 지원하며 적극적 좌익 활동을 전개하는 실천적 신세대 여성인 경옥과 갈등을 지속한다. 이 둘의 대립과 갈등이 바로 도식화되지 않은 개성적 인물 형상을 보여준다. 할머니와 경옥은 작품 내내 갈등 관계를 형성하면서 언제 터질지 모르는 시한폭탄 같은 서사적 긴장감을 부여하는 것이다.

> "집안이 망하겠다… 집안이 망하겠어… 계집년이 다리를 벌겋게 드러내놓고 저렇게 싸다니구서 잘되는 집 꼴을… 못 봤어…" 하고 눈을 칼끝처럼 하여 가지고 경옥을 노려보는 것이었다. "이 집안이 이날 이때까지 아무 흉허물 없이 내려왔건만 저년 까닭에… 필경 저년 까닭에 망신을 하고 말거라니…" / 이제는 어지간해서는 숫제 대꾸를 안하던 경옥이도, 이밤은 안방 문을 채 열지 못하고 픽 돌아섰다. 나중 말은 정 참고 들을 수 없는 것이었다. "무슨 흉허물이 났에요? 어떻게 망신했단 말이에요?… 할머니 정 그래 보세요 내 할머니 보기 싫어서두 어디 가버리든지 어쩌지 않는가 보세요!"[26]

26) 황건, 앞의 책, 104~105쪽.

할머니는 경옥이가 해방공간에서 여맹 등의 바깥 활동을 하느라 밤늦게 귀가하는 것을 못마땅하게 여긴다. 경옥이 "암탉이 울면 집안이 망한다"라는 식의 패가망신의 전형으로 인식되고, 그녀의 적극적 외부 활동이 망조의 암시로 보이기 때문이다. 이렇듯 인민정권의 민주주의 건설을 위해 노력하는 신여성을 부정적으로 인식하는 할머니의 모습은 가족 내부에 여성 차별적 시선이 팽배했던 가부장제적 현실의 리얼리티를 확보함으로써 당대적 사실성과 개연성을 높이고 있는 것이다. 이 소설에서 할머니와 경옥은 서로에게 한 치도 양보하지 않고 대치하면서 작품의 긴장감을 증대한다.

적극적으로 사회적 활동을 개진하는 경옥은 자신의 헌신적 노력을 배타적 시선으로 읽어내는 할머니에게 감정적으로 대응한다. 할머니와 경옥의 대화에서 드러나는 가족 내부의 갈등은 어느 한쪽의 편을 들어 주지 않은 채 감정의 골을 세움으로써 당대적 리얼리티를 확보한다. 그리하여 할머니와 경옥은 보수적 세계관과 변혁적 세계관의 대결 구도를 보여주면서 감정적으로 충돌하는 구세대와 신세대 여성의 첨예한 대립과 갈등을 보여준다. 여기에는 어떠한 이데올로기적 강제도 개입되지 않으며, 상식적 화해로 두 사람의 갈등이 해소되지도 않는다는 점에서 심리 묘사의 유연성과 함께 생생한 리얼리티를 살려낸 관계로 파악된다.

4. 인물 형상의 경직성

『개마고원』의 기본 서사는 김경석을 중심으로 한 좌익 활동가들과 친일 지주 집안 정씨네의 대립과 갈등 속에 사건이 전개된다. 김윤식은 경석의 내면 갈등과 함께 이 작품의 갈등 구조 중의 하나를 "새로운 사회 건설의 이념 분자들과 반동 지주 세력과의 갈등"으로 꼽으면서 경석 중심의 사회 개혁 세력과 친일 지주 세력과의 대결이 일승일패 식으로 반복되면서 작품의 갈등 구조가 단선적인 선악 일변도의 계몽 소설과 구별된다고 파악한다.[27] 하지만 권성팔과 어덩쇠, 원갑 등의 인물 성격이 사안에 따라 입장이 변모하면서 입체적이고 다면적으로 형상화된 것을 감안하면, 사회변혁 세력과 친일지주 세력의 선악 구도가 시종일관 대립적으로 분명하게 드러난다는 인식은 보완이 필요해 보인다.

작품 속에서는 좌익 세력과 친일 지주세력의 계급적 갈등이 해방기와 분단, 전쟁을 거치면서 해방기의 사회적 혼란상으로 가시화된다. 일제 말기에 징병으로 끌려간 지 두 달 만에 경석은 1945년 6월 하순에 비를 맞으며 집으로 몰래 숨어든다. 친일 악덕지주인 순희네 정씨 집안 사람들에 의해 일찍 징병에 내보내진 경석은 울분을 참으면서 낮에는 숨어 지내고 밤이면 뒷방으로 나오는 은둔 생활을 계속한다. "어떤 학대받는 주린 짐승"(1쪽)처럼 자신을 비하하며 시대적 응어리를 품고 있는 경석은 약혼녀 순희네 가족에 대해 "개새끼들 두구 보자!"(8쪽)라며 속으로 분노를 곱씹는다. 유약하면서도 충동적인 내면을 지닌 경석의 적대계층으로는 친일지주 집안인 '정씨네'가 자리한다. 그러나 일제 강점기에 경석은 친일세력에 대한 적극적 저항보다는 은둔자로서 일신의 안위와 수배로부터의 해방과 자유로운 활보를 기대하는 평범한 청년으로 등장한다. 해방 이전의 경석은 나약한 지식인의 전형적인 표정을 보여주는 것이다. 이러한 경석을 중심으로 좌익과 우익 측에서 자신의 이데올로기를 선택한 교조적 존재들이 등장한다. 그렇게 이데올로기의 도그마를 내면화한 존재들로는 친일지주 집안 출신인 정씨네와 좌익 활동가들을 들 수 있다.

친일지주 집안인 정씨네는 지극히 평면적인 성격을 보여준다. 정씨네는 일제 강점기에 지니고 있던 각종 기득권을 유지한 채 해방된 세상의 변화를

---

27) 김윤식, 앞의 글, 204쪽.

전혀 받아들이려 하지 않는다. 오히려 미국과 남한의 도움으로 북한을 해방하려는 것을 그들의 목표로 삼는다. 그들은 경석의 약혼녀 '순희'를 제외하고서는 성격과 지향, 신념과 행동의 흔들림이 전혀 없는 평면적 인물들로 그려진다. 약혼녀 순희의 아버지인 경방단장 정태악, 면장인 육촌 오빠, 오촌 큰아버지인 지주 정태기, 정영구, 태기의 칠촌 조카 정영익, 순사 정영활 등은 주동인물 김경석의 반대편에서 경석의 윤리적 신념과 도덕적 정당성을 강화시켜주는 반동인물로 고정된다. 그리하여 내면이 거세된 동물적 존재로 인식된다.

> 그러나 경석은 좀해 다니지 않던 처갓집 울타리 밖에 다가가려니, 집안에 들어가는 것이 마치 도수장에라도 끌려가는 것처럼 으슬기 앞서는 것을 어찌할 수 없었다. 청승맞은 도깨비 같은 순희의 할아버지는 두고라도, 본래부터 마주서기 싫던, 마적 같은 태악은 갈퀴진 음산한 눈이 요즈음은 실망과 시기와 울분 속에 더 사나울 것이 빤했다. 거기다 삼수서 매를 맞고 돌아온 순희의 오빠 영활은 본시 아버지를 닮은 데다 오래 순사로 지내는 사이에 더하여진 살기 서린 움푹한 눈을 희번덕거리며 대가리 깨어진 승냥이 꼴로 으르릉대고 있을 것이었다.[28]

작품 도입부에서 처갓집으로 여길 만큼 가깝게 생각했던 정씨네 집안이지만, 그 집 울타리 곁에 다가서는 경석은 마치 도살장에 끌려가는 것 같은 참담한 기분을 감지한다. 그것은 자신을 징병에 끌려가도록 만든 원흉이라는 개인적 원한 관계도 있지만, 정씨네가 마을에서 정치적 권력과 경제적 지배력을 폭력적으로 행사해온 착취계급이기 때문이다. 마을 사람들에게 행한 악덕으로 인해 경석의 눈에 비친 정씨네 집안사람들은 "청승맞은 도깨비", 마적처럼 "갈퀴진 음산한 눈", "살기서린 움푹한 눈을 희번덕거리며

---

28) 황건, 앞의 책, 52쪽.

대가리 깨어진 승냥이 꼴" 등의 험악한 표정을 지닌 동물적 존재들로 격하된다.

이렇듯 우익을 표상하는 포악한 동물적 형상의 강조는 이 작품의 권선징악적 구도를 강화한다. 따라서 경석과 지주 계급과의 갈등은 선과 악, 동지와 적의 이분법적 대결구조로 귀결되는 전근대적 소설 구조를 이끈다. 그것은 자연스레 '친일, 친미, 남조선, 지주, 보수, 반동, 부르주아, 반혁명, 반민족'을 악의 축으로 구축하고, '항일, 반미, 북조선, 노동계급, 진보, 인민, 프롤레타리아, 혁명, 민족'을 선의 축으로 구축하여 선명한 대립각을 강조하게 된다. 그러므로 결국 악에 대한 선의 승리, 부르주아 계급에 대한 프롤레타리아 계급의 승리라는 주제의식을 함의하게 된다.

정씨네로 표상되는 친일지주세력이 내면이 거세된 동물적 존재로 그려진 반면, 좌익 활동가들은 강직하고 성실하며 책임감이 강한 지식인과 하층민들로 형상화된다. 우유부단한 지식인 김경석은 좌우익 갈등을 거치면서 체제 변혁의 선구자이자 전쟁의 영웅으로 변모한다. 그를 그러한 주된 동력으로 전환케 하는 동지들로는 전치덕, 남재한, 안계국, 권성팔, 어덩쇠(정영삼) 등의 좌익 세력이 존재한다. 이들 중에서 앞의 세 사람은 일제 강점기때부터 적극적으로 항일 운동을 지속했던 실천적 행동가의 전형이다. 하지만 술을 좋아하고 불뚝성질을 가지고 있어 실수를 자주 하는 권성팔이나 정씨네 편에서 횃불을 들기도 했던 어덩쇠 등은 심리적 갈등을 내장한 존재들로 그려짐으로써 오히려 입체적 내면을 획득한 개연적 인물로 형상화된다. 그러나 정씨네와의 대립과 갈등 속에 우여곡절을 겪으면서 이들은 점차 경직된다. 그리하여 경석과 함께 해방 이후 북한에서의 토지개혁과 사회주의 체제수호 의지를 이끄는 이데올로기적 존재로 변모된다. 특히 이들의 운명과 조국의 미래를 장악하고 있는 인물은 '수상 김일성'이다.

"단지 명령만 하지 마십시오. ─하고 경석은 흥분 속에 계속했다─ 호소를 하시되 그들의 애국심과 열성을 마음껏 발휘시켜야겠습니다. 지금은 인민들의 애국심과 열성이 무한정으로 요구되는 땝니다. 할당 수량도 제시하시지 말구 농민들 자신이 자기 낼 것을 자진해 말하게 하십시오. 그런 다음에 필요한 수량만큼 선택하면 될 겁니다. 미국놈들이 인천에 상륙한 뒤에 우리가 서울두 내놓았다는 이야기두 하십시오. 물론 최후의 승리는 우리 것이라는 신심은 확실히 해 주서야 합니다. 六월二六일에 하신 김 일성 수상의 방송 연설 정신을 더욱 철저히 침투시켜야 합니다. 저는 군에서 요구하는 숫자의 五〇프로를 더 내두 무방하리라구 생각합니다. 더 나올 게구 더 내두 좋을 겁니다. 아직은 우리 여력이 얼마든지 있지만 그걸 거듭하는 가운데 절종이 되드라도 좋습니다. 어떻게든 전쟁에 이겨야 합니다. 언제는 소 돼지가 우글우글한 데서 지금처럼 불쾼습니까?… 뿐만 아니라 그 소 돼지들은 무엇 때문에 불쿼온 겁니까? 모든 것은 조국의 통일 독립을 위해서 해오지 않았습니까? 전쟁에 승리한 다음에 또 뿔쿠지요… 더 강력하게 집행해 주십시오. 각 세포에두 극력 보장하도록 지시를 주겠습니다."29)

6.25 전쟁이 발발하자 경석은 인민들의 애국심과 열성을 발휘시키고자 노력한다. 이성적 '명령'과 감성적 '호소' 사이에서 '호소'를 택하여 인민들의 자발적 '애국심과 열성'을 작동하려는 경석의 모습에서 순희나 계숙의 연애 관계에서 보여주던 낭만적 개인의 표정은 사라진다. 더구나 "최후의 승리는 우리의 것"이라는 신심으로 전쟁의 승리를 강조하는 경석의 모습은 교조적 이데올로기를 맹신하는 신념화된 표상으로서의 면당위원장의 전형적인 모습을 보여준다. 이때 경석의 신념 밑바닥에서 구심점으로 작동하는 인물은 당연히 김일성이다.

하지만 김일성의 '불멸성과 영도성'을 반복적으로 강조하는 주체사상의 전면화 시기 이후의 작품들보다는 상당히 약화된 형태로 '김일성'의 형상이

---

29) 황건, 앞의 책, 257쪽.

그려진다. 심지어 전쟁 중임에도 불구하고 김일성의 위대성과 헌신성이 반복적으로 강조되어 나타나지 않고 있는 것이다. 이 대목 이후 전선 상황이 악화되면서 경석도 빨찌산이 되어 마을을 떠나며 동지들에게 용감성과 헌신성을 강조한다. 그리고 헌신적으로 투쟁하던 경석은 태악이 등에게 붙잡혔다가 소작농인 원갑의 도움으로 가까스로 탈출에 성공한다. 작품 말미에 부상당한 경석은 병문안 온 계숙과 더욱 많은 임무를 수행할 것을 다짐하며 오월에 결혼식을 거행할 것을 다짐하며 작품이 종결된다.

『개마고원』의 서사는 전쟁 이전까지는 긴박한 상황 전개와 세밀한 심리 묘사가 작품의 몰입도를 높이는 역할을 하지만, 전쟁 이야기로 진입하고부터는 작품의 긴장이 사라진다. 적대계층과 지지계층이 분명하게 갈라서서 적아 간의 대립과 투쟁, 갈등이 노골화되기 때문이다. 즉 작품 전반부에서는 경석과 순희와 계숙의 삼각 연애 구도가 작품을 이끄는 서사적 동력이 되지만 뒷부분으로 갈수록 순희가 탈락되면서 소설적 재미가 반감되는 것이다. 더구나 그 재미의 빈자리를 적대감으로 채운 신념의 화신들이 차지할 뿐이다. 특히 계숙과 경석의 애정 결합이 이 작품의 핵심적인 '연애 종자'임에도 불구하고 끝부분에 슬쩍 행복한 결말로서의 결혼을 드러내는 방식으로 소략 처리되고 있는 점은 이 작품의 서사적 한계로 파악된다.

5. 다성적 목소리와 입체적 내면의 표출

황건의 『개마고원』은 북한문학이 본격적인 '김일성주의'라는 유일 주체 사상을 강조하는 당문학으로 들어서기 이전, 생동하는 인물들의 복잡미묘한 심리적 풍경을 생생하게 포착하고 있다. 그 풍경에서는 도식화된 경직성을 신념화한 인물들만이 활보하지는 않는다는 점에서 중요한 의의를 가진다. 수령이 교시하고 당이 결심하면 인민은 행동하는 것이 아니라, 해방 정국이나 전쟁 중의 시련과 혼란 속에서도 개인의 내밀한 사적 욕망에 대해 구체적이고 실질적으로 밀도 높게 추적하고 있기에 남한의 시각에서도 소중한 텍스트로 판단된다.

『개마고원』은, 1980년대 사회주의 체제의 일상 현실을 다루어 남한에서도 '북한바로알기 운동'의 일환으로 접할 수 있었던『벗』이나『쒜찌르레기』,『청춘송가』류의 사람 냄새를 내장하고 있다. 수령을 향한 향일성으로 무장한 '김일성주의자'가 아니라 혼란스러운 시대 안에서도 이성(異性)에 대한 갈망 속에 심리적 동요를 내면화한 존재를 포착하고 있기 때문이다. 결과론적으로만 본다면 평면적 인물처럼 신념화된 존재로 형상화된 것처럼 보이지만, 실제로는 김경석, 정순희, 안계숙, 김경옥 등이 동요하는 내면의 다면체석 속성을 표출하면서 인물 형상의 유연성을 보여주고 있는 것이다.

황건의『개마고원』은 북한식 문학 독법에서만 문학사적 평가를 받아야 할 작품이 아니다. 작품 속에서 다성적 목소리와 입체적 내면을 간직한 존재가 1950년대 북한문학에 실재했음을 증거하는 문학 자료이기 때문이다. 김일성 유일체제 이후 북한에서 앞세우는 '수령형상문학', '항일혁명문학', '선군혁명문학' 등은 이러한 내면을 의도적으로 괄호치거나 멀리하고 있다. 이럴 때 오히려 우리는 북한문학에서 이렇게 괄호 쳐진 부분을 음미할 수 있어야 한다. '북한문학' 안에서도 사람이 살고 있기 때문이다. 그것이 북한문학을 타자의 문학이면서 동시에 민족 내부의 이야기로 포괄하는 논리를 제공하게 될 것이다.

'천리마 기수'의 전형과 동요하는 내면

1. 다면적 입체성의 작가

윤시철(1919~1981)은 1940년대 해방공간에서부터 1970년대에 이르기까지 40년 가까운 시간 동안 소설 창작 활동을 진행하면서 북한 문단에서 지대한 영향력을 행사해온 작가이다. 전후에 당의 지침을 받아 문예정책을 담당하는 조선작가동맹의 소설분과위원장으로 재직했었다는 점이 그것을 입증한다. 그의 대표작인 『거센 흐름』(1965)은 북한문학이 1967년 5월 당중앙위원회 제4기 15차 전원회의 이후 김일성 중심의 유일주체사상 시기로 넘어서기 이전과 이후의 문학적 변화를 가늠하는 잣대가 될 수 있다는 점에서 주목을 요한다. 수령형상문학과 항일혁명문학이 북한문학의 앞자리에 놓여지기 직전의 내면 풍경이 입체적 성격을 내장한 주인공을 통해 미미하게나마 드러나고 있기 때문이다.

중국 길림성 연길현에서 태어난 윤시철은 중학교를 졸업하고 일본에서 대학을 졸업한 뒤, 귀국 후에 노동을 하면서 문학수업을 한다. 그는 해방 이후 북한에서 새조국 건설과 민주건설을 위한 투쟁에 적극 참가하면서 창작 활동에 진력을 기울인다. 그리하여 첫 단편소설인 「이앙」(1947)에서 그는 농민들이 고수확을 위해 선진농법을 도입해나가는 과정을 통해 '무상몰수

무상분배'의 실시 하에 형성된 농민들의 주인다운 태도와 고상한 도덕적 풍모를 형상화한다. 또한 「나팔수의 공훈」(1952)에서는 6.25전쟁 시기에 종군작가로 활동하면서 인민군대의 영웅주의와 숭고한 자기희생 정신을 형상화하여 발표한다. 전후에도 작가는 김일성의 혁명전통과 사회주의 건설에 관한 주제를 주로 그려낸다. 특히 현지 노동과 생활체험에 기초하여 건설장에서 큰 공로를 세운 청춘 남녀들의 끝없는 열정과 헌신적 노력, 모범적인 건설현장에서의 혁신을 형상화한 장편소설 『거센 흐름』(1965)으로 천리마 시대를 대표하는 작가로 평가받는다. 이어서 장편소설 『태양의 아들』(1974)에서는 일제강점기에 김일성을 중심으로 항일 투쟁에 나섰던 청년공산주의자들의 형상을 미완의 연작으로 구성하지만, 건강상의 이유로 1부만 출판되고 2부는 초고만 남게 된다.[1] 이외에도 노동계급의 투쟁을 그린 장편소설 『뜨거운 열정』(1965)과 혁명전통 주제의 장편소설 『안해』(1965) 등의 작품도 출간하며, 1955~1960년까지 황해제철소에서 노동자들과 동고동락하며 겪은 실제 생활 체험을 살려서 생동감 있는 인물의 성격묘사를 해낸 것으로 평가받는다.[2]

그의 창작 기풍은 현장성과 체험성을 밑면에 깔고 있지만 당의 지침과 정책을 전면적으로 수용함으로써 결과론적으로는 북한식 당문학의 전형을 보여준다. 숱한 역경과 고난 속에서도 수령의 교시에 대한 확고한 신념과 당의 지도에 대한 관철, 동료들에 대한 헌신적 배려와 모범, 종파주의나 보수주의의 배격과 축출 속에 실제 목표를 초과 달성하는 것이 대체적인 북한식 당문학의 골격이다. 하지만 『거센 흐름』을 비롯한 여러 작품에서 드러나는 윤시철의 장점은 사실성과 현장성을 바탕으로 인물과 사건, 구성의 형

1) 사회과학원, 『문학대사전』 5, 사회과학출판사, 주체89(2000), 331~332쪽.
2) 이명재 편, 『북한문학사전』, 국학자료원, 1995, 867쪽.

상화에서 발견되는 서사의 진정성이다. 특히 사실주의적 묘사를 통해 드러나는 인물의 내면이 입체적이라는 점에서 유일주체사상 중심의 도식화된 문학으로 견고해지기 이전, 인물의 생동감이 살아 있는 북한문학의 표정을 보여준다. 그리하여 도식적 결말에도 불구하고 그 결말에 이르는 과정에서 드러나는 인물들의 다면적 입체성은 이 작품을 면밀히 검토할 필요성을 제기한다.

2. 천리마 시대의 대표 소설

북한에서 『거센 흐름』은 '천리마 대고조시기' 발전소건설장에서 혁신적 공로를 세운 청년들의 자랑찬 투쟁모습을 보여준 작품으로 평가된다. 천리마운동, 천리마시대, 천리마 대고조시기 등의 표현은 1956년 12월 당 중앙위원회 전원회의에서 '천리마운동'이 처음 제기되면서부터 1950년대 후반과 1960년대를 가로지르는 사회주의 건설의 총노선을 지칭한다. 천리마를 탄 기세로 사회주의 건설에서 생산성을 획기적으로 높이자는 이 운동은 1960년대 남한의 경제개발 5개년 계획이나 1970년대 새마을 운동에 비견되는 북한식의 혁명적 군중노선에 해당한다. 김일성은 이 운동에 대해 "사람들을 공산주의 사상으로 교양하며, 집단적 영웅주의와 집단적 혁신을 불러일으키는 대중적 대진군운동"[3]이라고 정의한 바 있다. 이러한 시대적 풍모를 반영하면서, 청년들이 사회주의 건설과 혁신을 위한 고행에 앞장서면서 당의 호출을 가슴깊이 새긴 역작으로 주목받는다. 그 대표 전형으로는 건설장에 달려온 작품의 주인공 서창주가 자리한다.

작품의 서사를 간략히 요약해보면 서창주는 지방의 자재를 이용하여 현

---

3) 임영태, 『북한 50년사1』, 들녘, 1999, 346~406쪽.

지에서 시멘트를 생산할 목표를 세우고 연구를 진행하지만, 평양 연구소에서 자기가 실험한 시멘트 시편이 성공할 가능성이 없다는 냉정한 평가를 받고 실의에 젖어든다. 하지만 발전소 건설장에 돌아온 창주는 새로 부임한 강은희 기사에게 실험실 사업을 인계하고 검사조 책임자로 임명된 뒤에도 진행 중이던 연구사업을 중단하지 않는다. 그 과정에서 콘크리트 붕괴사고가 일어나 책임소재를 두고 비판을 받고 기술부장 리윤서를 비롯한 '보수주의자'들의 압력으로 지하수로 작업장의 착암수로 이동된다. 하지만 작업장이 바뀌었음에도 헌신적 노력으로 지하수로를 관통시키는 신공법을 수용하여 새로운 혁신을 일으킨다. 이후 '보수주의자'들의 방해로 일시 중단되었던 시멘트 현지생산 문제는 당 중앙위원회 전원회의에서 토의되고, 수로공사를 기한 전에 끝내고 돌아온 창주는 당위원장 김택진과 민청위원장을 비롯한 청년들의 지지와 격려를 받으며 실험을 계속하여 마침내 시멘트 현지생산에 성공한다. 당의 의도를 관철하기 위한 투쟁에 온몸으로 자신들의 지혜와 정열을 바치는 서창주와 강은희를 비롯한 청년들은 전국에 새로운 발전소를 더 많이 건설할 희망을 품는 것으로 작품은 마무리된다.

『거센 흐름』은 1960년대 초반 '천리마 기수론'을 거쳐 1960년대 '혁명적 대작론'의 과정에서 성과작의 하나로 평가된다. '혁명적 대작'이란 문학의 교양적 측면과 공산주의적 사상성을 중시하면서 영웅의 형상을 묘사하는 것이 중요하다.[4] 뿐만 아니라『문학신문』사설 <혁명적 대작 창작에 화력을 집중하자>(1964.2.25)에서는 혁명적 대작이 갖추어야 할 원칙으로 '주제의 현대성, 전형화의 원칙, 작가의 혁명적 낙관주의 정신, 독창적 구성, 평론의 지도성' 등이 제시된 이후 천리마 기수의 전형화 등을 통해 창작에

---

4) 손화숙,「공산주의적 교양과 긍정적 인물의 변모양상」, 최동호 편,『남북한 현대문학사』, 나남, 1995, 329~352쪽.

적극적으로 활용된다.5) 특히 혁명적 대작에서는 '1. 혁명적 투쟁을 폭넓게 반영한 서사시적 화폭 강조, 2. 영웅적 성격을 심오하고 다면적으로 형상화한 긍정적 주인공(혁명 투사)의 창조, 3. 혁명적 낙관주의 교양'이 중요한 과제로 대두된다. 이러한 혁명적 대작으로는『거센흐름』과 함께 천세봉의『고난의 력사』,『대하는 흐른다』,『안개 흐르는 새 언덕』, 석윤기의『시대의 탄생』, 김병훈의『숲은 설레인다』, 황건의『아들딸』, 박태원의『계명산천은 밝아 오느냐』등이 포함된다. 결국 '혁명적 대작'이란 긍정적 주인공의 영웅적 노력과 헌신적 투쟁을 통해 '혁명적 낙관주의'로 새로운 시대의 변화와 건설을 주도하는 장편서사를 말한다고 볼 수 있다.

하지만 성과작임에도 불구하고『거센 흐름』은 몇 가지의 당대적 비판을 받게 된다. 우선 첫째로는 "작가가 만약 이 장편의 구성에서 개개의 사건들을 련결하는 계기들과 구체적인 정황에서 움직이는 성격들의 심리 세계를 그들의 행동, 사색을 통하여 보다 진실하게 묘사하고 깊이 있게 보여 주었더라면 구성은 보다 치밀해졌을 것"6)이라는 지적을 받는다. 이것은 개별 사건 연결의 계기와 성격 형성의 진실성이 미흡하여 구성의 치밀성을 저해하고 있다는 '문학적 비판'에 해당한다. 이렇듯 개별 서사의 단절, 인물 형상력의 미비, 내면 심리 묘사의 부족 등의 비판 등은 문학적 논쟁의 활력을 보여준다. 또한 "갈등의 진실성과 예리성을 기하는데로부터 시작하지 않으면 내면 세계의 진실성과 풍부성을 보장하는 길이 열려지지 않는다는 것을 심각히 리해할 필요가 있다"7)는 지적 속에 갈등의 진실성과 풍부한 내면세계

---

5) 김성수, 「1960년대 북한문학과 대작 장편 창작방법 논쟁」,『통일의 문학 비평의 논리』, 책세상, 2001, 189~219쪽.
6)『문학신문』, 1966. 6. 24(남원진, 「혁명적 대작의 이상과 괴리」,『제8회 국제한인문학회 전국학술대회 자료집』토론문, 39~41쪽)
7)『조선문학』, 1966. 10(남원진, 앞의 글, 40쪽)

가 부족하다는 비판도 진행된다. 이러한 비판은 서사적 완성도에 대한 문학적 비판이라는 점에서 '문학적 활력'을 보여주는 대목이다.

하지만 이러한 비판적 입장은 1990년대에 이르러 문학사적 평가에 이르면 사뭇 달라진다. 즉 비판적 평가는 사라지고 '천리마 기수의 전형'이라는 긍정적 평가만이 남는다. 이것은 1960년대의 평가가 당대적 시의성에 충실한 것이고 1990년대의 평가가 문학사적 평가라는 차이에서 드러나는 것이 아니다. 즉 북한문학의 공식적 잣대가 변함에 따라 긍정성과 부정성의 어느 한 측면이 과도하게 편집되고 있다는 것을 확인할 수 있다.

> 소설은 소극성과 보수주의를 불사르며 자력갱생, 간고분투의 혁명정신으로 일해가는 청년발전소건설자들의 생활을 통하여 위대한 수령님의 교시를 관철하기 위한 투쟁에서 기적과 혁신의 나래를 펼쳐가는 천리마시대 청년들의 높은 사상정신세계를 진실하게 일반화하였다. 소설에서는 주인공 서창주를 난관앞에서 두려워하지 않으며 자기 힘으로 모든 문제를 해결해나가는 천리마기수의 전형으로 그리고있으며 청년들의 힘과 지혜를 적극 발동하고 그들의 창조적환상을 키워주어 사회주의건설의 전투장에서 천리마기수의 영예를 떨치도록 이끌어주고 도와주는 당위원장 김택진의 전형적형상을 생동하게 창조하였다. 소설은 청년발전소건설을 기본사건으로 하여 등장인물들의 호상관계를 생활적으로 맺어주고 그것이 세멘트현지생산을 위한 연구사업과정에 적극적으로 작용하도록 함으로써 시대를 주름잡아 달리는 천리마기수들의 성격적특질을 비교적 진실하게 형상하였다.[8]

인용문에서 드러나듯 이 작품은 "천리마시대 청년들의 높은 사상정신세계를 진실하게 일반화"한 점과 '천리마기수의 전형'인 서창주의 형상화, 당위원장 김택진의 생동하는 전형 창조, "천리마기수들의 성격적 특질을 비

---

8) 사회과학원,『문학대사전』1, 사회과학출판사, 주체89(2000), 61~62쪽.

교적 진실하게 형상'한 점 등이 장점으로 평가받는다. 북한문학에서 1960년대의 비공식적인 당대적 비판과 1990년대의 공식적 문학사의 긍정적 평가 중에서 주목을 요하는 것은 1960년대의 비판적 입장이다. 그것은 유일주체사상 시기로의 변화 이전의 평가라는 점에서 그러하며, 인물 성격의 진실성과 구성의 치밀성에 대한 비판이나 내면세계의 진실성과 풍부성을 보장해야 한다는 서사적 비판은 1990년대에 이미 견고해진 당문학이 지닌 문학사적 상찬에 균열과 생동감을 불어넣는 긍정적 비판의 화살로 자리할 수 있기 때문이다.

'비판→상찬'으로 변화한 북한에서의 평가와는 달리 『거센 흐름』에 대한 남한에서의 평가는 상당히 비판적이다. 신형기는 이 작품을 천리마기수를 그린 장편소설로서 작가적 열의와 현장의 노동경험을 바탕으로 만든 기술적 창안의 이야기로 요약한다. 그리고 작품 속에서 서창주의 시멘트 연구에 대해 한 시골노인이 등장해서 "물 속에서도 굳고 더 단단해지는 붉은 돌가루"가 있음을 알려주는 장면은 창주 등의 지극한 정성에 답하는 '마술적 형상'에 해당한다고 평가한다. 그리하여 이 소설이 청춘의 애정문제와 구체적 생활모습도 담고 있지만, 결과적으로 천리마 기수들의 이야기가 '진정성의 승리'라는 '윤리적 인과응보'의 도식을 벗어나지 못하고 있음을 보여준다고 비판한다.9)

이러한 남북한의 평가는 일면 타당하면서도, 일견 부당한 지적이다. 북한의 문학 작품을 독해할 때 결과론적 인식을 앞세우면 모든 서사는 동일한 골격을 지녀, 입체적 평가를 진행하지 못한 채 근대소설 형식에 미달된 도식적 텍스트라는 비판을 면하기 어렵기 때문이다. 따라서 작품의 결말이나 결과 중심적 독해에서 벗어나 결말에 이르는 과정에서 인물들의 내면이 어

---

9) 신형기·오성호, 『북한문학사』, 평민사, 2000, 234~235쪽.

떻게 집적되거나 파편화되는지를 분석해야만이 비로소 북한문학의 살아 있는 내면을 구체적으로 점검하고 평가하는 작업이 될 것이다.

3. 평양 중심주의의 강조

전체 14장으로 이루어진 『거센 흐름』은 '시대적·개인적 난관→수령의 교시+당의 지도+헌신적 노력→난관 극복을 통한 문제 해결'이라는 주체문학 특유의 서사적 공식 속에 '전형적인 천리마 기수의 형상화'라는 갈래를 따라가고 있다. 도입부에서부터 작가는 청년건설노동자인 서창주가 평양의 혁명적 변화의 풍경에 압도된 느낌을 받은 부분을 묘사하는 것으로 시작한다. 이것은 평양이 수도로서의 중심성과 함께 전후 사회주의 복구 건설의 선도적 공간임을 강조함으로써 수도의 위용을 표면화하기 위한 서사적 전략을 보여준다. 뿐만 아니라 한국전쟁의 폐허를 딛고 일어선 평양의 화려한 변신을 통해 사회주의 혁명과 건설의 성공적 신화를 과시하여 독자 대중을 계도하려는 목적의식성을 띤다고 볼 수 있다.

> 맑게 개인 가을 하늘이 가없이 푸르렀다. 하늘 높이 둥둥 떠 있는 흰 구름 송이가 흐르는 양 없이 가볍게 흘러 간다. / 미장을 새로 한 고층 건물이 련달아 지나 가고 키 높은 기중기가 연방 눈앞을 막아 선다. 경쾌한 버스가 단청이 진한 보통문을 멀리 바라 보며 신암동 네거리를 지나 새로 수축한 보통교 우를 달렸다. / 서창주는 차창에 얼굴을 파묻듯이 하고서 햇볕을 받아 반짝이는 보통벌을 넋 잃은 사람처럼 황홀해서 바라 보았다. 불과 2년 사이었건만 너무나도 놀랍고 엄청나게 큰 변화였다. 전에 없은 주택거리들과 수림이 꽉 들어 선 강안 유원지가 웅장함과 아름다움을 자랑하듯이 확 안겨 드는 것이었다.[10]

---

10) 윤시철, 『거센 흐름』, 조선문학예술총동맹출판사, 1965, 5쪽.

이 작품 속 시대 배경은 1950년대 후반이다. 하지만 인용문에서 보이듯 한국전쟁 시기 참혹한 폐허적 도시의 형상은 사라진 채 새로운 주택으로 치장된 평양의 풍경은 창주에게 '황홀경의 세계'로 인식된다. 웅장한 아름다움을 자랑하는 '조선의 수도 평양'에서 식물원, 유원지, 동물원 등이 건설된 평양의 대성산 공원에 가서도 창주는 평양의 모든 것이 자신이 2년 동안 일해온 낭림건설장과는 다른 세계임을 감지한다. "그야말로 휴식의 환락장인 큰 공원 안의 정경은 랑림의 건설과는 너무도 다른 딴 세계"(35쪽)로 인식된다. 낭림의 건설장에서는 생활의 기쁨과 휴식의 즐거움이 모두 다 일터에서 벌어지지만, 공원 안의 화려한 옷차림을 한 유람객들은 일에 대한 고심 없이 즐겁기만 한 얼굴들을 하고 있기 때문이다.

작품 속에서는 부러움의 표정 속에 평양을 인공 낙원의 세계로 묘사하고 있지만, 이러한 장면 배치의 이면을 들여다본다면 전혀 다른 독해가 나올 수도 있다. 즉 누구는 건설장에서 뼈 빠지게 노동하고 누구는 이렇게 희희낙락하면서 지내도 되는 것인가 하는 이율배반적 거부감을 느낄 수도 있는 것이다. 하지만 천리마 기수로 형상화되고 있는 작품의 주인공인 서창주는 평양이 자신의 노동현장과는 전혀 다른 이율배반적 화려함의 세계임에도 불구하고 청년들이 지향해야 할 세계로 인식하도록 형상화된다. '건설 영웅, 혁명적 투사, 천리마 기수' 등의 명명을 보여주는 시대적 히어로의 전형이기 때문이다.

이렇듯 '제1장 랑림 청년'에서 주인공 서창주는 1958년 봄 낭림산맥의 건설장에 갔다가 2년 만에 평양으로 들어서면서 보통벌과 보통강의 변화에 놀라움을 감추지 못한다. 커다란 자랑과 긍지를 느끼며 포부와 희망을 안고 평양에 온 창주는 어머니 앞에서 자신이 조선 방방곡곡에 전기를 보내는 대형 발전소를 세운다며 자랑한다. 26세 청년인 창주는 건설장에서 경리원으로 일하는 지정희를 알게 되지만 2년 전 낭림의 건설장으로 떠나면서 약혼 직전 헤어진다. 정희에게 "모든 것을 다 뿌리치고 나설 만한 사랑이 없으며 새 사회에 대한 연정이 없다고 실망"(15쪽)했기 때문이다. 창주로 대표되는 청년노동자들의 사랑은 사회적 지향을 함께 하는 동지적 관계를 유지해야 하지만 정희는 그럴 용기를 소유하지 못한 존재로 그려진다. 새 시대의 사랑과 실천을 담보하려는 노력을 기울이지 않는 정희는 자연스레 창주로부터 멀어지게 된다.

작품 속에서 '평양 중심주의'의 강조는 창주와의 동지적 연인 관계가 성립하는 강은희에게 편지를 보내는 은희 아버지의 편지 내용에서도 확인된다. 평양에서 대학을 나온 강은희는 간호병 시절 창주와의 옛 기억을 떠올리며 기쁨을 느끼지만, 은희의 아버지는 북변의 산중 건설장에는 공화국의 최고 학부를 나온 자기 딸의 배필로 될 그런 사람이 없을 것이니 그것이 걱정이라는 뜻을 감추지 않고 써넣는다. 이러한 강은희 아버지의 사고는 전형적인 평양중심주의적 발상을 보여주면서 계급적 평등을 강조하는 북한식 사회주의에서도 차별을 강화하는 '지연, 혈연, 학연'과 함께 도시와 농촌에 대한 차별적 인식이 내면화되어 있음을 보여준다.

4. 공상적 몽상과 애국적 신념 사이

작품의 주인공인 서창주는 '공상적 몽상가'이자 '애국적 신념의 화신'이라는 두 얼굴의 표정을 지닌 존재로 그려진다. 두 얼굴 사이에서 유동하는 창주의 인물형이 작품의 입체성을 강조하면서 생동감을 불어넣는 장치가 된다. 평양에 일시적으로 들른 창주는 화학실험실 여기사에게 지난 14개월 동안 특수세멘트를 얻기 위해 시도한 방도들을 설명하지만, 여기사는 과학사업이 착상이나 의욕만으로 해결되는 것이 아니라 실험에 의한 논증을 요구하며, 결론적으로 창주의 세멘트 시편이 수력구조물용 특수세멘트로서 쓰기 곤란하다는 이야기를 전한다. 착상이나 의욕만 앞세운다는 호된 평가를 받은 창주는 여동생으로부터도 '공상적 사고'에 대한 비판을 듣는다. 하지만 이러한 공상이 새로운 시멘트를 개발하는 발상을 이끌어낸다는 점에서 '창조적 몽상'이라는 긍정적 평가를 받는 것이다.

'제2장 상봉'에서 1954년 이후 평양의 대학에서 공부하다가 낭림건설장에 실험실장으로 오게 된 강은희는 전쟁 당시 간호병이었을 때 전선에서 중환자로 들어왔던 창주를 다시 만난다. 건설연구소에서는 창주의 실험을 현실의 물적 토대에 기반하지 않는 '몽상에 가까운 일'이라고 지적하지만, 창주는 연구소의 비판적 인식에 불쾌해 하며 자신의 의지를 굽히지 않는다. 불굴의 외골수적 기질을 지닌 창주에게 연정을 품게 되는 강은희는 건설장을 자연 정복의 공간이자 생사가 갈리는 전장의 상황에 비유한다. 그리하여 "자연을 정복하기 위한 기계와 인간의 대 집단이 큰 힘을 내며 움직이고 있는"(64쪽) 공간이 건설장이며, 그 공간이 또 하나의 격전장이자 "하나의 락오자도 허용하지 않는 자연정복의 큰 전선"(64쪽)이라면서 감격해한다. 이 부분은 건설현장에서 집단적 인간의 위대한 힘을 강조하는 표현이기도 하지만, 뒤집어 보면 자연환경을 정복과 지배의 대상으로만 인식하는 인간중심주의적 이성에 대한 맹신을 보여주는 대목이다.

'제3장 붕락 사고'에서 언제 현장 단층면에서 붕락사고가 발생하자 기술부장 리윤서는 창주를 비롯한 검사원의 잘못을 지적한다. 창주는 자신이 원쑤와 싸우는 각오로 건설장에 왔기 때문에 '게으른 태공'이란 말 자체를 모른다면서 과거에 전선에서 함께 싸우던 전우들을 그리워한다. 그리고 전우에 대한 그리움은 여러 가지 핑계를 대며 건설장을 떠나던 청년들에게 혐오감을 느꼈던 자신도 그들처럼 지금 떠나야 하는 것은 아닌지를 고민하게 한다. 이처럼 다양하게 창주가 고민하는 대목이 이 작품을 도식성에서 벗어나게 하는 지표가 된다. 결론은 떠날 수 없다는 다짐으로 종결되지만, 건설장에서 이상을 포기한 채 다른 곳으로 떠나간 동료들을 그리워할 정도로 내면의 동요를 지닌 존재라는 점에서 창주의 입체성이 드러나는 것이다.

'제4장 시련기'에서 창주는 건설장의 한기인 겨울을 기다리면서, 최하룡 로인으로부터 낭림골 연봉산 마루의 연꽃과 정자, 붉은 수리개에 관한 전설을 듣는다. 그리하여 정성이 지극한 사람이면 못해내는 일이 없으며, 옛날에도 시멘트 가루를 얻으려고 노력했던 사람이 있었을 것이라는 조언을 전해 듣는다. 이렇듯 과거의 전설을 매개로 과거와 현재의 서사를 이어붙이려는 태도는 신형기의 지적에서도 드러나듯 작품의 우연적 요소를 강조함으로써 근대 미달의 서사의식을 표출하는 것으로 드러난다. 특히나 수령의 항일무쟁투쟁사를 지속적으로 현재화하려는 북한문학의 당문학적 지도 지침 아래에서는 그러한 작위성을 면하기 어려워 보인다.

'제5장 자연의 모든 것은 인간을 위한 것이다'에서 창주는 1953년 3월 평양의 건설장에서 열린 전국청년사회주의건설자 대회를 회상하면서 '원수님'의 생생한 구절들을 떠올린다. 김일성의 연설은 '낡은 것에 대한 새것의 승리, 광명의 새 시대 전망, 행복한 사회주의의 미래' 등을 담보하는 혁명적 낙관주의로 일관된다.

> 청년들은 항상 어떠한 일에서나 두려움을 모르며 고난을 극복하기 위한 투쟁에서 선두에 서야 하며 미래의 주인답게 새 것을 창조하며 낡은 것을 버리는 데서 용감하여야 하겠습니다…. 우리는 자기 손으로 광명한 새 시대를 개척하여야 합니다. 우리는 벌써 새로운 시대를 개척하는 길에 들어섰습니다. / 행복한 사회주의 사회는 오직 수백만 근로 대중의 창조적 노력에 의하여서만 건설될 수 있습니다.[11]

김일성의 수사는 지극히 상식적인 일반적인 낙관론으로서 새것에 대한 지향으로 가득하다. 청년이 미래의 주인이며, 새것의 승리를 강조하고 새 시대의 개척과 행복한 사회주의 사회의 건설을 낙관하고 있는 것이다. 이것은 그대로 이 작품의 핵심적 종자로 작동된다. 그리하여 수령의 연설을 신뢰하고 내면화한 창주는 이러한 기억을 추체험하는 것과 더불어 혁명투사의 회상기 독회 모임에 참석하면서 흥분에 젖어든다. 수령은 인민의 뇌수로서 인민의 현재적 고민을 해결해주고 올바르게 인도하는 선구자적인 만능 해결사의 역할을 담당하고 있는 것이다.

5. 보수주의와의 투쟁

작품 속 시간적 배경은 1950년대 후반인데, 이 시기는 전쟁 이후 권력 투쟁 속에 김일성의 유일체제를 강화하기 위해 종파분자들을 배격해가는 반종파투쟁 시기에 해당한다.[12] 그리하여 이 작품에서도 1950년대 반종파투쟁부터 1967년 유일사상체계 확립시기를 앞두고 있던 시점까지 '보수주의자들과의 투쟁, 종파주의의 척결, 보수반동세력과의 대결' 구도를 앞세워 체제 내적 안전망을 공고히 하기 위한 소설적 장치들이 강조된다.

'제7장 아득령'에서 창주는 친구 오정환으로부터 보수주의자들과의 투쟁이 중요함을 전해듣는다. 오정환은 창주에게 성격이 좀 고분고분해졌으면 좋겠다면서 대중이 따르도록 타이르고 설복할 줄 알아야 한다고 말한다. 여자처럼 되라거나 미운 놈 앞에서 비굴해지라는 말이 아니라 옳은 것을 관철하기 위해서는 대중을 설복하고 교양할 수 있어야 한다고 강조하는 것이다.

---

11) 윤시철, 앞의 책, 139쪽.
12) 김재용, 「북한 문학계의 '반종파 투쟁'과 카프 및 항일 혁명 문학」, 『북한문학의 역사적 이해』, 문학과지성사, 1994, 125~169쪽.

이러한 오정환의 비판은 자칫 경직된 내면을 간직한 도식화된 존재로 형상화될 수 있는 창주의 내면을 입체화하는 데에 기여한다.

'제8장 숲속에서'는 닥쳐올 홍수를 앞두고 건설장에서 토사 둑쌓기에 작업이 집중된다. 지배인인 현영호와 당 위원장 김택진은 자연의 큰힘과 군센 생명력에 대해 논의하면서 산림 속으로 들어간다. 그때 리윤서의 스스럽지 못한 거동을 보면서 김택진은 밀고자들의 무서움을 이야기한다. 이러한 인식은 '제10장 장진강의 새 노래'에서 지배인 현영호가 김일성이 당 중앙위원회 전원회의에서 내린 결론을 곱씹으며 자신이 보수주의자인지에 대해 고민하는 것으로 이어진다.

> 보수주의와의 투쟁을 하지 않고서는 혁신이 불가능하다. 이것은 생활의 법칙이다. 사회주의 건설의 속도를 높이고 새 기준을 창조하기 위해서는 보수주의와의 투쟁이 가장 중요하다. (중략) 보수주의 보따리를 지고서는 사회주의를 건설할 수 없으며 공산주의 사회로 갈 수 없다.13)

김일성은 '보수주의와의 투쟁'이 사회주의 건설 속도를 고양시켜 새로운 공산주의 사회로의 변화 발전을 견인할 수 있다고 주장한다. 이러한 교시를 받들어 수로관통 작업이 성공리에 끝나면서 당 위원장 김택진이 보수주의와 기술신비주의를 제거하자고 연설하며 예술공연이 성황리에 마무리된다. 성에서 파견한 기술조사단의 여기사가 창주에게 실험기구가 완비된 평양에서 연구를 진행하자고 청하지만 창주는 거절한다. 그리고 어느 정도 실험기구가 갖춰지면서 면목이 달라진 실험실에서 실험을 계속하던 중 신문에 리윤서의 이름으로 시멘트 연구에 대한 기사가 게재된다. 창주는 리윤서

---

13) 윤시철, 앞의 책, 332쪽.

에게 사기꾼이라며 언성을 높이고 언쟁할 필요도 없는 사람임을 강조한다. 하지만 이기적 보신주의자인 리윤서의 조작으로 연구가 혼란에 빠지게 되고, 리윤서는 조관호 등의 평양 전문가들에 의해 실험이 성공되길 바랐다고 당 위원장에게 전한다.

'제13장 사랑, 리상, 행복'에서는 광산 노력 영웅 최선옥 작업반장의 경험 발표회와 함께 사랑, 행복, 리상에 대한 토론회가 열린다. 이 부분은 당대의 북한식 연애관을 보여준다는 점에서 흥미롭다.

> 남자들 중 많은 청년들이 자기가 생각하는 사랑의 대상은 아름다운 용모, 아름다운 마음, 아름다운 행동을 하는, 모든 점이 다 아름다운 녀성이어야 한다고 주장했고 대부분의 여자들은 리상이 맞고 일생을 변함이 없이 사랑할 수 있는 남자이면 용모 같은 것은 문제가 아니라고 주장했다. 여자들 중에서도 <키가 크고 얼굴도 남자다와야 해.> 하고 그럴듯한 귀속말을 하는 주장이 없지 않았다.[14]

젊은 남성들은 용모와 마음과 행동이 아름다운 여성을 연정의 대상으로 꼽지만, 젊은 여성들은 용모가 아니라 이상의 일치와 사랑의 불변성이 애정의 척도임을 주장한다. 이것은 1960년대의 북한사회가 낭만적 연애가 가능하던 공간임을 보여준다. 이렇듯 외모와 인간성 사이에서의 내적 갈등은 낭만적 사랑에 대한 인식을 다양하게 보여준다. 작품 속에서 연애의 한 축을 담당하는 수형은 재미있게 놀고 재미있게 일하는 데에서 행복을 찾아야 한다고 주장하고, 정옥은 "진정한 행복은 리상의 실험을 위한 투쟁"이라는 민청위원장의 연설을 들으며 동의한다. 결국 노동과 사랑, 이상과 행복의 전면적 조화가 새 시대의 요구임을 강조하는 것이다.

---

14) 윤시철, 앞의 책, 463쪽.

밤을 새운 창주의 실험에서 수압 시험의 결과가 좋게 나오고, 당위원장 김택진은 보수주의를 깨뜨리고 새것의 승리를 보여주어야 한다고 주장한다. 한여름의 홍수가 밀어닥쳐 가물막이둑을 넘을 위험이 있다는 경고가 반복되는 사이에 리윤서가 1950년 10월 미군과 국방군에 강점당한 평양시에서 토목기사로 일했던 '반동분자 엄태복'으로부터 칼에 찔리는 상처를 입는다. 홍수 속에서 창주는 부상당한 리윤서를 구조하고 호수와 수로 사이에서 맞닥뜨린 엄태복과의 싸움 끝에 칼에 찔리지만 강물 속으로 엄태복을 밀어넣는다. '반동분자 엄태복'과 '보수적 기회주의자 리윤서'의 형상은 1950년대 후반부터 1960년대 중반에 이르는 시기에 김일성 유일체제를 강화하기위해 반종파투쟁이 필요했음을 입증하는 존재들로 그려진다.

6. 도식적 결말의 한계

작품 마무리 장인 '제14장 축복'에서 리윤서의 참혹한 죽음과 연달아 발생한 창주의 부상은 홍수의 피해를 한층 심각하게 한다. 2주일 뒤 혼수상태에 빠져 있던 창주는 의식을 회복하지만, 리윤서가 사망하고 엄태복이 살아있다는 이야기를 듣는다. 창주는 상처가 회복되자 윤서가 엄태복에게 습격받았던 장소를 다시 한 번 가보고 태복이 교각을 붕괴시키려고 했음을 깨닫는다. 병원에서 퇴원한 창주는 은희를 만나 전쟁 시절을 비롯한 과거 일에 대해 대화하고, 윤서의 후임이 되어 기술부장으로 일하기 시작한다.

> 키를 바로잡은 사람, 힘 있는 사람, 물 흐름을 역류하지 않은 사람들만이 <축복>이 넘실거리는 넓은 대해에 닿을 수 있는 것이다. / 창주, 강은희 기사, 규선 이들이야말로 거센 물 흐름 속에서도 굽절지 않고 꿋꿋이 서서 나가는 이 시대의 진정한 주인들이다. 당의 뜻과 의지로

써 사람들의 갈 길과 의지를 바로잡아 주는 키잡이와 같은 일을 하는 대해의 경우는 더 말할 것도 없으리라."[15]

시멘트 공장이 건설되고, 발전소가 시운전에 들어가면서 창주의 새로운 다짐 속에 작품은 종결된다. 작가는 창주 등의 젊은이가 '키를 바로잡고 힘이 있으며 시대적 흐름을 거스르지 않는 사람'임을 강조한다. 천리마 시대에 사회주의 전면적 건설 시기를 맞아 그 흐름을 앞서나간 선도적 모범들이기에 '시대의 진정한 주인'이라는 말로 '천리마 노력영웅'을 예찬하고 있는 것이다.

그러나 그들이 실상 '진정한 주인'으로 호명받기는 어려워 보인다. 그 주인들 뒤로는 "당의 뜻과 의지"가 작동해야 하며, '수령의 현명한 영도성'이 보장되어야 하기 때문이다. 수령과 당과 근로인민대중이 일심단결의 모습으로 전일적인 흐름을 형상하는 것이 북한문학에서는 진정한 주인의 자세일 수 있는 것이다. 하지만 천리마를 탄 기세로 나아가기보다는 공상가나 몽상가로 비판받으며, 무언가 빈틈이 있는 듯 드러나는 창주의 성격 묘사와 형상화에서 오히려 이 작품의 긍정성이 드러난다.

7. 도식적 결말과 입체적 인물 사이

1950년대 후반에서 1960년대 후반에 이르는 시기에 천리마 기수의 전형으로서의 서창주의 형상은 북한문학에서 요구하는 대로 성실하고 진지한 모습으로 그려진다. 하지만 확고한 신념으로 수령과 당의 의지를 관철하는 인물이라기보다는 내면의 동요 속에서 자신의 좌표를 고민하는 인물로 외화되고 있다는 점에서 입체적 내면을 가진 인물로 평가할 수 있다. 반면에

---

15) 윤시철, 앞의 책, 549쪽.

서창주를 둘러싼 여성들이나 리윤서, 조관호, 엄태복 등의 보수주의자나 분파주의자들의 모습은 내면이 거세된 평면적 인물로 그려지고 있다는 점에서 한계를 내포한다.

『거센 흐름』은 1967년 유일사상체계 확립 이후의 주체문학이 도식화되는 표정을 드러내준다는 점에서 북한문학의 전형적 표상을 보여준다. 하지만 1970년대 이후 전일적으로 단선화되는 인물의 도식성에서 벗어나 내면의 유동하는 국면을 보여준다는 점에서는 남한 문학과의 접점을 살펴볼 수 있도록 도와준다. 『거센 흐름』이 사회주의의 전면적 건설 시기의 대표적인 작품에 해당하는 것은 맞지만, 수령과 당에 치우치지 않는 내면을 가진 서창주 같은 인물이 형상화되고 있다는 점에서 유연한 북한문학의 표정을 보여주기도 한다. 따라서 천리마 시대를 형상화한 대표적인 '혁명적 대작'임에도 불구하고 북한문학의 구체적 생동감을 보여주는 작품에 해당하는 것이다. 결국 도식적 결말보다 입체적 인물의 다양한 표정을 통해 북한문학의 다면적 내면 풍경을 추적할 수 있는 작품이 바로 윤시철의 『거센 흐름』인 것이다.

'수령 형상'과 '연애담'

1. 북한 소설의 기념비적 텍스트

　최학수(1937~2008)의 『평양시간』(1976)은 1958년을 전후하여 사회주의 건설기에 천리마 시대의 개막을 형상화한 대표작이다. 작가 스스로 이 작품이 김일성으로부터 과분한 치하의 교시를 받았다고 회상[1]할 정도로 이 작품은 자타가 공인하는 북한문학의 문예미학적 성과를 내장하고 있다. 특히 "소설문학의 기념비적 작품"[2]으로 거론되면서 『평양시간』은 1970년대의 당대적 호평[3]에서부터 현재의 문학사적 평가에 이르기까지 북한문학의 전범으로 회자된다. 하지만 최학수에 대한 남한의 연구는 대체로 장편소설 『평양시간』에 국한되어 있거나, '총서 <불멸의 력사>'를 개괄하면서 『백두산 기슭』(1978)과 『압록강』(1983)의 핵심 서사를 요약할 때 소략적으로 언급될 뿐이다.[4]

---

1) 최학수, 「영생하는 작가의 초상」, 『조선문학』, 2003. 5, 35~44쪽.

2) 최길상, 『주체문학의 새 경지』, 문예출판사, 1999, 92쪽.

3) 『조선문학』 1978년 3월호에 대대적으로 발표된 글들(강의근, 「장편소설 「평양시간」의 지배인과 나」 / 김명익, 「주체적건설력사에 바쳐진 빛나는 화폭」 / 김창락, 「또한번 「평양속도」의 주인이 되고싶다」 / 류승, 「위대한 수령님의 현명한 령도밑에 평양건설에서 일어난 새로운 전변에 대한 생동한 예술적 형상:장편소설 「평양시간」에 대하여」 / 한웅빈, 「독자와 소설의 주인공」)은 1970년대 당시에 '『평양시간』에 대한 반향'이 문단 내외적으로 상당했음을 증거한다.

『문학대사전』에 의하면, 『평양시간』은 사회주의 건설의 대고조로 들끓던 1958년을 전후하여 새로운 속도인 '평양속도'를 창조한 평양시 건설자들의 영웅적 투쟁과 위훈을 형상화하고 있으며, "인민을 더 좋게, 더 빛나게 살게 하시려는 위대한 수령님의 원대한 구상과 현명한 령도"와 김일성의 "높으신 뜻을 받들어 나아가는 우리 인민의 확고한 의지와 영웅적 투쟁"의 조화를 그려내고 있다고 평가받는다. 특히 이상철의 '전형적인 성격'과 당의 방침을 관철해나가는 문화린, 박수진, 손월석 등의 '개성적인 성격' 창조가 "세부묘사와 정론적이고 박력있는 언어문체"로 형상화되어 있음이 고평된다.[5] 결국 수령과 인민의 적절한 관계 설정, '평양 속도'라는 종자의 포착, 인물의 전형성, 세부 묘사의 진실성, 문체적 개성 등을 획득한 작품으로 평가되고 있는 것이다.

북한문학사에서 『평양시간』은 "온갖 보수주의와 신비주의, 사대주의와 교조주의와의 투쟁" 속에 당이 제시한 조립식 건설의 실현 과정과 건설자들의 '평양속도' 창조 과정을 진실하게 재현하였다고 평가된다.[6] 특히 북한의 공식적 문학사인 『조선문학사』에서는 작가가 사회주의 현실 주제를 다루면서 제재의 특성에 맞게 "주인공 리상철, 문화린, 이들과 건설사업소 지배인 림도식과의 갈등관계를 전면에" 부각하면서, "성격과 생활의 논리에 맞게 예리화함으로써 『평양시간』이 창조된 영웅적 현실을 진실하게 재현하며 인물성격들을 뚜렷이 부각하고 생활의 의의를 응당한 높이에서 강조

---

4) 선우상열에 따르면 최학수는 위에서 언급한 작품들과 함께 단편「무궁화」(1960),「큰 심장」(1967),「맑은 아침」(1967),「해빛 밝은 나라」(1975), 장편『그들은 함께 싸웠다』(1970, 정순봉 공동창작), 장편『절정』(1989) 등의 소설을 발표한 바 있다.(선우상열, 『광복 후 북한현대문학 연구』, 역락, 2002, 258쪽.) 이외에도 해방 직후를 다룬 '총서'의 하나인『개선』(2002) 등의 작품이 있다.
5) 사회과학원,『문학대사전』4(ㅊ~ㄸ), 사회과학출판사, 주체89(2000), 224쪽.
6) 박종원·류만,『조선문학개관 II』, 인동, 1988, 310쪽.

하였다"[7]라고 평가한다.

최길상에 의하면 작가가 김일성이 1969년에 "도시건설에 대해서도 소설을 쓸것이 많다고 하시면서 평양시 보통벌이 건설된것만 가지고도 얼마든지 좋은 작품을 쓸수 있다"고 한 교시를 받들고, 김정일이 "이 생활을 반영한 장편소설『평양시간』을 높은 사상예술적수준에서 창작완성하도록 명확한 리론실천적방도를 제시해"준 것이 이 작품의 탄생 배경이 된다. 특히『평양시간』이 "주체조선의 새로운 속도"인 "'평양시간'이라는 사상적알맹이"를 포착하였고, 김일성의 "주체적인 건설사상과 현명한 령도, 크나큰 사랑과 배려" 속에 "충직한 우리 로동계급과 기술자들의 영웅적위훈을 폭넓은 생활화폭으로 보여주"는 '기념비적 작품'이라고 평가한다.[8] 결국 김일성의 교시와 김정일의 지도가 전제되어 있었기에『평양시간』이 '기념비적 걸작'으로 탄생할 수 있었다는 맥락을 제시한다. 결국『평양시간』은 김일성 우상화와 더불어 북한식 사회주의 체제의 유지를 위한 당문학의 표본으로 자리매김되고 있음을 알 수 있다.

이렇듯 북한소설의 기념비적 전범으로 평가되는『평양시간』에 대한 연구는 북한문학의 미학 원리와 북한사회의 내면을 들여다보는 문학적 바로미터 역할을 할 수 있다. 왜냐하면 이 작품의 중심 서사를 통해 1950년대의 '반종파투쟁'을 거치며 김일성 유일체제가 공고해지는 과정을 우회적으로 엿볼 수 있으며, 사회주의 혁명과 건설을 위해 '천리마 운동'이 일어나던 1958년을 전후로 북한 사회를 실질적으로 움직이는 체제 원리인 '수령―당―인민의 삼위일체'의 내면화 과정을 들여다볼 수 있고, 1970년대 중반이라는 창작 연대가 김정일의 문예지도가 본격화되기 시작하던 시기와 맞물

---

7) 천재규,『조선문학사』14, 사회과학출판사, 1996, 95~96쪽.
8) 최길상,『주체문학의 새 경지』, 문예출판사, 1999, 91~92쪽.

린다는 점에서 김정일 시대의 맹아적 속성을 엿볼 수도 있기 때문이다.

남한에서는 『평양시간』에 대한 구체적인 분석과 평가가 아직 일천한 편이다. 초기에는 이 작품이 보통강 일대의 상철 일가와 제대군인들을 중심으로 천리마 운동에 호응하여 조국건설에 이바지하는 노동자들의 애국심을 보여주면서 새로운 공법으로 평양을 재건하는 모습을 그리고 있지만, '구성의 공식성, 김일성 우상화, 지나친 작품의 목적성' 등의 한계를 노출한다는 식의 두루뭉수리 같은 평가9)를 시작으로, 기술 신비주의와 보수주의에 반대하며 투철한 사상성으로 사회주의 건설의 기적을 이룩하는 천리마 기수를 형상화한 작품에 해당한다고 소략적으로 평가하는 것10)이 일반적이었다.

이렇듯 소략적인 평가를 넘어 구체적인 분석과 평가가 신형기와 박태상에 의해 이루어지는데, 신형기11)에 의하면 "지식인 문제를 다룬 대표적인 장편" 중의 하나가 『평양시간』이며, 작품의 주인공은 '제대군인으로 평양의 건설노동자가 된 이상철, 상철의 옛 상관이자 노동초대소의 책임자인 탁준범, 상철의 매부이자 건축설계사인 문화란' 등 셋인데, 작품 속에서 '문화란'의 형상이 인텔리의 전형이고 상철이 노동계급의 전형으로 그려지면서, 수령을 중심으로 한 이 둘의 결합이 인텔리와 노동계급의 전형적인 결합 방식을 보여준다고 평가한다.

인물의 형상화 방식을 주목한 신형기와 달리 박태상12)은 『평양시간』이 수도 평양을 현대식으로 서사화함으로써 '북한 사회주의 건설의 꿈과 희망

---

9) 이명재 편, 『북한문학사전』, 국학자료원, 1995, 1086쪽.
10) 손화숙, 「공산주의적 교양과 긍정적 인물의 변모양상」, 최동호 편, 『남북한 현대문학사』, 나남출판, 1995, 341쪽.
11) 신형기, 『북한소설의 이해』, 실천문학사, 1996, 162~166쪽.
12) 박태상, 「북한소설 『평양시간』 연구」, 『북한문학의 동향』, 깊은샘, 2002, 287~320쪽.

을 제시하고 있으며, 이 작품의 특별한 의미가 김정일에 의한 세대 교체를 의미하는 '3대혁명 소조운동' 시기에 창작되었다는 점에 있고, 1970년대 중반의 '사상기술문화 혁명의 실천과 대중화 시도'를 반영했을 것이라는 점에 있다고 분석한다. 반면에 이 작품의 서사적 한계로 첫째 김일성의 과다한 현지 지도, 둘째 집체론적 협동의 미화, 셋째 조립식 아파트의 공정 단축만의 미화, 넷째 이상철과 안오월 간의 사랑의 후일담 부재 등을 지적한다.

이상에서 드러나듯『평양시간』에 대한 북한과 남한의 평가는 사뭇 대조적이다. 북한에서는 이 작품에 대해 전후복구건설을 완성하며 새로이 사회주의 국가 건설의 도약을 준비하는 시기를 배경으로, 수령과 당의 적절한 지도와 인민의 자발적 노력으로 수도 평양의 복구 건설이 비약적으로 진행된 현실을 뛰어난 묘사와 인물 형상력으로 그려내고 있다고 상찬한다. 반면에 남한에서는 결국 '수령의 영도'가 지닌 문학적 허구성과 작중 인물의 과잉된 윤리적 자의식, 리얼리티의 결여 등이 주요 비판의 대상이 된다. 북한의 평가가 체제 내적 논리에 충실하다면, 남한의 평가는 문학 내적 원리에 충실한 것으로 보인다. 이 글은『평양시간』의 중심 서사를 '수령 형상'과 '연애담'이라는 두 축으로 나누어 고찰함으로써 북한문학의 미적 특질이 지닌 성과와 한계를 검토해보고자 한다.

2. 작품의 중핵으로 작동하는 '수령 형상'

『평양시간』에서 '수령'은 모든 인물들의 개인적이고 사회적인 고민과 갈등을 해소해주는 중핵으로 작동한다. 특히 사회주의 건설자로 돌아온 8만여 명의 제대군인들은 수령의 교시와 당의 지침을 몸소 실현해내려는 혁명과 건설의 전위부대가 된다. '수령'은 그들과 더불어, 적대적 인물을 제외한 대부분의 작품 속 인물들에게 '사회적 초자아'처럼 권위와 양심, 법과 규범,

윤리와 도덕, 정의와 믿음의 표상으로 존재한다.

작품의 주인공인 '리상철'에게도 '수령'은 심리적 동요가 있을 때마다 새로운 각오를 다지게 하는 '위대하고 현명한 지도자'로 인식된다. 1957년 8만 명의 제대 병사들 중 한 사람이 되어 돌아온 상철은 7년의 군생활을 마치고 "전등불빛의 바다!"[13]인 '평양'으로 귀향한 이튿날 '기계공장'으로 배치된다. 하지만 여전히 많은 사람들이 반토굴집에서 생활하는 모습을 보면서 배치지를 '건설장'으로 바꾸게 된다. 보통강변의 빈민촌에서 태어나 병마와 수마가 상존하던 토성랑의 움집에서 생활하던 상철에게는 1942년 8월 보통강의 범람으로 큰누나와 막내동생을 잃은 심리적 외상(trauma)이 자리하고 있기 때문이다. 더구나 상철이 자신의 첫 분대장이었던 노동초대소 책임자 탁준범으로부터 김일성의 '10월 전원회의 정신(건설방법을 조립식으로 전환하자)'을 듣게 되면서 건설자로서의 임무와 역할을 자각하게 된다. 이후 제대 군인에 대한 '수령'의 심려와 관심을 깨닫고 건설장의 혁신을 가져올 각오를 다지는 부분이나, 1946년 봄날 친구 종한(오월의 오빠, 한국전쟁 시기 사망)과 함께 김일성을 만났던 기억을 떠올리며 '수도 건설자'가 되고 싶어하던 종한이의 '숭고한 이념과 현실적 지향'을 이어갈 것을 다짐하는 부분에서 '수령'은 상철에게 이념적 좌표와 현실적 우상으로 내면화된다. 이렇듯 '수령'은 작중 인물들에게 새로운 사회 건설의 '정신적 표상'이자 '생활적 사표(師表)'로 인식된다.

상철의 '매부'이자 도시계획설계 실장인 건축가 '문화란'은 수령의 신실한 믿음에 의해 부르주아적 미학관에 빠져 있던 자신의 잘못을 깨닫고 교화되는 인물로 그려진다. 그는 처음에는 서구 부르주아의 건축 사상과 자기 만족에 빠져서 수령님의 교시를 위반하였다는 자책감에 시달린다. 한

---

13) 최학수, 『평양시간』, 문예출판사, 1976(5만부 발행), 5쪽.

때 당의 조립식 건설 방침에 대해 우유부단한 태도를 보였고, 사대주의와 민족허무주의의 영향으로 당의 의도대로 일하지 못했으며, 고학시절의 동창생이었던 관료주의자이자 보신주의인 건설사업소 지배인 림도식의 모함과 음해에 의하여 정신적 번민 속에서 지내고 있었기 때문이다. 이렇듯 수령과 당에 대한 죄의식 속에 문화린이 느끼는 자책감과 아내 이상금에게 전이되는 죄의식의 강도는 '배은망덕한 패륜'에 비견될 만큼 큰 것으로 형상화된다.

수령님께서는 당의 결정을 집행하지 않는자들, 조립식건설을 신비화하는자들, 낡은 것을 고집하는 보수주의자들을 쓸어버릴 것을 호소하시면서 그런자들은 스스로 물러서라고 경고하시었다. / 문화린은 펄쩍 정신이 들었다. 자기야말로 쓰레기통안에 쓸어넣어야 할 사람이 아니겠는가? 어쩌면 당앞에 엄중한 과오를 범하는줄을 모르고 지내왔던 것인가? (중략) 조립식건물이 지나치게 모양이 단순하고 변화가 다양치 못하여 미적가치가 적다고 생각되었다. 어쩌면 보다 예술적가치가 있는 건축설계를 창작함으로써 그 설계에 의한 건축물이 건축가 문화린이라는 존재의 가치를 보다 높여주고 후세의 건축가들속에서도 명망이 높게 하겠는가 하는 남모르는 건축가적야심을 그 뉘만 못잖게 지닌 그에게는 그 낡은 건축미학관이 거의나 절대적인 영향력을 행사했다. (중략) 유미주의적, 형식주의적 낡은 건축미학관보다 몇갑절 더 무섭고 파멸적인 공명주의의 독소에 중독되어 어느덧 당의 건설정책도, 현실의 절박한 요구도, 혁명의 리익도 배신한 허잡쓰레기로 돼버렸다는 죄악감때문이였다. (중략) 분에 넘치는 믿음과 사랑과 배려를 거듭거듭 받아온 내가… 여느 사람들과도 다른 내가 그이의 뜻을 어기구 딴짓을 했다는걸 아신다면 얼마나 가슴아파하시겠소? 이런 배은망덕이 어디 있겠소? 이 죄된 문화린이처럼 그이를 모신다면 도대체 누굴 믿고 그이께서 건설혁명을 해나가시며 사회주의를 건설해나가시겠소? 더러운 명예심 때문에 난 어버이수령님앞에 죄를 지었소. 그이의 심려를 덜어드릴 대신 심려를 끼쳐드렸으니…" (중략) "당신은 자기비판을 했어요?" / "했소. 벌써 몇차례나. 그렇지만 괴롬은 덜리지 않소." / "그렇더라도 자기의 잘못을 남김없이 털어놓구 검토하세요. 그래도 괴롬은 당해야 해요. 당신이 죄진 이상 당신도, 그리구 저도 마음의 고통을 당해야 해요. 모질게 당할수록 다시는 죄를 짓지 않으려는 결심도 굳을거예요. 어쩌면 당신은… 그렇게 크나큰 믿음과 배려를 받으시구두… 그러셨어요?!" / 상금은 그만 흐느끼며 울었다.14)

문화린은 해방 이후 '보통강개수공사설계, 평양시복구건설설계' 등의 각종 설계 사업과 국제건축가회의 참석 등 수령과 당의 배려와 신임을 두터이 받는다. 그러나 그는 낡은 유미주의적 건축미학관에 젖어 당의 방침을 거부하는 '죄악'을 저지르게 된다. 인용문의 이야기 흐름을 검토하자면 '당의 방침을 거부하는 자들에 대한 수령의 경고→당 앞에 엄중한 과오 반성→부르주아적 건축가의 야심 반성→공명주의에 대한 자괴감→죄악감→수령의 뜻을 어긴 배은망덕한 존재로서의 죄의식→수차례에 걸친 자기비판→내면의 괴로움 지속' 등이 문화린의 내면에서 일어난 감정의 변화들이다. 즉 낡은 부르주아적 미학관과 개인주의적 공명심을 고집한 나머지, 그동안 보살펴준 수령의 사랑과 믿음과 배려를 저버린 채 배신자처럼 당의 건설 방침과 혁명의 기대를 외면해왔음을 깊이 반성하고 있는 것이다.

수령과 당에 대한 자책감과 죄의식에 사로잡힌 문화린을 보며 아내 이상금의 마음과 태도는 '잘못을 모조리 털어놓고 검토할 것→괴로움을 당해야 함→당신의 죄는 내 마음의 고통→모질게 당해야 죄를 짓지 않을 결심이 생김→남편에 대한 원망→흐느껴 울음'으로 이어진다. 아내로서 남편의 잘못과 괴로움과 고통을 위무하는 것이 아니라, 그것을 '죄'로 추인하는 데다

---

14) 최학수, 앞의 책, 53~55쪽.

가 남편을 원망하면서 급기야 흐느껴 울기까지 하는 상금의 모습은 '수령'의 교시에 대한 무조건적 수용과 헌신적 실천이 모든 개인과 사회적 윤리에 앞서는 절대 명제임을 보여준다. 즉 수령의 영도와 당의 방침을 인민들은 자발적으로 수용하고 실현하는 존재들로 형상화된다. 그리고 그렇게 '당성, 계급성, 인민성'의 3대 원리가 내면화된 인민의 형상이 공산주의적 인간형의 전형이 된다. 이렇게 볼 때 '수령'은 이미 문화린과 이상금에게 상상적 동일시의 대상으로 이상화되어 있는 것이다.

죄의식과 자책감에 젖어 살던 문화린은 설계 일군들을 면담한 자리에서 김일성이 당의 품속에서 자라고 성장한 설계 일군들에 대한 믿음과 애정, 관심을 보이자, 새로운 삶을 얻었다며 감격해한다. 특히 직접 대면하여 김일성의 교시를 들은 문화린이 오늘 다시 태어난 것 같다며 상금에게 그 뜻을 전하는 모습은 이들이 수령을 전율적 희열의 우상으로 떠받들고 있음을 보여준다.

> 상금은 남편의 손이 자기의 볼을 더듬고 이마를 더듬으며 머리수건 밖으로 삐여져나온 머리칼을 쓸어올려주는 것을 감촉하였다. 그 손은 상금의 눈가에 잡힌 잔주름살들을 펴주련 듯 살틀히 쓰다듬었다. 비록 그 손은 차거웠지만 그들이 서로 가장 열렬히 사랑하던 청춘시절에조차 상금이에게 베푼적 없는 정겹고 따뜻한 애무를 주고있었다. (중략) "그이께서는 우리를 믿는다고 그러셨소!" / 북받쳐오르는 감격을 걷잡을수 없어 상금은 남편의 가슴에 얼굴을 묻으며 흐느끼기 시작하였다. 감격의 잔파도가 그의 어깨와 잔등에 물결쳤다. 그는 남편의 옷자락을 뜨거운 눈물로 적시며 남편의 가슴에서 툭툭 뛰는 힘차고 격동적인 심장의 고동소리를 들었다. (중략) "삶이란 무엇인지 나는 오늘 처음 깨달았소 나는 오늘 다시 태여난 것 같소. 우리가 어버이수령님의 은혜에 보답 못한다면… 그것이 무슨 삶이겠소? 상금이, 우리 해와 달이 다 하도록 그이를 모시고 그이를 위해 일생을 바치자구." (중략) / 이 밤은

상금이에게 있어서 이전에도 그후에도 두 번 다시 없음 가장 행복한 밤이었다. 이 밤처럼 삶의 환희를 느끼고 이 밤처럼 희열에 넘치는 남편을 본적이 그 언제 있었으랴!15)

수령과 당에 큰 죄를 지었다며 극심하게 울어대던 상금이 수령의 믿음을 회복한 문화린의 모습을 보면서 감격의 눈물을 흘린다. 더구나 그러한 소식을 가져온 남편의 손길에서 상금은 청춘시절에도 느껴보거나 베풀어본 적이 없던 "정겹고 따뜻한 애무"를 느끼며, "북받쳐오르는 감격" 속에 "힘차고 격동적인 심장의 고동소리"를 듣는다. 그리하여 다시 태어난 삶은 수령의 은혜에 보답하며 수령을 위해 일생을 바치자는 결심 속에 난생 처음 느껴본 밤의 환희와 희열 속에 젖어든다. 이것은 이들에게 이미 수령이 전지전능한 신처럼 우상화된 존재로 받아들여짐으로써 정신적 희열을 제공하는 절대적 존재로 인식되고 있음을 보여준다.

수령에 대한 존재론적 희열에 젖어든 문화린은 "건설에서 우리의 최대의 목적은 적은 건설자금을 가지고 값싸고 쓸모있고 아담하고 아름답고 튼튼한 집을 많이 건설하자는데있다."(156쪽)는 김일성의 교시를 반복해서 연구하면서, '설계의 표준화, 부재(자재)의 규격화, 시공의 조립화'를 통해 주택 건설에서의 허식과 낭비를 줄이려고 노력한다. 특히 이 부분에서 북한사회의 건축미학적 기준이 드러나는 대목은 눈여겨볼 만하다.

그이께서는 허식적인 미를 위하여 설계에서 방대한 자금량비를 하게 만드는 사실을 지적하시면서 우리에게는 허식이 필요없다, 우리의 건설에서는 허식적인 미가 요구되는 것이 아니라 질과 량이 요구된다고 찍어말씀하시였다. (중략) 필요이상의 허식이 멋이 될 수도 없다.

---

15) 최학수, 앞의 책, 126~128쪽.

더욱이 도시의 건축미가 어느 개별적 건축구조물에 의해서가 아니라 여러 건축물들의 조화에 의하여 이루어진다는 것을 고려할 때 개별적 건축물에서의 허식을 장려한다는 것은 얼마나 무의미하고 어리석은 짓인가? (중략) 겉보기에는 소박하고 수수할지 모르나 살기 편리하고 실속있고 보기좋은 현대적주택을 하루빨리 모든 사람이 쓰고 살기를 지향하는 것이 사회주의적인민설계가의 립장일것이며 허식적인 미가 아니라 참다운 미를 추구하는 것이 인민적인 건축가의 올바른 건축미학관일 것이다.16)

인용문에서는 허식미가 자금의 낭비를 초래하므로 수도의 건설에서는 허식이 필요한 것이 아니라 질과 양이 우선시됨이 강조된다. 그러므로 개성적 아름다움을 내포한 건축물보다는 전체적인 조화로 표현되는 아름다움이 우선시된다. 그리하여 '하나는 전체를 위하여, 전체는 하나를 위하여'라는 구호에서처럼 전일적으로 형성된 주체사실주의 미학은 매스 게임처럼 집단적 조화를 강조하게 된다. 특히 사회주의의 '인민적 건축가'는 편리성과 함께 신속성을 통해 '참다운 미'를 추구해야 한다는 판단은 '미'의 심미적 기능에 초점을 맞춘 것이 아니라 건축물의 사용가치를 극대화하여 경제성과 효율성만을 강조한다는 점에서 문제적이라고 할 수 있다. 개별 건축물의 허식미를 추구하는 것은 자금을 낭비하는 무의미하고 어리석은 행위에 불과하며, 소박함과 수수함으로 건축물들의 조화 속에 편리와 실속, 외양을 두루 갖춘 참다운 미를 추구하는 것이 올바른 건축미학관이라고 하는 판단은 미적 판단에도 사회주의 이데올로기가 개입되어 이분법적 선택지를 강요하고 있음을 확인할 수 있다.

문화린은 김일성이 현지 교시에서 "다층주택의 천장높이를 2메터 40센치정도로 하는것이 적당할것 같다"(162쪽)고 말한 내용을 들으면서, 그것

16) 최학수, 앞의 책, 157쪽.

이 "가장 경제성 있는 새형의 조립식주택설계에서 확고한 지침으로 삼아야 할", "참으로 대담하고 혁신적인 충고설정"이라고 판단한다. 그러한 판단에는 지금까지 건축설계가들이 주택 설계를 할 때에는 거의 예외 없이 적어도 3m를 최소의 천정 높이로 설정하여 왔던 경험을 뒤집는 발상의 새로움을 수령이 보여준 것에 대한 경탄이 드러난다. 하지만 실제로 역사적 사실에서도 김일성이 충고설정을 제안했다고 할지라도 작품의 내적 리얼리티를 현저히 떨어뜨리는 흠으로 작용할 뿐이다. 수령이 모든 것을 다 해결하는 전지전능한 존재일 때 그것은 전근대적인 판타지문학으로 흘러갈 공산이 크기 때문이다.

실명노인인 상철의 아버지 성준에게는 보통강이 평양의 자랑이자 조선의 자랑으로 인식된다. 일제 강점기에 왜놈들이 9년 동안 못한 일을 해방 뒤에 55일만에 해치운 '보통강 개수공사' 이후 지금은 고기가 사는 강으로 바뀐 것이 성준에게는 모두 '김일성 장군'의 덕이기 때문이다. 이러한 성준에게 김일성은 보통강을 폭넓은 운하로 만들고 유원지도 꾸리면 좋겠다고 이야기하고 사라진다. 집에 돌아온 성준은 "정말 그분이 장군님이시라면… 나는 이제 더는 의심치 않네.…오늘은 내 일생에 제일 큰 명절일세."(223쪽)라고 말하면서 감격에 젖는다. 이렇듯 이 작품에서는 김일성이 지나간 자리에 벅찬 감동과 희열에 전율하는 인민들이 자리하고 있다는 도식이 강조된다.

김일성은 문화린과 최태훈에게 보통강변 일대를 세계적 대유원지로 만들자면서 유원지 건설 방향에 대해 구체적으로 이야기하고 평양을 찬란한 낙원으로 공원도시화하려는 교시를 내린다. 그러한 교시를 들으면서 문화린은 "자애로운 어버이!"의 "다함없는 사랑!"(243쪽)에 깊이 매료되고 감동·감화를 받는다. 그러한 감동의 물결은 문화린으로부터 보통강을 세계적인 대유원지로 만드는 것에 대한 수령의 교시를 자세히 전해 듣는 상철에게로 전이되어 설계 사업의 임무를 완수할 것을 다짐하게 한다. 수령이 교시하고 당이 결심하면 인민들이 감동과 감화의 전율로 그 뜻을 받들려는 전일적 사회가 바로 '주체 사회주의'인 것이다.

문화린은 '2만세대건설 예비탐구'에 의하여 7천 세대의 자금과 자재로 2만 세대를 짓기 위한 수도 건설의 대전략이 새로 작성되었음을 상기하면서, '최대의 경제성과 시공의 신속성' 등을 중시해서 만든 자신의 주택설계가 '당의 지향과 현실의 요구에 부합된다'는 확신을 갖는다. 물론 그러한 확신의 저변에는 "동무같이 유능한 설계가가 당에 이바지하자는 일념으루 따져보고 또 따져보고 만든 설계겠는데 그 설계가 잘못될리 없소!"(315쪽)라고 강변하는 김일성의 신뢰가 있기에 가능하며, 김일성의 담화는 곧 이어 문화린이 "가장 고귀한 사랑, 가장 숭고한 믿음, 가장 넓은 품을 이름지을 수 있는 말"이 "어버이 수령님!"밖에 없다고 추앙하는 것에서 신앙처럼 내면화된다.

현지지도를 나선 '위대한 수령 김일성'은 설계나 시공의 문제가 아니라 '반혁명분자들과 반동분자들의 작간'이 건설을 방해하고 있음을 지적한다. 김일성의 '명석한 규명'은 상철 등의 건설노동자들을 짓누르던 머리를 가볍게 해주고 흐리멍텅하게 가로막혀 있던 눈앞을 밝게 해준다. 나아가 김일성은 "소극분자들, 보수주의자들, 신비주의자들, 보신주의자들의 잡소리를 들어선 안되"고, "건설은 심각한 계급투쟁이며 심각한 사상투쟁"이기에 건설 혁명이 "사상분야에서의 계급투쟁, 다시말해서 사상혁명을 앞세워야 승리적으로 진행될수 있"(324쪽)으며, 그리하여 "온갖 원쑤들과 방해자들의 저항을 짓부시고 전쟁에서 이긴것처럼 건설전선에서도 승리자가 되어야"(325쪽) 함을 강조한다. 김일성에게 사회주의 혁명과 건설의 과정에서

의 모든 투쟁은 반대의 목소리를 제거하면서 진행되는 전투이자 전쟁의 일
환으로 비유될 수밖에 없는 절체절명의 중요한 순간들로 인식된다.

> "우리는 남의 기준을 가지고 일할수 없소 남들이 열시간 하는 일을
> 우리는 한시간, 반시간에 해야 하오 다른 나라 시간을 가지고 우리의
> 시간을 계산해서는 안되오. 우리는 우리의 시간, 평양시간으로 살고
> 평양시간에 준해서 계산해야 하오!" (중략) "건설부문에서 혁명이 일
> 어나자면 무엇보다먼저 평양건설에서 혁명이 일어나야 하구 온 나라
> 건설자들이 대고조를 일으키자면 먼저 수도건설자들이 천리마를 타
> 야 하오 그래서 나는 동무들에게 우리에게 맞는 속도를 창조할 것을
> 호소하고싶소 전설에 우리 나라의 말은 날개가 달려 하루에 천리씩
> 날아갔다고 하는데 동무들이 그런 말을 타고 기적적인 속도를 창조해
> 보오." (중략) "2만세대를 지어놓고 동무들과 다시 만납시다!"[17]

김일성은 남의 기준이나 다른 나라의 시간이 아니라 '우리 식 기준'과 '우
리의 시간'을 강조하며 주체형의 '평양 시간'을 기준으로 건설과 혁명에 나
서야 함을 강조한다. 이러한 김일성의 담화는 다른 나라 사람들보다 빠른
시간 안에 혁명과 건설을 진척시키는 '평양 시간'을 창조하게 하는 원동력
이 된다. 그리하여 사회주의 혁명과 건설에서의 '천리마 정신'과 '속도 제일
주의'를 강조하게 된다. 이러한 김일성의 역설에 감화된 청년조립조원들은
"수령님을 위하여 복무함!"(330쪽)이라는 구호를 힘차게 외치고 너나 할 것
없이 충성의 결의를 이어가며 사회주의 조국의 미래를 위해 '천리마'를 타
고 2만 세대 건설의 돌파구를 마련할 것을 다짐하게 된다.

이상에서 살펴본 '수령 형상'은 북한사회에서 '수령'이 초자아적 존재로
내면화되어 있음을 확인하게 한다. 북한 인민들에게 법과 질서, 도덕과 규

---

17) 최학수, 앞의 책, 328~330쪽.

범보다 앞선 양심적 표상이자 희생과 헌신의 기표로 작동하는 '수령'은 개인들에게 상상계적 동일시의 절대적 우상으로 형상화되고 있는 것이다.

3. 서사적 흡인력으로 작용하는 '연애담'

『평양시간』은 제대군인 상철의 귀향으로 시작하여 '2만 세대의 조립식 주택 건설'이 완공된 후 상철과 오월의 만남으로 마무리된다는 점에서 연애소설로 읽어도 무방하다. 물론 앞 장에서 살펴본 대로 이 작품은 한국전쟁 이후 천리마 대고조 시기의 노동계급과 인민들의 건설 투쟁과 생활을 반영하면서, 구체적으로는 1958년 평양의 수도 건설자들이 제대 군인들을 위시하여 7천 세대분의 노력과 자금, 자재로 2만 세대의 조립식 주택을 건설함으로써 '평양 속도'를 창조한 역사적 사실을 소재로 하고 있다. 그러나 작품의 서사적 얼개에서 확인할 수 있듯 이 작품의 핵심 주인공은 상철이며, 상철과 오월의 연애 관계가 작품을 끝까지 읽어나가게 만드는 서사적 동력이 된다. 따라서 작품의 '종자'에 해당하는 '수령—당—인민'의 삼위일체적 결합을 통해 탄생한 '평양시간'의 의미화 과정을 논외로 한다면, 이 소설은 제대 군인의 연애 이야기로도 충분히 읽힐 수 있다.

상철은 건설장에 출근한 이후 벽돌 운반일을 맡게 되지만 단순 노동에 싫증을 느끼게 되고, 벽돌공 처녀인 안오월이 율동적이고 규칙적이고 날래게 벽돌 쌓는 일을 보면서 벽돌공 일을 배우고 싶어한다. 결국 일과 후에 안오월로부터 벽돌공 일을 배우게 되고, 점차 벽돌공 일이 익숙해진다. 하지만 림도식 지배인이 어젯밤에 공사장 건물에서 불이 번지는 것도 모른 채 처녀총각끼리 달콤한 이야기를 나누는 것을 목격하였고, 자신이 화재 사고를 가까스로 예방했다는 말을 하자, 그 말을 곧이들은 작업반장은 상철 등에게 조회시간에 호통을 친다.

① "처녀총각끼리 머사니하는건 반대안해. 젊은 사람들끼리 련애두 해야지. 그렇지만 이게 정신들 있는 짓이요? 뭘배웁네 하구 낮두 익히기전에 처녀꼬리나 붙잡구 으슥한데 숨어서 이게 무슨 망신스런 짓이요? 내 더 긴 말을 않겠소 시키는 일을 똑똑히 할 궁리를 못할망정 좀 망신스럽구 위태하기 짝 없는 이따위 수작질을 싹 걷어치워달라는 거요"[18]

② "반장동지나 지배인동진… 청년남녀가 한자리에만 있으면 그렇게밖에 보이지 않아요? 성실하게 사람 볼줄은 모르는가요? 이건 정말… 너무 심해요." / 마지막 말을 울음과 함께 삼켜버린 오월은 획 돌아서더니 출입문 쪽으로 달려나갔다.[19]

③ (어째서 그 인간에게는 다른 사람의 성실성이 보이지 않았던것인가?) / 상철은 자기가 성실하게 자기 사업을 대했다고 굳게 믿고있었다. (중략) 귀중한 어릴적 벗이였고 지난 전쟁에서 희생당한 용사였던 한사람을 두고 그 누이동생되는 처녀와 같이 마주앉아 전사한 사람을 추억하는 자리가 어찌하여 림도식에게는 사랑을 속삭이는, 그것도 며칠사이에 싹터버리는 눅거리사랑을 주고받는 자리로밖에 보이지 않았던것인가?[20]

인용문 ①은 작업반장의 호통 내용이고, ②는 그에 반응하여 분을 참지 못하고 뛰쳐나간 오월의 대답이며, ③은 그에 반응하는 상철의 독백이다. 이 세 사람의 대화는 하나의 사건에 대한 세 가지 시선을 보여줌으로써 북한의 연애관을 엿볼 수 있다는 점에서 남한 독자들에게 흥미로운 대목으로 여겨진다. 즉 첫째로 작업반장의 호통은 노동과 연애를 별개로 인식하는 구세대의 보수주의적 감각을 보여준다. 그리하여 시키는 일이나 제대로 하고 난 뒤에 서로 오랜 시간 낯이나 익히고 대낮에 해도 될 연애질을 왜 그렇게 밤에

---

18) 최학수, 앞의 책, 93~94쪽.
19) 최학수, 앞의 책, 94쪽.
20) 최학수, 앞의 책, 95쪽.

남몰래 하다가 망신살을 얻게 되었느냐고 추궁하는 것이다. 둘째로 오월은 구세대의 관료들이 청춘남녀의 진실한 대화를 심하게 오해하고 있는 현실에 대해 감정적으로 자신의 울분을 토로한다. 셋째로 상철은 말을 옮긴 지배인의 불성실한 태도와 관점에 대해 논리적으로 거부감을 표시한다. 그리하여 오월과 함께 한 자리가 벗이었던 '종한(오월의 오빠)'에 대한 추모의 자리였지 '눅거리(=싸구려) 사랑'의 자리가 아니었음을 개인적으로 항변한다.

상철의 건설장에 처녀기중기운전공으로 오월이 다시 돌아오자 상철과 오월은 재회를 하게 된다. 그러면서 상철은 자신이 오월에 대한 연정을 품고 있었음을 확인한다. 오월이의 모습이 나타나면 "알 수 없는 회열이 온몸을 휩싸아 자기 몸을 금시 가볍게 만드는 것 같"고, "마음속으로부터 솟아나오는 그 어떤 기쁨이 얼굴을 홧홧하게 달구면서 자꾸만 웃음을 내비치려 하였"으며, 상철이 "비로소 스스로 의식하지 못한 사이에 자기가 오월이를 몹시 기다려왔었다는 것을, 그가 자기들곁에서 다시 일하게 되었으면…하고 은근히 바라왔다는 것을, 그가 건설장에 없는 동안 자기의 마음 한구석이 늘 허전했었다는 것을 깨달았"(165~166쪽)기 때문이다. 이러한 묘사는 오월에 대한 상철의 심리를 구체적 생동감으로 그려냄으로써 연애감정을 잘 포착하여 작품의 서사적 리얼리티를 확보한다.

새로운 설계를 위해 기초구덩이를 파던 청년조립조는 1톤짜리 불발폭탄을 발견하고 폭탄처리반에 연락하지만, 시공 기일이 늦어지는 것을 염려한 상철 등이 위험을 무릅쓴 채 폭탄을 끌어내고 오월이 기중기로 폭탄을 운반하여 제거하게 된다. 이러한 작업 속에서 상철은 오월에 대한 연정에 덧붙여 동지적 연대감을 느끼게 된다. 그것은 결국 혁명적 동지애와 다른 것이 아니다.

오월은 (중략) 기특한 처녀, 사랑스러운 처녀, 용감한 처녀였다. 고마운 처녀였다. 그야말로 자기들의 심정을 알아주고 뜻과 마음을 함께 나눠주는 처녀였다. 저 처녀와 함께라면 생사를 판가리하는 그 어떤 격전장에서도 마음이 든든하고 힘이 솟을 것 같았다. / 상철은 재빨리 사닥다리를 밟아올라가는 오월이를 쳐다보면서 기중기가 폭탄을 들어올려주기를 바랐던것과는 달리 오히려 그를 내려달라고 소리치고 싶은 생각이 불같이 일었다. 저렇게 스스로 위험을 찾아오르는 처녀를 오히려 아끼고 싶었다. (중략) 저녁하늘가에 비낀 붉은 노을의 빛발을 받은 오월은 비록 그 얼굴의 생김새가 뚜렷하게 보이진 않았으나 상철이에게는 그 어느때보다도 아름답고 황홀하게 보였다.[21]

인용문에서 상철은 오월을 보며 처음에는 '기특하고 사랑스럽고 용감하고 고마운 처녀→뜻과 마음을 나누는 처녀→힘을 솟게 하는 처녀'라며 대견해한다. 그러다가 오월이 사고의 위험을 무릅쓰고 기중기로 올라가자 "그를 내려달라고 소리치고싶은 생각이 불같이 일어"나면서 오월을 아끼고 싶은 내면의 충동을 드러낸다. 이러한 장면은 대의를 위해 살신의 정신으로 나서는 오월을 보며 개인적 감정을 앞세우는 상철의 인간적 내면이 드러나는 부분이다.

물론 결국에는 폭탄을 잘 제거하게 되고 오월에 대한 동지적 고마움과 연정의 대상에 대한 개인적 애정을 동시에 확인하게 된다. 상철은 오월을 보며 그녀를 위험에서 벗어나게 하고 싶다는 개인적 욕망과 건설노동자로서의 뜻과 마음을 공유하고 싶은 동지적 애정을 함께 읽어내고 있는 것이다. 따라서 오월의 모습에서 상철은 "아름답고 황홀한" 감정에 젖어들게 된다. 이렇듯 상철이 오월을 향한 마음을 표현하는 부분에서는 사회적 대의명분과 개인의 사적 욕망이 갈등하는 양상이 그려진다. 이러한 명분과 욕망 사

---

21) 최학수, 앞의 책, 207쪽.

이의 미묘한 심리 묘사 부분이 이 작품의 서정성을 강화함과 동시에 서사적 흡인력으로 작동된다.

상철은 오월을 향한 자신의 마음이 깊은 연애 감정으로 변화하고 있음을 깨닫는다.

① 모란봉의 벗나무, 살구나무들에 어느새 움이 트고 꽃망울이 지고 꽃이 피였는지 여겨보지 않아 모르고 지나오다가 활짝 핀 꽃구름을 보고 놀라듯이 상철은 자기가 가는곳마다 눈앞에 피여나군하는 많기도 한 오월이의 얼굴을 보게 된 이즈음에야 그렇게 된줄 알고 놀란 것이다. / 이즈음에는 매일같이 보는 오월이를 어쩌다 하루만 보지 못해도 몹시 보고싶어지고 아침에 보았던 날에도 보지 못했던듯싶어 슬그머니 찾아보게 되는 상철이였다. 그러다가 그의 모습을 보거나 그의 맑은 목소리, 그의 발자국소리를 듣게 되면 까닭모를 불안은 사라지고 마음이 편안해질뿐만아니라 공연히 즐거워지고 기분이 좋아지는것이였다. 그런 때에는 그 누구에 대해서나, 지어 그가 좋아하지 않는 림도식에 대하여서도 너그러워지고 웃어주고싶어지는 상철이였다. (중략) 강철덩이처럼 강하다고 스스로 믿어마지않은 자기가 어찌된 셈인지, 꽃잎처럼 연하고 부드럽고 나긋나긋한 처녀앞에서는 맥을 못춘다는 것을 발견하였을 때마다 상철은 자기자신에게 화가 나서 마음과 달리 랭정하고 투박스럽고 매정스럽게 오월이를 대하려고 애썼으며 그를 꼭 만나야 할 때에도 일부러 피하려고 애썼다. 만나야 할 일도 그는 다른 사람에게 시키군하였다. 가련해진 상철이였다.[22]

② 상철이를 만나기 이전에는 그 어떤 사람에 대해서도 련정이라는 것을 품어보지 못하였던 이 순결한 처녀, 처음으로 자기도 아직 그 이름을 모르는 사랑의 감정을 체험하고있는 티없이 깨끗한 오월은 상철이의 외면상변화를 곧이곧대로 받아들이고 순진하게 해석하였다. (중략) 그 여자는 통째로 련정의 마술같은 힘과 오묘한 둔갑술을 알지 못했다. 그러면서도 그자신은 또한 자기 내부에서 움트고있는 사랑의 오

---

22) 최학수, 앞의 책, 258~259쪽.

묘한 둔갑술에 의해 본의아니게 거짓말쟁이로도 교활한 사람으로도
되는 것을 어쩌지 못하였다.[23)]

인용문 ①은 상철이 어느덧 오월이 뿜어내는 향기에 매료되어 즐거운 감
정을 느끼는 모습과 서투른 감정 표현으로 인해 오히려 서먹해지는 관계에
대한 안타까운 마음을 묘사한 부분이고, 인용문 ②는 깊은 사랑의 감정에
빠진 오월이 순결한 사람에게 거짓을 꾸며내게 만드는 등의 '사랑의 오묘한
둔갑술'을 감당하지 못하고 있음을 묘사한 부분이다. 이렇게 서로가 서로에
대한 애정을 느끼면서도 '주택 건설'이라는 대의명분으로 인해 둘은 서로에
게 솔직한 감정을 드러내지 못한다. 결국 두 사람은 서로를 향한 사랑의 감
정을 내면에 가두어 놓은 채 잠시라도 함께 있을 때면 오히려 지나가는 사
람들의 이목을 두려워하는 감정 표현의 쑥맥들로 형상화된다.

새로운 주택의 조립 속도를 높일 궁리로 가득한 상철은 아버지의 착상과
자기의 구상을 합쳐 매우 간편하고 능률적인 걸대를 만들어내어 속도를 높
여내고, 청년조립조원들은 쉬는 날까지도 일터에 나와 적극적으로 일을 한
다. 일에 매진하는 가운데에도 상철과 오월은 서로의 거리를 유지하면서 더
욱 가까이 다가서지는 못한다. 오월은 상철의 아버지가 쑥보자기를 수진에
게 맡기자 자신이 수진이와 처지를 바꾸어 "그 고수머리에게 쑥붙임을 해
줄수 있다면…!"(353쪽)이라며 연민 어린 내적 갈망을 독백해볼 뿐이다. 급
기야 당위원장인 탁준범이 상철에게 오월과의 연애 관계에 대해 조언을 해
준다.

"상철이가 그렇게 하고있는건 사업을 방해하구 장비공과 기중기공,
기중기공과 조립공들의 호흡을 일치시키는데 지장을 줘. 집단이 천리

---

23) 최학수, 앞의 책, 260쪽.

마를 타는데 방해거리로 된다는거야. 상철이가 자기의 사랑을 숨김없이 내놓고 진정하고 열렬하게 그 처녀를 사랑해주는 것이 혁명에 리롭구 조립속도를 더 빠르게 해주네. 혁명하는 사람이 비혁명적인 인간속물들처럼 쓸데없는 잡생각에 억제돼서 소시민들처럼 그렇게 하는건 안될 일이야." / "제가 그렇게 미물같이 굴었단말입니까?" / "그래 미물이지! 사랑하면 열렬하게 온 심장을 다해서 사랑하구 사랑하는 사람과 같이 손잡구 혁명에 전심해야지 그렇지 못하는거야 미물 아니구 뭔가. 훼방군이지."[24]

탁준범의 이야기는 혁명과 사랑을 함께 달성하라는 말이지만, 뒤집어 읽어보면 동요하는 내면의 감정적 떨림이 천리마의 비상과 조립속도의 가속화를 가로막는 방해물에 불과할 수도 있음을 지적한 것이다. 결국 대의명분 속에 자신의 욕망을 녹아들게 하거나 개인의 사적 욕망을 제거하는 것이 사회주의 혁명과 건설을 위한 혁명적 동지애의 발현인 것이다. 사랑 앞에서 혁명가가 되거나 '속물(소시민, 미물, 훼방군)'이 될 것을 강요받는 이분법적 세계관은 북한 사회의 낭만이 '혁명적 낭만'일 수밖에 없음을 보여준다. 이때의 '혁명적 낭만'이란 공적 담론에 사적 욕망이 녹아들어가는 구조를 취하는 것이다.

둘의 어설픈 연애 감정 속에서도 조립식 건설 속도는 벽돌 축조의 61배에 달할 정도가 되었으며 조립공들이 처음에는 25분에 한 세대씩을 조립하던 속도가 16분에 한 세대 분씩으로 줄어들게 된다. 결국 이렇듯 기적적인 평양건설장들에서의 조립속도와 건설속도를 '평양속도(=천리마속도)'라고 이름 짓게 된다. 「끝맺을수 없는 이야기」에서는 1958년 12월 15일 '2만세대주택건설'이 2만 839세대로 완공되어 10만 이상의 수도시민들이 현대적 주택에 들어가 살게 되었고, 반토굴집들이 완전히 사라졌음을 기록한다. 그

---

24) 최학수, 앞의 책, 378쪽.

야말로 "한시간을 남들의 열시간, 백시간, 천시간 맞잡이로 여기는 우리의 평양시간에 맞추어 세월을 주름잡아 빨리도 멀리도 내달아온 1958년!"(398쪽)이 된 것이다. 이 작품의 말미는 눈을 맞으며 상철과 오월이 만나 새해가 오기 전에 서로의 마음을 확인하면서 더 바쁘게 새로운 시대를 살아가야 함을 다짐하는 것으로 종결된다.

> ① 그들의 세대는 거창하고 드바쁜 대건설시대, 달리고 날으며 세기를 주름잡아나가는 비약의 시대에 청춘시절을 바쳐가고있었다. 고요한 밤길에서 가슴들을 설레이며 나란히 산보한다거나 으슥한 모퉁이에서 조용히 만나 달콤한 이야기를 속삭일만한 여유를 가진다면 그것을 아껴 장엄한 건설위업에 바쳐왔다. 달빛아래의 산보에서 정이 깊어진 것이 아니라 목숨을 걸고 불발탄을 해체해야 했던 기초굴착장에서, 온 정력을 다하여 다그쳐야 했던 조립장에서 정을 키워온 그들이었다.25)
> ② "그래, 더 달리구 더 바쁘구… 그렇겠지. 우리는 남들을 따라 앞서기 위해서 한가로이 살고 한가로이 일할수 없는 시대에 사니까." / 그들은 마주보며 웃고 다리를 건너갔다. 눈이 내렸다. 이해에 마지막일지 모르는 함박눈이었다. (보통강개수공사 착공 서른돐을 기념하여)26)

인용문 ①은 상철과 오월을 비롯한 천리마 시대의 청춘들의 초상을 요약하는 내용이다. 그들은 사적 욕망이나 개인적 충동을 배제한 채 집단적 목표 달성을 위해 "비약의 시대에 청춘시절을 바쳐가"면서 거침없이 내달려왔던 존재들인 것이다. 인용문 ②는 두 사람이 여유롭게 숨 돌리며 일하면서 살아갈 수는 없는, 한가로움을 박탈당한 시대의 청춘들임을 보여준다. 그들에게는 올해보다 더욱 빠르고 바쁘게 돌아쳐야 할 내년이 자리하고 있

---

25) 최학수, 앞의 책, 400쪽.
26) 최학수, 앞의 책, 406쪽.

는지도 모른다. 그리고 그들은 아마도 그것이 시대와 함께 체제를 살아내는 당연한 태도일 것이라고 생각할 것이다. 그렇다면 두 사람의 연애 관계는 어떻게 될까? 둘의 감정이 현실화되기 위해서는 공적 담론의 실천적 장에 두 사람이 함께 존재해야 할 것이다. 둘이 공간적으로 떨어져 있다면 사랑을 위해 사적 만남을 지속해야 하는데 텍스트 내부에서 형상화된 둘의 성격은 전혀 사적 충동에 휘둘리는 인물들이 아니기 때문이다.

이상에서 살펴보았듯 '연애담'은 지배 담론이 강제하는 사회윤리적 관점에서 벗어나 개인의 내면을 주목하면서 동요하는 사적 충동을 형상화함으로써 개성적 인물의 리얼리티를 확보하는 장치가 된다. 감정적 대응보다 이성적 판단과 윤리적 결단을 앞세우며 개인의 양심이 수령과 당의 방침을 향해 있어야 하는 사회에서 '연애담'은 북한사회의 내면을 들여다보는 하나의 방법적 우회로로 기능할 수 있는 것이다.

4. 전형적 서사의 균열적 독해

『평양시간』은 북한소설의 전형을 보여준다는 점에서 남북한 문학의 공통 관심을 받을 만한 텍스트이다. 지금까지 살펴보았듯 작품의 서사를 따라가다 보면 수령의 영도가 실현되는 부분에서는 적지 않은 거부감이 일어나지만, 이상철과 안오월의 연애담을 중심으로 이야기가 전개되는 부분에서는 사랑에 빠진 청춘남녀의 감정을 지켜보면서 애틋한 공감과 연민의 정이 형성됨을 확인할 수 있다.

『평양시간』에서 주요 인물인 김일성, 문화린, 탁준범, 이상철 등이 표방하는 굳건한 사회주의적 신념보다는 '연애담'에서 드러나듯 신념의 언저리에서 흔들리고 있는 감정의 편린들을 주목한다면 남북한 문학의 공유지대를 확장할 수 있을 것이다. 특히 이상철과 안오월의 연애담에서 드러나는 독백과 감정의 진폭이 독자에게 결말에 대한 궁금증을 유도하면서 서사적 추동력으로 자리하고 있다는 점은 북한문학이 결코 체제와 사상이 다른 먼 나라의 텍스트가 아닐 수도 있음을 보여주는 대목이기 때문이다.

북한의 주체사실주의가 표방하는 '수령형상문학'의 전형적 서사를 보여 주는 작품 속에서도 흔들리는 내면의 심리를 가진 인물들이 구체적이고 생 동하는 감각으로 활보하고 있는 모습은 남북한 문학의 대화적 가능성을 보 여주는 대목이라고 할 수 있다. 이러한 가능성을 현실화할 때 우리가 북한 문학을 동시대의 텍스트로 읽어낼 필요가 더욱 증대될 것이다.

3부 해방기(1945~1950)의 실상을 들여다보다

'『응향』결정서'를 둘러싼
해방기 문단의 인식론적 차이

1. 시집 『응향』의 사건화

'『응향』사건'[1]은 남북한 문학의 결절점(結節點)에 해당하는 하나의 상징적 사건으로 자리매김한다. 해방 이후 남북한에서 각각 미군정과 소군정이 들어서면서 진행된 좌우익의 이데올로기적 선택은 남과 북의 단독정부 수립으로 그 대립과 갈등이 격화되고 6.25 전쟁을 통해 한반도가 냉전체제의 최전선이 되었음은 주지의 사실이다. 이러한 역사적 과정에서 북한문학이 남한의 문학주의적 입장과 결별하면서 미적 자율성보다 문학의 정치적 성격을 강조하고 고상한 리얼리즘을 거쳐 사회주의 리얼리즘으로서의 현실 반영 의지를 독려하는 것에 방점을 두게 된 하나의 상징적 사건이 바로 '『응향』사건'인 것이다.

시집 『응향』에 대한 '결정서'가 게재된 『문화전선』은 '북조선예술총연맹(1946.3.25)'[2]의 기관지로서 처음부터 김일성을 수반으로 하는 '당문학'으

---

1) 김재용에 의하면 '『응향』사건'은 해방 이후 북한에서 제기된 '건국사상 총동원 운동'이 문학에서 제기되었을 때 모범적인 인물 형상을 창조하여 대중들을 교양하는 작업을 의미하였지만, 그렇지 않은 작품이 『응향』에 게재되면서 발생한다. 즉 1946년 12월 20일 북조선문학예술총동맹 상무위원회 회의에서 『응향』시집의 몇몇 시에 대해 '반동적이고 퇴폐적인 시'라고 규정하였던 데에서 비롯된다.(김재용, 『북한문학의 역사적 이해』, 문학과지성사, 1994, 98쪽.)

로서의 성격을 분명히 내세우고 있다. 창간호 권두에 이미 「우리의 김일성 장군·20개조정강」이 있으며, 한재덕의 「김일성 장군의 개선기」 등이 실려 있는 것에서 알 수 있듯 이미 북한의 권력이 김일성을 중심으로 재편되었으며 중앙에서 지방의 활동 전반을 체계적으로 통제 관리하려는 의도에서 『응향』 사건이 발생한 것으로 파악할 수 있다.[3] 북조선예술총연맹 산하 '원산문학동맹'에서 나온 시집 『응향』에 관한 '북조선문학예술총동맹(1946. 10. 13) 중앙상임위원회의 결정서'(이하 『응향』 결정서)에 따르면, 『응향』 수록 시의 태반은 당시 북한의 현실에 대해 '회의적, 공상적, 퇴폐적, 현실도피적, 절망적인 경향으로 묘사하고 있다고 비판된다.[4] 특히 백인준은 「문학예술은 인민에게 복무하여야 할 것이다」[5]라는 글에서 강홍운, 서창훈, 구상 등의 시에 대해 구체적인 사례를 들어가면서 비난에 가까운 비판적 작가작품론을 전개한다.[6]

---

2) '북조선예술총동맹'은 1945년 11월의 '평남예련'을 근간으로 해서 1946년 3월 25일에 출발한 조직으로 1946년 10월 13일 '북조선문학예술총동맹(이하 북문예총)'으로 확대 개편되어 북한의 문예단체인 '조선문학예술총동맹'의 기원에 해당하는 조직이다.(「북조선 예맹대회 결정서」, 『문화전선』 3집, 1947. 2. 25, 86~94쪽.)

3) 원종찬, 「북한 아동문단 성립기의 '아동문화사 사건'」, 『동화와번역』 제20집, 2010. 12, 233~234쪽. / 이상숙, 「『문화전선』을 통해 본 북한시학 형성기 연구」, 『한국근대문학연구』 23호, 한국근대문학회, 2011. 4, 262~266쪽.

4) 「시집 『응향』에 관한 북조선문학예술총동맹 중앙상임위원회의 결정서」는 해방 직후 북에서 처음 조직된 북조선문학예술총동맹 기관지인 『문화전선』 3집(1947. 2. 25, 82~85쪽)에 게재되었으며, 서울에서 출간된 조선문학가동맹 기관지『문학』 3호(1947. 4. 15, 71~73쪽)에도 게재되어 좌파적 문예지침으로 활용된다.

5) 백인준, 「문학예술은 인민에게 복무하여야 할 것이다―원산문학가동맹 편집 시집『응향』을 평함」, 『문학』 3호, 조선문학가동맹 중앙집행위원회 서기국, 1947. 4. 15, 74~82쪽.

6) 유임하에 의하면 백인준이 즈다노프의 보고 방식을 경유하여 이 결정서를 작성했으며, 평문 역시 즈다노프의 결정서에 담긴 논리를 그대로 반복한 것에 해당한다.(유임하, 「북한 초기문학과 '소련'이라는 참조점―조소문화 교류, 즈다노비즘, 번역된 냉전논리」, 158~159쪽.)

이렇듯 『응향』 사건은 북한 문단에서 문학 작품에 대한 조직적 검열이 강조된 하나의 사건으로 평가된다. 김승환[7]의 경우 『응향』 사건을 사건의 전초격인 '한설야의 「모자」 사건(소련군 부정적 묘사)'과 연계하여 검토하면서 이미 『문화전선』 1호(1946. 7)에 실린 「모자」에 대한 자아비판과 함께 창작 검열이 한층 강화된 계기가 되었다고 분석한다. 송희복[8]의 경우는 북한의 『응향』 사건과 남한의 '시인 유진오 사건(군중집회에서 시 낭송한 이유로 1년 징역형 선고)'을 비평적 태도의 극단주의와 정치적인 적대시의 풍조가 빚어낸 사건으로 평가한다. 김승환과 송희복의 내재적 접근법과는 달리 김윤식의 경우 『응향』 사건은 전후 소련문단에서 벌어진 잡지 『별』과 『레닌그라드』를 비판하던 당 정책이 북한문단에서도 그대로 적용된 사례라면서 계급성, 인민성, 당파성 등의 이념 노선을 공유하는 국가 사회주의에서의 문학예술론이 북한문학에서 잘 발휘된 사례의 이동점에 해당한다고 평가한다.[9]

　김재용은 기존 논의를 종합하면서 『응향』 사건의 배경을 '건국사상 총동원운동, 고상한 리얼리즘의 대두, 소련의 영향'의 세 가지 측면에서 고찰한다. 특히 『응향』 사건이 1950년대 이후 1967년까지 여러 차례에 걸쳐 북한 문학계 내부에서 진행된 반종파투쟁을 포함한 일련의 비판과는 기본적으로 성격을 달리한다면서, 『응향』 사건에 대해 8. 15 직후 나타난 자연발생적 경향이 지닌 위험을 지적하고 비판한 경우에 해당한다고 파악한다.[10] 하지만 결과적으로 이 사건이 이후 북한문학의 경직성과 도식주의적 검열

---

7) 김승환, 『해방 공간의 현실주의문학 연구』, 일지사, 1991, 81~85쪽.
8) 송희복, 『해방기 문학비평 연구』, 문학과지성사, 1993, 98~105쪽.
9) 김윤식, 『해방공간의 문학사론』, 서울대 출판부, 1989, 45쪽. / 김윤식, 『북한문학 사론』, 새미, 1996, 35~36쪽.
10) 김재용, 『북한 문학의 역사적 이해』, 문학과지성사, 1994, 128~130쪽.

을 가져오는 하나의 시발점에 해당하기 때문에 북한문학의 관료주의적 경도를 나타내는 하나의 지표로 삼기에 충분하다.

신형기·오성호에 의하면 『응향』 사건은 문학에 대한 관료적 제재의 시작을 알리는 전환점에 해당한다. 즉 『응향』 사건은 첫째 김일성의 교시 「문화인들은 문화전선의 투사로 되어야 한다」(1946. 5. 24)가 나온 이후 건국사상총동원운동이 펼쳐지고, 북조선예술총연맹(1946. 3. 25)이 북조선문학예술총동맹(1946. 10. 13)으로 개편되는 흐름 속에서 파악되어야 하며, 둘째 1946년 8월 즈다노프의 이름으로 소련 당 중앙위원회가 쪼시첸코와 아흐마토바를 비판하고 그들의 작품을 실은 『별』과 『레닌그라드』에 대한 폐간을 결정한 사건의 영향을 받았으리라 추정된다는 것이다. 소련의 이 필화사건은 '즈다노프의 암전(暗轉)'으로 불리며 2차 세계대전 후의 새로운 문화노선인 반서구주의에 수반된 것으로 문학예술에 대한 관료적 통제의 절정을 표한 것으로 평가된다.11)

『응향』 사건이 남북한 문학 분단의 기원을 규명하는 과정에서 주목되는 이유는 지방 동인지 필화사건에 그치는 것이 아니라 이후 북한 전체의 문예노선과 조직 개편의 결정적 계기로 작용했다는 점 때문이다. 즉 함흥에서 나온 『문장독본』, 『써클 예원』, 『예술』 등을 묶어 '예술을 위한 예술, 인민과 분리된 예술, 인민의 요구에 배치된 예술'이라며 부르주아 사상미학의 잔재로 규정한다. 특히 사전 검열체제에서 이를 걸러내지 못하고 허용한 원산 『응향』 발행 책임자인 박경수, 박용선, 이종민 등을 경질하고 함흥의 모기윤 저 『문장독본』을 발매금지 조치하였으며, 『써클 예원』 3집과 『예술』 3집의 현상시 「오후」 등의 편집진 전원을 경질했던 것이다.12)

---

11) 신형기·오성호, 『북한문학사』, 평민사, 2000, 73쪽.
12) 김성수, 「통일문학 담론의 반성과 분단문학의 기원 재검토」, 『민족문학사연구』 43집, 민족문학사학회, 2010, 61~89쪽.

유임하에 의하면 해방 직후 북한에는 다양한 색채를 가진 문학적 지향이 존재했지만, '시집『응향』필화사건'에 의해 문학 유파가 단일화되었으며 소련문학의 수용이 관철됨으로써 교조적인 당 문학적 지향을 갖추게 된다. 특히 1934년 사회주의적 사실주의를 천명한 즈다노프의 교조적 입장이 해방 이후 '북문예총'에 직수입되어 '고상한 사실주의'를 거쳐 '사회주의적 사실주의'로 도식화되는 과정에서 발생한 '첫 번째 모멘텀'이 '시집『응향』사건'이라고 파악한다.13)

1950년대 북한문학사에서 『응향』에 대한 인식은 철저히 비판적이다. "우울과 염세와 생활에 대한 비방과 현실을 왜곡하며 환멸의 세기말적 퇴폐적 감정"14)을 즉자적으로 드러낸 텍스트에 해당하기 때문이다. 특히 "예술을 위한 예술, 인민과 배치되는 예술, 위대한 민주주의적 현실과 아무런 관련성이 없는 예술의 신봉자들"이 현존하고 있음을 드러내면서 일제의 잔재이자 낡은 사상의 신봉자들에게 "북조선 문예총의 자리와 출판물을 제공한 것"이 "북조선 사상 전선의 중대한 과오"15)이기 때문에 적극적 대처의 필요성을 강조한 부분은 『응향』 결정서가 결코 우발적이거나 일시적인 판단이 아님을 보여준다.

이 글은 '『응향』 결정서'를 둘러싼 해방기 남북 문단의 인식 차이를 고찰하고자 한다. '『응향』사건'이 중앙과 지방, 조직과 개인, 현실과 이상, 이성과 감성, 당파성과 개성, 집단주의와 개인주의, 사회주의적 당문학과 미적 자율성의 대결 구도를 강화한 하나의 상징적 사건으로 작동하고 있기 때문이다. 따라서 '『응향』 결정서'의 내용을 구체적으로 검토하고 '『레닌그라드』의 결정서'와의 비교를 거쳐 '『응향』 결정서'에 대한 남북 문인의 시각

---

13) 유임하, 앞의 글, 147~161쪽.
14) 사회과학원 문학연구소,『조선문학통사』현대문학 편, 1959, 인동, 1988, 194쪽.
15) 안함광 외,『해방후 10년간의 조선문학』, 조선작가동맹출판사, 1955, 19쪽.

차를 통해 남북한 문학의 결별 지점을 응시함으로써 역설적이게도 남북한 문학의 이질적 접합으로서의 동질성 회복이 가능한지를 검토하고자 한다.

2. 당문학적 검열의 시작

'『응향』 사건'은 주지하다시피 북한 문학의 다양한 스펙트럼이 도식주의적 경향으로 획일화되는 상징적 사건이라고 할 수 있다. 『응향』 시집의 실물이 아직 남북한에서 발굴되지 않았음에도 불구하고 '『응향』 결정서'와 함께 '『응향』 사건'은 문학의 자유주의적 경향과 이데올로기적 지향의 분기점에 해당하는 사건임에 분명하다. '『응향』 결정서' 이후 진행된 일련의 북한 문예조직의 급속한 결속과 그에 따른 문학의 도식주의적·관료주의적 경향은 문학의 미적 자율성을 훼손하는 정치주의적 입장으로 귀결되기 때문이다.

김성수에 의하면 '『응향』 사건'이란 부르주아 미학사상의 잔재에 대한 비판이 처음으로 표면화된 해방 직후의 사건에 해당한다. 이후 북한 문학에서 정치적 무관심과 무사상성은 부르주아 미학의 잔재라고 하여 철저하게 배제되고, 따라서 순수문학이나 낭만적 경향, 예술지상주의적 태도는 거의 사라진 채, 북한 문학이 출발에서부터 문학의 관료주의화, 정치주의화라는 도그마에 빠지게 되기 때문이다.[16]

그렇다면 '『응향』 결정서'란 구체적으로 어떤 결정을 담고 있는지 살펴보자.

> 북조선문학예술총동맹 중앙상임위원회는 원산문학동맹 편 시집
> 『응향』에 대하여 다음과 같이 지적 비판한다.

---

16) 김성수, 『통일의 문학 비평의 논리』, 책세상, 2001, 161쪽.

1. 시집『응향』에 수록된 시중의 태반은 조선 현실에 대한 회의적, 공상적, 퇴폐적, 현실 도피적, 심하게는 절망적인 경향을 가졌음을 지적하면서 이에 대하여 비판을 가한다. / 조선은 해방 이후 일제의 조선 인민에 대한 노예화 악정에서 벗어나 전인민이 국가사회의 운영과 문제해결에 참가하는 진보적 민주주의의 방향으로 걸어 왔다. (중략)

2. 우리는 위에서 이 작가들의 퇴폐적 경향을 지적하였거니와 이것은 얼른 말하자면 이 복잡하면서 비상한 속도로 건설되어가는 조선 현실에 대한 인식 부족에서 오는 것이라 할것이다. 현실을 쪼차오다가 미처 따르지 못하는 낙오자에게는 필연적으로 한탄이 있는것이며, 더 심하게는 그 현실에 대한 질시를 가지게 되는 것이다. 그러므로 거기는 현실과 부닥치며 현실과 싸우려는 투쟁정신과 현실을 바른 길로 추진시키려는 건설정신이 없는 것이다.

3.『응향』권두의 강홍운 작「파편집 18수」는 모두 현실 진행의 본질로부터 멀리 떠러진 포말을 바라보는 한탄, 애상, 저회(低廻), 열정(劣情)의 표백인 외에 아무 것도 아니다. 그 다음 구상 작「길」,「여명공」은 현실에 대한 그로테스크한 인상에서 오는 허무한 표현의 유희며 또 동인(同人) 작「밤」에서는 이런 표현자 즉 낙오자로서의 죽어져 가는 애상의 표백밖에 찾아볼 수 없는 것이다. 서창훈 작「해방의 산상에서」는 무기력한 군중에게 질서 없는 수다한 슬로건을 강요하였고, 더욱 동인 작「늦은 봄」은 여러 가지 의미로 반동적인 사상과 감정의 표백이라 아니할 수 없다. 이것을 한낫 열정적인 연애시로 보아도 그렇고 또 자기의 낡은 생활을 의인화한 상징시로 보아도 그렇다. 1946년 5월에 있어서 이 조선에서 고요한 사막을 느낀 작자는 이국에만 광명이 있다고 환상하였고 또 가슴의 넓은 공간을 사막 같은 조국을 떠나 광명의 이국으로 가는 '애인'의 추억으로 채우려 한 것이다. 이것은 씩씩히 모든 반동노력과 싸우면서 험로와 형극을 헤치며 싱싱한 새 현실을 꾸미고 있는 조국에 대한 불신과 절망인 동시 우리 대열 가운데 잠입한 한 개 반기가 아니면 안된다. 이종민 작「3.1 폭동」은 이 역사적 사실을 민족해방투쟁으로서의 한 전형으로 묘사하지 못하고「송5.1절」역시 노동자의 국제적 행사를 우리의 당면한 현실과 결부해서 묘사하지 못했을 뿐 아니라 시로써 예술성, 형상성을 가지지 못

한 것이다.

해방전의 창작인 몇 편의 시를 보아서도 그들의 현실인식의 부정확성, 빈곤성, 회피성은 해방 이후부터 비롯한 것이 아니며 그 이전부터인 것을 알 수 있는 동시 역사적 변혁인 해방 후의 현실인식의 사상과 방법이 과거의 그것의 연장임을 알 수 있다. 여기서 이 작가들의 과오와 반동성은 결코 우연적인 것이 아님은 알 수 있으니 그럼으로 이것은 금후에 또 계속될 수 있는 것이다. 즉 비우연성의 것은 반드시 반복되는 것이기 때문이다.

그러므로 건전한 민족예술문학의 생성발전을 위하여 이것이 철저히 두두려부시지 않으면 안될 것이다. 즉 우리 인민이 요구하는 민족예술은 이러한 도피적 패배적 투항적인 예술을 극복함으로써만 건설될 것을 잊어서는 안될 것이다.

4. 『응향』의 집필자는 거의 모두 원산문학동맹의 중심인물이다. 더욱 『응향』에 수록된 작품의 하나나 둘이 이상 지적한 바와 같은 경향을 가진 것이 아니고 여러 사람이 거의 동상동몽인 데에 문제의 중요성이 있다. 즉 원산문학동맹이 이러한 이단적인 유파를 조직으로 형성하면서 있는 것을 추단할 수 있는 것이다. 이것은 내로는 북조선예술운동을 좀먹는 것이며 외로는 아직 문화적으로 약체인 인민대중에게 악기류를 유포하는 것이 된다. 이에 관하여 북조선문학예술총동맹 중앙상임위원회는 조선예술운동의 건전한 발전과 또는 예술작품의 제고를 위하여 다음과 같이 결정한다.

1) 북조선문학예술총동맹이 산하 문학예술단체에 운동이론과 문학예술 행동에 관한 구체적 지도와 예술 영역에서의 반동 노력에 대한 검토와 그와의 투쟁 정신이 부족하였음을 자기비판하는 동시 북조선문학운동 내부에 잔존한 모든 반동적 경향을 청산하고 속히 사상적 통일 위에 바른 노선을 세울 것이다.

2) 원산문학동맹이 이상에 지적한 바와 같은 과오를 범한 데 대하여 그 직접지도의 책임을 가진 원산예술연맹이 또한 이러한 과오를 가능케 하는 사상적, 정치적, 예술적 약점을 가지고 있음을 지적하는 동시에 동 연맹은 속히 이 시정을 위한 이론적, 사상적, 조직적 투쟁 사업을 전개할 것이다.

3) 북조선문학예술총동맹은 즉시『응향』의 발매를 금지시킬 것

4) 북조선문학예술총동맹은 이 문제의 비판과 시정을 위하여 <u>검열원을 파견</u>하는 동시 북조선문학동맹에 다음과 같은 과업을 위임한다.

가. 현지에 검열원을 파견하여 시집『응향』이 <u>편집 발행되기까지의 경위를 상세히 조사</u>할 것.

나. 시집『응향』의 편집자와 작가들과의 연합 회의를 개최하고 <u>작품의 검토, 비판과 작가의 자기비판</u>을 가지게 할 것.

다. 원산문학동맹의 사상 검토와 비판을 행한 후 <u>책임자 또는 간부의 경질</u>과 그 동맹을 바른 궤도에 세울 적당한 방법을 강구할 것.

라. 이때까지 <u>원산문학동맹에서 발간한 출판물</u>은 북조선문학예술총동맹에 보내지 않은 것을 조사하여 그 내용을 검토할 것.

마. <u>시집『응향』의 원고 검열 전말</u>을 조사할 것.(밑줄은 인용자)[17]

밑줄 친 부분을 중심으로 '『응향』결정서'를 요약해보면 다음과 같다.

1.『응향』시집에 수록된 시 태반이 조선 현실에 대해 '회의적, 공상적, 퇴폐적, 현실 도피적, 절망적 경향'을 띠고 있다. 일제로부터의 해방 이후 진보적 민주주의의 방향으로 진행되어 온 민주건설은 과거의 잔여 세력을 부수면서 진행되어야 한다. 신흥 조선의 예술 또한 그러한데, 전부는 아니지만『응향』의 작가들은 새로운 조선의 현실을 제대로 간파하지 못하고 있다. 2. 작가들의 퇴폐적 경향은 조선 현실에 대한 인식 부족에서 오는 것이며 낙오자에게는 필연적 한탄과 현실에 대한 질시만이 남는다. 3. 강홍운, 구상, 서창훈, 이종민의 시들이 현실인식의 부정확성, 빈곤성, 회피성을 띠고 있으며 해방 이전의 감각이 해방 이후의 현실인식에도 이어지고 있으며 작가들의 과오와 반동성은 반복될 우려가 있기에 문제가 크다. 건전한 민족예술문학의 생성발전과 인민이 요구하는 민족예술은 도피적, 패배적, 투항적

---

17) 북조선문학예술총동맹 중앙상임위원회, 「시집『응향』에 관한 북조선문학예술총동맹 중앙상임위원회의 결정서」, 『문화전선』3집, 1947. 2. 25, 82~85쪽.

인 예술을 극복함으로써 건설될 수 있다. 4.『응향』의 집필자는 원산문학동맹의 중심인물로서 이단적인 유파를 조직적으로 형성한 것이며, 안으로는 북조선 예술운동을 좀먹는 것이며 밖으로는 인민대중에게 부정적인 악기류(惡氣流)를 유포하게 된다.

따라서 '1) 자기비판과 동시에 북조선문학운동 내부에 잔존한 모든 반동적 경향을 청산하고 사상적 통일 위에 바른 노선을 세울 것. 2) 지도 책임을 지닌 원산예술연맹이 이론적·사상적·조직적 투쟁 사업을 전개할 것. 3)『응향』의 발매를 금지할 것. 4) 검열원을 파견하여 문제의 비판과 시정을 진행할 것.(가. 발간 경위 조사, 나. 회의를 통해 작품 비판과 작가의 자기비판 수행, 다. 책임자 경질 등 동맹의 바른 궤도 강구, 라. 미제출된 출판물 조사 및 내용 검토, 마.『응향』의 원고 검열 전말 조사)'을 결정한다.

이러한 결정은 북조선 문예총의 지향이 단순히『응향』의 발매 금지에 그치는 것이 아니라 일제 잔재 및 반동적 경향의 청산과 사상적 노선의 통일을 통해 '진보적 민주주의'의 방향으로 단일한 대오를 형성하여 새로운 민족문학의 건설을 추진하려는 입장임을 드러낸다. 그렇다면 이러한 결정서가 탄생되는 배경에는 무엇이 존재하는가? '건국사상총동원운동, 고상한 사실주의'와 함께 소련문학의 영향을 도외시할 수가 없다. 즉 북한 초기 문학이 당 문학으로 재편되는 과정에서 사회주의적 사실주의를 표방하는 소련의 문학예술정책(즈다노비즘)을 관료적 전범으로 삼으면서 '『응향』 결정서'가 탄생된 것이다.

김현종은 소련에서의 잡지『별』과『레닌그라드』에 대한 결정서와 북한에서의『응향』에 대한 결정서를 비교하면서, 공통점으로 첫째 새로운 현실에 대한 인식을 강조하여 낡은 잔재를 철저히 배격해야 한다고 지적하고 있는 점, 둘째, 예술지상주의에 대한 거부적 태도를 분명히 하고 있다는 점,

셋째, 정치의 문학에 대한 우위를 기정 사실화하고 있다는 점, 넷째, 배격대상 인물을 구체적으로 거론하고 있으며 새로이 강구된 조치사항을 강제하고 있다는 점 등을 든다.18)

구체적으로 '『레닌그라드』 결정서' 내용을 검토해보면, 우선 '서기국(조선문학동맹 중앙집행위원회 서기국)'의 이름으로 '「문학운동에 대한 소련 당의 새로운 비판─『레닌그라드』 작가대회석상에서 당 중앙위원 주다노프 씨의 연설'의 모두에 실린 안내글을 보면 '『응향』 결정서'와의 연결고리를 파악할 수 있다.

> 작년 8월 14일 쏘련공산당 중앙위원회는 『레닌그라드』에서 발행되는 문학잡지 『레닌그라드』와 『별』이 <u>방관적인 통속작품과 퇴폐적인 귀족 취미의 시를 게재하고 옳은 문학운동을 전개하고 있지 못한 것을 지적</u>하여 작가동맹위원장 N 치호노프 씨를 질책한 다음 전기잡지 『레닌그라드』의 폐간을 명하였다. 이 문제에 관하여 공산당 중앙위원회는 「쏘베트」 문학의 방향을 지시하는 새로운 결정서를 발표하고 중앙위원 「아아 주다노프」 씨는 『레닌그라드』 작가대회에 출석하여 동시 문학운동의 과거를 비판한 다음 당의 방침을 설명하였는데 『레닌그라드』 시당조직과 작가들의 집회는 여기에 전면적인 지지를 표명하였다. 이하에 당 결정서와 「주다노프」 씨의 보고 연설을 각각 소개한다.(서기국)19)

조선문학가동맹 중앙집행위원회 서기국(편집 겸 발행인 이태준)의 입장에서 볼 때, 사회주의 모국인 소련에서조차 잡지 『레닌그라드』와 『별』에 "방관적인 통속작품과 퇴폐적인 귀족 취미의 시"가 게재된 점과 올바른 문학운동으로의 진로 모색이 드러난 사례는 고무적이었을 것으로 판단된다.

---

18) 김현종, 「'『응향』사건'에 대하여」, 『문예시학』 제7집, 1996, 159~160쪽.
19) 조선문학가동맹, 『문학』 3호, 33쪽.

즉 '『레닌그라드』 결정서'가 『응향』 이후 북한 내부에서 문학의 정치성을 강화하기 위한 전범적 계기가 되었음에 틀림없어 보인다. 더구나 『레닌그라드』의 폐간이라는 초강수는 북한 문학의 지향점을 보여주는 예고편에 해당하는 것이다.

그렇다면 소련에서의 결정서에 담긴 내용은 무엇인가? 실제로 『문학』 3호에 실린 '「잡지 『별』과 『레닌그라드』에 관한 1946년 8월 14일부 소련 공산당 중앙위원회의 결정서」(약칭 '『레닌그라드』 결정서')' 내용을 보면 아래와 같다.

전 동맹 공산당 중앙위원회 『레닌그라드』에서 출판되고 있는 문학예술잡지 『별』 급 『레닌그라드』의 운영이 참으로 불충분하다는 것을 지적한다. / 최근에 잡지 『별』에는 「쏘베트」 작가들이 저명하고 우수한 작품과 함께 아무 사상이 없고 사상적으로 유해한 작품이 많이 나타났다. 그의 작품이 「쏘베트」 문학에 적합지 않은 작가 「조시쩬코」에게 문단의 자리를 주었다는 것은 『별』의 큰 과오이다. 「조시쩬코」가 오래 전부터 허추(虛醜)하고 내용이 없고 저급한 글을 쓰며 우리나라 청년들에게 갈 바를 모르게 하고 그 인식을 파괴시키려 하는 부패한 무사상성과 저급하고 정치에 대한 무관심을 전파하고 있었든 것 『별』 편집부에서도 잘 알고 있었다. (중략)

「아호마또바」는 우리나라 인민에게 적합지 않은 허망하고 아무 사상이 없는 시를 쓰는 전형적인 여대표로 되어 있다. 염세관과 퇴폐사상이 침투되어 있고, 과거의 실내시의 취미를 표현하고 「예술을 위한 예술」이라는 부르조아 귀족의 탐미주의와 퇴폐주의가 시 가운데 엉키어 있고 인민과 보조를 맞추어가기를 바라지 않는 「아호마또바」의 시는 우리나라 청년교육사업에 해를 주고 「쏘베트」 문학에 용납할 수가 없는 것이다. (중략)

우리의 잡지는 「쏘베트」 인민, 특히 청년을 교육하는 사업에 있었어 「쏘베트」 국가의 강력한 수단으로 되어 있고, 그렇기 때문에 지도하여야 된다는 것을 망각한 것이다. 「쏘베트」 기구는 청년을 교육하

는 데 있어서 「쏘베트」 정치에 대하여 냉정하고 또는 멸시사상과 무사상성을 용인할 수가 없다. (중략)

그러므로서 무사상성, 정치에 대한 무관심 급 예술을 위한 예술의 모든 선전은 「쏘베트」 문학에 적합지 않고 「쏘베트」 인민과 국가에게 해를 주고 따라서 우리의 잡지에 그러한 경향이 나타나서는 아니된다. (중략) 인민과 국가에 이익 또는 우리나라 청년을 옳게 교육하겠다는 문제는 우인(友人) 관계로 희생되어 있고 비판은 침묵하고 있는 그러한 종류의 자유주의는 작가들로 하여금 향상이 없어지고 인민, 국가, 당에 대한 책임감을 없애버리고 진보를 중절시키게 되는 것이다. (중략)

전 동맹 공산당 중앙위원회는 아래와 같이 결정한다.

1. 잡지 『별』의 편집부 「쏘베트」 작가동맹 수뇌부 급 전 동맹 공산당 장앙위원회 선전부에서는 이 결정이 지적하고 있는 잡지의 과오와 결점을 무조건으로 제거할(30~32쪽) 방책을 세우고 잡지의 노선을 바로 잡고, 「조시젠꼬」 「아호마또바」 급 그와 같은 자들의 작품을 잡지에 게재하는 것을 금지함으로서 잡지의 고도한 사상적 급 예술적 수준을 확보할 것을 책임진다.

2. 『레닌그라드』에서 문학예술잡지를 두 개 발간하기 위하여서는 현재 충분한 조건을 가지고 있지 못하다는 것을 고려하여 『레닌그라드』의 문학적 역량을 잡지 『별』의 주위에 집중하기로 하고 잡지 『레닌그라드』는 폐간할 것.

3. 잡지 『별』 편집부의 사업에 적당한 질서가 있고 잡지의 내용을 엄중히 개량하기 위하야 잡지에는 수석주필을 두고 그 밑에 편집부원을 둔다. 잡지의 수석주필은 잡지의 사상 급 정치적 방향과 잡지에 발표된 작품의 질에 대하여 전적으로 책임을 질 것을 규정한다.

4. 「에고리나, 야엠」 동지를 전 동맹 공산당 중앙위원회 선전부 부부장을 겸임한 채로 잡지 『별』의 수석 주필로 임명한다.
　　　　— 전 동맹 공산당 기관지 『프라우다』에서(73쪽, 밑줄은 인용자)

밑줄 친 부분을 중심으로 '『레닌그라드』 결정서'를 요약해보면 다음과 같다. 즉 첫째로 『별』과 『레닌그라드』 잡지의 운영이 불충분하다는 것을 지적하고, 둘째 무사상성과 유해성을 내포한 작품이 다수 등장한다는 점, 셋째 특히 조시젠꼬의 소설이 허추하고 저급하며 부패한 무사상성과 정치적 무관심을 전파하고 있다는 점, 넷째 아호마또바의 시가 허망한 무사상성의 시이며 염세관과 퇴폐사상이 침투되어 있는 '예술을 위한 예술'로서 부르주아적 탐미주의와 퇴폐주의에 물들어 있어서 청년교육사업에 해를 끼친다는 점 등이 비판된다. 그리하여 정치적 무관심을 극복하고 자민족 멸시사상과 무사상성을 제거함으로써 세계에서 가장 진보된 문학인 소비에트 문학의 힘을 보여주고 인민의 이익과 국가의 이익을 위해 봉사할 것을 강조한다.

결국 동맹 공산당 중앙위원회는 '1. 잡지의 과오와 결점을 제거하고(조시젠꼬와 아호마또바의 원고 게재 금지) 고도의 사상적, 예술적 수준을 확보할 것, 2. 문학적 역량을 『별』에 집중하고 『레닌그라드』를 폐간할 것, 3. 편집부 질서와 잡지 내용을 개량하기 위해 수석주필을 두고 질적 책임을 지게 할 것, 4. 선전부 부부장을 수석 주필로 임명함.' 등을 결정한다.

이렇게 '『응향』 결정서'의 내용과 '『레닌그라드』 결정서'의 내용을 비교해볼 때, 거시적인 공통점은, 결국 『응향』이 예술지상주의의 순수문학적 경향을 띠고 있어서 해방 이후 사회주의적 리얼리즘을 지향하는 북한 문학의 입장에서 볼 때 낡은 부르주아적 잔재로 인식되었다는 점과 정치의 문학에 대한 우위를 노골화하는 본보기적 사건이었으며, 북한이 지향하는 민주주의 민족통일전선을 구축하는 데 있어서 문학이 지닌 대중에 대한 향도적 기능을 극대화하려는 차원에서 취해진 사건이었고, 결국 방법론 상으로는 소련의 영향에서 자유롭지 못했다는 점 등을 지적[20]할 수 있다.

하지만 결정서 내용을 꼼꼼히 살펴보면 '결정서'라는 외양적 형식에서는 유사할지언정 구체적인 세부 내용은 다름을 확인할 수 있다. 우선 결정기관

---

20) 김현종, 「『응향』사건'에 대하여」, 『문예시학』 제7집, 1996, 160~161쪽.

이 다르다. 즉 '『응향』 결정서'의 경우 결정의 주체는 문학단체인 반면, '『레닌그라드』 결정서'의 결정 주체는 소련공산당이라는 점에서 강도나 논점이 다를 수밖에 없다. 둘째로 '『응향』 결정서' 내용은 일제로부터 해방된 조선의 감격스런 현실을 외면한 채 '회의적, 공상적, 퇴폐적, 현실 도피적, 절망적 경향'을 노정하고 있는 개인주의적이고 감상주의적인 시적 태도에 대한 비판임을 확인할 수 있다. 셋째로 결정의 핵심은 사상적 통일노선을 세우고 『응향』의 발매 금지와 함께 검열원을 파견할 것을 강조함으로써 일제 잔재와 반동적 경향을 극복할 것을 주장한다.

반면에 '『레닌그라드』 결정서'는 정치적 무관심, 무사상성, 부르주아적 탐미주의와 퇴폐주의에 대해 비판하고 있으며 저급한 문학작품의 형상화에 비판의 초점이 놓여 있다. 그리하여 결정의 핵심은 조시쩬꼬와 아호마또바의 원고 게재 금지와 『레닌그라드』의 폐간 등의 강제적 조치가 취해진다.

굳이 비견한다면 소련의 결정서가 더욱 강도 높은 결정서의 내용을 취하고 있다. 왜냐하면 '『응향』 결정서'는 형식적으로라도 회의를 거쳐 자기비판과 작품에 대한 논의를 거치는 것으로 되어 있지만, '『레닌그라드』 결정서'는 아예 원고 자체의 게재를 금하고 있으며, 『응향』의 발매를 금지하는 것과 『레닌그라드』 자체를 폐간하는 것은 제재의 수준이 다르기 때문이다.

3. 북한 문단의 원색적인 비방

『응향』 텍스트에 대한 당대 북한 문단의 입장은 단호하게 비판적이다. 특히 극좌적 입장에 서 있던 백인준의 입장은 「문학예술은 인민에게 복무하여야 할 것이다―원산문학가동맹 편집 시집 『응향』을 평함」[21]이라는 평

---

21) 백인준, 「문학예술은 인민에게 복무하여야 할 것이다―원산문학가동맹 편집 시집 『응향』을 평함」, 『문학』 3호, 1947. 4. 15, 74~82쪽.

문에 잘 담겨 있다. 그는 "건설기에 있는 우리의 문학예술은 해방 받은 민족이 가지는 건국적 정열을 노래하며 노래할 뿐만 아니라 인민을 조직하며 정치적으로 교양하며 인민이 가지고 있는 애국심과 건국적 정열을 고무시키는 강력한 투쟁무기가 되어야 할 것이며 또 그러기 위하여서는 우리 사회의 현실을 전형적으로 묘사하여야 할 것"(74쪽)을 강조한다. 즉 새로운 건설적 문학예술은 건국적 정열의 노래, 인민의 조직, 정치적 교양, 애국심의 고무를 위한 "강력한 투쟁무기"로서 동원되어야 하며, 당대 현실의 전형적 묘사의 필요성을 당부하고 있는 것이다.

이어서 백인준은 "진보적 민주주의에 입각한 민족예술문화의 수립"을 위해, 그리고 "일제적 봉건적 민족반역적 파쇼적 모든 반민주주의적 반동예술의 세력과 그 관념의 소탕"을 위해 견결히 투쟁할 것을 강조한다. 이러한 시각을 지닌 백인준에게 시집 『응향』은 "북조선문학예술총동맹의 노선과는 하등의 연관이 없을 뿐만 아니라 이를 반대하고 이에 위반하는 현상"으로 인식된다. 시집 『응향』 속에 게재된 태반 이상의 시가 "일본제국주의가 남겨놓고 간 일체 타락적 말세기적 퇴폐적 유습의 표현"이며 "반동적 예술의 세력과 그 관념"이기 때문이다. 그러므로 인민에게 복무하지 않는『응향』 시집의 발간은 "진실로 괴이한 현상"(75쪽)으로 파악된다. 백인준에게 『응향』은 비정상적인 반동문학의 온상으로 인식되고 있는 것이다.

이제 백인준은 "아직도 일제적 말세기적 반민주적 예술의 관념"의 소탕을 위해 시선을 집중할 필요성을 강조한다. 그러면서 강홍운의 「파편집 18수」가 "내용 관계로 오래 지하에 매몰당했다가 민족의 해방과 더불어 이제 발표하는 바"라는 작자의 말을 비판하면서 오히려 일제가 적극 응원해주고 찬양했을 법한 시라면서 "말세기적 퇴폐적 감상적 경향"을 드러내면서 "몰락해가는 계급, 사멸되어가는 사회"에 집착하고 있음을 비판한다.

백인준이 비판하는 강홍운의 시를 직접 인용해보면 다음과 같다.

> 뛰며 닫고 웃고 우는 / 가엾은 인생들 / 못가에 개구리도 뛰며 닫고
> 하거늘 작년에 죽었던 오동나무는 / 금년에도 / 새 잎이 되지 않누나! /
> 벗이여! 벗이여! / 편지에 많이 쓰던 그 친구 어디갔나 꽃바람 부러오
> 는데 / 아침엔 죽고싶고 저녁엔 살고 싶소 하로일도 괴로워 / 검은 구
> 름이 얇게 흘러가오 / 진리 진리 찾아도 못 찾는 진리를 앞산 넘어가면
> 은 / 찾어볼 듯 싶은데
> — 강홍운의 「파편집 18수」 중에서(75쪽)

백인준은 강홍운의 작품에 대해 조선의 문학자와 예술가들이 이러한 작
품만 쓴다면 '영원한 멸망 민족'이 되어버릴 것이라고 비난한다. 나아가서
는 뛰고 닫고 웃지도 못하는 "개구리 같은 민족"이 될 것이라며 비평적 논
리가 아닌 감정적 비아냥으로 일관한다. 하지만 오히려 해방 이전에 발표된
시이기에 해방을 갈망하는 시로 독해할 여지도 있다. 강홍운의 시에 허무주
의적이고 패배주의적 관점이 내포되어 있긴 하지만, 민족에 대한 절망감으
로 점철된 텍스트는 아니기 때문이다. 그러나 백인준의 정치적 감각은 강홍
운의 시적 지향을 왜곡하고 비판적 텍스트로만 접근하는 외눈박이의 시선
을 보여준다.

그리고 미적 감상성의 거세라는 이데올로기적 평가는 박경수의 「눈」을
거론하면서도 강화된다. 해방의 감격이나 일제의 잔재 청산, 부르주아적 반
동 경향의 제거라는 문학적 지향점은 개인주의적 낭만성을 퇴폐미학으로
단정짓는 것이다.

> 온길 / 눈이 덮고 / 갈 길 / 눈이 막아 / 이대로 / 앉은 채 / 돌 되고 /
> 싶어라 — 「눈3」

밤이 깊어 / 눈은 마음껏 설레어도 / 남빛 바다만은 / 내 마음처럼 / 아무렇게도 못한다 / 긴밤 그냥 밝힌 / 호접인 양 / 바다도 내 마음도 / 아침부터 거칠다 ―「눈4」(77쪽)

인용된 시를 보면 박경수의 「눈3」과 「눈4」는 자아와 세계의 교감이라는 서정시의 본류적 지향에 닿아 있다. 즉 「눈3」의 경우 눈이 온 날 길을 걸으며 방황하는 자아의 내면 속에 깊은 고독감과 단절감이 생성되는 것을 '돌'로 집약하고 있는 시이다. 그리고 「눈4」는 밤과 아침 사이, 바다와 마음 사이에 눈이 호접인 양 흩날리면서 마음의 풍경을 들여다보는 '사이 시간'이나 '사이 공간'의 의미를 들여다볼 수도 있다.

그러나 백인준은 박경수의 작품이 "예술은 정치와 무관계하다, 예술은 계급을 초월한다"는 식의 '순수문학'이니 '예술지상'이니 하는 주장과 상통하며, 그것은 이른바 독재적 반동계급의 문학임을 주장한다. 그러면서 "푸른 하늘이 조각조각 깨여저 나리면 매달릴 곳 없는 해가 / 산골에서 미끄러질 친다"는 구절이 인민대중이 이해하지 못할 구절이라면서 누구를 위하여 쓴 시인지 반문한다. 이렇게 되면 개인의 창조적이고 비유적인 표현을 지향하는 감수성의 미학은 인민대중의 이름으로 거세될 수밖에 없는 것이다.

결국 백인준은 강홍운의 "말세기적 퇴폐성 주관적 감상성"과 박경수의 "현실도피적 개인 환각적 반인민적 경향"이 극복해야 할 예술지상주의적 태도에 해당한다고 결론내린다. 특히 이어서 이 둘의 부정적 측면을 종합한 시인이 구상이라면서 구상의 시에 대해 비판한다.

이름 모를 적로 우에 / 눈물 겨웁다 / 보행의 산술도 / 통곡에도 / 피곤하고 (중략) / 지혜의 열매도 / 간선 받은 입설에 / 식기를 권함은 / 예양이 아니고 노정이 / 변방에 이르면 / 안개를 생식하는 짐승이 된다 (하략) ―「길」 부분

메ㅅ길 도가에서 화장한 상여의 / 곡성이 흐르고 / 아 이밤의 제곡
이 흐르고 / 묘소를 지키는 망두석의 / 소래처럼 쓰디쓴 / 고독이여 / 서
거픈 행복이여 — 「밤」 부분

　구상의 「길」과 「밤」의 인용된 부분만 보면, 「길」의 경우 한자어투가 시
를 독해하는 데에 방해 요소가 되지만, 피곤한 자아가 몽환적인 현실의 길
을 걸어가는 인상을 받을 수 있고, 「밤」의 경우 죽음과 고독의 두 이미지가
서로를 길항하며 '서글픈 행복'이라는 역설의 미학으로 이미지가 집약되고
있음을 확인할 수 있다. 두 편의 시가 해방 이후의 현실을 노래한 시라면 당
연히 문학의 정치성을 강조하는 입장에서 비판의 여지가 농후할 수밖에 없
다. 하지만 만약에 해방 이전에 암울한 일제 강점의 현실을 노래한 시라면
역설적이게도 반일 지향의 시로 해석될 수도 있다. 이것은 지나치게 현실
환원론적인 문학 해석이 가지는 맹점을 보여준다.
　백인준의 경우 시 두 편을 인용한 뒤 구상은 "박경수의 현실도피적 개인
환각적 반인민적 경향과 강홍운 씨의 말세기적 퇴폐적 주관적 감상성을 고
도로 자승하여 겸유한 작자"라고 평가절하한다. 특히 한자어의 나열과 함
께 "안개를 생식하는 짐승"이라는 표현이 인민의 이해를 돕기 어려운 표현
들이기에 문제라고 비판한다. 하지만 오히려 '안개를 생식한다'는 표현은
1980년대 말 '안개의 주식을 소유한다'는 기형도의 시 「안개」에 연결될 만
큼 모던적인 감각을 보여주는 표현으로 해석될 여지도 있다.
　시인들에 대한 백인준의 비판은 '응향(凝香)'이라는 시집의 제목의 난해
성 비판으로 이어진다. '응(凝)' 자는 웬만한 한문교육을 받지 않은 사람이
읽기 어려운 한자이며, 읽는다 해도 응향이 무슨 소리인지 알 수 없다는 이
유에서이다. 그러면서 백인준은 "일본제국주의가 남겨 놓고 간 일체 타락
적 말세기적 퇴폐적 유습과 생활태도를 청산하고 생기발랄한 향상하여(형

상으로의 오기일 듯 : 필자) 전진하는 새로운 민족적 기풍을 창조하라"는 '김일성 위원장의 가르침'을 다시 한 번 뼈에 사무치게 느껴야 할 것을 강조한다. 이때부터 이미 백인준의 비평은 김일성의 말씀이 문학예술의 지표로 작동하고 있는 북한 문단의 현실을 보여준다.

안막은 백인준의 『응향』 비판에서 나아가 『관서시인집』에 실린 황순원의 시 「푸른 하늘이」에 대해서도 반동적인 시라고 비판한다. 황순원이 "이 시에서 암흑한 기분과 색정적인 기분을 읊었던 것이며 그러다가 이 시인은 해방된 북조선의 위대한 현실에 대하여 악의와 노골적인 비방으로밖에 볼 수 없는 광시를 방송을 통하여 발표"했다고 원색적으로 비난하는 것이다. "비록 내 앞에 불의의 총칼이 있어 / 내 팔다리 자르고 / 내 머리마저 베혀버린대도 / 내 죽지는 않으리라."는 시의 대목이 북조선에 있어서 민주개혁의 우렁찬 행진을 '불의의 칼로 상징하였으며, 반민주주의 반동파들이 민주주의 조국 건설을 노기를 가지고 비방하며 파괴하려는 썩어져가는 무리의 심정을 보여주었다고 직설적으로 비판하는 것이다.[22] 안함광 역시 백인준과 입장을 같이 하는데, "생활의 진실이라는 것을 보편성을 가진 현실적 및 역사적 각도에서 이해하지 못하고 그러한 객관세계와는 격리된 고립적인 주관세계에의 미련 위에서 이해하고 있다"[23]는 점이 『응향』의 맹점임을 지적한다.

북한의 시각에서 『응향』은 생활의 진실에서 우러나오는 인민의 목소리를 반영하지 못하고 있으며 일제 잔재의 특징인 순수문학과 예술지상주의적 주관 세계에 안주하였고, 동시에 해방 이후 시인이 지녀야 할 건국적 열정과 애국주의적 지향을 도외시한 작품을 게재함으로써 역사적 안목을 상

---

22) 안막, 「민족예술과 민족문학 건설의 고상한 수준을 위하여」, 『문화전선』 5집, 북조선문학예술총동맹, 1947. 8. 1, 8~12쪽.
23) 안함광, 「의식의 논리와 문예창조의 본질적인 제문제」, 『문화전선』 4집, 1947. 4.

실하고 있는 시집인 것이다. 따라서 당파성과 인민성을 갖춘 시를 쓰려면 문학주의적 경향을 배격하고 조선의 새로운 현실에 대한 리얼리즘적 감각과 관점을 내면화해야 한다는 것이다.

4. 남한 문단의 자유주의적 지향

김동리는 『응향』 사건이 문학적 자유가 훼손된 상징적 사건임을 주목하면서 순수문학적 입장을 강조한다. 그리하여 "인간의 영원한 불완전, 영원한 고통"을 떠나서 문학을 생각할 수 없으며 "인생과 문학의 본질에 육박하려면" 불안정과 고통에서 출발해야 하고, "문학이 한 시대의 정치적 도구에 끝치지 않고 영원한 생명을 가지려면 당연히 이 영원의 문제에 관심"을 지녀야 함을 강조한다. 특히 "시라고 하면 반드시 정치시만이 필요한 것이 아니라 서정시도 고귀한 것이며, 서정시란 언제나 회의적, 염세적, 비수적 색채를 띠게 되는 것이며, 이 회의적, 염세적, 비수적이란 기실 인생과 문학의 본질적인 것에 통해 있으므로 이것을 정치적 각도에서만 규정하야 젊은 시인들을 박해한다는 것은 그들이 말하는 문학의 자유 발전이 아니라 그와는 정반대"임을 지적하면서 순수문학적 입장을 옹호한다.[24] 김동리는 문학의 서정성이 회의주의와 염세주의에 있음을 주목하면서 자유주의적 입장을 대변하고 있는 것이다.

'『응향』 사건'으로 월남하게 된 구상 시인은 '『응향』 사건'에 대해 두 편의 글로 당시의 일을 소상히 회상한다. 그 중 조금 더 상세한 내용의 글이 「시집 『응향』 필화사건 전말기(顚末記)」[25]이다. 이 글의 내용을 보면 구상

---

24) 김동리, 「문학과 자유의 옹호—시집 『응향』에 관한 결정서를 박함」, 『백민』 제3권 4호, 1947. 6, 52~56쪽.
25) 구상, 「시집 『응향』 필화사건 전말기」, 『시와 삶의 노트(구상문학총서 제6권)』, 홍

은 해방 전 <북선매일신문> 기자를 하다가 원산문학동맹의 일원이 되어 '원산 문예총' 위원장인 박경수로부터 시집 발간에 작품을 제출해 달라는 청탁을 받는다. 해방 이후 첫 시집에 참가한다는 기쁨에 참여하면서 4~5편을 싣게 된다.26)

『응향』에 실린 그의 시를 살펴보면 다음과 같다.

> 동이 트는 하늘에 / 까마귀 날아 // 밤과 새벽이 갈릴 무렵이면 / 카스바마냥 수상한 이 거리는 / 기인 그림자 배회하는 무서운 / 골목······. // 이윽고 / 북이 울자 / 원한에 이끼 긴 성문이 뻐개지고 / 구렁이 잔등같이 독이 서린 한길 위를 / 횃불을 든 시빌(희랍어, 선지자)이 / 깨어라! / 외치며 백마를 달려. // 말굽소리 / 말굽소리 // 창칼 부닥치어 / 살기를 띠고 / 백성들의 아우성 / 또한 처연한데 // 떠오는 태양 함께 / 피 토하고 / 죽어 가는 사나이의 미소가 / 고웁다.
>
> ─「여명도(黎明圖)」

시인은 「여명도」에 대해 일제 강점기의 암흑시대가 가고 광복의 여명을 맞은 당시 상황을 그린 작품이며, 시인적 예지로 해방의 여명이 결코 단순한 축복이 아니라 불길한 조짐과 시련으로 차 있다는 실감을 '까마귀'의 상징으로 표현했다고 고백한다. 나아가 소련과 공산당이 지배하는 북한의 새로운 암흑사태를 구출할 새로운 힘의 도래와 자기 희생의 의지가 새겨진 시라고 자평한다. 「여명도」는 이데올로기에 환멸을 느낀 시인의 내면이 종교적인 예언자적 지성으로 드러나 있으며, 마지막 부분이 '소망을 품고 죽어 가는 순교자의 표상'으로 형상화된 텍스트로 평가된다.27) 이 시는 여명의

성사, 2007, 164~175쪽.
26) 시집 『응향』의 책제목을 '응향'이라고 유식하게 붙인 것은 박경수이며, 장정은 이중섭이 맡아 '유회하는 군동상(群童像)'이 표지에 그려졌다고 시인은 당시의 시집 『응향』을 회상한다.(구상, 앞의 글, 165쪽.)

순간을 포착한 상징주의 시에 해당하며 이육사의 「광야」처럼 메시아주의에 입각한 니체적 초인 사상이 담겨 있다고 할 수 있는 것이다.

시인은 자신의 "현실저항적 발상"과 "울혈적 표현"이 북조선 사람들에게 정확히 인식된 결과로 "어용 평론가 백인준의 악담 저주와 같은 논평"을 받았음을 회고한다. 그리고 시인의 감각에 대해 백인준이 '퇴폐주의적, 악마주의적, 부르주아적, 반역사적, 반인민적' 등등 도합 일곱 개의 '주의적인 관사'로 비난을 퍼부었다고 상기한다.

> 이름 모를 귀양길 위에 / 운명의 청춘이 / 눈물겨웁다. // 보행의 산술(算術)도 / 통곡에도…… / 피곤하고 // 역우(役牛)의 / 줄기찬 고행만이 // 슬프게 / 좋다. // 찬연한 계절이 / 유혹한다손 // 이제사 / 역행의 역마를 / 삯 낼 용기는 없다. // 지혜의 열매로 / 간선(揀選) 받은 입술에 // 식기만을 권함은 / 예양(禮讓)이 아니고 // 노정이 / 변방에 이르면 // 안개를 생식하는 / 짐승이 된다. // 뭇 사람이 돈을 따르듯 / 불운과 고뇌에 홀리어 // 표석도 없는 / 운명의 청춘을 / 가쁘게 가다.
>
> ―「길」

시인은 「길」에 대해서도 백인준이 안개를 생식한다는 표현에서 "비과학적, 관념적, 환상적, 비현실적"이라고 힐난했다고 회상한다. 하지만 실제로 백인준은 "'적로, 보행의 산술, 간선, 안개를 생식하는 짐승' 등의 말을 이해하려면 얼마나 공부를 하고 어떠한 정도의 학교를 졸업하여야 하는가? 솔직히 말하자면 '안개나 생식하는 짐승'이 되기 전에는 이해하지 못할 것"이라고 지적한다. 특히 "그러한 사람들이 사는 사회가 아니고서는 인민의 사랑은커녕 인민의 교육자, 인민의 조직은커녕 인민을 해하고 인민을 미혹시

---

27) 김정신, 「구상 시의 존재론적 탐구와 영원성―『그리스도 폴의 강』과 『말씀의 실상』을 중심으로」, 『문학과 종교』 제15권 1호, 2010, 63~67쪽.

키며 인민에게 제재되리라고 하지 않을 수 없다."(81쪽)라면서 '인민성의 결여'를 비판한다. 이렇게 보면 백인준의 비판은 구상의 시가 지닌 허무주의적이고 염세주의적 관점에 대한 날카로운 비판의식을 견지하고 있음을 보여준다.

구상 시인은 『응향』 사건을 둘러싼 북한 문단의 반응에 대해 김동리, 조연현, 곽종원, 임긍재 등이 문학의 자율성을 옹호했다고 기억한다. 특히 그가 기억하는 '남한 민족진영 문단의 반박 논문들의 요지'는 다음과 같다.

<남한 민족진영 문단의 반박 논문들의 요지>
1. 시집 『응향』에 수록된 시편들은 북한의 현실적 문제를 제재로 하였다기보다는 각자 개인의 정서 표현이므로 국가 권력이 이에 개입하는 것은 부당하다.
2. 설사 그것이 현실적 문제를 제재로 한 것일지라도 권력적 개입은 문학을 유린하는 행위다.
3. 그 시편들을 회의적, 공상적, 퇴폐적, 도피적, 반동적으로 해석하는 것은 인간의 정서나 정신에 관한 모독이며 설사 그러한 해석이 되더라도 그것은 범죄적인 것이 아니요, 정치적으로 결부시킬 성질의 것은 더욱 아니다.
4. 북조선 문예총의 결정은 그 조직 스스로가 반문학적, 반예술적인 단체인 것을 반증해 준다.
5. 북조선 문예총의 결정은 예술에 대한 가장 독재적, 독선적 야만 행위다.[28]

요약하면 개인의 정서적 표현에 해당하는 문학주의적 입장에 대해 국가 권력이 개입하는 행위는 문학을 유린하는 행위에 해당하며 북조선 문예총

28) 구상, 「시집 『응향』 필화사건 전말기」, 『시와 삶의 노트(구상문학총서 제6권)』, 홍성사, 2007, 174~175쪽.

은 반문학적이고 반예술적인 단체이며, 그 결정 행위는 독재적이고 독선적인 야만 행위에 해당한다는 것이 '『응향』 결정서'에 대한 남한의 순수문학파들의 입장인 것이다. 이런 과정을 통해 구상은 '시집 『응향』 필화사건'이 북한 사회를 공산당이 지배하는 과정에서 일으킨 문화적 사건이자 북한의 비극적 정치사건 중 공식적으로 표면화된 최초의 사건이라고 평가한다. 그가 보기에 『응향』이 북한에서 진보적 민주주의를 가장한 공산주의 독재 이념의 정체와 야만적 방법과 수단을 그대로 탄로시킨 사건이며, 해방 직후 남북한 문단에 경악과 충격을 불러일으킨 사건임과 동시에 역설적이게도 남한의 '민족문화진영의 결속'을 공고히 한 사건으로 기억되기 때문이다.

결과적으로 '『응향』 사건'은 북한에서 다양한 해석의 여지를 가진 은유와 상징이 자제되어야 하며, 주관적이고 감각적인 표현의 사용이라 할지라도 구체적인 이야기의 방향과 뚜렷한 목적 아래에서만 제한적으로 구사되어야 한다는 당문학적 지향을 알린 사건으로 해석된다. 그러므로 복잡한 의장이나 다의적인 내포를 지닌 표현 대신에 단순하고 명료한 서술을 뼈대로 당대 현실을 반영하는 것이 부르주아적 감상과 관념을 벗어나 건설과 투쟁의 이야기를 담은 시가 되는 것이다.[29] 즉 문학이 가진 인식적 기능보다 교양적 기능을 우선시하게 되면서 현실을 제대로 반영하지 못한 작품들을 낡은 문학적 잔재나 퇴폐적인 경향으로 간주하기 시작한 흐름에서 나온 사건이 바로 『응향』 사건이며, 소련의 영향을 입은 문학적 관료화의 징후에 해당하는 것이다.[30]

결국 『응향』 사건은 북한에서 '예술을 위한 예술, 문학주의적 의미의 순수문학'이 설 자리를 잃게 된 계기로 작동한다. 나아가 남한의 민족주의 문

---

29) 신형기·오성호, 『북한문학사』, 평민사, 2000, 28~29쪽.
30) 김재용, 『북한 문학의 역사적 이해』, 문학과지성사, 1994, 97~99쪽.

학이나 순수문학 전체를 미제의 사상적 문화적 침략으로 이루어진 부르주아적 사상미학의 잔재로 규정하게 되는 계기로 작동한다. 이것은 사회주의적 당문학으로 일원화된 북한문학의 자기정체성 확립과정에 해당하지만, 결과적으로는 주체사실주의적 입장만을 대변하는 배타적 정체성의 논리를 강조하게 된다. 따라서 궁극적으로는 북한문학이 남한문학과의 지리적 분단을 넘어 '이념적 단절과 심정적 결별까지 선언하는 의미를 지닌 사건'[31]으로 파악할 수 있다.

'『응향』 사건'은 한 마디로 남북의 문학이 서로에게 등을 돌리게 된 하나의 표지가 되는 사건임에 분명하다. 문학이 정치에 복속되고자 할 때 다양성의 목소리는 단일성의 틀에 의해 배제의 대상이 된다. 우리는 그 명징한 모습을 '『응향』 결정서'를 둘러싼 문단 안팎의 시선에서 확인할 수 있다. 현실을 외면한 채 자기만의 골방 속으로 파고들어가는 내성의 문학도 문제지만, 현실의 나팔수가 되어 구호로 나부끼는 깃발의 문학 역시 문학을 질식시킨다. 그러므로 '『응향』 사건'은 남과 북의 문학적 결절점임과 동시에 함께 만나야 할 타자의 표지로 기능해야 한다고 판단된다.

5. 미적 자율성의 억압

원산문학동맹에서 단순히 하나의 '해방기념시집'으로 발간하려던 동인지 성격의 잡지는 북조선예술총연맹에 의해 일제 잔재 청산과 새로운 사회의 건설이라는 테제 아래 문학예술에서도 이데올로기적 잣대가 평가의 척도로 작용하면서, 『응향』은 예술지상주의적이고 현실도피적인 불온한 정신의 온상지로 평가절하된다. 문학의 자율성과 다양성의 원리를 외면한 채

---

31) 김성수, 「통일문학 담론의 반성과 분단문학의 기원 재검토」, 『민족문학사연구』 43집, 민족문학사학회, 2010, 81쪽.

리얼리즘의 원리를 기계적으로 적용하려는 북한식 주체 문예이론의 맹아가 여기에서 발생한 것이다.

'『응향』 사건'은 해방 직후 북한 문단의 재편성 과정에서 발생한 우발적이면서도 필연적인 사건에 해당한다. 문학의 미적 자율성이 새로운 사회주의 사회를 건설하는 데에 걸림돌로 작용한다는 정치적 관점은 문학의 다양성을 인정하기보다는 '혁명과 건설의 무기로서의 문예'로 가는 당문학적 시각을 보여준다. 그것이 '『응향』 사건'이 놓인 자리에 해당한다. 조직의 이름으로 개인과 작품을 단죄하기 시작한 첫 걸음이 『응향』이라는 점에서 이후 반종파투쟁 과정에서 사라진 문인과 작품들은 거개가 '『응향』 사건의 피해자'들이라고도 볼 수 있다.

문학은 금기와 위반 사이에서 위태로운 줄타기를 해오며 자신의 영역을 늘 확장해왔다는 점에서 '『응향』 사건'은 문학적 자율성을 옹호해야 한다는 당위성을 강조하는 첫 사건이라 할 만하다. 그리고 '『응향』 결정서'를 둘러싼 문단 안팎의 시선은 단순히 남한문학과 북한문학 혹은 문학의 순수성과 정치성의 결별 지점으로 『응향』을 볼 것이 아니라 문학의 사회적 기여와 창작자 개인의 표현의 자유 사이 어디쯤에 문학이 놓이는 것이라는 성찰을 제기한다.

초기 북한문학 창작방법론의 역사적 기원

1. '고상한'이라는 뺄셈형 레토릭

이 글은 초기 북한문학 창작방법론의 역사적 기원에 대한 규명을 위하여 해방기에 출간된 북조선문학예술총연맹의 기관지인 『문화전선(文化戰線)』 제1~5집에 나타난 '고상한 사실주의'의 수식어인 '고상(高尙)한'의 활용형을 연구해 보고자 작성된다. 필자는 이미 「해방기(1945~1950) 북한 문학의 '고상한 리얼리즘' 논의의 전개 과정 고찰」[1]이라는 논문을 통해 '고상한 리얼리즘'이 해방기와 전쟁기에 북한문학의 담론적 지침으로 획일화되는 과정을 규명한 바 있다. 또한 「'『응향』 결정서'를 둘러싼 해방기 문단의 인식론적 차이 연구」[2]를 통해 '『응향』 사건'이 남북한 문학의 결절점(結節點)에 해당하는 도식주의적 검열의 시발점으로서 해방 이후 '고상한 리얼리즘'을 거쳐 '사회주의 리얼리즘'으로 변환하는 상징적 사건임을 검토한 바 있다. 필자를 포함하여 해방기에 대한 선행 연구자들의 논의는 북한문학의 창작방법론에 대해 해방기의 과도기적 명명으로 '고상한 사실주의'를 한정하면

---

1) 오태호, 「해방기(1945~1950) 북한 문학의 '고상한 리얼리즘' 논의의 전개 과정 고찰—『문화전선』, 『조선문학』, 『문학예술』 등을 중심으로」, 『우리어문연구』 통권 46호, 우리어문학회, 2013. 5, 319~358쪽.
2) 오태호, 「'『응향』 결정서'를 둘러싼 해방기 문단의 인식론적 차이 연구」, 『어문론집』 제48집, 중앙어문학회, 2011. 11, 37~64쪽.

서 '혁명적 낭만주의론→고상한 사실주의론=사회주의 사실주의론'으로 단순화하고 있었다. 하지만, '고상한'이라는 수식어의 함의를 구체적으로 분석한 논문은 전무했다.

이 글의 문제의식은 여기에서부터 출발한다. 즉 '고상한'3)이라는 수식어가 어떻게 수용되어 '고상한 사실주의'라는 해방기 북한문학의 창작방법론으로 고정되었는가에 대해 세밀하게 검토하고자 한다. 특히 『문화전선』1~5집을 꼼꼼하게 분석하여 '고상한'이 명문화되는 과정을 추적하면서, 다른 논자들이 주목하지 않았던 소련과 관련된 번역문을 고찰함으로써 '고상한'4)이 소련 문학의 수용 속에 북한 문학에 고착되는 용어임을 실증적으로

---

3) 2015년 현재 국립국어원의 『표준국어대사전』에 의하면 '고상하다'는 형용사로 "품위나 몸가짐이 속되지 아니하고 훌륭하다."라는 뜻으로 등재되어 있으며, '고도하다' 역시 형용사로 "수준이나 정도 따위가 매우 높거나 뛰어나다."라는 뜻으로 등재되어 있다. 따라서 두 용어는 비슷한 의미이지만, 굳이 구분하자면 '고상한'은 사람의 외양이나 품성과 관련된 '심리적 차원'의 용어이며, '고도한'은 기술적 정도의 높낮이로서 물리적 차원의 용어에 해당하는 것으로 볼 수 있다.

4) 구글 번역기로 번역해 보면, '고도한'이나 '고상한'의 러시아어는 동일한 'высокий(비소키)'로 번역된다. 하지만 『조로대사전』(모스크바, <로씨야말> 출판사, 1976년)에서는 '고상하다'가 "высокий(비소키), возвышенный(바즈비셴니), благородный(블라가로드니)"로 제시되어 있을 뿐, '고도하다'라는 단어는 등재되어 있지 않다. 즉 "высокий(비소키)"는 "1.(в разн. знач.) 높은 (장소. 지위, 신분, 음성, 성격, 등급, 정도, 신장, 수량 따위); 키가 큰, 높이가 ~인; (о человеке, животном) 긴; (о горе, доме тж.) (산 따위가) … 2.(возвышенный, значительный) 고상한, 고귀한, 지위가 높은, 고위의, 고결한, 숭고한"의 뜻이다. "возвышенный(바즈비셴니, 형용사)"는 "높은 곳에 있는; 고지(지방)의, 오지(奧地)의; 높아진, 높은; 고가의; 높은, 치솟은; (перен.) (생각. 이상 따위가) 고상한, 고결한; 당당한; (경멸적) 거만한, 고귀한, 지위가[신분이] 높은, 고위의; 고상한, 고원(高遠)한 (목적 따위)."이다. "благородный(블라가로드니)"는 "(계급. 지위. 출생 따위가) 귀족의, 고귀한; (사상. 성격 따위가) 고상한, 숭고한, 점잖은, 고결한, 출생이 좋은, 귀족 출신의"로 풀이되어 있다.(이상 한국외대 러시아어 전공교수 김민수 선생 의견 참조.) 결국 '고상한(+고도한)'이라는 표현은 초기 북한문학 형성기였던 소군정 시절 사회주의 모국인 소련 문학을 전유하기 위해 사상성 높은 예술 작

확인하고자 하였다. 이미 『문화전선』에 이어 창간된 '북조선문학동맹' 기관지인 『朝鮮文學』(1947. 9(창간특대호) / 1947. 12) 2권과 '북조선문학예술총동맹' 기관지인 『文學藝術』(1948. 4~1950. 7) 19권에서는 '고상한 리얼리즘(=사실주의)'이 확정적으로 언명되고 있기 때문에 '고상한'이라는 번역어가 유동적으로 활용되던 시기를 고찰하는 것이 더욱 생생한 고착화와 도식화의 과정을 입증할 수 있다고 판단했기 때문이다.

'북한문학'의 범주를 1945년 분단 이래로 2015년 8월 현재까지 북한에서 출간된 문학이라고 한정할 때, '북한문학의 역사적 기원'에 자리하는 시공간은 1945~1955년이라고 상정할 수 있다. 이 시기가 '해방과 분단, 전쟁'의 와중에서 체제 정비의 과도기적 혼란기를 포함하고 있기 때문이다. 하지만 2010년대를 기점으로 해서 해방기로 거슬러 올라가자면 현재 '북한문학'의 핵심 테제는 '수령형상문학'이 주류이며, '주체문학론'이 공식화된 담론이고, 주체사실주의 창작방법론을 통해 다양한 사회주의 현실 주제를 다룬 작품이 형상화되고 있다는 점이 주목된다. 이렇듯 현재적 관점에서부터 출발한 '북한문학의 역사적 기원'에 대한 인식이라면 1967년 유일사상체계 확립 이후 강조된 '수령형상문학'이 '북한문학'의 '문학사적 기원'에 해당할 것이다. 하지만 남북한 문학의 이질성 극복을 전제하며, 분단체제의 비정상성과 분단문학의 기형적 구도를 염두에 두고 북한문학의 역사적 기원을 검토하자면, 자연스레 1945년 이후 '북조선'이 '남한'과 다르게 문학적 전망을 세우고 담론을 생산하며 문학작품을 생산하던 시기에 맞춰질 수 있다. 그러므로 이 글은 '북한문학의 역사적 기원'을 1946~47년에 맞추고자 한다. 이 시기는 미군정과 소군정이 실시되면서 남북에서 한반도의 분단체제가 시

품과 사회주의적 인간형을 '고상한 사상과 예술'과 '고상한 인간'으로 호명하면서 번역하기 시작한 것으로 추정된다.

작되는 시공간이며, 문학적으로는 『응향』 사건 등을 통해 '북한문학'에서 문학에 대한 검열이 강화되고 '건국사상총동원운동'과 '고상한 사실주의' 담론이 생성되고 고착되던 시기이기 때문이다.

북한문학의 역사적 기원에 대한 논의는 이미 기존 연구자들이 거시적 관점에서 다양한 규명들을 진행한 바 있다. 김재용[5]은 북한문학의 역사적 기원이 1947년 3월 '고상한 사실주의'가 유일한 창작 방법으로 규정된 후 긍정적 주인공에 기초한 '혁명적 낭만주의'의 성격을 띤 '교조적 사회주의 사실주의'로 고정화되었다고 판단하면서, 1967년 유일사상체계의 공식화 이전까지 소련 문학비평의 영향을 검토해야 한다면서 초기의 북한문학은 고상한 리얼리즘이 정착되는 1947년을 전후로 나누어질 수 있다고 주장한다.

반면에 신형기[6]는 '민족영웅서사'를 주목한다. 즉 한설야의 단편소설 「혈로」(1946)에서부터 총서 <불멸의 력사>에 이르기까지 북한문학의 핵심 과제는 김일성을 영도자로 하는 역사의 수사로서, 북한문학이 민족해방서사를 쓰는 방식으로 영웅서사를 수용했다고 판단한다. 식민지 시대 프롤레타리아의 성장 서사를 민족해방의 서사로 흡수하면서 프롤레타리아 전위가 진리를 확보하는 주체가 아니라 '김일성'이라는 최고의 전형이 진리의 길을 예시한다는 것이다. 이러한 연장선 상에서 신형기·오성호는 『북한문학사』[7]에서 북한문학을 '북한의 건국 역사를 이야기로 작성한 것'으로 규정하고, 민족해방의 서사물인 항일혁명문예가 그 기원이라고 논증한다.

---

5) 김재용, 『북한문학의 역사적 이해』, 문학과지성사, 1994, 11~31쪽.
6) 신형기, 「북한문학의 발단과 기원(1)」, 『현대문학의 연구』 11집, 한국문학연구학회, 1998, 253~280쪽. / 신형기, 「북한문학의 발단과 기원(2)」, 『현대문학의 연구』 12집, 한국문학연구학회, 1999, 277~296쪽.
7) 신형기·오성호, 『북한문학사』, 평민사, 2000.

김성수는 「프로문학과 북한문학의 기원」8)에서 프로문학에 대한 북한 문예학계의 평가를 분석하면서 북한문학의 역사적 기원과 계보를 고찰한다. 그리하여 첫 단계로 해방 이후 1956년경까지를 카프를 중심으로 한 프로문학이 북한문학의 유일한 전통이었던 시기로 조망하지만, 또 다른 글 「통일문학 담론의 반성과 분단문학의 기원 재검토」9)에서는 『문화전선』 1~5집을 통해 북한문학의 형성 담론과 분단문학의 기원에 대한 분석을 수행한다. 초기에는 사회주의 리얼리즘론을 수용할 수 없었기에 민주주의 문학예술 담론(내용에서의 민주주의적, 형식에서의 민족적)을 주창하지만, 1946년 가을 『응향』 사건 이후 북한문학의 배타적 정체성이 드러나 당문학으로 일원화된 북한문학의 정체성이 형성된다고 분석한다.

유임하는 「북한 초기문학과 '소련'이라는 참조점」10)에서 북한 초기(1945~1947) 문학에서 소련문학의 수용 양상을 검토하면서 첫 번째 분기점으로 1945년 10월 '서북 5도 당 책임자 및 열성자대회'와 '조선공산당 북조선분국 설치'를, 두 번째 분기점으로 1947년 2월 북조선인민위원회의 출범을 강조한다. 그리하여 첫 번째 분기점에서 당 문학으로의 제도적 재편이 이어졌으며, 두 번째 분기점에서 당대 소련에서 횡행한 '즈다노비즘'을 전유하면서 당파성과 대중성의 강조 속에 검열과 통제가 강화되는 '교조화된 사회주의적 사실주의'(=고상한 사실주의)를 표방하게 되었음을 강조한다.

남원진은 「해방기 소련에 대한 허구, 사실 그리고 역사화」11)에서 해방기

---

8) 김성수, 「프로문학과 북한문학의 기원」, 『민족문학사연구』 21권, 민족문학사연구회, 2002, 56~83쪽.
9) 김성수, 「통일문학 담론의 반성과 분단문학의 기원 재검토」, 『민족문학사연구』 43권, 2010, 61~89쪽.
10) 유임하, 「북한 초기문학과 '소련'이라는 참조점 — 조소문화 교류, 즈다노비즘, 번역된 냉전논리」, 남북문학예술연구회, 『해방기 북한문학예술의 형성과 전개』, 역락, 2012, 45~73쪽.
11) 남원진, 「해방기 소련에 대한 허구, 사실 그리고 역사화」, 『한국현대문학연구』 34

에 북한 지도부의 소련 편향이 보편적인 현상이었으며, 반파시즘 연대의 측면에서 조쏘 친선이 북한의 자주독립과 민주건설을 보장하는 기본 조건이었다고 파악한다. 그리하여 해방 직후 북한의 지식인들이 소련 체제의 획일성과 인민들의 순응주의를 간파할 수 없었을 뿐만 아니라 오히려 소련 문화를 새로이 구성해야 할 '전범적인 조선의 타자'로 인식했다고 판단한다.

이상의 기존 연구를 검토해볼 때, 김재용과 김성수가 해방기에 대해 귀납적이고 실증적 접근을 진행하고 있다면, 신형기나 오성호는 '북한문학의 역사적 기원'을 북한문학 연구를 수행하는 현재적 관점에서 사후적으로 재구성하고 있음이 드러난다. 즉 건국 서사와 항일혁명문학이 '북한문학의 기원'에 해당한다고 파악하는 것은 1955년 '주체'의 발견과 1967년 유일사상 체계 확립 이후의 북한 주류 담론의 입장에서 '북한문학의 역사적 기원'을 검토하는 것에 해당하는 것이다. 반면에 본고의 참조점이 되는 유임하와 남원진의 연구는 소련이 북한 사회에 미친 영향과 함께 소련 문학이 북한문학 창작방법론의 역사적 기원에 한 축을 담당하고 있음을 파악한다.

이 글은 해방 이후 혁명적 로맨티시즘과 사회주의적 리얼리즘의 논의 속에 배태된 '고상한 사실주의'의 수용 전후 과정을 구체적으로 살펴봄으로써 소군정 하에 소련문학의 영향 관계에 놓인 '북한문학 창작방법론의 역사적 기원'을 고찰해 보고자 한다. 그것이 해방기 당대의 북한문학의 다면성을 구체적이고 실증적으로 분석하는 작업에 해당하기 때문이다. 특히 '북조선 문학예술총연맹'의 기관지인 1946~1947년에 발간된 『문화전선』은 '북한문학의 기원'을 검토하는 데에 실증적 1차 자료에 해당한다. 따라서 『문화전선』 1~5집 속에 드러난 '고상한'의 도입과 수용, 고정화와 함께 다양한 활용형 등의 정착 과정을 검토함으로써 '사회주의 리얼리즘'을 표명하기 어

집, 한국현대문학회, 2011. 8, 283~319쪽.

려웠던 해방기에 '혁명적 로맨티시즘(=낭만주의)'을 전유한 '고상한 사실주의'라는 창작방법론이 어떻게 북한문학에 전면적으로 수용되는지를 확인하고자 한다.

2. 번역어로서의 '고도(高度)한'과 '고상(高尙)한'의 도입 -『문화전선(文化戰線)』제1집(1946. 7. 25)과 제2집(1946. 11. 20)

'북조선예술총련맹' 기관지 이름으로 창간된『문화전선』1집(1946. 7. 25)에서 '고상한'이라는 수식어와 연관된 내용으로는 한설야의 「국제문화의 교류에 대하야」와 뚜시크 소좌(蘇군사령부대표)의 「북조선예술총련맹결성대회 축하문」12), 아여고린의 「소련방에 잇어서의 사회주의문화의 개화」13), 엠흐립챈꼬의 「승리한 소련 인민의 예술」14)을 들 수 있다.15)

편집 겸 발행인인 한설야의 평론은 안막의 「조선문학과 예술의 기본 임무」, 안함광의 「예술과 정치」, 이기영의 「창작방법상에 대한 기본적 제문제」 등의 원고 뒤 네 번째로 실려 있다. 이 글에서 한설야는 국제문화교류가 당면 과제라면서 "우리는 <u>高度한 外國文化, 藝術의 吸收, 卽 朝鮮的 消化</u>가 必要한 것이다. 이 同化와 消化의 機能을 가지지 못하는 限 그것은 決코 우리의 滋養이 될 수 없는 것이다. 우리는 世界의 넓은 藝術文化의 領域에

---

12) 뚜시크 少佐(蘇軍司令部代表), 金東哲 譯, 「北朝鮮藝術總聯盟結成大會 祝賀文」, 『문화전선』1집, 창간호(1946. 7. 25), 40~44쪽.
13) 아여고린 作, 김동철 역, 「蘇聯邦에 잇어서의 社會主義文化의 開花」, 『문화전선』1집, 창간호(1946. 7. 25), 48~55쪽.
14) 엠흐립챈꼬(쏘련정부부속예술관리위원회위원장) 작, 이득화 역, 「勝利한 蘇聯人民의 藝術」, 『문화전선』1집, 창간호(1946. 7. 25), 56~62쪽.
15) 이외에도 '박사 낄로틴, 「쏘베트文學의 著名한 作品」, 번역 기석영, 『문화전선』1집, 창간호(1946. 7. 25), 63~66쪽. / 관기웅 저, 「中國文化事業의 大革命」, 유문화 역, 『문화전선』1집, 창간호(1946. 7. 25), 67~69쪽' 등의 번역문이 실려 있어, 창간호에는 소련 글 4편, 중국 글 1편이 게재되어 있다.

서 한 개의 살진 滋養物로서의 <u>高度한 藝術, 文化</u>를 우리의 民族藝術文化의 成長을 爲한 營養物로서 攝取해야 할 것"(이하 밑줄은 인용자)[16]을 강조한다. 즉 '고도한 외국문화예술'의 흡수와 소화가 새로운 민족문화예술의 성장을 위한 자양분이 되어야 함을 주장하는 것이다. 이어서 한설야는 소련문화에 대한 강조가 소련군의 진주 때문이 아니라면서 소련의 예술 문화가 구러시아의 문화 전반을 통틀어 '진보성'과 함께 세계 예술문화의 '최전선'을 걷고 있으며, 소련의 "문화 예술의 우위성, 지도성"을 인식하기 때문이라고 강조한다. 결국 한설야의 글에서는 '소련문화의 진보성과 우위성, 지도성'이 강조되면서 '고도한 외국 문화예술'의 전범인 '소련문화'를 흡수하여 소화할 필요가 있음이 강조된다. 이때 활용된 '고도(高度)한'이라는 표현은 '수준 높은'이라는 의미의 일상어와 '고상한 사상성과 예술성'을 예비하는 문학어 사이의 중간적 개념어에 해당한다고 판단된다. 왜냐하면 이후에도 유사한 맥락 속에 다양한 번역문과 평론에서 '고도한(/의)'이라는 표현이 '고상한'과 함께 지속적이고 반복적으로 활용되기 때문이다.

『문화전선』1집에서 특히 주목되는 원고는 소련군 사령부 대표인 뚜시크 소좌의 「북조선예술총련맹 결성대회 축하문」이다. 이 원고에서 뚜시크는 '북문예총'에 대해 '친일 반동예술과 친일 잔재 청산'을 필두로 '진보적 민주주의 사상과 애국심의 배양, 위대한 작품의 창작(세계문화예술 흡수), 예술의 대중화' 등의 네 가지[17]를 강조한다. 이 축하문에서 특기할 만한 부

---

16) 한설야, 앞의 글, 35쪽.
17) 뚜시크는 이 원고에서 "첫째, 여러분들은 自己民族藝術을 復興發展시키면서 日帝時에 왜놈들이 注入하여 놓은 反動藝術과 親日的 文學思潮를 肅淸하여야 될 것", "둘째 藝術과 文學의 內容을 進步的 民主主義 思想으로 充滿시킬 것이며, 自由와 自主獨立, 人民平等의 思想을 普及시키고 世界의 自由를 사랑하는 人民들과의 親善에 對한 思想, 또는 팟쇼와 帝國主義에 대한 憎惡心과 敵愾心, 祖國에 對한 愛國心을 培養 注入시켜야 할 것", "셋째 藝術과 文學의 分野에서 偉大한 作品을 創作하여

분은 '셋째 위대한 작품 창작'을 부연 설명하는 부분에서 '고상한'이라는 번역어가 처음 등장한다는 점이다. 즉 "低級한 少成에 安心하지 말며 反動的이고 卑劣한 作品을 容許치 말며 高尚한 藝術의 創造를 爲하야 奮鬪 努力하는 것의 本 聯盟의 重大한 課業입니다. 本 課業의 具體的 實踐을 爲하여 本 聯盟의 藝術家들은 좀더 배후며 努力하여야 될 것"(44쪽)을 강조한다. 즉 저급해서는 안 되며 "반동적이고 비열한 작품"에 대비되어 '고상한 예술 창조' 노력이 예술가들의 과업임을 강조한 것이다. 김동철의 번역을 염두에 두더라도 이러한 축하문의 내용을 통해 보면, 1946년 3월 북문예총 창립 이전에 이미 중대한 과업으로서 '고상한 예술의 창조'를 위한 노력이 예술가들의 실천적 과제로 천명되었음을 알 수 있다. 주목할 만한 것은 소군정 하에서 쏘련군사령부 대표가 축하문에서 '고상한 예술의 창조'를 강조했다는 것인데, 이미 '고상한 사상과 예술'에 대한 고정관념이 사회주의 소련 사회에서는 존재하고 있었음을 보여준다. 그러므로 저급한 작품의 작은 성취에 안심할 것이 아니라, "반동적이고 비열한 작품"에 대한 안티테제로서 '위대하고 고상한 예술의 창조'가 주문되는 것이다.

『문화전선』 1집에 실린 아여고린의 「소련방에 잇어서의 사회주의문화의 개화」에서는 '고도한'이 '고상한'의 유의어에 해당하는 표현으로 드러난다. 즉 "쏘聯邦文學의 高度한 思想은 偉大한 十月革命이 創設한 쏘베트 社會主義 機構 쏘베트 社會의 道德 及 政治的 單一性 及 人民大衆의 高度한 自覺心과 愛國心으로서 說明된다."[18]라고 강조한다. 그리고 "黨의 指導的

야될 것"(쎅스삐어, 꾀테, 톨스토이, 뿌스킨, 베토흐벤, 스트라우스글린까, 차이꼽스끼, 데삔슬랴삔 등 언급), "넷재, 藝術文學은 반듯이 人民大衆의 것이 되어야 하며 人民大衆에게 深入하여 거긔서 自己事業의 根據地를 찾고 또 거긔서 많은 藝術의 素材를 發見해야 할 것" 등을 강조한다.(뚜시크 소좌, 앞의 글, 42~44쪽.)
18) 아여고린, 앞의 글, 50쪽.

役割, 黨이 人民과 緊密한 關係를 가지고 있다는 思想은 보리스 고르바또흐의 中篇小說 「征服할수없은사람들」 가운데 顯著하게 表現"되어 있다면서 이 중편소설의 가치가 "그의 高度한 思想에 있다"(51쪽)면서 "즉 쏘베트人의 평화를 사랑하는 마음은 꺽을수가 없고 쏘베트人은 征服할 수가 없다"라고 강조한다. 아여고린의 원고에서는 소련 사회주의의 '고도한 사상'이 사회주의 10월 혁명 이후 소비에트 사회의 정치도덕적 단일성을 선도한다는 사실이 강조된다. 뿐만 아니라 '고도한'이라는 수식어가 중편소설 속에서 당의 지도력을 강조하는 사상이라면서, '인민대중의 자각심과 애국심', '당과 인민의 관계를 드러내는 작가의 사상' 등을 수식하며 다양하게 활용된다. 결국 아여고린의 원고에 이르면 '고도한'이라는 표현은 '고상한'을 예비하면서, 사회주의적 당파성과 사회주의적 애국주의, 당의 지도성 등을 강조하는 수식어로 활용되고 있는 것이다.

『문화전선』 1집에 실린 엠흐립챈꼬의 「승리한 인민의 예술」[19]에서도 '고도한'이 강조된다. 이 글은 본문에 "一九四六年 一月 三十日附「푸라우다」紙上에 掲載되어 있는 것을 飜譯한 것"이라고 명기되어 있다. 결국 1946년 3월 북문예총이 창립되기 이전에도 '고도한'이라는 표현을 통해 '고상한'의 전조적 표현이 드러나고 있음을 확인할 수 있다.

> 戰野에서 또는 勞動偉業에서 그처럼 巨大하게 發揮한 쏘베트인민의 精神力은 嚴烈한 戰爭期에 있어서도 우리나라의 創造的 思想이 衰弱되지 않은 것으로서 說明된다. 自己의 모든 創造的 力量을 우리 故國의 自由와 獨立을 爲한 鬪爭에 바친 쏘베트 藝術의 活動家들은 敵軍을 殲滅하는 全국민事業에 著大한 寄與를 하였다. 大祖國戰爭期에 出

19) 이 글은 목차에서는 제목이 에흐립챈꼬의 「승리한 소련인민의 예술」로 명기되어 있지만, 본문에서는 엠흐립챈꼬의 「승리한 인민의 예술」로 적혀 있다. 그리고 엠흐립챈꼬의 직책이 "쏘聯政府付屬藝術管理委員會委員長"으로 명기되어 있다.

現한 쏘베트 藝術의 優秀한 創作品은 巨大한 文化的 價値를 表示하고 있다. 거기에는 <u>高度의 愛國精神으로 一貫되여 있는 蘇聯邦국민의 思想과 感情이 表現되여 있다</u>.[20]

　　인용문에서 드러나듯 '고도의(한)'라는 표현은 전쟁 현장과 노동 현장에서의 소련 인민의 정신력을 표상할 때 활용된다. 즉 '대조국전쟁기'에 예술가들이 창조적 역량을 발휘하여 형상화한 예술작품 속에 소련 국민의 사상과 감정이 표출되어 거대한 문화적 가치가 내재되어 있기 때문에 "고도의 애국정신"이 새겨져 있음을 강조할 때 사용된다. 이뿐만 아니라 "高度의 繪畫價値"(58쪽)나 "演出은 高度의 藝術的 수준에 達하였다."(60쪽), "高度의 技能"과 "高度한 天質을 가지고 잇는 배우"(61쪽)라는 표현에서 드러나듯 회화와 연극, 무용 등의 예술에서도 '가치와 수준, 기능과 천질' 등을 수식하며 '고도(高度)'가 다양하게 활용되고 있음을 확인할 수 있다. 결국 '고도'라는 표현은 전쟁기에 적군을 섬멸하기 위해 창작된 위대한 작품을 수식하기 위해 활용된다. 엠흐립챈꼬의 글에서 활용된 '고도한' 역시 이여고린의 글에서처럼 사회주의 조국에 대한 애국심을 강조하면서 '고상한'을 예비하는 '고도한'이라고 확인할 수 있다. 왜냐하면 '고도의 애국정신, 고도의 회화가치, 고도의 예술적 수준, 고도의 기능, 고도한 천질 배우' 등에서 활용된 '고도(의)한'은 '고상한 사상과 예술, 수준' 등의 '고상한'의 활용형과 별 차이가 없기 때문이다. 즉 '고상한'으로 바꾸어 표기해도 무방한 '고도(의/한)' 표현인 것이다.

　　편집 겸 발행인이 리기영으로 바뀐『문화전선』2집에서도 1집과 유사하게 '고도'라는 표현이 등장한 글이 제출된다. '고상한'을 유추할 수 있는 외

---

20) 엠흐립챈꼬, 앞의 글, 56쪽.

국인 원고로 이.렬쓰끼의 「신5개년계획에 잇어서의 문화발달」21)이 있다. 이.렬쓰끼는 소련의 인민산업의 부흥과 발전을 위한 신 5개년계획에 대한 글에서 "科學과 技術의 最近의 成果로서 武裝하고 科學의 成裝을 生産에 利用함으로서 科學을 前進시키고 發展시킬 能力을 가진 <u>高度의 資格 있는 專門家 간부를 多數히 養成함이 없이는 이 課業을 解決할 수가 없다.</u>"22)면 서 "고도의 자격"을 강조한다. 이때의 '고도의'라는 표현 역시 '능력이 뛰어 난, 수준 높은'이라는 사전적 의미와 함께 과학기술을 선도하는 전문가 집 단으로서 고상한 능력이나 자질을 겸비한 간부라는 의미를 포함하는 표현 이라고 할 수 있다.

한편 '고도'나 '고상한'은 아니지만, 이.그루즈제브의 「레닌, 쓰딸린과 고 르끼」23)에서는 '위대한 수령'이라는 표현이 등장함으로써 '김일성'의 북한 사회 지도자로서의 미래를 예견하는 수식어도 등장한다. 즉 이.그루즈제브 는 레닌과 스탈린과 고리끼의 관계를 조망하면서, "레닌은 고르끼를 위한 위대한 수령이며 위대한 사상의 인간이며 의지의 용감한 인간이며 가장 겸 손한 진리와 같이 곧은 발전의 노숙한 혁명의 영재이며 사회주의 문화의 새 창도자"라고 적고 있다. 레닌과 스탈린이 '사회주의의 영수'이며, 고리끼라 는 문호가 있기 위해서는 '레닌 같은 위대한 수령'의 존재가 필요불가결한 전제조건임을 강조하는 것이다. 결과적으로 '레닌=스탈린=김일성'을 강 조하는 번역 레토릭에 해당한다.

이상 『문화전선』 1~2집의 내용에서 한설야의 평론 원고와 김동철, 이득

---

21) 이.렬쓰끼, 이득화 역, 「신5개년계획에 잇어서의 문화발달」, 『문화전선』 2집, 1946. 11. 20, 59~62쪽.
22) 이.렬쓰끼, 앞의 글, 59쪽.
23) 이.그루즈제브 작, 기석영 역, 「레닌, 쓰딸린과 고르끼」, 『문화전선』 2집, 1946. 11. 20, 63~67쪽.

화, 기석영 등이 번역한 소련 텍스트들을 검토해보면, '고도(高度)의/한'의 표현이 다양하게 활용되면서 '고상한'을 예비하고 있음이 드러난다. 특히 뚜시크 소좌의 '북문예총 결성대회 축하문'에서는 직접적으로 '고상한 예술의 창조'가 명기되면서 '고상한'의 함의가 제국주의에 반대하며 조국전쟁기에 활용된 예술가의 창작 과업에 있음이 천명된다. 그리고 아여고린의 원고를 통해서는 '고도한'이라는 표현이 사회주의적 당파성과 애국주의, 당의 지도성을 강조할 때 활용되어 '고상한 사상'을 예견하는 전조적 표현에 해당함이 드러나며, 엠흐립챈꼬의 원고에서도 '고도의/한'이라는 수식어가 전쟁기에 적군을 섬멸할 용도로 활용되면서 다양한 예술장르를 수식하는 활용형으로 드러나면서 '고상한 사상과 예술성'을 예비하는 표현으로 등장한다. 결과적으로 1946년 10월 『응향』 사건 이후가 아니라 이미 1946년 3월 북문예총의 창립 이전부터 '고도한'과 '고상한'이 사회주의 모국인 소련문학의 영향을 수용하는 가운데 사회주의 혁명을 위한 전쟁기의 애국심과 당의 지도력 등을 강조하며 '고상한 사실주의'의 전조로서 활용되고 있음을 확인할 수 있다.

3. '고도한'과 '고상한'의 혼재적 사용 — 『문화전선』 제3집(1947. 2. 25) 과 제4집(1947. 4. 20)

『문화전선』 3집(발행인 : 리기영, 편집인 : 박세영)에서는 번역 원고로 알렉싼드르 드잇치의 「알렉쎄이 톨쓰토이」(63~71쪽)가 주목된다. 이휘창이 번역한 드잇치의 원고는 톨스토이의 사망에 대한 애도의 성격을 지니고 있다. 원고 말미에 "쏘비에트 잡지 『국제문학』 1945년 6월호 불란서판에서 번역"(71쪽)이라는 후기가 붙어 있는데, 이 글에서 원고 말미에 '고상한'이라는 역어의 활용형을 짐작할 수 있는 대목이 나온다.

現代의 愛國者, 過去 歷史의 <u>가장 高尙한 모습</u>을 繼承한 現代의 自由로운 市民은 同時에 여러 새로운 力量을 發揮한다. 그들은 成長하였다. 그들은 새로운 쏘비에트 國家의 新生한 年代 안에서 革命 아래에서 形成되었다. 알렉쎄이 톨쓰토이는 不撓의 精神으로써 쏘비에트的 人間의 精神生活과 精神狀態를 討究하였다. 이 精神狀態는 쏘비에트 國家의 敵은 理解할 수 없는 알 수 없는 사실이었다. 그것은 大戰의 全 進行의 動向을 變化시키었다. 이것이야말로 우리의 國家에 의하여서만 우리의 人民에게 의하여서만 붉은 軍隊에게 의하여서만 完遂할 수 있는 奇蹟이다.[24)]

인용문에서 '가장 고상한 모습의 시민'이란 1945년 당시 "현대의 애국자"이며 과거 역사로부터 고상한 모습을 계승한 '소련 사회의 자유시민'을 말한다. 바꾸어 말하면 소련 사회주의 혁명 이래로 소비에트 사회에서 형성된 신생형의 새로운 사회주의적 인간인 것이다. 이때 톨스토이는 불요불굴의 정신으로 소련식의 사회주의적 인간의 정신생활과 정신상태를 그려낸 작가이며, 국가와 인민과 붉은 군대가 기적처럼 선도하는 대전쟁기의 방향을 긍정적으로 변화시켜낸 작가로 표명된다. 따라서 드잇치가 표현한 '고상한 시민'이란 사회주의 사회에서 성장하는 애국적인 인민이며 자유시민이고, 당과 혁명을 위해 헌신하는 불요불굴의 정신과 사상을 가진 존재라고 유추할 수 있다. 결국 '고상한 시민'이란 '고상한 인민'으로 전유되어 사회주의 조국과 당의 당파성을 전파하고 선도하는 애국적이고 긍정적인 인간형을 말한다.

'고도한'이 '고상한'의 전조적 표현이거나 유사한 표현임을 확인할 수 있는 부분은 『문화전선』 3집에 실린 안막의 글에서도 드러난다. 1946년 10월

---

24) 알렉싼드르 드잇치, 이휘창 역, 「알렉쎄이 톨쓰토이」, 『문화전선』 3집, 1947. 2. 25, 71쪽.

14일에 열린 「제2차 북조선예술총련맹 전체대회 초록」 중 안막이 약 30분에 걸쳐 「북조선 문학예술에 관한 일반정세 보고」를 수행했다는 내용에서, '고도한'이라는 표현이 등장한다. 즉 "北朝鮮의 文學者 藝術家들은 民主主義 北朝鮮 建設의 偉大한 時代的 全貌를 正確히 把握하고 表現하기 위하여 高度한 思想的 武裝과 「技術的」 武裝을 가져야 할 것"[25]을 강조한다. 북한에서 민주주의 건설이라는 '위대한 시대적 면모'를 정확하게 파악하고 표현하기 위해 '고도의 사상적 기술적 무장'이 중요하다는 것이다. 이러한 "고도한 사상적 무장과 기술적 무장"이라는 표현은 이후 그대로 '고상한 사실주의'의 '고상한 사상성과 예술성'을 강조할 때 활용되는 표현과 유사하다. 즉 북한에서의 민주주의 사회 건설을 위해 "위대한 시대적 전모"를 정확히 파악하고 표현해 내려면 '고도한 사상과 기술의 무장'이 필요하다는 것이다.

하지만 『문화전선』 3집에 게재된 내용 중, 남북한 문학의 결절점이자 북한문학의 도식주의적 경도의 신호탄으로 평가받는 「시집 『응향』에 관한 북조선문학예술총동맹 중앙상임위원회의 결정서」(이하 '『응향』 결정서')[26]에서는 아직까지 '고도한'이나 '고상한'이라는 표현이 부재하다. 즉 1946년 10월에 확정된 '『응향』 결정서'에서는 '무사상적인 『응향』 시집'이 "懷疑的, 空想的, 頹廢的, 現實逃避的, 甚하게는 絶望的인 傾向"[27]을 드러내는 것에

---

25) 안막, 「북조선 문학예술에 관한 일반정세보고」(1946. 10. 14), 「제2차 북조선예술총련맹 전체대회 초록」, 『문화전선』 제3집, 1947. 2. 25, 89쪽.

26) '『응향』 사건'이나 '『응향』 결정서' 관련 논의는 오태호의 「'『응향』 결정서'를 둘러싼 해방기 문단의 인식론적 차이 연구」(『어문론집』 제48집, 중앙어문학회, 2011. 11, 37~64쪽) 참조. 이 논문에서 오태호는 '『응향』 결정서'와 소련의 '『레닌그라드』 결정서'를 비교하고, '『응향』 사건'에 대한 남북한 문단의 인식차를 비교함으로써 북한에서 '『응향』 사건'이 고상한 사실주의를 거쳐 사회주의적 사실주의로 도식화되는 과정에서 남북한 문학의 결별 지점에 해당하는 사건임을 실증적으로 분석한 바 있다.

27) 「시집 『응향』에 관한 북조선문학예술총동맹 중앙상임위원회의 결정서」, 『문화전선』 3집, 1947. 2. 25, 82쪽.

대한 비판과 질책, 지적으로 일관한다. 『응향』이 회의적이고 공상적이며 퇴폐적이어서 현실도피적인 절망의 세계를 드러낼 뿐이기는 하지만, '반동적 문학예술'이거나 '고상하지 않은 작품집'의 사례로 거명되지는 않는 것이다.

하지만 2개월 뒤에 출간된 『문화전선』 4집(발행인 : 리기영, 책임주필 : 안함광)에 이르면 상황은 달라진다. 즉 1947년 1월에 확정된 「북조선문학예술총동맹 제1차 확대상임위원회 결정서」(이하 '확대 결정서')에서는 조선문학예술의 '고귀한 사명과 역할'을 강조하면서 '고상한'이라는 수식어가 빈번하게 활용된다. 그리하여 "朝鮮文學과 藝術이 이 <u>高貴한 役割</u>을 놀기 위하여서는 우리의 文學藝術作品이 <u>高尚한 思想</u>으로써 充實되어 있어야 하며 <u>高尚한 藝術性</u>을 保有하여야만 可能한 것이다."[28]라는 문장을 필두로, '고상한 사상(성)' 4회, '고상한 예술성(+예술적 수단)' 5회가 등장한다. 그 중에서 "「藝術 以前의 藝術」의 圖式的 傾向을 克服하고 文學者 藝術家의 思想的 武裝과 아울러 <u>高尚한 藝術的 手段</u>을 戰取키 위한 具體的 方策을 强化할 것이며 특히 쏘聯의 先進的 文學藝術의 學習, 朝鮮民族 文學藝術 遺産에 關한 研究를 强化할 것"(172쪽)이 강조된다. 그리하여 『응향』 이래로의 '반동적 예술(예술 이전의 예술)의 도식적 경향을 극복하면서 문학예술가들의 고상한 사상적 무장과 예술적 수단의 전취(戰取)가 대두된다. 하지만 이 대목에서 '특히' 이하를 주목하면 결국 '고상한 사상과 예술성'에 관련된 테제가 소련의 선진적 문학예술을 수용하는 과정에서 전유된 개념임을 확인할 수 있다. 아울러 "元山, 咸興 等 事件에 鑑하여 急速히 <u>高尚한 思想的 藝術的 再武裝</u>을 위한 各道市郡委員長會議와 全北朝鮮文學者大會 및

---

28) 「북조선문학예술총동맹 제1차 확대상임위원회 결정서」, 『문화전선』 제4집, 1947. 4. 20, 170쪽.

部門別藝術家大會를 開催할 것"(174쪽)을 강조하는 측면에서 보자면,『응향』사건 이래로 문학예술인들의 사상적 재무장을 위해 '건국사상총동원운동'과 결부하여 '확대상임위원회'가 4일간 개최(1947. 1. 15 ~ 1. 18)되었음을 확인할 수 있다. 특히 "고상한 작품"을 강조하는 김일성의 1947년 1월의 신년사「신년을 맞이하여 전국 인민에게 고함」에서의 내용이 강력한 영향을 끼쳤던 것으로 판단된다. 즉 김일성이 신년사에서 사상개혁운동과 고상한 문학에 대해 "문학 예술인들과 과학자들은 지난 일 년 동안의 성과를 공고히하며 새해에 진보한 발전을 위하여 과학적 발명과 기술적 향상을 보장할 것이며 문학 예술인들은 민주 개혁의 성과를 정확하게 반영하여 앞으로 추진시키는 사상적·정치적·예술적으로 고상한 작품을 생산할 것"을 강조한 바 있기 때문이다. 결국『응향』결정서를 중심으로 보자면 1946년 10월에는 조선 문학예술에 대해 부재했던 '고상한'이라는 표현이 1947년 1월에 이르면 전면적으로 다양하게 활용되는 것이다. 결과적으로 이 3개월이 '고상한'이라는 수식어가 고정되고 정착된 시기에 해당한다.

『문화전선』4집에 실린 외국 원고에서 박화순이 번역한 알렉산더.알렉산드로브의「고르키와 사회주의리얼리즘」(쏘베―트문학 1946년 6월호에서)29) 역시 일독을 요한다. 특히 이 글에서는 '고상한'의 여러 가지 용례가 등장하고 있다. 첫째 "누구를 勿論하고 全體의 勞動에 勞力 提供을 拒否하는 者는 反社會的이며 悖德漢으로 變한다. 허나 이와 反對로 自由人으로서의 每個人의 集合體로 된 一般勞動에 積極 協力함은 그 個人을 軒昂케 하고 高尚케 하는 것"(62쪽), 둘째 "팟쇼 獨逸과의 戰爭期間을 通하여 數百萬 쏘베―트의 勞動者들은 그들의 勞動 義俠心의 高尚한 傳統을 繼承했고

<hr />

29) 알렉산더 알렉산드로브, 박화순 역,「고르키와 사회주의 리얼리즘」,『문화전선』제4집, 1947. 4. 20, 53~66쪽.

그를 富强케 했던 것"(63쪽), 셋째 고리끼의 말을 인용하면서 "찬란한 色彩로 英雄的인 時代를 그릴 수 있고 보다 <u>더 高尙하고 適切한 語調로</u> 그를 말할 수 있는 第三 要素로써 融合된 리얼리즘과 浪漫主義와의 結合"(65쪽)에의 탐구를 종용했다는 부분, 넷째로 고리끼의 말을 인용하면서 "쏘베一트의 現實로 因해 出現케 된 英雄들은 어느때 어느 民族에도 英雄과 比較하여 훨씬 <u>더 高尙하고 偉大하게 描寫</u>되어야 함"(65쪽)을 강조하는 문장에서 드러난다.

알렉산드로브의 원고는 '고상한'의 다양한 활용을 통해 '사회주의적 개인을 헌앙케 하고 고상하게 하는 노동, 전쟁기에 노동 의협심을 드러내는 노동자의 고상한 전통 계승, 영웅적 시대를 그리며 리얼리즘과 낭만주의가 결합된 고상하고 적절한 어조, 사회주의의 현실적 영웅에 대한 고상하고 위대한 묘사' 등이 강조된다. 결국 알렉산드로브는 영웅적인 시대에 사회주의 노동자의 형상화를 위해 고상한 전통을 계승하는 위대하고 고상한 예술작품을 창작하기 위해 고상하고 적절한 어조와 묘사가 필요함을 역설한 것이다. 알렉산드로브의 원고(1946. 6)와 '확대 결정서'(1947. 1. 18)를 보면 7개월의 시차가 있지만, '고상한'의 활용형이 다양해지고 있음이 두드러진다. 즉 '고상한'이 해방기에 특히 1946년 북문예총 창립 이래로 1947년 초에 이르기까지 북한 문학예술인들의 사회주의적 사상과 예술로의 재무장을 위한 대표적이고 고정적인 수식어로 다양하게 활용되고 있는 것이다.

김사량의 「동원작가의 수첩」[30]에서도 '고상한'의 적용에 대한 실마리를 확인할 수 있다. 특히 "<u>金將軍의 報告에도 있는바와같이</u> 一切 日本帝國主義時代의 낡은 事業方式과 工作態度를 反對하여 鬪爭하며 墮落的 頹廢的 惡習과 觀念을 淸算하며 <u>全國民을 高尙한 愛國的 思想으로서 武裝</u>함으로

---

30) 김사량, 「동원작가의 수첩」, 『문화전선』, 제4집, 1947. 4. 20, 70~79쪽.

서 民主主義 새朝鮮의 國民으로서 應當가져야할 새로운 民族的 氣風을 세워야 한다는 領導者의 말씀이 이번 旅行에 있어 感激이 하두 크니만치 더욱 더 사모치게 느껴진다."(78쪽)면서 "建國思想運動을 아주 群衆化하여 꾸준히 大膽하게 밀고나가야할 段階에 到達한 것"이라고 부연설명한다. 즉 '김일성의 보고'를 전제로 모든 국민이 '고상한 애국적 사상'으로 무장하여 새로운 '민주주의 새조선'을 건설하기 위하여 건국사상 운동을 펼쳐야 한다는 논리가 강조된다. '고상한'이 '애국주의 사상'과 결합되면서 전국민을 계도할 사상의 레토릭으로 활용되어 소련문학의 사회주의적 전망을 전유하고 있는 것이다. 이러한 '건국사상총동원운동'에 대한 호응의 내용은 송영의 「생산과 문학」31)에서도 유사하게 등장한다.

이상을 통해 보면 『문화전선』 3~4집에서는 '고상한'의 활용형이 더욱 구체화, 다양화되고 있음이 드러난다. 『문화전선』 3집 드잇치의 원고에서는 '가장 고상한 모습의 시민'이라는 표현을 통해 사회주의적 인간형으로서의 '고상한 시민'이 강조되고, 안막의 '정세보고' 원고에서는 '민주주의 북조선 건설'을 위해 문학예술가들의 '고도한 사상적 기술적 무장'을 강조하면서 '고상한 사상성과 예술성'을 예비하는 전조적 표현으로서 '고도한'이 활용되고 있음이 드러난다. 하지만 『문화전선』 4집에서는 '확대 결정서'를 통해 '고상한 사실주의'라는 표현만 부재할 뿐, '고상한 사상(성)'과 '고상한 예술성(+예술적 수단)'이 4~5회 정도 반복됨으로써 '무사상적인 『응향』 사건'에 대한 검열과 사후 조치를 통해 사상적 재무장에 대한 강박이 강화되고 있음이 드러난다. 그리고 알렉산드로비치의 원고에서는 사회주의적 인간형으로서의 고상한 노동자에 대한 전형화와 함께, 사회주의적 영웅에 대

---

31) 송영, 「생산과 문학—동원작가 현지보고로써」, 『문화전선』, 제4집, 1947. 4. 20, 80~87쪽.

한 고상한 어조와 묘사를 통한 문학적 형상화를 '고상한'을 통해 강제하고 있음이 드러난다. 김사량의 원고와 송영의 원고에서는 '고상한 인간형의 창조'가 '건국사상총동원운동'과의 연계 속에서 주문되고 있음이 드러난다. 결국 1946년『응향』사건 등의 무사상적 경향에 대한 처벌의 목소리와 함께 새로운 민주주의 민족문학의 건설이라는 과제 속에 1946년 북문예총 창립 이래로 1947년 4월에 이르기까지 '고상한 사상성과 예술성'이 지속적으로 강조되고 있는 것이다.

4. '고상한 사실주의(=고상한 리얼리즘)'의 고정과 '고상한'의 다양한 활용형 -『문화전선』제5집(1947. 8. 1)

『문화전선』5집(발행인 : 리기영, 책임주필 : 안함광)에서 중요한 외국 원고로는 빅토르.니콜라이예프의「쏘베—트문학의 발전과 제문제」(쏘베—트문학 1946년 11월호 소재)[32]가 있다. 니콜라이예프는 스탈린이 "쏘베—트의 作家들에 關聯하여 '作家는 人間精神의 技術者'"라고 말했다면서 "人民들이 熱烈하고 高尙한 建設事業에 從事하고 있는 것을 그들의 創造的 藝術을 通하여 돕지는 못할망정 작폐를 하고 妨害함을 容許할 수 있는가?"(34쪽)라고 반문하면서 '고상한 건설사업'을 강조하는 고상한 문예창작을 주목한다. '인간 정신의 기사'인 작가가 열렬하고 고상한 건설사업에 동원되고 있는 근로인민들처럼 창조적 문학예술을 통해 '고상한 정신노동'을 수행해야 함을 강조하고 있는 것이다.

특히『문화전선』5집에는 안막의「민족예술과 민족문학 건설의 고상한 수준을 위하여」[33]와 신고송의「연극운동의 신단계」[34]가 주목된다. 먼저

---

32) 빅토르.니콜라이예프, 박화순 역,「쏘베—트문학의 발전과 제문제」,『문화전선』 제5집, 1947. 8. 1, 30~39쪽.

신고송의 글에서는 조선연극에 대한 "高尙한 (藝術的) 水準" 3회, "高尙한 民族演劇 樹立", "高尙한 本來의 藝術的 使命", "高尙한 民主主義 民族演劇", "高尙하여야할 朝鮮演劇의 質的 水準" 등이 언급되면서, 결론 부분에 가면 "쏘聯演劇의 高尙하고 先進한 藝術的 水準에서 많은 理論的 技術的 糧食을 攝取"(29쪽)할 것이 강조된다. 즉 신고송의 원고는 연극계에도 '고상한'이 다양한 활용형으로 변주되고 있음을 보여주면서, '고상한 예술적 수준, 고상한 민족연극, 고상한 예술적 사명, 고상한 민주주의 민족연극, 고상한 조선 연극' 등을 강조한다. 특히 사회주의 소련 연극에서 이론적이고 기술적인 양식을 섭취하여 "고상하고 선진한 예술적 수준"을 함양할 것이 강조된다. 또한 "北朝鮮의 偉大한 民主的 發展, 人民生活을 徹底히 改善 向上시키는 人民經濟의 發展"을 위해 "새로히 創造되는 人民들의 生活과 性格을 劇作家, 演出家, 演技者, 裝置家 等 모든 演劇人은 自己들의 高尙한 藝術的 能力으로 形象化할 高貴한 責任을 수행할 것"을 요청하는 것으로 원고가 마무리된다. 결국 북한의 인민 생활과 인민경제 발전을 위해 연극인들이 앞장서서 고상한 예술적 능력을 발휘하여 '고귀한 책임'으로 극적 형상화를 성취해야 함이 강조된다.

안막의 「민족예술과 민족문학건설의 고상한 수준을 위하여」에서는 '고상한'의 표현이 다양한 레토릭으로 활용되면서 그 구체적 용도가 설명된다. 그리하여 '고상한 수준'을 강조하기 위해 '고상하지 않으면 안 된다'는 당위적이고 강박적인 메시지가 전달된다. 즉 4면에 처음 등장하는 "부끄럽지않은 高尙한 思想性과 藝術性"을 시작으로 '조국과 인민의 이익'을 위해 "高尙한 民族的 稟性을 가진 '새로운 朝鮮사람'으로 形成"(4~5쪽)하는 문학예술

---

33) 안막, 「민족예술과 민족문학 건설의 고상한 수준을 위하여」, 『문화전선』 제5집, 1947. 8. 1, 2~16쪽.
34) 신고송, 「연극운동의 신단계」, 『문화전선』 제5집, 1947. 8. 1, 24~29쪽.

의 역할이 지닌 '거대함과 고귀함'이 강조된다. "부끄럽지 않은"의 수식을 받고, "민족적 품성"과 "새로운 조선 사람"의 형성을 수식하는 '고상한'은 '고상하지 않은 사람과 작품'을 배제하는 정치적 수사가 된다.

『문화전선』 4집의 '확대 결정서'에서는 '고상한'이 '사상과 예술성(예술적 수단)'을 수식하는 관형어에 불과했다면, 안막의 글에서는 그 외연이 더욱 확대 적용된다. 특히 15쪽에 달하는 장문의 평론 전체는 '고상한 사상성과 예술성'을 비롯하여 '사실주의적 방법, 조선 사람의 전형, 목표(목적), 높이, 품성과 도덕, 사상적 원동력, 민주주의 사상, 선진적 과학적 입장, 역할 등에 이르기까지 다양한 수식어들을 꾸며주는 관용적 표현으로 '고상한'이 등장한다. '고상한 사실주의'를 예고하는 "高尙한 寫實主義的 方法"이라는 창작방법에 대한 표현은 한 차례만 등장하지만, '고상한'이라는 수식어는 그야말로 전천후처럼 활용되어, 당시 진보적 민주주의 민족문학의 내용을 구성하는 긍정적인 문학예술의 전방위적인 방향을 제시하는 '유일한 상징 기표'처럼 제시된다.

특히 조국과 인민의 이익에 부합하며, '민족적 품성'을 겸비한 '새로운 고상한 조선사람의 전형에 대한 형상화' 주문은 섬세한 읽기를 요구한다.

> 우리 創作家들은 무엇보다도 眞正한 意味의 高尙한 朝鮮사람의 典型이란 어떠한 것인가를 明確히 理解하여야하며 그것을 形成하는데 先驅的 役割을 노라야 한다. 오늘날 새로운 朝鮮文學에 있어 要求되는 새로운 肯定的 典型은 國家와 人民을 眞心으로 사랑하는 民主主義 祖國建設을 위하야 獻身的으로 鬪爭하는, 모든 낡은 舊習과 沈滯性에서 버서난 높은 民族的 自信 民族的 自覺을 가진, 高尙한 目標를 向하야 萬難을 克服할 줄 아는 모든 問題를 解決하는 데 있어서 높은 創意와 才能을 發揚하는 孤獨치 않고 排他的이 아닌 다른 사람들과 더부러 또 다른 사람을 이끌고 勇敢하게 나아가는 그야말로 金日成將軍께서 말

씀하신 生氣발발한 民族的 稟性을 가진 그러한 朝鮮사람의 刑象을 말하는 것이다.[35]

　즉 안막의 '새로운 조선 사람' 논의는 한국전쟁 이후 김일성이 1953년과 1956년 반종파투쟁을 거치면서 유일지배권력으로 확정되는 과정에서 '수령형상문학론'의 기초가 되는 것으로 짐작된다. 왜냐하면 "진정한 의미의 고상한 조선 사람의 전형"을 질문하며, '조선문학의 새로운 긍정적 전형'으로 "국가와 인민을 진심으로 사랑하는 민주주의 조국 건설"을 위해 헌신적 투쟁을 벌이고, 민족적 자신감과 자각심 속에서 "고상한 목표"를 향해 온갖 고난을 극복하고 문제 해결을 위해 창의와 재능을 발양하여 다른 사람들(인민)을 용감하게 이끌고 가는 존재의 전형이 해방기에는 바로 '김일성'이기 때문이다. 물론 당대적인 의미에서 문맥상의 의미로는 '고상한 목표'를 향해 노력하는 영웅적 인물의 형상화를 통해 "生氣발발한 民族的 稟性"을 소유한 조선 사람의 전형과 형상을 새로이 창조할 것을 주문한 것에 해당된다. 이 평론은 원고 말미에 1947년 3월에 문예총 창립 1주년 기념대회의 보고와 문예총 주최 문예강연회에서 발표한 강연원고를 줄인 것임을 밝히고 있다. 따라서 1947년 3월에 이르러 북한 내부에서 창작방법론으로서의 '고상한 사실주의'가 점차 고정되고 있음이 드러난다.

　1947년 3월 안막의 글에 등장한 '고상한 사실주의적 수법' 이후 기관지에 '고상한 리얼리즘'이라는 표현이 처음 등장하는 글은 '북조선문학동맹' 기관지의 창간특대호인 『조선문학』(1947. 9)에 실린 한효의 「高尚한 리알리즘의 體得─文學創造에 對한 金日成將軍의 教訓」[36]이라는 글이다. 제목과

---

35) 안막, 「민족예술과 민족문학 건설의 고상한 수준을 위하여」, 『문화전선』 제5집, 1947. 8. 1, 7쪽.
36) 한효, 「고상한 리알리즘의 체득」, 『조선문학』 창간특대호, 1947. 9. 10(발행인 이기영, 주필 안함광), 279~286쪽.

부제에서도 알 수 있듯 '고상한 리얼리즘'은 새로이 '체득'해야 될 창작방법론에 해당하며, 김일성 장군이 창작자에게 강조하는 교훈적인 실천방법임을 알 수 있다. 실제로 이 원고는 김일성의 "今年劈頭 朝鮮人民에게 告하는 말슴가운데서 「文學者 藝術家는 北朝鮮의 現實을 正確히 反映하는 作品을 創造하여야 한다」"를 강조하면서 "高尙한 思想으로써 武裝"(282쪽)되어야 함을 강변한다. 이 원고에서는 "高尙한 思想의 所有者만이 北朝鮮의 民主建設을 典型的 狀態에 있어서 正確히 描寫"할 수 있다면서, "高尙한 思想과 더부러 高度의 寫實主義的 創作方法의 體得이 作家의 當面課題"(283쪽)임을 강조한다. 그리고 이 원고 말미에 가면 "高尙한 寫實主義的 創作方法의 體得"이 북한문학자들에 대한 무조건적인 요망이라면서, "우리 文學者들은 다시금 金日成 將軍의 偉大하고 嚴肅한 敎訓을 마음속에다 외이며 自己에게 賦課된 課業이 얼마나 重大한가를 認識하는 同時에 高度의 思想性과 高尙한 리알리즘의 體得만이 그 指示를 具體的으로 實踐에 옴길 수 있는 길"(286쪽)임이 재차 강조된다.[37] 이 글에서 한효는 '고도한'과 '고상한'을 혼재적으로 활용한다. 즉 처음에는 "고상한 사상"을 강조하지만 말미에는 "고도의 사상성"을 강조하며, 앞부분에서는 "고도의 사실주의적 창작방법의 체득"이라고 언급했다가 말미에는 다시 "고상한 사실주의적 방법의 체득"이라고 주장한다. 한효의 글을 보면 '고상한 사실주의'는 '고도의/한'으로 혼재되어 활용되기도 하지만, 결과적으로 '고도한'과 '고상한'이 사상성과 예술성을 강조하기 위해 소련문학으로부터 차용한 도식주의적 당 문학의 영향에 놓여 있는 표현임을 보여준다.

---

37) 이렇게 보면, 이 시기에 이르러 적어도 한효에게는 '고상한'과 '고도의'는 동일한 의미의 다른 기표임이 드러난다. 즉 고상한 사상성이나 고도의 사상성이 같은 표현이며, 고상한 리얼리즘이나 고상한 사실주의가 같은 표현이고, 고도의 사실주의와 고상한 리얼리즘이 같은 의미망을 드러내는 것이다.

5. '주체'의 전제로서의 '고상한'

북한문단은 1946년 3월 북문예총의 창립 이래로 1947년경을 전후하여 '고상한 사실주의'에 대한 논의를 통해 북한식의 특유한 창작방법론을 확정한다. 1946년 10월 『응향』 사건과 건국사상총동원운동을 비롯하여 1947년 1월 김일성이 신년사 「신년을 맞이하여 전국인민에게 고함」에서 문학예술인들에게 해방 후 북한 사회에서 이룩한 민주개혁의 성과를 정확하게 반영하는 고상한 작품을 생산할 것을 요구한다. 이후 북한 내부에서 '새로운 리얼리즘'에 대한 논의는 '확대 결정서'를 거치며 유일무이한 방법적 지침인 '고상한 사실주의'론에 대한 논의로 귀결된다. '고상한 사실주의'는 소련의 즈다노브가 보여준 경직된 당파성 문학을 전유한 이래로 온갖 장애와 시련을 극복해 가는 긍정적 주인공을 창조할 것을 강조하고 인물과 사건을 고상한 사상성과 예술성을 담보한 내용으로 구성할 것을 장려하게 된 창작방법론인 것이다.

이 글은 '고상한'과 '고도한'의 도입과 혼재적 사용, '고상한 사실주의'의 고정과 다양한 활용형을 조망하기 위해 '북문예총(1946. 3. 25)'의 기관지 『문화전선』 제1~5집을 검토하였다. 특히 지금까지 연구된 적이 없던 『문화전선』의 소련 문학 관련 원고를 번역한 번역문을 집중 분석함으로써 1945년 8.15 해방 이후부터 '고상한'이 도입되었으며, 이후 1946년부터 다양하게 활용되면서 '고상한 사실주의'의 전조적 표현으로 귀결되는 과정을 입체적으로 확인할 수 있었다. 결론적으로 '고상한'은 1946년 3월 북문예총의 창립 이후 소련문학의 영향을 흡수하는 과정에서 번역어로 수용되면서, 헌신적이고 영웅적인 투쟁과 각종 시련의 극복을 통해 인민대중들을 긍정적으로 교양하려는 목적을 지닌 수식어로 활용된다. 이후 '고상한'은 '사상과 예술, 정신과 창작방법, 사람과 수준' 등을 수식하면서 '고상한 사실주의'

로 고정되면서, 1946년 말을 거치며 1947년 초에 북한문학의 도식주의적 성향의 시발을 알린 창작방법론으로 확정된다. 이때 '고상한'이라는 번역어는 1945년 8.15 해방 이후 새로운 민주주의 사회를 건설하기 위해 활용되었으며, 결국 사회주의적 인간형을 전제하며, 긍정적 주인공론에 기초하여 새로운 조선사람의 품성을 형상화하는 '혁명적 낭만주의'로서 사회주의적 사실주의에 가까운 '고상한 사실주의'론의 모태가 된다.

해방기 북문예총의 기관지인 『문화전선』 1~5집을 통해 살펴본 '고상한'의 활용형은 '고도한'과 '고상한'의 도입과 혼재적 사용을 거쳐 점차 '고상한'으로 고정된다. 다만 '고상한'은 이후에도 '사상, 예술, 방법, 수단, 높이, 목표, 역할, 전형, 인간 등을 수식하는 표현으로 다양하게 활용되면서 '무사상성'에 반대되는 유효한 개념임이 드러난다. 특히 '고상한'이라는 번역어는 소련문학을 전유하면서 활용되었으며, 북한문학의 담론적 지침인 '고상한 사실주의'로 수렴되는 용어임을 확인하였다. 결국 『문화전선』 창간호부터 이어진 '새로운 리얼리즘'의 탐색은 『조선문학』과 『문학예술』을 거치면서 '고상한'의 다양한 활용 속에서 '고상한 사실주의'로 고정되며, 교조적으로 도식화된 '고상한 사실주의적 창작방법론'의 영향은 이후 '조선문학가동맹 기관지'로 1953년에 재발간된 『조선문학』에 이르기까지 지속된다. 결과적으로 보자면 '고상한 사실주의'는 '사회주의적 사실주의'르 거쳐 '주체사실주의'로 귀결된다는 점에서 결국 문학에서 '주체'를 전제하는 표현이 '고상한'으로 해방기에 활용되었음을 구체적으로 확인할 수 있다.

'고상한 리얼리즘' 논의의 전개 과정

1. 긍정적 주인공의 형상화

이 글은 해방기(1945~1950) 북한문학의 창작방법론을 조망할 수 있는 기관지『문화전선』(1946. 7~1947. 8) 5권,『조선문학』(1947. 9/1947. 12) 2권,『문학예술』(1948.4~1950. 7) 19권을 통해 '고상한 리얼리즘'[1]의 전개 과정을 구체적이고 실증적으로 검토하는 데에 목적을 둔다. 기존 연구 성과들이 안막, 안함광, 한효 등 몇몇 이론가의 특정한 텍스트만을 대상으로 '고상한 리얼리즘'의 확정 과정을 검토하고 있다면, 이 글은 '고상한 리얼리즘' 이전과 이후를 조망하기 위해 '북조선문학예술총동맹(1946. 3. 25, 이하 북문예총)'의 기관지를 검토함으로써 더욱 입체적인 접근을 시도하고자 한다.

주지하다시피 '고상한 리얼리즘'은 1947년 김일성의 신년사를 계기로 하여 같은 해 1월 '북조선문학예술총동맹 제1차 확대상임위원회의 결정서'

---

1) 해방기에 북한문단에서 '고상한 리얼리즘'과 '고상한 사실주의'라는 표현은 혼재되고 있다. 필자가 검토한 기관지에는 '고상한 리얼리즘'이라는 표현이 '고상한 사실주의'라는 표현보다 적어도 3배 이상 훨씬 더 많이 자주 등장한다. 용어가 혼재된 까닭은 '사실주의'라는 우리말 표현과 '리얼리즘'이라는 현실적 통용어 사이에서의 고민을 보여주지만, 북한 문단이 소련문학의 직접적인 영향 하에 있으며, 그 영향력 안에서 '리얼리즘' 표현을 다수의 논자들이 수용하면서 '고상한 리얼리즘'이라는 표현이 더욱 자주 활용된 것으로 보인다. 따라서 필자는 가급적이면 논자들이 사용한 표현을 그대로 살리되, 그 경우를 제외하고는 '고상한 리얼리즘'으로 통칭하여 사용하고자 한다.

(1947.1.15~18)에서 '고상한 사상'과 '고상한 예술성'을 천명한 뒤 한국전쟁 무렵까지 북한문학의 창작방법론으로 공식화된다. 김재용2)에 의하면 이 '고상한 리얼리즘'은 영웅적 투쟁을 통해 대중들을 긍정적으로 교양하려는 목적으로 1946년에 제기되면서 북한 문학의 도식주의적 성향의 시발을 알린 것으로 평가된다. 이때 '고상한 리얼리즘'은 긍정적 주인공론에 기초한 혁명적 낭만주의로서의 사회주의 리얼리즘에 가까운 창작방법론으로 인식된다. 이렇듯 전쟁 이전의 '고상한 리얼리즘'은 한국전쟁을 거치면서 '고상한 애국주의'를 거쳐 전쟁 이후 '사회주의 리얼리즘'으로 고정되면서 해방기에 북한 유일의 창작방법론으로 규정된다.

남원진3)에 의하면 김일성이 1946년 '북조선 임시인민위원회 제3차 확대위원회'(1946. 11. 25) 석상에서 "건국정신총동원과 사상의식을 개조하기 위한 투쟁을 전개할 것"을 호소하고, 동년 '북조선 로동당 14차 중앙상무위원회'(1946. 12. 2)에서 주민들의 사상의식개혁을 위해 투쟁할 것을 결정하며, 김일성이 1947년 신년사 「신년을 맞이하여 전국인민에게 고함」(1947. 1. 1)에서 "문학예술인들이 사상적·정치적·예술적으로 고상한 작품을 창작할 것"을 강조하는 과정에서 '고상한 사실주의'라는 창작방법이 주창된다. 이후 동년 3월 '북조선로동당 중앙위원회 상무위원회 제29차 회의'(1947. 3. 28)의 결정서 「북조선에 있어서의 민주주의 민족문화건설에 관하여」에서 '고상한 사실주의'라는 창작방법이 공식화된 것으로 '추정'한다. 신형기·오성호의 경우 역시 이 결정서를 통해 '고상한 사실주의'가 사회주의적 리얼리즘의 창작방법으로 공식화되었다고 '규정'한다.4)

2) 김재용, 「초기 북한문학의 형성과정과 냉전 체제」, 『북한문학의 역사적 이해』, 문학과지성사, 1994, 107쪽.
3) 남원진, 「노동문학과 북조선 문학의 정석」, 『이야기의 힘과 근대 미달의 양식』, 경진, 2011, 239~240쪽.

일반적으로 북한에서의 창작방법론은 통상적으로 해방 직후의 '고상한 리얼리즘', 6.25 전쟁 전후 부르주아문학과의 투쟁에서 형성된 '사회주의 리얼리즘', 1967년 유일사상체계 확립 이후 항일혁명문학예술의 발굴과 그에 근거한 '주체사상에 기초한 문학예술', 1992년 김정일의 '주체사실주의'로 이어지는 것으로 파악된다.5) 하지만 해방 직후 새로운 리얼리즘에 대한 모색은 '혁명적 로맨티시즘, 새로운 리얼리즘, 진보적 리얼리즘, 고상한 리얼리즘, 사회주의 리얼리즘' 등의 명칭이 백가쟁명하고 있던 시기이다. 그리하여 혁명적 로맨티시즘과 고상한 리얼리즘의 쟁투 속에 '우리식 리얼리즘'으로 '고상한 리얼리즘'이 해방기를 주도하는 개념으로 성립된다.

'고상한 리얼리즘'에 대한 선행 연구를 검토해 보면 김승환6)은 '문화적 민주기지 건설론'을 중심으로 해방기의 북한문학의 성립과정을 추적하면서 '북문예총의 정치제일주의'가 '고상한 리얼리즘'이라는 정치주의를 탄생시켰음을 주목한다. 그는 안막이 주다노프와 스탈린의 말을 빌려 "위대한 시대에 부끄럽지 않은 고상한 사상성과 예술성을 가진 예술창조와 문학창조"를 주장하였으며, 고상한 조선사람의 전형으로 김일성을 내세운다고 분석한다. 그러므로 1946년 당파성의 입장에서 긍정적 영웅의 정치적 효용성을 규정한 '주다노프적 영웅'을 번안한 것이 '고상한 인간형'에 해당한다고 분석한다. 그리고 '고상한 리얼리즘'이 김남천류의 '진보적 리얼리즘'과 대비되는 공산주의적 인간학의 창작방법이며 '혁명적 낭만주의'의 개념을 내포하고 있다고 평가한다.

---

4) 신형기·오성호, 『북한문학사』, 평민사, 2000, 74쪽.
5) 김성수, 「북한에서의 현대소설 연구—주체사실주의 방법론」, 『현대소설연구』 16집, 한국현대소설학회, 2002, 95~114쪽.
6) 김승환, 「해방공간의 북한문학—문화적 민주기지 건설론을 중심으로」, 『한국학보』 63집, 일지사, 1991, 201~224쪽.

유임하[7] 역시 안막이 전유한 '고상한 사실주의'가 해방 이후 전개된 동서 냉전논리 위에 문학의 당파성과 인민성, 문학예술에 대한 당의 검열과 통제를 강조한 주다노비즘의 다른 이름이라고 규정한다. 안막의 '고상한 사실주의론'이 1930년대 중반 소련의 사회주의적 사실주의의 긴 행로에서 제2차 세계대전 이후 등장한 주다노프의 문화정책이 보여준 낙후된 사상적 대중적 통제 방식에 입각해 있는 '당의 문학'에 대한 미학적 명칭이기 때문이라고 판단하고 있는 것이다.

김승환과 유임하가 해방기 북한문학의 담론적 양상을 입체적으로 조망하고 있다면, 신두원, 권오현, 이영미 등은 '리얼리즘론'에 입각하여 세분화된 독법으로 '고상한 리얼리즘'을 분석한다. 먼저 신두원[8]은 '고상한 리얼리즘론'을 '안함광의 능동적 사실주의론, 고상한 리얼리즘론, 혁명적 낭만주의론' 등으로 구분하면서 고상한 리얼리즘론이 창작방법론의 형태에서 '주제의 적극성과 긍정적 주인공'을 핵심내용으로 채택하고 있는 것으로 변주되면서 혁명적 낭만주의를 내포하게 되었음을 분석한다. 권오현[9]은 해방직후 리얼리즘 이론의 전개 양상을 고찰하면서 '진보적 리얼리즘, 고상한 리얼리즘, 조선적 리얼리즘'으로 구분하여 접근하고 있지만, 피상적인 인식과 분석에 머무르고 있다는 한계를 노정한다. 이영미[10]는 해방이후 농민문학운동론을 연구하면서 북문예총의 창작방법론의 핵심인 '고상한 리얼리즘'과 남한의 김남천 등이 제기한 '진보적 리얼리즘'을 분석하면서 북한의

---

7) 유임하, 「북한 초기문학과 '소련'이라는 참조점」, 『해방기 북한문학예술의 형성과 전개』, 역락, 2012, 71쪽.
8) 신두원, 「해방 직후 북한의 문학비평―민족문학론과 리얼리즘론을 중심으로」, 『한국학보』 74집, 일지사, 1994, 33~63쪽.
9) 권오현, 「해방직후 리얼리즘론 연구」, 『계명어문학』 제9집, 계명어문학회, 1995, 137~157쪽.
10) 이영미, 「해방이후 농민문학운동론 연구―역사적 사회적 관련성에 주목하여」, 『백양인문논집』 제5집, 신라대학교 인문과학연구소, 2000. 2, 137~167쪽.

창작방법론이 '고상한 리얼리즘'으로 귀결되는 과정을 요약한다. 이외에도 개별 논자나 텍스트를 분석 대상으로 한 연구로 홍혜미는 사회주의적 사실주의 문학이자 '고상한 리얼리즘'의 텍스트로 이기영의 『땅』을 분석하고 있으며,11) 우대식은 안함광의 리얼리즘론의 변전과정을 '혁명적 낭만주의론→리얼리즘론→고상한 리얼리즘론'으로 요약하면서 안함광의 비평적 인식의 변모를 분석한다.12)

이렇게 보았을 때, '고상한 리얼리즘'은 당파성의 견지 하에 긍정적 주인공의 형상화를 표방하면서 '혁명적 낭만주의'를 내포하는 해방기 북한문학의 경직성을 보여주는 '새로운 창작방법론'이라고 할 수 있다. 이제 과연 이러한 인식이 해방기 북문예총의 기관지인 『문화전선』, 『조선문학』, 『문학예술』 등에 구체적으로 어떻게 반영되고 있는지를 규명하는 작업을 통해 입체적이고 실증적으로 북한문학의 태동을 조망하고자 한다. 이 글은 해방기 전기(1945~46), 해방기 후기(1947~1948), 분단 초기(1949~1950) 등 세 시기로 나누어 '고상한 리얼리즘' 논의의 변전과정을 검토함으로써 북한문학의 담론적 지침이 획일화되는 과정을 규명해 보고자 한다.

2. 해방기 전기(1945~1946)의 '새로운 리얼리즘'에 대한 다양한 논의 : 『문화전선』 1~3집

해방 이후 남북한 문학은 일제 식민 잔재 청산을 위해 새로운 민족문학 담론을 형성하기 위해 노력한다. 특히 해방 직후 3년 동안 남북 분단이 고착화되기 직전까지는 진보적 리얼리즘론, 민족문학론, 민주주의 문학론 등

---

11) 홍혜미, 「이기영의 『땅』 분석—창작방법론을 중심으로」, 『사림어문연구』 제14집, 사림어문학회, 2001, 119~136쪽.

12) 우대식, 「해방기를 중심으로 한 안함광의 리얼리즘과 시 비평 고찰」, 『한국문예비평연구』 제32집, 한국현대문예비평학회, 2010. 8, 195~221쪽.

의 다양한 의견이 개진된다. 1920~30년대 카프 계열의 작가와 이론가들은 이 시기에 조선문학건설본부의 인민문학론과 조선프롤레타리아문학동맹의 프로문학론, 조선문학가동맹과 북조선문학예술총동맹의 결성 등을 거치며 '새로운 민주주의적 민족문학'을 공공연하게 주창하게 된다. 그리하여 1945~1947년까지 '문건의 인민문학론, 프로문맹의 프로문학론, 구문건의 민족문학론, 구프로문맹의 민족문학론, 조선문학가동맹의 민족문학론, 북조선문학예술총동맹의 민족문학론' 등으로 민족문학론의 논의가 활발하게 전개된다.13)

소련 군정 하의 북한에서는 '북문예총'14)의 기관지인 『문화전선』15)이 1946년 7월 25일에 창간된다. 이 창간호를 포함하여 3집에 이르기까지는 아직 '고상한 리얼리즘'이라는 표현이 없지만, 리찬과 평양음악동맹이 작곡한 '김일성 장군의 노래'를 필두로 '김일성 장군의 12개조 정강'이 서두에 배치되고 있다는 점을 보면 '민족의 지도자'로서의 김일성이 주목받고 있음을 확인할 수 있다. 『문화전선』 발간의 의미에 대해서는 '북조선예술총연맹 상임집행위원회' 명의로 '북조선예술총연맹'이 "북조선 내의 민주주의 문학

---

13) 김재용, 「8.15 직후의 민족문학론」, 앞의 책, 35~90쪽.
14) 엄밀하게 따지자면, '북조선예술총연맹'이 1946년 3월 25일 조직되며, 1946년 10월 13~14일에 걸쳐 진행된 '북조선예술총연맹 전체 대회'에서 '북조선문학예술총동맹'으로 조직이 개편된다. 그러므로 『문화전선』 1집은 '북조선예술총연맹'의 기관지이며, 『문화전선』 2~5집은 '북조선문학예술총동맹' 기관지이고, 『조선문학』은 '북문예총' 산하 '북조선문학동맹'의 기관지이고, 『문학예술』은 '북조선문학예술총동맹'의 기관지이다. 이후 1951년 3월 전쟁 중에 남북 문예단체가 통합되어 '조선문학예술총동맹'이 탄생한다. 본고는 전쟁 이전까지로 국한하여 이 세 단체명을 아우르는 표현으로 '북문예총'을 사용하며, 이 단체들의 기관지를 중심으로 북한문학의 해방기 모습을 살펴본다.
15) 제호인 '문화전선'이 소련의 기관지 제호라는 점에서 해방 이후 북한에서의 소련문학의 영향을 보여준다.(찰스 암스트롱, 김연철·이정우 역, 『북조선 탄생』, 서해문집, 2006, 270쪽.)

자, 예술가들이 결집된 통일전선인 동시에 조선민주주의 문학예술 건설의 주력부대"이며, 『문화전선』이 '중앙기관지'로 발간되고, "인민대중의 광범한 문화적 계몽과 육성을 위하여 발간"한다고 명기되어 있다.

북문예총의 핵심인물인 평론가 안막과 안함광, 소설가 리기영과 한설야 등은 각각 한 편의 원고를 창간호에 게재하고 있다. 안막은 「조선문학과 예술의 기본임무」16)에서 '민주주의 민족통일 전선'을 강조하고 새로운 민주주의 문화가 "내용에서 있어서 민주주의적, 형식에 있어서 민족적"임을 주장하면서 "문학예술창조에 있어서의 변증법적 유물론적 입장"을 강조한다. 안함광 역시 「예술과 정치」17)에서 '로맨티시즘과 리얼리즘'을 비교하면서 '리얼리즘의 우월성'을 강조하고, 내용과 형식에 있어서 변증법적 통일을 지양하면서도 '내용의 우위성'을 강조한다. 이 둘의 논문은 '새로운 민주주의 민족문학의 구상'이라는 일반론과 더불어 '1930년대 리얼리즘 논쟁'의 수준을 재확인하고 있음을 보여준다. 소설가인 리기영은 「창작방법상에 대한 기본적 제문제」18)에서 '유물론적 세계관'의 필요성과 함께 '내용과 형식의 분리불가능성'을 강조하면서 '사상성과 예술성의 통일' 속에 "신흥하는 인민예술은 강력한 혁명적 사실주의와 혁명적 로맨티시즘을 요구한다"고 강조한다. 한설야는 「국제문화의 교류에 대하여」19)에서 소련의 진보된 예술문화를 유입함으로써 소련문화가 지닌 '우위성, 진보성, 지도성'을 수용해야 함을 강조한다.

---

16) 안막, 「조선문학과 예술의 기본임무」, 『문화전선』 창간호, 1946. 7, 문화전선사, 3~14쪽.
17) 안함광, 「예술과 정치」, 『문화전선』 창간호, 1946. 7, 문화전선사, 15~25쪽.
18) 리기영, 「창작방법상에 대한 기본적 제문제」, 『문화전선』 창간호, 1946. 7, 문화전선사, 26~32쪽.
19) 한설야, 「국제문화의 교류에 대하여」, 『문화전선』 창간호, 1946. 7, 문화전선사, 33~39쪽.

4개월 뒤인 1946년 11월에 발간된『문화전선』2집에서도 창간호의 인식과 별반 차이가 없다. 안막의 경우「신정세와 민주주의 문학예술전선 강화의 임무」에서 "우리 민족의 위대한 지도자 김일성 장군의 영명한 영도"[20] 하의 민주개혁을 강조하면서 "후원자 붉은 군대와 우리의 태양 김일성 장군의 문학과 예술에 대한 거대하신 고려가 있었기 때문에, 또한 우리들의 민주주의 민족문학 예술건설의 노선이 진실로 정확"할 수 있었으며, "내용에 있어서 민주주의적, 형식에 있어서 민족적"[21]인 문학예술의 건설을 재차 강조한다.

2집에서 주목할 부분은「창작방법론의 전제」에서 '새로운 창작방법론'으로서의 '혁명적 로맨티시즘'을 강조하는 한효의 등장이다. 그는 기존의 "우리의 창작방법론이 철저한 추수이고 이식"이자 "독창성 없는 이론"이었다면서 프롤레타리아 리얼리즘이나 유물변증법, 사회주의 리얼리즘을 함께 비판한다. 그러면서 리얼리즘과 로맨티시즘에 대한 정확한 이해 속에 "혁명적 로맨티시즘을 새로운 창작방법론으로 삼는 것"이 새로운 리얼리즘의 과제라고 규정한다. "세계적 민주주의에 입각한 새로운 민족문학"은 부르주아문학에서 분리되어 있던 '리얼리스틱한 경향과 로맨틱한 경향'을 결합함으로써 "진보적 민주주의에 입각한" '혁명적 로맨티시즘'을 필요로 하기 때문이라는 판단이다.[22] 1집에 이어 2집에서 한설야는「고르끼의 예술—그는 푸로레타리아문학의 정초자엿다」에서 고리끼가 '프롤레타리아 문학의 정초자'라면서「해연의 노래」라는 시에서 "신선한 혁명적 로맨티시즘"을 노래했으며 그것이 "반사회성 비합리주의 에로티시즘"과의 싸움이

---

20) 안막,「신정세와 민주주의 문학예술전선 강화의 임무」,『문화전선』2집, 1946. 11, 문화전선사, 5쪽.
21) 안막,「신정세와 민주주의 문학예술전선 강화의 임무」, 위의 책, 11쪽.
22) 한효,「창작방법론의 전제」,『문화전선』2집, 1946년 11월호, 문화전선사, 39~40쪽.

며 "프로레타리아 레아리즘"[23]의 힘이라고 강조한다.[24]

이렇게 보면 해방 이후 『문화전선』 1~2집 발간 당시까지에는 북한 내부에서 단일한 문예지침이 없었고, 변증법적 유물론을 기본적 세계관으로 확신하면서, 민주주의적 내용과 민족적 형식을 기본으로, '로맨티시즘, 리얼리즘, 혁명적 사실주의, 혁명적 로맨티시즘' 등에 대한 검토가 혼재되고 있음을 확인할 수 있다. 특히 이기영과 한효, 한설야의 견해를 종합하면 '고상한 리얼리즘'이 아니라 '혁명적 로맨티시즘(+혁명적 사실주의)'이 강조된 시기가 1946년 북한의 창작방법론임을 확인할 수 있다.

『문화전선』 3집(1947년 2월호)에서도 안함광의 「북조선 창작계의 동향」[25]이 게재되어 있지만, '고상한 리얼리즘'이라는 표현이 없다. 29쪽에 보면 '1946년 12월 10일'이라고 원고를 집필한 날짜가 적혀 있으므로, 이때까지는 적어도 '문학의 정치적 일색화'가 이루어지지 않았음을 확인할 수 있다. 안함광 스스로 "문학 의욕에 있어서나 그의 형상적 실천에 있어서나 진보적 민주주의의 노선 위에서 일원적으로 통일되어져 있다"는 말이 "8.15 이후 북조선에 있어서의 문학이 일색화되었다는 것을 의미하지는 않는다"면서 일색화와 일원화를 구분하고 있는 것은 주목할 만하다. 특히 '문학적 실천의 일원화'와 '민주주의적 문학의 일색화'를 구분하면서 '창작의 실제'에서 "작가의 재질의 정도 본질 개성 등의 다양성에 의하여 창작도 각기 상

---

23) 한설야, 「고르끼의 예술―그는 푸로레타리아문학의 정초자엿다」, 『문화전선』 2집, 1946. 11, 문화전선사, 68~69쪽.
24) 2집에는 이외에도 이청원과 윤세평의 평론이 게재되어 있는데, 이 둘의 논문 역시 안함광과 안막의 논의를 뒤따르고 있다. 이청원의 「조선민족문화에 대하여」는 새로운 조선의 민족문화 건설의 방향을 '민주주의적 내용과 민족적 형식'으로 규명하며 안막의 견해를 거의 그대로 답습하고 있으며, 윤세평의 「신민족문화수립을 위하여」 역시 신문화를 "무산계급이 영도하는 인민대중의 반제반봉건의 문화"라면서 '무산계급의 영도성'을 강조한다는 점에서 1930년대 계급문학의 연장선 상의 논의를 반복하고 있을 뿐이다.
25) 안함광, 「북조선 창작계의 동향」, 『문화전선』 3집, 1947. 2. 25, 12~29쪽.

이한 다채성"26)을 강조하는 대목은 흥미롭다. 이것은 창작자의 개성과 다양성, 다채성을 인정하고 있는 대목이며, 이 대목을 확대 해석하면 북한문학이 해방기에 지녔던 문학적 활력을 짐작할 수 있기 때문이다.

하지만 『문화전선』 3집에서 주목할 점은 북한문학에서 획일화된 검열과 지침을 강제하는 도식주의적 시발을 예고하는 '『응향』 결정서'가 게재되어 있다는 점이다. 즉 「시집 『응향』에 관한 북조선문학예술총동맹 중앙상임위원회의 결정서」(이하 '『응향』 결정서')가 전제되어 있다.27) 이 '『응향』 결정서'는 "시집 『응향』에 수록된 시중의 태반은 조선 현실에 대한 회의적, 공상적, 퇴폐적, 현실 도피적, 심하게는 절망적인 경향을 가졌음을 지적"28)하면서 올바른 이론적, 사상적, 조직적 투쟁을 통해 반동적 경향을 극복할 것을 강제한다. 그리하여 『응향』의 발매 금지 등을 비롯하여 '원산문학동맹'에 대한 다양한 비판과 검열, 조사 평가를 강제한 '『응향』 결정서'는 이후 북한문학의 도식주의화를 예고한다는 점에서 북한문학의 획일화를 가져오는 분기점에 해당한다.

통상적으로 보면 기존 연구자들이 '1947년'을 기점으로 '고상한 리얼리즘'이 확정되었다고 분석하지만, 『문화전선』 3집이 1947년 2월호에 출간된 기관지임에도 불구하고, '고상한 리얼리즘'에 대한 언급은 부재하다. 다만 '제2차 북조선예술총연맹 전체 대회'(1946. 10. 13~14)에 대한 '초록'에서

---

26) 안함광, 「북조선 창작계의 동향」, 위의 책, 13쪽.

27) 이 '『응향』 결정서'를 둘러싼 『응향』 사건 관련 논문은 졸고 「'『응향』 결정서'를 둘러싼 해방기 문단의 인식론적 차이 연구」(『어문논집』 제48집, 중앙어문학회, 2011. 11, 37~64쪽.)를 참고할 것. 이 논문에서 '『응향』 사건'이 북한문학이 남한의 문학주의적 입장과 결별하면서 미적 자율성보다 문학의 정치적 성격을 강조하고 고상한 리얼리즘을 거쳐 사회주의 리얼리즘으로서의 현실 반영 의지를 독려하는 것에 방점을 두게 된 하나의 도식주의적 결절점이라고 분석한 바 있다.

28) 북조선문학예술총동맹 중앙상임위원회, 「시집 『응향』에 관한 「북조선문학예술총동맹 중앙상임위원회의 결정서」, 『문화전선』 3집, 1947. 2. 25, 82쪽.

안막은 '30분 동안의 보고'를 통해 "문학자 예술가들은 민주주의 북조선 건설의 위대한 시대적 전모를 정확히 파악하고 표현하기 위하여 고도한 사상적 무장과 기술적 무장을 가져야 할 것"[29]을 강조한다. 이 보고에서 나타난 "고도한 사상적 무장과 기술적 무장"이 '고상한 사상성과 예술성'의 전조적인 표현이긴 하지만, '고상한 리얼리즘'을 확증하는 표현으로 판단하기는 어렵다. '북조선예맹대회 결정서'에서도 '민주주의 민족문학예술의 발전'에 대한 통상적인 내용과 더불어 "민주주의 정신의 철저한 문학예술이론 및 창작방법론의 확립에 노력할 것"[30]을 강조할 뿐, '고상한 리얼리즘'이 전혀 등장하지 않는다. 일반론적인 차원에서 민주주의 민족문학의 새로운 건설을 강조하면서, '새로운 문학발전', '새로운 민족적 형식', '새로운 문예이론과 창작방법론의 확립' 등이 필요한 현실을 진단하고 있을 뿐이다.

3. 해방기 후기(1947~1948) '고상하지 않은 사상과 예술과 방법과 작품'을 배제하는 '고상한 리얼리즘'의 확정 : 『문화전선』 4~5집, 『조선문학』 창간호~2집, 『문학예술』 창간호(4월호)~1948년 12월호

1947년 4월호인 『문화전선』 4집에 이르러 안함광의 「의식의 논리와 문학창조의 본질적인 제문제」에서도 '고상한 리얼리즘'이라는 표현은 부재하다. 이 글은 원고 말미에 "해론(該論)은 북조선문학예술총동맹에서 개원계획중인 「문학예술고급간부학원」에 있어서의 강의교재로서 집고중에 있는 원고의 일부분"[31]이라고 명기되어 있으며, 반동예술과 달리 "진실한 생활

---

29) 안막, 「제2차북조선예술총연맹 전체대회초록」, 『문화전선』 제3집, 1947. 2. 25, 89~90쪽.
30) 「북조선예맹대회 결정서」, 『문화전선』 제3집, 1947. 2. 25, 94쪽.
31) 안함광, 「의식의 논리와 문학창조의 본질적인 제문제」, 『문화전선』 4집, 1947. 4. 20, 20쪽.

을 주체화할 것"과 "주체적 진실을 갖고 문학창조의 보편성을 살리라"(20
쪽)고 강변하는 내용을 담고 있다. 최승일의 「조선민족고전연극론」에서도
"아름다운 고전은 그 민족이 가진 극치의 것이라 이것을 형식으로 하고 내
용은 민주적인 것으로 구성하는 「신고전」 형식의 민족적인 민주적인 작품
이라할 것은 물론"[32]이라고 하고 있는 것에서도 민족적 형식과 민주주의적
내용이 새로운 민족문화의 핵심임을 강조한다.

『문화전선』 4집에서 '고상한'이라는 표현이 실린 글은 박화순이 번역한
'알렉산더 알렉산드로브'의 글 「고리키와 사회주의리얼리즘」에서 확인된
다. 여기에서 "고리키는 사회주의리얼리즘 심미학의 정초자"[33]라면서 "리
얼리즘과 혁명적낭만주의와의 융합을 토대로 수립되"는 문학이 '사회주의
문학'임을 강조한다. 그러면서 고리끼가 "찬란한 색채로 영웅적인 시대를
그릴수 있고 보다 더 고상하고 적절한 어조로 그를 말할 수 있는 제3요소로
써 융합된 리얼리즘과 낭만주의와의 결합"에의 탐구를 종용[34]했다면서
"고상하고 적절한 어조"를 강조하기 위해 '고상하다'라는 표현이 등장한다.
특히 이 수식어는 '제3요소로서 융합된 리얼리즘과 낭만주의의 결합'을 수
식하고 있다는 점에서 고상한 리얼리즘의 전조이며 혁명적 낭만주의의 다
른 표현임을 확인할 수 있다. 이 글은 작품 말미에 "쏘베—트 문학 1946년 6
월호에서"(66쪽)라고 명기되어 있다. 조금 더 정치하고 입체적인 접근이 필
요하겠지만 소련문학으로부터 파생된 '번역어로서의 고상한'이라는 표현
이 '고상한 리얼리즘'의 앞자리에 놓여 있음을 검토할 필요성이 대두되는
대목이다.

---

32) 최승일, 「조선민족고전연극론」, 『문화전선』 4집, 1947. 4. 20, 52쪽.
33) 알렉산더 알렉산드로브, 박화순 역, 「고리키와 사회주의리얼리즘」, 『문화전선』 제
  4집, 1947. 4. 20, 54쪽.
34) 알렉산더 알렉산드로브, 박화순 역, 위의 글, 65쪽.

이어서 김사량의 「동원작가의 수첩」에서도 '고상한'이라는 표현이 등장한다. 즉 "김장군의 보고에도 있는 바와같이 일체 일본제국주의시대의 낡은 사업방식과 공작태도를 반대하여 투쟁하며 타락적 퇴폐적 악습과 관념을 청산하며 전국민을 고상한 애국적사상으로서 무장함으로서 민주주의 새조선의 국민으로서 응당가져야할 새로운 민족적기풍을 세워야 한다는 영도자의 말씀이 이번 여행에 있어 감격이 하두 크니만치 더욱더 사모치게 느껴진다. 우리는 이 건국사상운동을 아주 군중화하여 꾸준히 대담하게 밀고나가야할 단계에 도달한 것이다."35)라고 적고 있다. 김사량의 글을 보면 "고상한 애국적 사상"의 무장에 대한 강조가 '김일성의 보고'에 있었으며, 이것이 '건국사상운동'과의 관계 하에 제기되었음을 확인할 수 있다. '고상한 사상과 예술성'이라는 표현이 초기에는 문학적 창작방법론으로 제기되었다기보다는 건국사상운동과의 연관선상에서 제기되었음을 확인할 수 있는 대목이다. 하지만 4집에 실린 송영의 「생산과 문학―동원작가 현지보고로써」에서는 '고상한'이라는 표현이 없이 "건국사상총동원운동에 호응해서" 우리들 문학예술운동이 "정치와 생산과 직접연결된 운동만이 우리들에게 부과된 임무"(86쪽)임을 강조한다. 리정구의 「지방에 있어서의 문학예술운동에 대하여―평북지방문예총활동을 보고」에서도 '고상한'의 표현은 찾을 수 없으며, '건국사상총동원운동'의 실태에 대한 소개 속에 평북지방문예총 활동의 어려움을 보고하고 있다. 따라서 '건국사상운동'과의 연관성에 대한 판단은 더욱 입체적인 자료 검토와 함께 이루어져야 한다.

수식어 '고상한'과 관련하여 『문화전선』 4집에서 가장 중요한 내용은 「북조선문학예술총동맹 제1차 확대상임위원회 결정서」(이하 '확대 결정서')이다. 총 7쪽에 걸쳐 게재된 이 '확대 결정서'는 "1946년도에 있어서의 우리

---

35) 김사량, 「동원작가의 수첩」, 『문화전선』 제4집, 1947. 4. 20, 78쪽.

북조선문학자예술가의 창조적 성과와 제 사업의 총결 및 당면 과업에 관하여 4일간에 걸친 신중한 토의"(170쪽)(1947. 1. 15~18) 이후 결정된 내용을 담고 있다. 이 내용은 1946년 10월에 나온 '『응향』결정서'보다 강도 높게 북한문학의 도식주의화와 획일화를 강조한다.

> 其 一
>
> 1946년 북조선문학자, 예술가들은 우리 조국과 우리 인민과 우리의 영명하신 영도자 김일성장군에 대한 무한한 헌신성을 발휘하면서 우리 문학과 예술 사업을 민주주의 조국건설의 참다운 '차륜과 나사'가 되게 하기 위하여 투쟁해왔으며 일제의 극악한 민족압박과 봉건압박으로 말미암아 현저한 낙후상태에 놓여 있는 조선민족문학과 민족예술을 세계문학예술의 최고의 높이에 제고시키기 위하여 투쟁해왔던 것이다.
>
> (중략) 조선문학과 예술이 이 <u>고귀한 역할</u>을 놀기 위하여서는 우리의 문학예술작품이 <u>고상한 사상으로써</u> 충실되어 있어야 하며 <u>고상한 예술성</u>을 보유하여야만 가능한 것이다.
>
> (중략) 이 위대한 시대에 호흡하는 우리 문학자 예술가들은 고상한 사상으로써 무장되고 <u>고상한 예술적 수단</u>을 보유함으로써 참으로 '인간정신의 기사'의 역할을 놀 수 있는 많은 우수한 문학과 연극, 음악, 미술, 무용, 영화, 사진 등을 내놓으므로써 조국건설을 방조하는 영광스러운 임무를 수행하여야 한다.[36]

인용문의 밑줄에서 알 수 있다시피, 이 '확대 결정서'에는 '고귀한 역할', '고상한 사상', '고상한 예술성', '고상한 예술적 수단' 등의 표현이 전면적으로 등장한다. 그리하여 '고상한 사상'과 '고상한 예술성'이 조국과 인민과 김일성 장군에 대한 무한한 헌신성을 발휘할 조선문학과 예술의 '고귀한 역

36) 결정서, 「북조선문학예술총동맹 제1차 확대상임위원회 결정서」, 『문화전선』4집, 1947. 4. 20, 170~171쪽.

할임을 강조한다. 뿐만 아니라 '고상한 사상의 무장'과 '고상한 예술적 수단의 보유'가 새로운 "인간 정신의 기사(技師)" 역할을 담당한다는 사실을 적시함으로써 새조국건설의 임무를 수행할 문학예술인들의 당위적 책무를 강조한다. 결국 '고상한'이라는 단어는 '고상하지 않은' '사상, 예술(성), 수단'을 배제하고 배척함으로써 그 유의미한 내포를 확장하는 도식주의적 개념인 것이다.

이 '확대 결정서'에서 문화예술인들의 당위적 책무를 강조한 이후 "참을 수 없는 결점"이 지적된다. 즉 첫째로 빈곤한 창작의 열매, 둘째로『응향』, 『문장독본』,『써클 예원』등의 무사상성과 정치적 무사상성 등이 내포한 '예술을 위한 예술', 셋째로 도식화한 '예술 이전의 예술' 등이 개선되어야 할 결점으로 등장한다. 그리고 그러한 결점은 문학자 예술가들이 '고상한 사상'과 '고상한 예술적 수단'을 소유하지 못했기 때문으로 분석된다. 결국 동맹원에 대해 7가지의 과제가 제기되는데, 첫째가 "고상한 사상성과 고상한 예술성으로 충실된 창작을 허다히 내놓음으로써 조선인민의 문화적 욕구를 충족시키기 위하여 꾸준히 노력할 것", 넷째가 "'예술 이전의 예술'의 도식적 경향을 극복하고 문학자 예술가의 사상적 무장과 아울러 고상한 예술적 수단을 전취키 위한 구체적 방책을 강화할 것", 다섯째가 "우리 문학과 예술에 아직도 뿌리 깊이 남아 있는 '예술을 위한 예술', '정치적 무관심성', '무사상성' 등의 각종 형태에 대한 불요불굴의 투쟁을 전개할 것"과 "우리 대열 내에서『응향』,『문장독본』,『써―클 예원』과 같은 낡은 사상의 잔해를 다시금 노출치 않게 하기 위하여 '건국사상총동원운동'과 결부하여 문학자 예술가들의 정치적 사상적 교양사업을 강화할 것"[37] 등을 내세운다.

---

37) 결정서,「북조선문학예술총동맹 제1차 확대상임위원회 결정서」,『문화전선』4집, 1947. 4. 20, 172~173쪽.

결국 '고상하지 않은 결점'을 상쇄하기 위해 고상한 사상성과 예술성에 충실한 작품을 생산해야 하며, 낡은 사상으로부터의 결별과 새로운 사상으로의 개조를 위해 '건국사상총동원운동'과 결부된 정치사상의 교양이 필수불가결하게 강조되는 것이다.

이 '확대 결정서'의 내용에 뒤이어 '3. 시군위원장 회의 및 문학자 예술가 대회 개최의 건'으로 "원산, 함흥 등 사건에 감하여 급속히 <u>고상한 사상적 예술적 재무장</u>을 위한 각도시군위원장 회의와 전북조선문학자대회 및 부문별 예술가대회를 개최할 것"(176쪽)이 강조된다. "고상한 사상적 예술적 재무장"에 방점을 찍음으로써 결과적으로 '고상한 사상과 예술성'의 강조가 부르조아 반동조류의 문학과 낡은 정치사상에 대한 교양사업의 필요성을 전제하며, 북한문학 초기에 획일화된 정치의식을 내포한 문학지침으로 제기되고 있음을 확인할 수 있다. 이 '확대 결정서' 이후 '고상한 사상과 예술성'이라는 표현은 북한문학 내부에서 문학예술의 유일무이한 절대 지침으로 존재하게 된다.

그리하여 1947년 8월호인 『문화전선』 5집에서도 '고상한 사상성과 예술성'이라는 표현이 적극적으로 활용되고 강조된다. 안막의 「민족예술과 민족문학건설의 고상한 수준을 위하여」에서는 '고상한'의 표현이 다양한 레토릭으로 활용되면서 그 구체적 용도가 설명된다. '고상한 수준'을 강조하기 위해 '고상하지 않으면 안 된다'는 강제적 메시지가 하방에 지시 전달되는 것이다. 안막은 4쪽에 처음 등장하는 "부끄럽지 않은 고상한 사상성과 예술성"을 시작으로 "조국과 인민의 이익을 무엇보다 고상히 여기며", "고상한 민족적 품성을 가진 '새로운 조선사람'으로 형성"하는 예술과 문학의 역할이 "거대하고도 고귀한 것"(4~5쪽)임을 강조한다.

4집에 실린 '확대 결정서'에서는 '고상한'이 '사상과 예술(성)과 수단'을 수식하는 '관용적 표현'에 불과했다면, 그 수식의 외연이 안막의 글에서는 더욱 확대 적용되고 있음이 드러난다. 특히 15쪽에 달하는 이 평론 전체를 검토해 보면 '민주주의적 고상한 사상, 고상한 사상적 및 예술적 수준, 고상한 사상성과 예술성, 고상한 사실주의적 방법, 고상한 조선 사람의 전형, 고상한 목표, 고상한 높이, 고상한 품성과 도덕, 고상한 사상적 원동력, 고상한 민주주의 사상, 고상한 선진적 과학적 입장, 고상한 역할, 고상한 목적'(2~16쪽) 등에 이르기까지 다양한 명사를 수식하는 관용적 표현으로 '고상한'이 등장함을 알 수 있다. '고상한 사실주의적 방법'이라는 표현은 단 한 차례에 등장할 뿐이지만, '고상한'이라는 수식어는 '사상과 예술, 수준과 방법, 사람과 전형, 목표와 높이, 품성과 도덕, 사상적 원동력, 민주주의, 입장, 역할과 목적'에 이르기까지 그야말로 긍정적인 문학예술의 전반적인 방향을 제시하는 '유일한 상징 기표'처럼 제시된다.

안막은 '고상한'이라는 수식어를 다양하게 활용하면서 조국과 인민의 이익에 부합하는 '민족적 품성'을 지닌 '새로운 조선사람'의 형상화를 주문한다. 이렇게 보면 '고상한 민족적 품성'의 전형이 '결과적으로 김일성'이라는 김승환의 해석[38]은 지나친 확대 해석임을 알 수 있다. 김승환은 고상한 조선사람의 전형이 김일성 장군을 가리키는 것으로 해석 가능하며, 김일성을 더욱더 고상한 인간으로 만드는 것이 '고상한 리얼리즘'의 최대 명제인 셈이라고 분석하고 있는데, 이것은 전쟁기 이전에는 하나의 가설에 불과한 것으로 판단된다. 일종의 '수령형상문학론'의 맹아로 '고상한 리얼리즘'을 규정하는 이러한 태도는 사후적 판단이 개입된 논리적 비약에 해당된다.

---

38) 김승환, 앞의 글, 219~220쪽.

오늘날 새로운 조선문학에 있어 요구되는 <u>새로운 긍정적 전형</u>은 국가와 인민을 진심으로 사랑하는, 민주주의 조국건설을 위하여 헌신적으로 투쟁하는, 모든 낡은 구습과 침체성에서 벗어난, 높은 민족적 자신과 민족적 자각을 가진, <u>고상한 목표</u>를 향하여 만난을 극복할 줄 아는, 모든 문제를 해결하는 데 있어서 높은 창의와 재능을 발양하는, 고독치 않고 배타적이 아닌, 다른 사람들을 이끌고 용감하게 나아가는, 그야말로 김일성장군께서 말씀하신 <u>생기발발한 민족적 품성</u>을 가진 그러한 조선사람의 형상을 말하는 것이다.[39]

인용문에서 드러나듯 안막의 '새로운 조선 사람' 논의는 전쟁 이후 김일성이 1953년과 1956년 반종파투쟁을 거치면서 유일지배권력으로 확정되는 과정에서 '수령형상문학론'의 기초가 되는 것으로 짐작되지만, 문맥상의 의미는 '고상한 목표'를 향해 노력하는 영웅적 인물의 형상화를 통해 "생기발발한 민족적 품성"을 소유한 조선 사람의 전형과 형상을 창조할 것을 주문한 것에 해당된다. 이 평론은 안막 스스로 문예총 창립 1주년 기념대회의 보고와 문예총 주최 문예강연회에서 발표한 강연원고를 줄인 것임을 밝히고 있다.[40]

안막의 글에 등장한 '고상한 사실주의적 수법' 이후 기관지에 '고상한 리얼리즘'이라는 표현이 처음 등장하는 글은 '북조선문학동맹' 창간특대호인 『조선문학』(1947. 9)에 실린 한효의 「고상한 리알리즘의 체득―문학창조에 대한 김일성장군의 교훈」이라는 글이다. 제목과 부제에서도 알 수 있듯 '고상한 리얼리즘'은 새로이 '체득'해야 될 창작방법론에 해당하며, 김일성

---

39) 안막, 「민족문학과 민족예술 건설의 고상한 수준을 위하여」, 『문화전선』 제5집, 1947. 8, 7쪽.
40) 안막의 글 외에 『문화전선』 5집의 글 중 신고송은 「연극운동의 신단계」에서 북조선연극운동을 "고상한 예술적 수준에까지 제고하므로써 조선연극이 세계적 수준에도달하는 태세를 갖추는 위대한 시기"임을 강조한다.

장군이 창작자에게 강조하는 교훈적인 실천방법임을 알 수 있다. 실제로 이 원고는 김일성 위원장의 "금년벽두 조선인민에게 고하는 말씀가운데서 문학자 예술가는 북조선의 현실을 정확히 반영하는 작품을 창조하여야 한다"를 강조하면서 북한의 문학예술인이 "고상한 사상의 소유자"가 되어 "고도의 사실주의적 창작방법"을 체득할 것을 강조한다.

> 북조선의 민주건설을 정확히 반영하기 위해서는 무엇보다도 작가 자신이 높은 사상으로써 무장되고 현실의 「디테일」 가운데서 진정한 역사적 사회적 의의를 표시할 수 있는 리알리즘의 방법을 제것으로 만들지 않으면 아니된다. 우리 문학자들은 다시금 김일성장군의 위대하고 엄숙한 교훈을 마음속에다 외이며 자기에게 부과된 과업이 얼마나 중대한가를 인식하는 동시에 고도의 사상성과 고상한 리알리즘의 체득만이 그 지시를 구체적으로 실천에 옮길 수 있는 길이라는 것을 이해하여야 한다.[41]

한효의 글은 '높은 사상'이라는 표현이 있기는 하지만 기존에 안막이 강조하던 '고상한 사상과 예술성'의 레토릭과 함께 '고상한 리얼리즘'이라는 창작방법론의 체득이 창작자에게 실천적 과제로 제기되고 있음을 보여준다. 그러나 '고상한 리얼리즘'이라는 표현의 안팎을 둘러싼 '높은 사상'이나 '고도의 사상성'이라는 표현은 '고상한'이라는 수식어를 한효가 안막만큼 체화하지 못했거나 '고상한'이라는 표현이 아직은 유동적인 수사에 해당했음을 보여주는 대목이다.[42]

---

41) 한효, 「고상한 리얼리즘의 체득—문학창조에 대한 김일성장군의 교훈」, 『조선문학』 창간호, 1947. 9, 279~286쪽.
42) 같은 호에 윤세평은 「해방과 문학예술」이라는 글에서 한효와는 다르게 기존의 논의와 유사한 주장을 반복한다. 즉 "민주주의 민족문화 건설의 찬연한 성과"로 새로운 문학예술이 산출 육성되고 있으며, "민주주의적 내용과 민족적 형식을 가춘 민

3개월 뒤에 발간된 『조선문학』 제2집(1947. 12)에서는 「북조선문학예술 총동맹 제4차 중앙위원회 결정서」(이하 '중앙 결정서')가 '고상한 리얼리즘'과 관련하여 중요한 논점을 제공한다.

> 해방이후 북조선에서 실시된 위대한 민주주의개혁들은 민주주의 민족문학과 민족예술발전에 거대한 추동력을 주었으며 문학가 예술가들 앞에 고상한 사상성과 예술성으로 특출된 문학예술작품들을 산출할만한 온갖 가능성과 조건을 지어주었다. (중략) 북조선문학예술총동맹은 문학가예술가들로 하여금 조선민족의 전생활분야에 침투하여 그들의 노력과 투쟁과 승리와 영예를 고상한 사실주의적 방법으로 묘출해내며 인민들의 요구하는 정도에까지 고상한 문학예술작품들을 허다히 가져오게 함으로써 조선인민들의 정신적 양식을 보장하며 고상한 민족적 품성을 가진 새조선사람을 형성하는 업을 방조하며 그 정치적 도덕적 통일성을 추진시키며 조선인민들로 하여금 조국건설을 위한 노력과 투쟁으로 복무하며 조직하는 역할을 원만히 달성함으로써 그 임무수행에 있어서 충실할 수 있었던 것이다.[43]

인용문을 보면, '고상한 사상성과 예술성', '고상한 사실주의적 방법', '고상한 문학예술작품', '고상한 민족적 품성' 등의 네 가지 표현이 등장한다. 특히 '중앙 결정서'의 내용은 '고상한 내용'과 '고상한 예술성'을 위한 투쟁을 전개하지 못한 작품에 대해 예술성이 없는 불합격품이라는 비판적 평가를 내린다. 그러면서 '북문예총 중앙위원회'는 "2. 문학가 예술가들에게 고상한 사상성과 예술성을 가진 작품 창작을 하기 위해 공장 광산 농촌 어장 등 군중깊이 생활에 침투해 들어가 조선적 주제를 찾아 고상한 사실주의 방

족문학예술"(292쪽)이 그것임을 강조하고 있는 것이다.

43) 결정서, 「북조선문학예술총동맹 제4차 중앙위원회 결정서」, 『조선문학』 제2집, 1947. 12, 214~215쪽.

법으로 그려라. 3. 문학가 예술가들이 고상한 사상성 예술성을 갖추도록 일제적 봉건적 낡은 잔재를 소탕키 위한 사상투쟁을 전개하며 이를 위해 통일적 계획 하에 정기적으로 정치적 예술적 교양사업을 가진다. 4. 중앙위는 고상한 평론을 요구하며 독자와의 대중적 모임을 조직한다."(218~219쪽) 등의 12가지 사항을 결정하고 "본 결정서의 실행을 안막에게 위임한다"고 부기한다. 이렇게 보면 이제 '고상하지 않은 사상과 예술과 방법과 작품'은 배제될 수밖에 없는 운명이 된다.

이렇듯 1947년 한해 동안 진행된 '고상한 리얼리즘'의 강요를 통해 볼 때 이제 북한문학 예술인들이 선택할 창작의 길은 하나밖에 없다. '고상한 사상성과 예술성'으로 무장한 채 '고상한 사실주의적 방법'을 묘출해 내어 '고상한 문학예술작품'을 다작으로 창작함으로써 '고상한 민족적 품성'을 가진 '새로운 조선사람'을 형상화해야 하는 것이다. 이 지침을 감당해 내지 못한다면 '고상한 평론'에 의해 불합격품으로 평가절하되거나 검열되거나 폐기되어야 하는 것이다. 이미 『응향』 결정서', '확대 결정서'에서 경직 일변도로 진행되던 북한문학의 도식주의적 편향은 '중앙 결정서'를 거치면서 창작에 대한 사전 검열과 사후 평가를 통한 문학적 감시가 기정 사실화된 것이다.

새로이 '북문예총'의 기관지로 창간된 『문학예술』(1948. 4)에 실린 한식의 「조선문학의 발전을 위하여—창작방법에 대한 제 문제」 역시 1947년에 이어 '고상한 애국열'에 대한 옹호 속에 근로인민들이 "가장 고상하게 변혁 발전하고 있는 사상과 의지 감정과 생활 심리와 성격들을 창조"(46쪽)할 것을 강조한다. 그리하여 '고상한 레알리즘'의 체득과 실천이 새조국 건설의 위대한 승리와 조선문학의 비약적 발전을 가져올 것임을 강조한다.

우리조선문학가들은 이 위대한 시대에 전인민과 같이 생활하며 같이 호흡하면서 '고상한 레알리즘'을 그 제작의 실천도정에서 하로바삐 체득하면서 우리 인민들이 조국건설을 위한 위대한 민주주의의 승리적 조성을 위하여 그 정신적 원동력이 되며 그 창조적 노력의 되는 방향에로 그리하여 근로인민들의 우리들의 자유로운 민주주의사회를 건설함에 있어서 여하한 방해에도 굴하지 않으며 쾌활한 애국적 정열에 불타게 하는 그와 같은 창조적 교육에 약진함으로써만이 그야말로 인민들의 정신의 기사가 될수있는 문학가가 될 것이며 조선문학이 진실로 비약적 발전을 초래할 수가 있게 될 것이다.[44]

　　한효의 「고상한 리얼리즘의 체득」에서처럼 한식의 경우도 '고상한 리얼리즘'은 체득되어야 할 새로운 창작방법론에 해당한다. 한식은 이 논문에서 '고상한 리얼리즘'이 고전적 자연주의와 비판적 리얼리즘을 발전적으로 지양한 형태임을 강조한다. 그리하여 '고상한 리얼리즘'이 과거의 리얼리즘을 발전적으로 폐기한 토대 위에서 출발한 '새로운 창작방법론'으로서 '고상한 리얼리즘'을 활용하는 문학가만이 '인민 정신의 기사'가 될 수 있다고 판단하는 것이다.

　　『문학예술』 제2호에서 주영섭의 「연출과 사실주의」에서도 "고상한 사실주의 수법"이 강조되어 '고상한 연기와 수법과 무대 구성' 등이 필요하다고 주장된다. 연출가가 "고상한 사실주의 수법을 체득하여 우수한 연극예술을 창조"(41쪽)해야 한다면서 "견실한 사실주의와 진실한 낭만주의의 결부에서 고상한 사실주의"[45]가 탄생한다는 주영섭의 인식은 1948년에 이미 북한의 모든 문학예술의 창작방법론이 '고상한 사실주의'로 고정되었음을 보여준다.

---

44) 한식, 「조선문학의 발전을 위하여―창작방법에 대한 제 문제」, 『문학예술』 창간호, 1948. 4, 47쪽.
45) 주영섭, 「연출과 사실주의」, 『문학예술』 2호, 1948. 5, 43쪽.

4. 분단 초기(1949~1950) '고상한 리얼리즘'의 활용만이 유일무이한 창작방법 : 『문학예술』1949년 1월호~ 1950년 7월호

1948년 7월 남한의 '대한민국' 정부 수립과 1948년 9월 북한의 '조선민주주의인민공화국' 수립은 해방 이후 남북의 대립 구도를 분단체제로 고착화하는 결과를 낳게 된다. 남북의 단독정부 수립은 서로의 체제에 대한 적대감을 강화하며 흡수통일을 향한 공격적인 태도를 강조하게 된다. 그리하여 문학인들 역시 체제의 선택을 강요받게 되고, 선택한 체제와 공간을 중심으로 남북의 대결 구도는 팽팽한 긴장과 대립이 지속된다. 남한 문학이 문학주의적 입장을 강조하는 '순수문학'으로 경도되면서 우경화를 지향한다면, 북한문학의 경우 정치주의적 경향에 예속된 '도구 문학'으로 경도되면서 좌편향을 가속화하게 된다.

1947~48년 분단을 전후한 시기 확정된 창작방법론으로서의 '고상한 사실주의'는 북한에서 유일무이한 창작방법론이 된다. 그리하여 『문학예술』 1949년 5월호에서 기석영의 「레알리즘의 제 특성」[46]에서도 해방 이후 '조선인민의 예술문학의 기본방향'이 '고상한 리얼리즘'에 있음이 강조된다. 그러면서 "고상한 레알리즘이 비판적사실주의와 다른점은 확증성에 있다"면서 "오늘 해방된 조선의 민주주의적 제도를 옳게 반영한다는 것은 민주주의를 확증하는 것을 의미한다"라고 주장한다. 그리하여 "고상한 사실주의적 방법으로서 창작된 예술작품으로 근로대중의 민주주의적 교양사업에 막대한 사상적 역할을 이바지할 것"임을 주장한다. 조선의 제도와 민주주의를 '옳게 반영'한 창작방법론이 '고상한 리얼리즘'이며 북한 사회주의 체제의 교양 사업에서 문학이 핵심적 무기 역할을 수행해야 함을 강조하고 있는 것이다.

---

46) 기석영, 「레알리즘의 제 특성」, 『문학예술』, 문화전선사, 1949. 5, 21~22쪽.

낡은 사상의 잔재들 속에 문학주의를 지향하는 부르조아 문학 조류에 대해 경고하고 '고상한 평론'을 강조하는 북한 사회의 분위기에서 논쟁은 거의 발생하기 어렵다. 하지만, 『문학예술』1949년 9월호에 실린 리정구의 「창작방법에 대한 변증법적 이해를 위하여」에서는 한효의 비평문에 대한 비판적 논쟁이 등장한다. 이 글에서 리정구는 한효가 게재한 「리얼리즘과 혁명적 로맨티시즘과의 상호관계에 대하여」(『로동신문』(1948.11))를 반박한다. 즉 한효가 사실주의와 랑만주의의 변증법적 통일을 주장한 안함광, 박종식에 맞서, 둘은 대립물이 아니기에 통일될 수 없다고 했는데, 이러한 한효의 주장이 오류라고 비판한 것이다.

> 우리가 보통 리얼리즘이라 하면 부르조아사회의 것을 지칭하는데, 한씨는 그 외에도 쏘베트 로씨아의 리얼리즘이나 현재 우리 문학의 것을 모두 일반으로 취급한다. 그의 주장처럼 "과거의 진보적 랑만주의까지 넘어선 혁명적 랑만주의가 '새로운 리얼리즘(사회주의 사실주의 지칭)'을 한과제로 그 자체 내에 포함"한다면, 그것이 바로 변증법적 통일의 결과이지 어째서 별개가 아니란 말인가. (중략) 더욱이 한씨가 엥겔스의 바르작크론(그가 자신의 계급적 동정과 정치적 편견을 배반해서 당대 현실을 사실적으로 그린 것이야말로 리얼리즘의 최대의 승리)을 인용해 혁명적 랑만주의가 새 리얼리즘의 내포 요소로 본 것은 오류이다. 씨가 1830년대 자본주의 사회 하의 바르작크 사실주의와 오늘의 인민민주주의 제도 하 조기천 「백두산」의 사실주의를 동일시할 때 그는 자신도 모르는 사이에 자신의 자리를 변증법적 논리로부터 형이상학적 논리로 옮겨놓았다. 바르작크의 사실주의가 혁명적 랑만성을 한 계기로 가지고 있는 것을 증명한 후 이는 「백두산」에서도 찾아볼 수 있다고 했는데, 우리는 근본적으로 다름을 본다. 첫째, 둘은 처해진 사회적 환경이 상이하다. 우리가 바르작크의 방법을 비판적 리알리즘이라고 부르는 대신에 조기천 「백두산」의 방법을 새로운 또는 고상한 리얼리즘이라 부르는 소이는 두 방법의 본질적 차이를 두고 말하

는 것이다. 둘째, 작품 속에 창조된 인물들에 차이가 있다. 바르작크의 방법은 부르죠아문학의 방법이며 자본주의사회의 내재적 모순과 부정성을 폭로 비판하는 비판적 리얼리즘의 방법인 데 반하여, 조기천 「백두산」의 방법은 인민민주주의 사회제도 하 인민들의 새로운 생활의 건설을 위한 투쟁과 용기와 의지를 강조하는 <u>랑만주의적인 동시에 사실주의적인 새로운 리얼리즘의 방법</u>이다.[47]

혁명적 낭만주의와 새로운 리얼리즘의 관계에 대한 한효의 견해를 반박하면서 리정구는 고리끼가 「나의 문학수업」을 인용하면서 "위대한 예술에 있어서는 로맨티즘과 리얼리즘이 항상 융합되어 있는 것 같"음을 강조한다. 그러면서 '고상한 리얼리즘'의 방법으로 창작된 조기천의 『백두산』의 경우 '발자크적인 혁명적 랑만성'이 아니라 '낭만주의와 사실주의'가 결합된 '새로운 리얼리즘'이라고 설명한다. 아직은 사회주의가 아니지만 인민민주주의적 현실에 있어서 북한의 문학이 사회주의 사실주의에 의거하지 않을 이유가 없으며, 따라서 "우리들은 우리의 창작방법을 새로운 사실주의 또는 고상한 리얼리즘"(27쪽)이라고 호명한다. 현재의 문학이 과거처럼 부정적 영웅이 아니라 실재적이며 낭만적이고 애국주의적인 모범 영웅들을 그릴 것을 요구한다는 것이다. 『백두산』의 혁명적 랑만성은 바로 이러한 이상과 현실 생활의 융합의 예로 분석된다. 결국 리정구는 사실주의와 랑만주의의 고차원적인 통일을 강조하면서 '혁명적 낭만주의'와 '고상한 리얼리즘'을 동일시하고 있는 것이다.

『문학예술』 1949년 10월호에서는 안함광의 「고상한 레알리즘의 논의와 창작발전 도상의 문제」가 중요하게 대두된다. 이 글에서 안함광은 8.15 이후의 문학이 원칙적으로 '고상한 리얼리즘'이라는 견해가 정당하다면서,

---

47) 리정구, 「창작방법에 대한 변증법적 이해를 위하여」, 『문학예술』, 1949. 9, 2~9쪽.

"창작방법으로서의 로맨티시즘은 존재해본 일이 없"으며, "그것을(현실을) 관통하고 있는 창작방법은 모두 레알리즘"(6쪽)임을 강조한다.

> 오늘 우리의 <u>고상한 레알리즘</u>은 일체의 형식주의를 철저히 배격한다. 그것은 <u>고상한 레알리즘은 사회주의레알리즘과 본질적으로는 동일한 것이니 고상한 레알리즘은 맑스 레닌주의의 과학적 세계관으로 굳게 무장하여 사회발전에 대한 역사적 필연법칙을 정확히 인식하는 것</u>이며 따라서 현실을 정적으로 포착하는 것이 아니라 동적으로 발전적 본질 면에서 포착하는 것이며 그리함으로써 현실에 대한 정확 극명한 반영 창조를 통하여 동시에 약속된 미래를 제시 촉진하는 것이니 이것은 우리의 <u>고상한 레알리즘이 현실의 발전과 인민의 행복을 위한 실천적 투쟁과 굳게 연결되어 있다는 것</u>을 말하는 것이다.[48]

안함광은 '고상한 레알리즘'이 "진실을 그리는 창작방법이지 결코 제재는 아닌 것"(5쪽)임을 강조한다. 그리하여 그는 일체의 형식주의를 배격하면서 '고상한 리얼리즘'을 본질적으로 '사회주의 리얼리즘'과 동일시한다. '고상한 리얼리즘'이 단순한 창작방법에 그치는 것이 아니라 마르크스레닌주의적 세계관으로 무장하여 사회발전의 역사적 필연을 정확히 인식하는 것에 있음을 강조하는 것이다. 그러므로 "고상한 리얼리즘의 체득을 위하여 맑스 레닌주의적 세계관으로 높이 무장할 것을 요구"하며, "현실생활연구의 심화를 부절히 획책"(17쪽)해야 함을 강조한다.

그러면서 "일반적인 의미에서 오늘 우리의 문학은 모다 고상한 레알리즘의 방향으로 나가고 있다"면서 황건의 「탄맥」, 박웅걸의 「유산」, 박태민의 「제2전구」 등을 모두 "고상한 레알리즘에로 자기의 문학을 일보 전진시킨

---

48) 안함광, 「고상한 레알리즘의 논의와 창작발전도상의 문제」, 『문학예술』, 문화전선사, 1949. 10, 15쪽.

작품들로서 금년도 우리문학계의 값높은 창조 성과에 속한다"(27쪽)라고 평가한다.

> 기실 「탄맥」, 「유산」, 「제2전구」 등은 전체적으로 혁명적 로맨티시즘을 그 자체 가운데 포함한 고상한 레알리즘으로서 관통되어졌다. (중략) 즈다노브는 "혁명적 로맨티시즘을 사회주의레알리즘에 유기적으로 결부되어있는 그의 구성 부분"이라고 말하였던 것이다. 혁명적 로맨티시즘의 객관적 기초는 현실 그 자체 가운데 있는 것이다.
> 오늘 우리가 말하는 바 '고상한 레알리즘'은 그 '사회주의 레알리즘'과 그 본질을 동일히 하는 것인 바 오늘 우리 문학의 창작방법으로는 '사회주의적 레알리즘'의 경우에 있어서와도 마찬가지로 구체적으로는 '고상한 레알리즘밖에는 없다. 이 외에 혁명적 로맨티시즘이라는 창작방법이 이것과 양립하여 따로히 있는 것은 아니다.
> 그러나 '고상한 레알리즘'은 혁명적 로맨티시즘을 그 자체 가운데 통일하고 있는 것이며 만일 혁명적 로맨티시즘이 그것의 구성부분으로서 통일되어있지 않다면 즉 유기적으로 결부되어 있지 않다면 그것은 벌써 '고상한 레알리즘'일 수는 없는 것이다.[49]

안함광에게 황건, 박웅걸, 박태민의 작품은 '혁명적 로맨티시즘'을 내포한 '고상한 리얼리즘'에 해당한다. 즈다노브가 말한 '혁명적 로맨티시즘이 결부된 사회주의 레알리즘'을 전유한 안함광의 시각은 '혁명적 로맨티시즘'을 부분집합으로 내포함으로써 '고상한 리얼리즘'과 '사회주의 리얼리즘'을 동일화한다. 그러므로 『문화전선』 창간호부터 이어진 북한식 창작방법론의 모색은 '혁명적 로맨티시즘→고상한 리얼리즘(+혁명적 로맨티시즘)=→사회주의 리얼리즘'의 전개 과정을 담게 된다.

---

49) 안함광, 「고상한 레알리즘의 논의와 창작발전도상의 문제」, 『문학예술』, 문화전선사, 1949. 10, 34~35쪽.

'고상한 리얼리즘'에서 소련과 관련된 관점으로 '고상한'이라는 수식어의 기원을 추정케 하는 글은 1949년 한효가 발표한 「민족문학에 대하여」[50]라는 장문의 평론에서 확인된다. 이 글에서 한효는 "쏘베트 문학이 내포하고 있는 고상한 사상과 그 경향성은 맑스주의적 세계관 즉 레닌 쓰딸린 당의 세계관으로써 구성"된다면서 『문화전선』제9호에 실린 「쏘베트 문학의 볼쉐워끼적 당성에 대하여」를 인용한 뒤, 쏘베트 문학의 "고귀한 창작적 제 성과들은 문학의 고상한 사상성을 똑똑히 증명"한다고 강조한다. 즉 '고상한 사상'이 소련 문학이 지닌 '경향성'과 '당성'을 내포하는 개념이라는 것이다.

> 쏘베트 문학은 그 발전에 있어 볼쉐비끼당의 일상적인 고려와 지도 를 받으면서 공산주의적 세계관의 기초 위에서 민중의 혁명적 창조력 과 조직된 대중운동을 현실을 개변하는 역사적 행정의 주되는 원동력 으로 역사에서 처음 보이었다. 쏘베트 문학은 인민을 공산주의의 이데 아로써 무장시키며 공산주의 이상을 표현함에 봉사하며 공산주의사 회 건설 사업에 복무한다. 문학은 종전에 있어 그 어느 시대에도 이와 같이 <u>위대하고도 고상한 목적을 가져본 적이 없다.</u>[51]

인용문은 공산주의의 이상 실현과 공산주의 사회 건설에 복무하려는 "고 상한 목적"을 강조하는 '볼세비키적 당성'을 강조한다. 그리고 소련 문학이 "어떠한 부르죠아 민주제도보다 더 고상한 제도를 반영하며 부르죠아 문학 보다 몇배 더 고상한 문학을 반영한다"(401쪽)라는 주다노브의 말을 인용 하는 것으로 이어진다. 결국 한효의 견해에 따른다면 부르주아 문학을 배척 하고 공산주의 문학을 지향하는 문학이 '고상한 문학'에 해당하며, 당성을

---

50) 한효, 「민족문학에 대하여」, 문화전선사, 1949(이선영·김병민·김재용 편, 『현대문 학비평자료집』1권, 태학사, 1993, 391~437쪽.)
51) 한효, 「민족문학에 대하여」, 앞의 책, 401쪽.

강조하는 '위대하고 고상한 목적'을 실현하는 창작방법론이 '고상한 리얼리즘'에 해당하는 것이 된다.

안함광과 한효 등에 의해 주창되고 전파된 '고상한 리얼리즘' 논의는 1950년 6월 한국전쟁 직전까지도 이어진다. 그리하여 안함광은 『문학예술』(1950. 2)에 게재된 「1949년도 8.15 문학예술 축전의 성과와 교훈」에서도 "평화적 조국통일을 쟁취하기 위한 인민해방투쟁의 강유력한 무기의 역할을 더욱 제고하기 위하여 현실생활에 대한 올바른 과학적인식을 고상한사실주의방법으로 형상해야할것"[52]을 강조한다. 일체의 형식주의 잔재를 청산하고 고상한 사실주의의 창작방법을 내면화할 것을 당부하고 있는 것이다.

한식 역시 『문학예술』(1950. 5)에 게재된 「노동계급과 문학—5.1절을 맞이하여」에서 마르크스 레닌주의가 본질을 파악하는 세계관이며 '고상한 형상화'를 가능하는 '고상한 리얼리즘'이 창작방법의 기초임을 강조한다. 즉 "우리문학가는 맑쓰 레닌주의로 튼튼히 무장하여야 하겠으며 일체의 자본주의적 반동적 요소인 자연주의 형식주의와 견결히 투쟁함으로써 전체 근로인민들을 선진적 사상으로 교양 개조시키는 고상한 문학예술을 창조"[53]할 것을 주문하는 것이다.

1950년 7월호 『문학예술』은 한국전쟁 발발을 '이승만 정부의 북침'으로 규정한 김일성의 방송연설 「전체 조선인민들에게 호소한 조선민주주의 인민공화국 내각수상 김일성장군의 방송연설」(6~14쪽)이 게재되어 있다. 6월호에 이어 7월호에 연재된 한효의 평론 「장편 『땅』에 대하여」는 민촌 리기영의 『땅』이 지닌 리얼리즘적 태도를 주목하고 '고상한 리얼리즘'과 '혁

---

52) 안함광, 「1949년도 8.15 문학예술 축전의 성과와 교훈」, 『문학예술』, 문화전선사, 1950. 2, 34쪽.
53) 한식, 「노동계급과 문학—5.1절을 맞이하여」, 『문학예술』, 문화전선사, 1950. 5, 17~18쪽.

명적 로맨티시즘'을 통일한 텍스트로 고평한다. 즉 "우리의 고상한 레알리즘은 작가들에게 현실에 대한 혁명적 태도를 요청하면서 혁명적로만티즘을 자체안에 통일시키고 있는것"[54)]의 실제 텍스트로 꼼꼼하게 분석하고 있다. 그리하여『땅』이 주인공의 생활뿐만 아니라 국가와 인민의 생활에 대한 예견 속에 현실과 미래의 진보와 발전에 이바지하려는 생활을 묘사하였다고 평가한다.

한효는『문학의 전진』(1950) 단행본에 묶인「새로운 시문학의 발전」에서도 '고상한 리얼리즘'이 시문학의 지향적 방법론임을 설파한다. 그리하여 "고상한 리얼리즘의 창작방법에 의존하고 있는 우리 시문학은 그의 창작실천의 발전에 이익을 주는 모든 과거의 것을 상속하여 이용하며 특히 과거의 프롤레타리아 시가 보여준 열성적인 탐구정신과 인민에의 복무의 정신과 그리고 시와 그 외에 모든 문학 안에 진실을 찾으려는 고상한 노력을 계승하는 것"[55)]이라고 설명한다. 문학적 진실을 찾으려는 '고상한 노력'이 '고상한 리얼리즘'의 원동력이라는 것이다.

이렇듯 한국전쟁 직전에는 '고상한 리얼리즘'이라는 창작방법이 강조되지만, 전쟁기에 이르면 "고상한 애국주의 사상"[56)]의 교양이 강조된다. '고상한 사실주의'라는 창작방법론이 이미 내면화되었다고 판단되어 전쟁 승리를 위해 정신적 교양과 헌신적 희생을 강조하는 '고상한 애국주의'가 전면에 대두되는 것이다. 전쟁기에는 '고상한 애국주의'로 무장하여, 체제의 존립과 자신들의 생존을 위협하는 악의 세력, 온갖 부도덕과 패륜에 빠진

---

54) 한효,「장편『땅』에 대하여」,『문학예술』, 문화전선사, 1950. 7, 17쪽.

55) 한효,「새로운 시문학의 발전」, 안함광 외,『문학의 전진』, 문화전선사, 1950. 67쪽.

56) 안함광,「문학의 사상성과 예술성」,『문학론』, 1952(이선영·김병민·김재용 편,『현대문학비평자료집』2권, 태학사, 1993, 380쪽.)

미제국주의자들과 '괴뢰'들을 물리치고 정의를 구현하기 위해 싸우는 인민의 모습을 그려야 했기 때문이다.[57] 『해방 후 10년간의 조선문학』(1955)에서도 엄호석[58]에 따르면 전쟁기에 "고상한 도덕적 성품과 영웅적 희생정신으로 자체를 거인의 높이로 솟군 인간적 위대성의 산 면모"가 나타났으며, "고상한 애국주의와 헌신성"은 민주건설기의 신인간이 대중적 영웅으로 거듭났기 때문에 가능한 것이라고 평가된다.

한효의 시각 역시 전쟁 이전과 이후의 '고상한 리얼리즘'에 대한 시각이 다르게 인식되고 있음을 보여준다. 즉 조선에서는 "항용 사회주의 리얼리즘의 방법이 고상한 리얼리즘"으로 호명되었으며, 그 배경에 대하여 "해방 직후의 우리나라에 조성된 복잡한 정세에 비추어 순전히 정치적 고려에서 그렇게 불러온 것이며 관습화된 것"[59]이라고 지적한다. 심지어 전쟁 이후에는 안함광에 의해 안막의 글 내용 중 '고상한 사실주의'라는 표현이 의도적으로 '사회주의 사실주의'라는 표현으로 대체된다.[60]

이상을 통해 볼 때 '고상한 사실주의'란 '생기발발한 민족적 품성'을 가진 '새로운 긍정적 인간형'으로서의 '고상한 조선 사람'을 형상화하는 창작방법에 해당한다. '고상한 조선 사람'이란 새로운 체제와 제도를 모색하는 국가와 인민대중, 민주주의 조국건설을 위하여 헌신적이고 희생적으로 투쟁하며 고상한 목표 달성을 위해 고난과 시련을 극복할 줄 아는 의지적인 인간

---

57) 오성호, 「'국토완정'의 꿈과 절멸의 공포: 전쟁기의 시」, 『북한시의 사적 전개과정』, 경진, 2010, 51쪽.
58) 엄호석, 「조국해방전쟁 시기의 우리문학」, 안함광 외, 『해방 후 10년간의 조선문학』, 조선작가동맹출판사, 1955, 192~195쪽.
59) 한효, 「사회주의 리얼리즘과 조선문학」, 『문학론』, 1952(이선영·김병민·김재용 편, 『현대문학비평자료집』 2권, 태학사, 1993, 338쪽.)
60) 안함광, 「해방 후 조선문학의 발전과 조선로동당의 향도적 역할」, 『해방 후 10년간의 조선 문학』, 조선작가동맹출판사, 1955.

형으로서의 '새로운 조선사람'에 해당한다. 결국 '고상한 사실주의'란 해방 이후 긍정적 주인공을 통해 새로운 시대에 걸맞은 조선 사람의 치열한 노력과 투쟁, 승리와 영예를 사실주의적 방법으로 그려낸 창작방법론을 말한다. 소련 문학의 당파적 경향을 전유하고, 김일성의 1947년 신년사 이후 '『응향』 결정서, 확대 결정서, 중앙 결정서' 등을 거치며, 새로운 시대의 긍정적 인물형을 표상으로 고상한 사상성과 예술성을 가진 작품을 창작하는 해방기 북한의 유일무이한 창작방법론이 '고상한 리얼리즘'에 해당하는 것이다. 이후 전쟁기를 거치면서 '고상한 애국주의 사상과 함께 사회주의적 사실주의를 거쳐 주체 사실주의로 귀결되는 북한 문예창작방법론의 도식주의적 모색의 첫 자리에 자리한 방법론이 바로 '고상한 리얼리즘'인 것이다.

5. 당문학으로의 경직화

북한문학은 1947년경을 전후하여 '고상한 리얼리즘'론에 대한 논의를 통해 북한식의 특유한 창작방법론을 확정한다. 1947년 1월 김일성이 신년사 「신년을 맞이하여 전국인민에게 고함」에서 문학예술인들에게 해방 후 북한 사회에서 이룩한 민주개혁의 성과를 정확하게 반영하는 고상한 작품을 생산할 것을 요구한 이후 북한 내부에서 '새로운 리얼리즘'에 대한 논의는 '『응향』 결정서'를 통해 정치적 도식주의로의 경도가 시작되고, 이후 '확대 결정서'와 '중앙 결정서'를 거치며 유일무이한 방법적 지침인 '고상한 리얼리즘'론에 대한 논의로 귀결된다. '고상한 리얼리즘'은 소련의 즈다노브가 보여준 경직된 당파성 문학을 전유한 이래로 온갖 장애와 시련을 극복해 가는 긍정적 주인공을 창조할 것을 강조하고 인물과 사건을 고상한 사상성과 예술성을 담보한 내용으로 구성할 것을 장려하게 된 창작방법론인 것이다.

이 글은 해방기 북한문학의 창작방법론을 조망할 수 있는 『문화전선』

(1946.7~1947.8) 5권, 『조선문학』(1947.9/1947.12) 2권, 『문학예술』(1948.4~
1950.7) 19권을 통해 '고상한 리얼리즘'의 전개과정을 구체적이고 실증적으
로 검토하였다. 기존 연구 성과들이 안막, 안함광, 한효 등 몇몇 이론가의
특정한 텍스트만을 대상으로 '고상한 리얼리즘'의 확정 과정을 검토하고 있
다면, 이 글은 '고상한 리얼리즘' 이전과 이후를 조망하기 위해 '북조선문학
예술총동맹(1946. 3. 25)'의 기관지를 검토함으로써 더욱 입체적인 접근을
시도하였다. 결국 '고상한 리얼리즘'은 헌신적이고 영웅적인 투쟁과 각종
시련의 극복을 통해 인민대중들을 긍정적으로 교양하려는 목적으로 1947
년 초에 제기되면서 북한문학의 도식주의적 성향의 시발을 알린 것으로 평
가된다. 이때 '고상한 리얼리즘'은 긍정적 주인공론에 기초한 혁명적 낭만
주의로서 사회주의 리얼리즘에 가까운 창작방법론으로 인식된다. 이렇듯
'고상한 리얼리즘'은 '고상하지 않고, 부끄러운 텍스트' 들을 배제하면서 해
방기를 장악한 문예지침으로 고정되고, 전쟁 이후 '사회주의 리얼리즘'으로
대체되면서 해방기에 북한 유일의 창작 방법론으로 규정된다.

해방기 전기(1945~46), 해방기 후기(1947~1948), 분단 초기(1949~1950)
등 세 시기로 나누어 해방기 북문예총의 기관지인 『문화전선』, 『조선문학』,
『문학예술』 등을 통해 '고상한 리얼리즘' 논의의 전개 과정을 살펴봄으로써
북한문학의 담론적 지침이 내면화되고 획일화되는 과정을 분석하였다. 결
론적으로 『문화전선』 창간호부터 이어진 '새로운 리얼리즘'의 탐색은 '고상
하지 않은' '부르조아 문학, 자연주의, 예술지상주의, 형식주의, 반동조류 문
학, 정치적 무관심, 무사상성, 낡은 사상' 들을 배타적인 내용으로 괄호치고
'고상한 사상성과 예술성'을 강조함으로써 도식주의 문학의 도래를 선포한
셈이 된다. 그리하여 '고상한 리얼리즘'의 전개과정은 '혁명적 로맨티시즘
→고상한 리얼리즘(+혁명적 로맨티시즘)=→사회주의 리얼리즘'으로의

흐름을 담고 있다. 이후 전쟁기를 거치며 '고상한 애국주의'를 강조하면서 '고상한 리얼리즘'은 '사회주의 리얼리즘(사실주의)'으로 대체되고, 다시 주체사실주의로 고정되어 현재 북한문학의 창작방법론에 이르고 있다.

4부 소설의 계보를 균열적으로 독해하다

1950년대 전후(1945~1953)의 대표 단편소설을 읽다

1. 문학사에서 배제된 텍스트 읽기

이 글은 북한문학의 지배 담론과 실제 텍스트의 균열 양상을 고찰하기 위해 해방에서 한국전쟁기(1945~1953)까지에 이르는 대표 작품을 선별하여 구체적으로 분석해 보고자 한다. 문학은 담론적 강제 속에서도 시대와 길항하며 문학적 입지와 외연을 끊임없이 다양한 해석의 지대로 끌고 가는 다성성의 장르에 해당한다. 따라서 '종자'의 차원이 아니라 레토릭의 수준에서라도 지속적으로 개인과 사회의 관계를 조망하며 시대적 모순을 착목하게 되어 있다. 북한문학의 당문학적인 성격을 감안할 때 실제 텍스트들 역시 전일적인 주형물로서의 문예물들로 환원하여 해석하기 십상이다. 그리하여 새로운 해석의 개입이 어려운 텍스트이거나 근대 미달의 항일혁명문학류 또는 수령형상문학의 아류 등으로 폄하되는 일차원적 접근 방식이 존재한다. 하지만 이 글은 북한문학 작품 중 시대와 길항하는 작품이 지배 담론 생산자들에 의해 상찬과 비판, 선택과 배제의 경쟁 속에서 드러내는 균열과 틈새를 들여다 보고자 한다. 그 균열적 틈새에 대한 주목이 남북한 통합문학사를 기술하기 위한 밑돌로서 남북한의 문학적 차이를 점검하면서도 북한문학에 대한 이해의 폭을 넓히는 방법이기 때문이다.

북한문학사에 대한 개괄적 인식은 이미 김재용[1], 김윤식[2], 신형기·오성호[3], 김성수[4], 김용직[5] 등의 선행 연구를 통해 1990년대 이래로 정리된 바 있다.[6] 하지만 이들 문학사들은 북한문학 내부의 논리를 그대로 수용하여 문학사를 재정리하거나(신형기·오성호), 외부적 시각으로 북한문학의 역사를 재해석하거나(김재용, 김윤식, 김용직), 북한문학과 남한문학의 물리적 결합을 꾀하는 시도로 재구성(김성수)된 바 있다. 하지만 이제 북한문학사의 개괄적 인식을 넘어서 좀더 입체적이고 구체적인 분석과 평가가 진행되어야 한다고 판단된다. 즉 북한에서 발간되는 '조선문학사'를 반복적으로 재요약하면서 북한문학의 주류 담론과 텍스트들을 개괄하는 것에서 벗어나 심층적으로 '문학적 보편성과 예술성'을 확인할 수 있는 균열과 틈새를 확인하는 작업은 북한문학에 대한 새롭고 중요한 해석학적 시도에 해당한다.

이 글은 남북한 통합문학사의 기술과 재구성을 위한 선결 작업의 첫 단계로서 1945년 8월 해방 이래로 1953년 7월 한국전쟁이 휴전되는 시기 중에서 세 편의 단편소설을 통해 북한문학의 지배 담론과 텍스트 사이의 균열적 양상을 조명해 보고자 한다. 우선 해방기(1945~1948)에는 '『응향』 사건' 이후 각종 '결정서'들을 통해 '고상한 리얼리즘'을 확정하는 과정에서 비판되는 텍스트 중에서, 한설야의 「모자」를 구체적으로 점검해 보고자 한다.

---

1) 김재용,『북한문학의 역사적 이해』, 문학과지성사, 1994.
2) 김윤식,『북한문학사론』, 새미, 1996.
3) 신형기·오성호,『북한문학사』, 평민사, 2000.
4) 김성수,『통일의 문학 비평의 논리』. 책세상, 2000.
5) 김용직,『북한문학사』, 일지사, 2008.
6) 물론 이외에도 권영민의『북한의 문학』(1989) 등의 개괄적 선행연구가 있었으며, 최동호 외의『남북한문학사』(1995)나 민족문학사연구소의『북한의 우리문학사 재인식』(2014) 등의 공저도 있다. 하지만, 문제의식의 분리적 사유를 드러내는 공저가 아니라 단일한 저자의 집중된 문제의식을 반영한 연구 성과는 이들 6인의 문학사적 입장이 대표적이라고 판단된다.

1946년작인 한설야의 「모자」는 발표 당시에 이미 긍정적 의미 부여와 함께 부정적 비판의 대상이 되지만, 결과적으로 공식적인 북한문학사의 기술에서는 사라진다는 점에서 북한문학의 담론적 강제성을 비판적으로 해석할 수 있는 작품이기 때문이다.

1948년 대한민국 정부 수립과 조선민주주의인민공화국 수립 이후 분단 초기의 양상을 다룬 작품으로는 이태준의 「호랑이 할머니」(1949)를 분석하고자 한다. 북한에서 1947년 긍정적 인간형을 강조하는 '고상한 사실주의'가 창작방법론으로 확정된 이후 북한 사회 현실에서 문맹 퇴치 사업의 성과를 강조하는 이 작품은 발표 당시에 문학적 공과에 대한 상찬과 비판이 공존하다가, '반동작가 이태준'에 대한 배제 논리에 의해 문학사적 삭제의 대상이 되는 텍스트에 해당하기 때문이다.

한국전쟁기(1950~1953)에 애국심과 헌신성을 강조하면서 '고상한 애국주의'를 표방하는 시기의 작품으로는 김남천의 「꿀」(1951)을 검토하고자 한다. 이 작품은 발표 당시에는 문학적 상찬과 비판이 공존하지만, 1953년 이래로 반종파 투쟁 과정을 거치면서는 '반동적 부르주아 작가'의 작품으로 평가절하되어, 결과적으로 북한문학의 지배담론과 텍스트의 균열 양상을 검토할 수 있는 텍스트이기 때문이다.

이들 세 작품은 문학성에 대한 양가적 평가 속에 정치적 담론이 문학을 강제하는 당문학적 견지에서 평가절하되는 공통된 특징을 보여준다. 따라서 북한문학에서 지배담론이 텍스트를 강제하는 모습을 통해 북한문학의 유연성과 경직성을 함께 들여다볼 수 있는 소중한 텍스트가 된다. 특히 이 세 작가의 작품에 대한 평가의 극단을 오가는 상찬과 비판은 분단 체제의 비극성을 여실히 보여준다. 이러한 비극성의 문학적 양상을 구체적으로 검토하는 것은 남북한 통합문학사의 밑돌을 놓기 위한 선결 작업에 해당한다.

2. 주제의식의 호평과 리얼리티의 비판 : 소련군 병사의 동요하는 내면 ─ 한설야의 「모자」(1946)

먼저 한설야의 「모자(帽子)」(1946)[7]는 북조선문학예술총동맹의 기관지인 『문화전선』 창간호에 실린 작품이다. 제호에서부터 잡지 내용에 이르기까지 소련문학을 사회주의 리얼리즘의 전범으로 전유하려는 의도가 전면화된 창간호에서, 동요하는 내면을 지닌 소련군의 시각을 통해 소련군 병사가 '해방군'임에도 불구하고 '충동적 내면의 소유자'임을 그려 존재의 양면성을 드러낸 단편소설이다. 이 작품에서 소련군인이 조선인을 총으로 위협하거나 술에 취해 총을 난사하는 충동적인 인물로 그려진다는 점에서 발표 당시에 북한에서는 '조소친선'이라는 주제의식을 약화시키는 작품으로 비판을 받는다. 하지만, 오히려 그러한 비판적 대목이 이 작품의 당대적 리얼리티를 보여주는 내용에 해당한다.

「모자」는 부제인 '어떤 붉은 병사의 수기'라는 내용에 걸맞게 1인칭 독백체 형식을 띤 모더니즘적 경향의 소설에 해당한다. "우리부대가 K시에 온 것은 바루 이나라가 해방되던 직후인 1945년 팔월그믐께였다."[8]라는 문장으로 시작되는 이 작품은 우크라이나 콜로즈 출신의 소련군 병사가 제2차세계대전을 겪은 뒤 북한에 진주하게 된 내용을 다루고 있다. 작품 속에서 K시에 진주한 '나'는 C강을 사랑한다. 이 C강을 배경으로 드러나는 풍경의 잔잔함이 우크라이나 고향을 연상시키기 때문이다. 그는 늙은 어머니와 젊은 아내와 나이 어린 남매를 가진 가장이었지만, 독일 파시스트에 대항하기 위해 참전한 용사이다. 참전 중에도 딸 프로쌰에게 줄 선물로 '손풍금' 대신 '모자' 하나를 준비했지만 전쟁의 와중에 독일군에 의해 어머니와 아내, 남

---

7) 한설야, 「帽子─어떤 붉은 兵士의 手記」, 『문화전선』 창간호, 1946. 7. 25, 198~215쪽.
8) 한설야, 앞의 글, 198쪽.

매가 살해당한다. '나'는 상처를 잊기 위해 열정적인 전사가 되지만, 그로 인해 정신적 상처를 깊이 않게 된다. 특히 복수심과 공포, 악몽에 시달릴 때면 간헐적으로 단총을 허공에 대고 쏘는 돌발적 행동을 하게 된다. 조선인 친구와 함께 승무 공연을 본 '나'는 단총을 빼들고 거리에 나와 격발하는 충동적인 행동을 하게 된다. 그때 가게 앞에서 '모자'를 훔치다 들킨 모녀를 놓아주게 하면서 '나'는 총으로 가게 주인을 위협한다. 이후 딸 프로쌰와 조선의 여자 아이를 중첩시키면서 프로쌰에게 주려던 모자를 소녀의 머리에 씌워주면서 작품은 마무리된다.

작품 발표 이후 「모자」에 대한 평가는 공식적인 비평문으로 안함광의 「북조선 창작계의 동향」이라는 원고 한 편에 불과하다. 하지만 창작 의도에 대한 호평과 함께 작품 내적 리얼리티에 대한 냉정한 비판이 공존한다는 점에서 귀중한 논문에 해당한다. 즉 안함광은 1947년 '북한 창작계의 동향'을 전체적으로 검토하면서, 「모자」에 대한 긍정적인 평가로는 해방기에 '해방군'으로 북에 진주한 소련과의 친선이라는 '조쏘친선'의 주제의식을 거론한다.

> 전체의 행문이 다감한 붉은 군대의 심상에 알맞은 윤택미를 가지고 있을 뿐만 아니라 소설 결부에 있어 붉은 병사가 팟쇼 독일 병정한테 무참히도 희생되어버린 자기가족 특히 어린아들 딸들에 대한 절절한 추모를 조선의 어린애들에게 대한 애정에다 의탁하여 조선의 어린 아이들과 더불어 희롱하며 자기 딸 프로쌰에게 주려고 사가지고 다니던 모자를 조선의 어린 아이의 머리에 씌워가지고 포옹하면서 조소친선의 핏줄이 새삼스러히 따뜻함을 느끼는 장면은 대단히 인상적이고 회화적인 동시에 맑게 개었던 그날의 날씨와도 같이 지극히 친선한 감정을 자아내게 한다.9)

---

9) 안함광, 「북조선창작계의 동향」, 『문화전선』 3집, 1947. 2, 12~29쪽.

인용문에서 보이듯, 안함광은 "다감한 붉은 군대의 심상에 알맞은 윤택미"와 함께 '조선 어린이에 대한 애정', '조소친선의 따뜻함' 등이 이 작품의 성과라고 평가한다. 특히 독일군에게 희생된 가족을 연상하며 자신의 딸 프로쌰에게 주려던 모자를 조선의 어린이에게 건네주며 포옹하는 모습이 '조소 친선의 따뜻함'을 인상적으로 형상화한 작품이라는 것이다.

하지만 작가의 정치적 의도에 대한 긍정성에도 불구하고 문학성에 대한 비판이 더욱 철저하게 수행된다. 그리하여 첫째, 전체적으로 "주제의 통일성을 갖고 있지 못하"여, "붉은 병사의 심리적 굴곡"과 "모자 수여사건에서 형상된 조소친선"이라는 두 개의 주제가 "불통일 상태에서 접합되어" 있다고 비판한다. 주제의 이원적 형상화가 문제라는 지적인 것이다. 둘째로 '붉은 병사의 승무에 대한 소감'을 지적하면서 "붉은 군대의 명예를 정당히 평가"했지만, "심리의 극명한 묘사"(사상적으로 굳게 무장한 붉은 군대의 전형)가 부족했음을 지적한다. 소련군 병사의 심리 묘사가 사상성의 약화를 보여준다는 것이다. 셋째로 "처자의 희생에서 받은 침통한 심정" 때문에 고향을 두려워하는 모습으로 소련군 병사를 형상화한 것이 "작자의 수법상의 과장"(공감력의 부족, 묘사력의 미비)이라고 비판한다. 넷째로 소련군인이 충동적 인간이었다가 "정상한 인간"이 되어 "심히 친절하고 단정한 인간이되는 장면"에서 내적 필연성이 부재하다면서 '작가의 설득력과 묘사력 부족'을 비판한다. 다섯째 소련군이 체감하는 '망각의 행복'이 기억 상의 문제일 뿐 심리상의 문제는 아니라면서, "극명한 심리묘사를 외재적 조건과의 연관"에서 진행했어야 하는데, 행동과 심리가 별개로 드러나고 있다고 비판한다. 이러한 다섯 가지 문학 내적 형상화에 대한 비판은 「모자」의 문학적 한계를 명쾌하게 지적한 논평에 해당한다.

결론적으로는 결국 '상처의 망각'을 포괄하는 "근본적인 문학적 모티브"

의 부재가 이 작품의 한계로 비판된다. 그리하여 "면밀한 모티브의 설정과 심각하고도 면밀한 심리묘사를 필요로하는 위치에서 주인공을 다루"면서도 "주인공에게 문학적 진실을 부여하는 데 성공하지 못했"으며, 결과적으로 「모자」는 "작자의 의도는 좋았음에도 불구하고 그 좋은 의도에 대한 통일적 인상을 독자에게 주는 데에 성공한 작품은 되지 못하고 말았다"[10]라고 혹독하게 비판한다. 안함광의 논지를 요약한다면 결국 '조소친선'이라는 주제의식만이 긍정적으로 평가받아 마땅하지만, 근본적인 모티프의 부재 속에 주제의 이원화, 사상성의 약화, 적절한 심리 묘사의 부족, 문학적 진실성의 훼손, 텍스트 내부 이야기의 내적 통일성의 결여가 비판되고 있는 것이다.

안함광의 논의를 제외하고는 북한문학사를 비롯하여 공식적인 북한 내부의 평가나 의견 개진은 없다. 동요하는 내면을 지닌 소련군 병사가 '고상한 리얼리즘'에 적합한 '고상한 인간'으로 형상화되지 않았기 때문에 배제된 것이다.[11] 이 작품은 특히 소군정으로부터 강한 항의를 받았으며 작품 개작 소동이 벌어지기도 하였다는 일화[12]가 전해진다. 하지만 월남 작가인 오영진에 따르면 「모자」에 드러난 적절한 묘사가 한설야의 당대 현실에 대한 관찰력과 리얼리티를 높이 평가하게 한다.[13] 물론 현수(박남수)는 "「모자」가 실린 『문화전선』은 판매가 중지되었고 「모자」는 그의 작품집에서도

---

10) 안함광, 앞의 글, 21~22쪽.
11) 동일한 주제의식 속에서 긍정적 인간을 다루고 있는 한설야의 「남매」(1948)는 1950년대 북한문학사에서 "조선인민들의 참된 생활적 감정으로서의 조·쏘 친선의 감정을 감명깊게 보여준 우수한 소설"로 평가받고 있기 때문에 더욱 그렇다.(사회 과학원 문학연구소, 『조선문학통사(현대문학편)』, 인동, 1988(북한 사회과학출판 사, 1959), 207~209쪽)
12) 김재용, 「냉전시대 한설야 문학의 민족의식과 비타협성」, 『역사비평』 47, 1999년 여름, 233~234쪽.
13) 오영진, 『하나의 증언』, 국민사상지도원, 1952, 90쪽.

제외"[14])되었으며, 소련군 사령부의 의심을 샀다고 판단한다. 그러나 "「모자」가 원산의 『응향』처럼 사건화되지 않은 것은 작자가 저명하고 공산주의 문인의 괴수"(41~42쪽)였기 때문이라면서, 「모자」 이후 검열이 강화되었다고 자신의 재북 체험을 기술한다.

> 이 환호에 벅작국 끓어넘치는 조선의땅! 그러나 내게는 이것이 고향이 아닌 것이 당행하였다. 이땅은 아무데 가도 내가족의 영원히 움지기지않는 파아란 눈동자가 없을것이요 또 짓밟히고 깨여진 내 옛터전이 여게 있을까닭이 없는 것이다. 그러므로 아무데라도 안심하고 걸어다닐수 있다.
>
> 다만 때로 환호의 소리, 만세소리가 뜻하지않고 흘러오는 것이 걱정이었다. 해방된 인간의소리! 이에서 더 아름다운 음악이 있으랴. 원수가물러간 거리의 표정! 이에서 더 명랑한 풍경화가 있으랴.
>
> 그러나 이 밝음이 내맘속에 서러운 「어둠」을 너무도 선명히 비춰주는 것이다.
>
> 이거리의 집집에서 마다 펄렁그리는 태극기의 붉은빛, 푸른빛이 내가족의 잃어진 피요 움지기지않는 파아란 눈동자를 상상케하는 것이다. 울수있는때 – 술이 취해서 울수있는때는 그래도 행복한 시간일 수 있다. 전쟁이 그립다. 주검을밟고 넘어가는 말리전쟁이 내고향이다. 그럼 예상밖에 전쟁이 빨리 끝장이 나서 너무 갑자기 내주위는 괴괴해섯다. 내게는 아직 소음(騷音)이 필요하고 총소리가 필요하였다.
>
> 그러나 지금 내 주위는 대낮에도 만귀 잠잠한 것 갓다. 어떤때는 이나라의모든 환호의소리와 해방의 빛깔이 그저 까마득한속에 잠겨서 보이고 들리지 않는 것이다.[15]

작품 중반부인 3장 끝부분에 보면 소련군의 심리적 동요의 양상이 자연스레 드러난다. 즉 거리에서 부지불식간에 울려오는 환호 소리와 만세 소리

---

14) 현수, 『적치 6년의 북한문단』, 국민사상지도원, 1952. 39~41쪽.
15) 한설야, 「모자」, 『문화전선』 창간호, 1946. 7. 25, 205쪽.

가 "해방된 인간의 소리"의 아름다움을 선사하며, "거리의 표정"이 "명랑한 풍경화"를 보여준다고 감탄하고 있으면서도, 그 밝은 풍경이 소련군 병사의 "맘속에 서러운 「어둠」을 너무도 선명히 비춰주는 것"으로 대조된다. 해방된 조선의 밝은 풍경 속에서도 해방군으로서의 소련군의 내면이, '폐허가 된 고향'에 대한 연상으로 인해 어둠에 장악될 수밖에 없다는 심리적 우울감이 드러나는 것이다. 이렇듯 어둠에 침윤된 소련군 병사의 내면은 강박증적으로 강화되어 전쟁에 대한 그리움과 소음의 필요, 총소리의 필요를 갈구하게 된다. 그리고는 대낮에도 소리를 제대로 감지하지 못한 채, "환호의 소리와 해방의 빛깔"을 보거나 들을 수 없는 감각의 상실로 이어진다. 이렇듯 「모자」는 고향에서 희생된 가족에 대한 그리움 속에서 해방된 조선의 풍경을 제대로 응시해내지 못하는 소련군 병사의 동요하는 내면을 잘 포착해낸 작품인 것이다.

하지만 전체 5장으로 구성된 「모자」의 1946년 7월 판본은 1956년 9월 판본과 1960년 9월 판본으로 개작되어 출간된다. 이때 원본이 개작본보다 해방 직후 북한 사회의 모습에 대한 한설야의 당대적 현실 감각을 더욱 정확하게 보여준다. 왜냐하면 개작된 1956년 판본과 1960년 판본에서는 고통스러운 소련군의 모습이나, 조선인을 위협하거나 단총을 빼들고 행패를 부리는 등의 부정적 모습이 삭제[16]되기 때문이다. 개작본의 경우는 해방군

---

16) 남원진에 따르면, 원작과 개작본의 차이는 다음의 다섯 가지로 요약할 수 있다. 즉 1) 1946년 판본 「모자」에서의 고통스러운 소련 군인의 모습은 개작본에서는 사라진다. 2) '단총(권총)'으로 조선인을 위협하는 소련 군인의 부정적 모습이 개작본에서는 사라진다. 3) 원작에는 '승무' 공연을 제일 재미있게 관람한 뒤 '종교의 힘'이 인간을 지배하는 것으로 드러나지만, 개작본에서는 '인간 의식'이 '종교 의식'에 승리하는 것으로 드러난다. 4) 승무 관람 후 조선의 전통에 대한 이해 부족으로 단총을 빼들고 행패를 부리지만, 개작본에서는 소련군이 자신의 희생당한 가족으로 인한 상처를 치유받는 것으로 그려진다. 5) 조선인을 위협하거나 난사하는 등 단총과 관련된 장면들이 대거 삭제되거나, 조선아이에게 '총부리를 돌리는 시늉'을 하는

으로서의 소련군인의 긍정성을 강조하기 위한 내용으로 수정되며, 원작에서 문제점으로 지적된 대목들이 대부분 삭제된 것이다.

> 낡은 것이 완전히 없어지기위해서는 반드시생겨나야 하는 것이다.
> 이거리는 지금도 날마다 낡은 것이 가시어지고 새것이 생겨나면서 있다.
> 　자연과 인간을 가장 행복한 길로 인도하는 나라의 구름가티 일어나는 창조의 고동이 내귀에 역력히 들리는 것 가탔다.
> 　내입에서 흐르는 흥겨운 수파람은 고향의 노래를 실어 이하늘에 부친다.
> 　가을 햇빛에 물든 금모래 마당을 밟으며 나는 계집아이를 안은채 내방으로 걸어들어갔다.
> 　새싹을 키우는 이 거리로 귀엽게 걸어가는—프로샤의 모자를 쓴 프로샤의 동생 그리고 모든 이나라의 어린이를…… 이런 것이 파노라마처럼 내머릿속에 떠돌고 있다.17)

　인용문에서처럼 결국 작품 말미에는 '낡은 것과 새 것의 대비' 속에 '행복한 나라'에서 '창조의 고동'을 듣는 것으로 그려지면서 작중 화자인 소련 병사 '나'가 "흥겨운 수파람"을 부르며 "고향의 노래를 실어 이 하늘에 부"치는 것으로 드러난다. 특히 "가을 햇빛에 물든 금모래 마당을 밟으며" "새싹을 키우는" 거리로 걸어가는 "프로샤의 모자를 쓴 프로샤의 동생"과 "모든 이 나라의 어린이를" 연상하는 것은 심신의 불안감 속에서도 조소친선을 강화하기 위한 주제 의식으로 마무리하려는 작가의 의도가 선명하게 드러난다.

모습을 개작본에서 '모른 체 하며 돌아서는' 것으로 수정한다. (남원진, 「해방기 소련 인식, 한설야의 「모자」론」, 『한설야 문학연구 : 한설야의 욕망, 칼날 위에 춤추다』, 도서출판 경진, 2013, 103~137쪽.)
17) 한설야, 앞의 글, 215쪽.

이렇듯 '해방의 은인'이나 '조선 발전의 동무'로 소련군대를 말하던 시점에서, 「모자」가 '조쏘친선'을 강화하기 위한 의도로 창작된 작품이긴 하지만, 결과적으로는 북한 주민들에게 행패를 부렸던 소련군대의 부정적 면모와 함께 소련군의 충동적 양가성을 함께 드러내고 있다는 점에서 주목을 요한다. 특히 1946년 원본의 경우 해방기에 소련군이 진주한 북한의 현실을 소련군 병사의 강박증적 시선으로 묘파하면서 당대 현실의 리얼리티를 확보한 작품이라고 평가할 수 있다.

결과적으로 「모자」에 대한 논란은 한설야 단편집 『초소에』[18]에 기존에 발표된 「남매」, 「마을 사람들」, 「얼굴」, 「어떤 날의 일기」, 「초소에서」 등의 작품은 실리지만, 「모자」는 함께 수록되지 못한 결과로 드러난다. 편집자 주를 보면 작품집의 의도에 대해 해방과 함께 작가가 "새로운 사회적 조건에서 자유롭게 자라나고 있는 인간들의 형상과 그들의 상호관계에서 자라나는 새 윤리들"을 보여준다면서, 단편집을 통해 "작가로써의 씨의 발전"과 함께 "북반부의 사회현실을 보게 되는 것"[19]이라고 기술한다. 그러나 「모자」는 소련군 병사의 동요하는 내면을 다루었기 때문에 작품집에서 배제된 것으로 추정된다.

이후 한설야의 「모자」는 북한문학사에서 전혀 언급이 되지 않는다. 반면에 「남매」(1948)가 국제 친선을 강조하는 작품으로 거론되고, 「개선」(1948)과 「승냥이」(1951) 등의 작품은 김일성 형상화와 반미를 강조하는 소설로 끊임없이 주목받으며 북한문학사에서 지속적으로 평가를 받는다. 따라서 「모자」에서 그려진 충동적인 내면을 지닌 소련 병사의 모습은 소련문학을 사회주의 리얼리즘 문학의 정수로 수용하던 당시 분위기에서 납득하기 어

---

18) 한설야, 『초소에』, 문화전선사, 1949.
19) 편집자 표사글, 『문학예술』, 1950. 2, 180쪽.

려운 인물의 형상화였던 것으로 파악된다. 결국 소련 병사의 심리적 동요를 탈색시킨 개작본만이 사후적으로 조소친선을 강화한다는 명목으로 그려질 뿐인 것이다. 「모자」는 개작본이 아니라 1946년 원본을 통해 북한문학 초기의 지배담론과 텍스트의 균열 양상을 선명하게 보여주는 작품이라고 평가할 수 있다.

3. 집단주의적 교양과 인물 성격의 과장 : 문맹 퇴치 사업의 공과
  ― 이태준의 「호랑이 할머니」(1949)[20]

　이태준의 단편소설 「호랑이 할머니」(1949)는 평론가 기석복에 의해 "해방후 조선문학에서의 최대걸작"[21]이라고 평가를 받을 정도로 북한에서 실시한 문맹퇴치사업을 소재로 만든 분단 초기의 대표적인 작품이다. 보수성이 매우 강한 65세 '호랑이 할머니'가 한글학교에 나가기를 완강히 거부하다가 우여곡절 끝에 한글을 깨치게 된다는 계도적인 내용을 다루고 있다. 이 작품은 1949년 겨울 농한기를 맞은 농민들을 위해 농민소설을 창작하라는 김일성의 격려를 계기로 작가들이 농촌으로 동원되어, 일주일 만에 창작된 작품들 중의 하나로 알려져 있다.[22]

　「호랑이 할머니」는 작품 발표 직후 성과와 한계가 함께 거론된 텍스트에 해당한다. 한식[23]에 의하면, 북한 사회의 민주주의 정신을 고양하는 민주

---

20) 이태준, 「호랑이할머니」, 『첫전투』, 문화전선사, 1949. 11.(이태준, 「호랑이 할머니」, 『해방전후·고향길』, 깊은샘, 1995, 105~120쪽.)
21) 기석복, 「우리 문학평론에 있어서의 몇가지 문제에 대하여」, 『노동신문』, 1952. 2. 28.
22) 한설야는 「김일성 장군과 문학예술」이라는 글에서 이태준, 최명익, 이춘진, 천청송, 윤세중, 한설야 등이 농촌으로 동원되어 일주일 만에 모두 작품을 창작했다고 언급하면서 장군이 문학예술 부문에 대해 적절한 비판을 가한다고 언급한다.(한설야, 「김일성 장군과 문학예술」, 『문학예술』, 1952. 4, 4~10쪽.)

건설기의 작품이지만 구성력이 미흡한 작품으로 평가된다. 즉 민청원 중의 우수한 일꾼인 '상근'이 치밀한 계획과 겸손한 설득력으로 '호랑이 할머니'의 문맹을 퇴치하는 이야기라면서, 민주주의 정신의 교양과 민주조국 건설에 참가하게 만든 의의가 있다고 평가한다. 하지만 호랑이 할머니의 개인적 역할을 사회적 힘보다 더욱 강하게 형상화한 작품 내용의 구성력을 비판한다. 그리고 "새로운 농민전형들을 형상화하고 있는 건실한 작품"이지만, 아직도 "자연주의적 수법의 잔재"가 남아 있다는 점을 지적한다.

하지만 한식과는 다르게 박중선24)은 '호랑이 할머니'의 모습이 해방 후 조선문학의 새로운 "전형적 형상"에 해당한다고 높이 평가한다. 특히 이 소설이 "민주건설에로의 장애물로 되는 봉건적 유습의 완고성을 폭로하며 그러한 부패한 완고성을 가지고 있는 인물들에 대하여 유모아하게 풍자함으로써 그러한 유습과 인습들을 근절할 목적"을 내세운 작품이라는 것이다. 그리하여 "고결한 목적을 빛나게 예술적으로 달성"한 작품이며, 이태준이 '산파와 매장자'의 역할을 이행하고 있다면서 민주건설을 위한 작가적 실천을 상찬한다. 특히 "인민대중을 새로운 민주주의적 정신으로 교양하는 사업에서의 가장 중요한 방법인 집단주의적 교양을 옳게 예술적으로 묘사"하고 있다면서, "당의 영도성과 사회단체들의 역할을 바로 보이고 있"다고 고평한다. 소설의 예술성에 대한 평가에서도 1) 불필요한 인물이 없으며, 2) 쉬운 말로 사건을 서술하고 3) 독자에게 흥미를 제공한다면서 "인물묘사에

---

23) 한식, 「주제의 구체화와 단편의 구성─농민소설집을 평함」, 『문학예술』, 1949. 7, 48~61쪽.
24) 박중선, 「대중을 집단주의로 교양시키자─이태준작 단편소설 「호랑이할머니」에 대하여」, 『노동신문』, 1949. 8. 20.(이 논문이 기석복의 논문임은 한설야, 엄호석, 황건 등의 글에 의해서 1956년에 밝혀지지만, 구체적으로 박중선이 기석복의 가명임이 적시된 논문은 윤세평의 「「농토」와 「호랑이 할머니」에 대하여」(『문예전선에 있어서의 반동적 부르죠아 사상을 반대하여』2, 1956, 228쪽)에서이다.)

있어서나 언어사용에 있어서 인민작가로서 자기의 예술적 특성을 표현하였"음을 고평한다.

그러나 작품의 결점으로 첫째 "문맹자의 연령이 16세로부터 55세까지 규정"된 것을 근거로 들면서 호랑이 할머니의 연령을 65세로 제시한 것이 내적 리얼리티의 훼손에 해당한다고 비판한다. 둘째로 촌민들의 성과가 과소평가된 반면 할머니의 성격이 과장된 점을 지적한다. 그러나 그럼에도 불구하고 결론적으로 이 작품이 "민주건설에서 인민들을 새로운 사상으로 교양하는 사업에 절대한 방조"가 되리라고 극찬한다.

한식과 유사한 견해인 엄호석25)은 민주주의적 교양과 민주조국 건설이라는 작품의 성과는 인정하지만 전형적 형상화는 아니라고 비판한다. 즉 '호랑이 할머니의 완고성'이라는 개성적 측면이 과장되었기 때문에 "문맹 퇴치 대상자로서의 형상"을 지닌 "전형적 타이프"로 형상화되지 못했으며, 더구나 "65세의 파파 늙은이"는 "문맹퇴치 대상"이 아니라면서 작품 속에서 작품 외적 현실이 과장된 것을 비판한다. 물론 작품 "전체의 성과를 의심"하는 것은 아니지만, 호랑이 할머니의 성격 구성의 일부 단점을 거론하는 지적이라면서 촌평을 마무리한다.

한효26) 역시도 1949년도 소설을 회고하면서 "새로운 인간성을 묘사"한 작품이라면서 긍정과 비판의 양면적 평가를 보여준다. 즉 "문맹퇴치사업을 통하여 봉건적 인습과 완강한 고집 속에 파묻혀있던 단순하고 평범하고 소박한 인간성이 어떻게 새로운 제도 아래서 특히 인민정권의 올바른 시책과 민청원들의 열성에 의하여 개변"되는가를 보여준 작품으로 평가한다. 그리

---

25) 엄호석, 「농촌 묘사와 예술적 진실 – 농민소설집『자라는 마을』을 말함」, 『문학예술』, 1949. 10, 37~51쪽.
26) 한효, 「보다 높은 성과를 향하여—1949년도 소설계의 회고」, 『문학예술』, 1950. 1, 22~39쪽.

하여 호랑이 할머니의 개변이 "새로운 사회제도의 산물"이라고 긍정적인 평가를 내놓는다.

하지만, 문학적 형상화의 측면에서는 '성인학교 후원회 회장' 취임 부분과 다른 할머니의 말에 발분하는 내용 등의 '작위성'을 비판하면서, 호랑이 할머니의 "긍정적인 생활의 구체적인 묘사를 통"해서가 아니라 "인물의 성격 내부에서의 인위적인 계기를 통하여" 새로운 시대의 사상을 표현하려 한 것이 문제점임을 지적한다.

이렇듯 한식, 박중선, 엄호석, 한효 등의 1949~50년 평가는 해방 이후 성과작으로서 문맹퇴치라는 민주주의 교양과 민주건설 사업의 형상화에 대한 우호적 평가가 주를 이룬다. 당의 영도성과 집단주의적 교양을 강조함으로써 예술적 형상화를 이루었다는 것이다. 하지만 공통적으로 작품 내적 리얼리티의 훼손, 성격의 과장, 작위적 표현 등의 문제점이 동시에 지적된다.

> 후원회장 호랑이 할머니는 이때에 벌써 인민군대에 가 있는 맏손자 영돌군에게 다음과 같은 편지를 써 보낼 수 있었다.
> "영돌이냐 잘 있느냐 춥지는 않느냐 너이 대장어룬도 무고하시냐 대장어룬 말 잘 들어야 쓴다. 너 우리 김장군 더러 뵈입겠구나. 이 할미는 글쎄 성인 학교 후원회장이 되었단다. 국문 배울라 학교 일 다시릴랴 변스럽게 바쁘다. 네 어미도 공부 잘한다. 내가 글 해 뭣에 쓰리 했더니 알고 나니 이렇게 써 먹는고나. 올에는 차조가 잘되어 조찰밥 잘 먹는 네 생각 난다. 언제 휴가 맏느냐 아모쪼록 우리 나라 잘되게 힘써라. 우리 소가 새끼 가졌단다. 나 아니고는 회장 재목 없다 해서 마지못해 나왔지만 무식꾼들의 어룬 노릇하기 힘들더라. 열이 열소리 백이 백소리 귀가 쏠 지경이다. 할말 태산 같으나 눈이 구물거려 이만 적는다."
> 호랑이 할머니가 생전 처음 써 보는 이 편지에서 할말이 태산 같다는 것 속에는 그 작은년이 할머니가 '총'자를 '꽝'자라 한 이야기도 들어 있었으나 아직 그런 복잡한 말을 쓰기에는 요령을 잡을 수가 없었다. 연필 끝에 침만 여러 번 묻혀 보다가 그만두고 말았다.[27]

작품 말미 부분인 인용문에서 보이듯 「호랑이 할머니」는 구어체적 표현 속에 할머니의 개성적 성격이 생생하게 형상화된 작품이다. 즉 인민군에 입대한 맏손자 영돌에게 '호랑이 할머니'는 성인학교 후원회장이 되었다면서 "국문 배울랴 학교 일 다시릴랴 변스럽게 바쁘다"면서 자신의 근황을 솔직하게 고백한다. 더욱이 며느리도 공부를 잘 하고 있으며, "나 아니고는 회장 재목 없다 해서 마지못해 나왔지만 무식꾼들의 어룬 노릇하기 힘들"다는 식으로 '무식꾼들에 대한 어른 노릇하기'에 대한 자신의 자랑을 허세 삼아 솔직하게 토로하는 것으로 이어진다. 이렇듯 '호랑이 할머니'는 분단 초기 북한 사회에서 개성적인 인물[28]로 창조된 존재인 것이다.

하지만 1952년 12월 15일 조선로동당 중앙위원회 제5차 전원회의에서 김일성이 보고한 「로동당의 조직적 사상의 강화는 우리 승리의 기초」에서 부터 '임화, 김남천, 이태준' 등 월북 작가들에 대한 비판이 시작된다. 즉 이들이 "문화인들내에 있는 종파분자들"이라고 규정되면서, 1953년 이래로 이태준에 대한 날선 비판이 진행된다.[29] 즉 「호랑이 할머니」에 대한 비판은 아니지만, 이태준의 해방 이후 작품들 전체를 평가절하하면서 한효는 "새 생활을 창조하는 길에 들어선 북조선 인민들의 의식을 마비시키며 그들에게 불신과 절망의 사상을 주입할 목적으로 산문 분야에서 노골적으로 자연주의의 독소를 뿌린 자"[30]로 이태준을 비난한다. "새로운 사회제도의 산물"을 집필한 작가에서 "자연주의의 독소를 뿌린" 작가로 평가절하되는 것이다.

---

27) 이태준, 「호랑이 할머니」, 『해방전후·고향길』, 깊은샘, 1995, 120쪽.
28) 이병렬, 「『첫전투』와 『고향길』의 의미—해설을 겸하여」, 이태준, 『해방전후/고향길』(전집3), 깊은샘, 1995, 377~391쪽.
29) 김재용, 『북한문학의 역사적 이해』, 문학과지성사, 1994, 125~142쪽.
30) 한효, 「자연주의를 반대하는 투쟁에 있어서의 조선문학(4)」, 『문학예술』, 1953. 4, 131~148쪽.

이어서 구체적 작품인 「호랑이 할머니」에 대한 비판은 1956년에 진행된다. 즉 1955년 12월 김일성이 「사상 사업에 있어서 교조주의와 형식주의를 퇴치하고 주체를 확립하는 데 관하여」라는 글에서 이태준을 반동적 부르주아 작가로 규정한 뒤, 1956년 1월 7일 조선작가동맹 중앙위원회 제22차 상무위원회 논의와 1956년 1월 18일 「문학예술 분야에 있어서의 반동 부르주아 사상과의 투쟁을 더욱 강화함에 대하여」라는 결정서가 채택되면서부터 이태준은 '부르주아 반동 작가'가 된다.[31] 대표적으로 한설야는 보고문 「평양시 당 관하 문학예술선전 출판부문 열성자 회의에서 한 한설야 동지의 보고」[32]에서 이태준의 「호랑이 할머니」가 "우리의 인민 정권을 무시하고 인민민주 제도를 비방하는 극악한 반동작품"이라고 비난한다.

> 몽매와 미신의 화신인 『호랑이 할머니』를 마치 해방 후 농촌에서의 긍정적 인물인 것처럼 내세움으로써 우리의 근로 인민들을 모독하였으며 기형적이며 성격 파산자인 『호랑이 할머니』의 형상을 통하여 북반부 인민들을 우매하고 비문화적인 사람들로 선전하였을 뿐만 아니라 이미 1948년에 북조선에서 문맹이 기본적으로 퇴치되었음에도 불구하고 1949년에 있어서 20세대가 사는 한 농촌에 79명의 문맹자가 있다고 씀으로써 북조선 인민들을 전부 문맹으로 외곡하여 민주 개혁의 제반 성과들을 말살하려고 시도하였습니다.[33]

인용문에서 드러나듯 "몽매와 미신의 화신"인 '호랑이 할머니'의 형상이 '기형적인 성격 파산자'로 그려졌다는 것이다. 특히 "북방부 인민들을 우매하고 비문화적인 사람들로 선전"했다는 비난과 함께 1948년 북한에서는 이

---

31) 김재용, 위의 책, 139~140쪽.
32) 한설야, 「평양시 당 관하 문학예술선전 출판부문 열성자 회의에서 한 한설야 동지의 보고」, 『조선문학』, 1956. 2, 187~213쪽.
33) 한설야, 앞의 글, 197쪽.

미 문맹이 퇴치되었다는 근거를 들면서 이태준이 "민주 개혁의 제반 성과들을 말살하려고 시도"했음을 비난한다.

특히 1956년 한설야의 문건은 노동신문 주필이었던 기석복에 대한 비판을 통해 이태준의 「호랑이 할머니」를 재비판한다. 즉 기석복이 1949년 쓴 논문에서 "이태준의 해독적인 작품인 <호랑이 할머니>를 해방후 조선문학에서의 최대의 '걸작'으로 추켜세"웠음을 비판한다. 그리하여 "민주 건설의 성과를 말살하려 하였으며 기형화한 인물을 그림으로써 근로 인민을 비속화하였으며 인민 민주주의 제도를 냉소한" 작품인 「호랑이 할머니」에 대해 '새로운 사상'이라고 말함으로써 "틀림 없이 우리가 말하는 새로운 사상과는 반대되는 사상"을 피력했다고 비난한다. 그러면서 "우리 당이 근로자들 속에서 진행하고 있는 계급 교양과는 아무런 인연도 없는 낡은 부르죠아 사상으로의 교양에 대하여 말하였으며 근로자들을 기형화하는 것을 그 어떤 '집단주의 교양'으로 설교하려 하였"다고 비난한다. 결국 한설야의 보고는 민주건설의 성과를 말살하고 민주적 제도를 냉소하며, 기형적 인물로 근로 인민을 모독한 낡은 부르주아 사상의 잔재가 담긴 작품이 이태준의 「호랑이 할머니」라는 비난이다.

한효 역시 1956년에 이르면 「도식주의를 반대하며」[34]라는 글을 통해 기존의 태도를 바꾸어 '낡은 부르조아 사상'으로 '잘못된 집단주의 교양'을 설교하기 위해 창작된 작품이 「호랑이 할머니」라고 비난하게 된다. 결국 '임화와 이태준 도당의 책동'에 의해 도식주의 문제가 발생했다면서, "리태준의 <호랑이 할머니>와 김남천의 <꿀>이 자연주의 작품이 아니라 사실주의 작품으로 찬양을 받게 되는 한심한 사태가 벌어지게 되었다."라고 자

---

34) 한효, 「도식주의를 반대하며」, 『제2차 조선작가대회 문헌집』, 조선작가동맹출판사, 1956(이선영·김병민·김재용 편, 『현대문학비평자료집(4)』(이북편/1956~1958), 태학사, 1993, 76~84쪽.)

기의 기존 논의를 뒤집는 비난을 퍼붓는다.

이태준에 대한 비난을 쏟아부은 한설야와 한효의 논의는 1956년 내내 엄호석, 황건, 또다른 한효의 글, 김명수, 리효운, 엄호석의 또 다른 글, 윤세평 등의 글에 이르기까지 거의 동일한 수사와 표현을 동원한 비난으로 이어진다. 즉 엄호석은 이태준이 「호랑이 할머니」에서 북한 인민을 "무식하고 무도덕적이고 미개"하게 그려, "인민에 대한 참을 수 없는 모독"과 "북반부에 대한 역선전"35)을 했다고 비난한다. 황건 역시 "미신덩어리 고집쟁이"인 "왈패 할머니를 위하여 마을 전체와 당과 민청이 있는 것"36)으로 왜곡 형상화하였다고 비판한다. 한효는 "민주건설의 성과를 부정하며 우리 근로인민들을 문명치 못하고 저렬한 인간으로 묘사하였으며 당이 근로자들 속에서 진행하는 계급 교양 사업을 방해"37)했다고 평가한다. 김명수는 "괴이하고 우매한 미신의 화신"으로서 "북반부 근로 인민들을 비문화적인 인간들로 중상"하고 "인민정권을 비방"38)했다고 비판한다. 리효운은 "당과 인민정권의 제반 민주정책에 대한 발악적 반대" 속에 "농촌에서의 반동적 력량의 구현자인 추악한 호랑이 할머니"39)를 적극 지지했다고 비난한다. 엄호석은 다른 글에서 "북반부의 민주건설의 성과"와 "인민들의 애국적 역량을 비방"40)하여 조국애를 빼앗으려고 시도했다고 비판한다. 윤세평은 "공화국

---

35) 엄호석, 「사실주의로 변장한 부르죠아 반동문학」, 『문예전선에 있어서의 반동적 부르죠아 사상을 반대하여』 1, 1956, 100~163쪽.
36) 황건, 「산문 분야에 끼친 리태준 김남천 등의 반혁명적 죄행」, 『문예전선에 있어서의 반동적 부르죠아 사상을 반대하여』 1, 1956, 166~180쪽.
37) 한효, 「부르죠아 문학 조류들을 반대하는 투쟁에 있어서의 조선 현대문학」, 『문예전선에 있어서의 반동적 부르죠아 사상을 반대하여』 2, 1956, 6~39쪽.
38) 김명수, 「반동적 부르죠아 작가들의 반혁명 문학 활동의 죄행」, 『문예전선에 있어서의 반동적 부르죠아 사상을 반대하여』 2, 1956, 42~66쪽.
39) 리효운, 「우리 문학에 대한 부르죠아적 견해와 철저히 투쟁하자」, 『문예전선에 있어서의 반동적 부르죠아 사상을 반대하여』 2, 1956, 68~91쪽.
40) 엄호석, 「리 태준의 문학의 반동적 정체」, 『조선문학』, 1956. 3, 140~168쪽.

북반부에서 진행된 문화혁명의 전형적 발전을 외곡하고, 우리의 민주 개혁의 위대한 성과를 모독 중상하기 위하여 씌여진 악의에 찬 작품"[41]이라고 비난한다. 즉 1956년도는 '림화, 김남천, 리태준' 등의 반동적 부르죠아 문학에 대한 원색적이고 감정적인 비난과 그를 옹호했던 '기석복, 정률, 정동혁' 등에 대한 단죄의 해가 되고 있는 것이다.

이태준의 「호랑이 할머니」는 월북작가 이태준의 성과작에 해당한다. 왜냐하면, 북한에서 새로운 사회 건설이 화두가 된 시기에 당대 현실 속에서 '호랑이 할머니'라는 개성적 인물을 통해 문맹 퇴치 사업의 현실을 예리하게 풍자하고 있기 때문이다. 또한 당시에 '고상한 리얼리즘'으로 소련문학의 사회주의 리얼리즘을 전유하려는 풍토에 물들지 않고, 경직된 북한문학의 도식성으로부터 벗어난 창작물에 해당하는 것이다. 하지만 북한에서 이태준의 「호랑이 할머니」는 부르조아 반동 작가가 '스무담이'라는 20호밖에 되지 않는 마을에 문맹자가 대부분인 것으로 왜곡 형상화하여, 문맹퇴치 사업이 성과가 없는 듯 잘못 설명하고 있는 그릇된 작품이 된다. 특히 독자들에게 문맹퇴치에 대한 부정적 견해를 믿도록 함으로써 결론적으로 이태준이 북한의 제도적 현실을 왜곡하고 민주건설의 성과를 조소하며, 인민정권을 비방하기 위하여 사실주의의 탈을 쓰고 교묘히 위장된 자연주의적 작품을 써냈다고 비난을 받는 것이다. 이렇듯 북한 문학의 지배 담론에 의해 텍스트성이 억압되는 현실은 역설적이게도 북한 사회의 지배 담론과 텍스트의 균열 양상을 선명하게 보여준다.

---

41) 윤세평, 「「농토」와 「호랑이 할머니」에 대하여」, 『문예전선에 있어서의 반동적 부르죠아 사상을 반대하여』 2, 1956, 204~234쪽.

4. 새로운 전형과 낡은 형식적 잔재 : 한국전쟁기 부상병의 형상
― 김남천의 「꿀」(1951)

김남천의 단편소설 「꿀」[42](1951)은 한국전쟁기에 합천 관기리 야전병원 부상병의 이야기를 다룬 액자소설이다. 6.25 전쟁 초기 인민군의 남하 중 선발대로 정찰을 하다가 국방군의 피격에 총상을 당한 주인공이 산 속에서 78세 할머니에게 구출되어 꿀물과 미숫가루로 기사회생하게 되는 내용을 다루고 있는 소품 성격의 소설이다. 할머니의 가족은 아들과 손자가 다 빨치산인 집안으로 할머니의 연락을 받은 빨치산 유격대에 의해 부상병이 구출되어 야전병원으로 이송된 사연이 드러난다.

이태준의 「호랑이 할머니」처럼 「꿀」 역시 발표 당시에는 성과와 한계에 대한 양가적 평가를 받는다. 즉 한효는 "자랑스러운 새로운 전형의 주인공"[43] 중의 하나로 「꿀」의 '부상병'을 언급한다. 하지만, 작가의 의도를 직접적으로 묘사하지 못한 점에 대해 아쉬움을 표명한다. 그러면서 이 시기 작가들에게 4가지 과제로 '1) 현실 속 체험을 통한 작품 창작, 2) 형식주의나 자연주의와의 투쟁 속에 고상한 리얼리즘을 추구할 것, 3) 주제를 다양화할 것, 4) 맑스―레닌주의 사상으로 무장하는 교양사업을 진행할 것' 등을 주문한다.

한효와 달리 엄호석은 김남천의 「꿀」이 지닌 과거 회상의 액자소설 형식을 문제 삼아 비판한다. 물론 회상적 형식이 "일시적이나마 감동적인 인상을 주는 수"가 있긴 하지만, 그것은 "인공적 예술성이 주는 환각 또는 감상성"에 불과할 뿐 현실적 인상은 아니라고 부연 설명한다. 특히 이 작품이

---

42) 김남천, 「꿀」, 『문학예술』, 1951. 4, 36~50쪽.
43) 한효, 「우리 문학의 전투적 모습과 제기되는 몇 가지 문제」, 『문학예술』, 1951. 6, 87~101쪽.

"한 작가에 의한 회상의 형식을 빌어 과거의 원경 속에서 구지 사건을 묘사하는데 만족하였다"44)면서 과거 회상 형식이 서구의 낭만파들이 개인의 심정 고백과 '로마네스크적인 것의 추구'를 위해 차용하던 구시대적 수법으로서 사실주의적 창작방법에 부합하지 않는 '낡은 형식적 잔재'를 드러내고 있다고 비판한다.

하지만 1952년 4월호 『문학예술』에 게재된 <평론합평회>45)에서는 엄호석의 평론이 비판의 대상이 된다. 부제로 '기석복 동지의 「우리 평론에 있어서 몇가지 문제」에 대하여'가 달린 이날 합평회는 이태준(위원장)의 사회로 김남천(서기장), 엄호석(평론분과위원장), 최명익, 이용악, 이원조(중앙당 선전선동부 부부장) 등을 포함하여 60여 명이 참석한다. 박찬모의 보고 요지는 『노동신문』에 발표한 기석복의 논문이 "우리 문학 운동에 저해를 주는 평론을 옳은 방향으로 돌려 세우는 귀중한 문건"이라고 고평하는 것이다. 그러면서 "일부 평론가가 자연주의와 형식주의를 옳게 이해하지 못하여 그릇 평가한 현상을 비판"하는데, 엄호석이 범한 "독단적 비평 태도"를 실례로 지적한다. 결국 엄호석이 김남천의 「꿀」을 "수법상에서 자연주의적 작품인 것처럼 오인"했으며 문단에 대해 왜곡 중상하였고, 기석복의 논문은 이러한 현상을 시정하고자 노력한 논문이라고 엄호석에 대한 비판을 수행한다. 박찬모의 보고 이후에는 윤세중, 이갑기, 한효, 최명익, 홍종린의 토론이 있었고, 이들은 기석복의 논문을 지지한 것으로 기술된다. 결국 3시간의 보고와 토론 이후 엄호석의 자기 비판이 진행되고, 이원조의 결론이 진술된다.

이렇듯 한효의 성과와 한계 제시, 엄호석의 「꿀」 비판, 박찬모의 재비판,

---

44) 엄호석, 「작가들의 사업과 정열―최근 창작을 중심으로」, 『문학예술』, 1951. 7, 74~88쪽.
45) 사회 이태준, 「평론합평회」, 『문학예술』, 1952. 4, 82~83쪽.

엄호석의 자기 비판 등의 백가쟁명하는 모습은 1950년대 초반이 한국전쟁 기임에도 불구하고 북한문학의 생생한 현장감과 함께 문학적 특수성과 예술성에 대한 합리적 비판이 자유롭게 진행되고 있었음을 보여주는 대목에 해당한다.

> "내가 다시 소생해서 이렇게 오늘 저녁으로 전선에 나가게 된 것은 말하자면 팔순이 가까운 그 할머니 덕분이지요."
> 하고, 1950년 8월 하순의 어떤 날, 낙동강전선에서 얼마 아니 격(隔)여 있는 합천 관기리 야전병원에서 한나절을 나와 같이 지낸 부상병 동무는 다음과 같이 이야기를 계속하였다. (중략)
> 나는 부상병 동무의 이야기를 귀 기울여 듣고 나서 이 짧다란 이야기가 남기고 가는 여운을 따라가느라고 잠시 아무 대꾸도 건네지 못하였다. 이야기를 끝마치면서 그는 무연히 읊조리듯 하는 것이었다.
> 빨치산의 청년 동무는 그 뒤 한 번쯤 자기 집에 들러볼 수 있었는지? 혹여 아직도 팔순의 할머니는 표주박처럼 빈방을 지키고 앉아서 영웅적인 자기 손자가 나타나는 날을 조용히 기다리고 있지나 않는지?[46]

인용문은 「꿀」의 첫 부분과 마지막 부분이다. 앞뒤 내용에서 확인할 수 있듯 「꿀」은 액자소설이라서 부상병의 이야기를 전달하는 서술자가 작품 내용에 전혀 개입하지 않는다. 그저 첫 부분이 호기심을 유발하는 도입부에 해당하며 마지막 부분은 빨치산 청년과 할머니 가족에 대한 궁금증을 던지며 여운으로 마무리된다. 그리고 액자 속 이야기는 주인공인 정찰병이 전투 중 부상한 몸으로 낙오되었다가 팔순의 할머니가 먹여준 꿀과 미숫가루의 효험으로 구출된다는 내용이 그려진다. 물론 부상병으로서 심리적 동요와 허무주의적 자의식이 드러나기는 하지만, 복귀해서 다시 전선에 나서고 싶

---

46) 김남천, 「꿀」, 『문학예술』, 1951. 4, 36~50쪽.

다는 욕구를 지속적으로 드러내는 전형적인 전쟁소설의 유형을 담고 있다.

하지만 1953년에 이르면 한효[47]는 김남천의 「꿀」을 거론하면서 '자연주의적 일반화'의 작품이라고 비판한다. 즉 "우리들의 장엄한 현실을 어떤 높은 자리에 앉아서 방관하"고 있을 뿐만 아니라, "인물들의 깊은 감정 세계로 들어가기를 끝까지 거부하"고 있으며, "작가의 사색이 억지로 제약되었으며 따라서 자연주의적 '일반화'의 방식이 지배적"이라고 비난한다. 그리고 이러한 태도가 일제 강점기의 "반인민적 「고발문학론」에서부터 유래"한 것이며, "해방전의 반동적 립장이 해방 후에 「원뢰」를 거쳐 「꿀」에로 일관하여 발로되고 있는 것"이라고 비판한다.

안함광[48]에 따르면 「꿀」에 대한 이러한 비판의 근거는 김일성이 1952년 12월 15일 조선로동당 중앙위원회 제5차 전원회의 보고에서 지적한 '종파분자'에 대한 내용 때문이다. 즉 "지금 문예총 내부에 잠재하고 있는 남이니, 북이니, 또는 나는 무슨 그룹에 속했던 것이니 하는 협애한 지방주의적 및 종파주의적 잔재 사상과의 엄격한 투쟁을 전개하며 문화인들 내에 있는 종파분자들에게 타격을 주는 동시에 당과 조국과 인민을 위한 고상한 사상을 가지고 조국의 엄숙한 시기에 모든 힘을 조국 해방 전쟁 승리를 위하여 집중하여야" 하는데, 종파분자들이 그것을 가로막고 있다는 것이다. 그 대표적인 반종파분자가 바로 '림화, 김남천, 리태준'이며, 이때 김남천의 대표적인 종파분자로서의 작품이 「꿀」이라고 비난을 받는다.

엄호석 역시 재비판[49]에 나서 김남천의 「꿀」에서 드러난 '비극적 퇴폐미

---

47) 한효, 「자연주의를 반대하는 투쟁에 있어서의 조선문학(3)」, 『문학예술』, 1953. 3, 110~153쪽.

48) 안함광, 「김일성 원수와 조선문학의 발전(4)」, 『문학예술』, 1953. 7, 117~152쪽.

49) 엄호석, 「노동계급의 형상과 미학상의 몇가지 문제」, 『조선문학』, 1953. 11, 110~132쪽.

와 반동적 심미감'을 비판한다. 즉 '임화 이태준 김남천 박찬모 등'이 "부르죠아적 퇴폐주의와 야비한 동물주의를 지니고 있었기 때문에" 북한에서의 노동계급의 위업을 "의식적으로 증오하면서 그 고상한 형상의 묘사를 거부"했다고 비난한다. 그러면서 김남천의 「꿀」이 "남반부에 진주한 인민 군대 전사가 우연히 만난 외로운 80세의 파파 늙은이의 애처로운 처지와 그로부터 얻어먹은 꿀에 대한 이야기를 슬픈 회상으로 묘사"했으며, "우리 인민 군대가 남반부에 진주한 감격적인 사건과 그들의 영웅적인 씩씩한 면모를 애수의 흐느낌 속에 잠기게 했다."라고 비판한다. 그리하여 "비극적인 것에서 오히려 어떤 아름다운 것을 찾고 있"는 "반동적 심미감을 증명"한다면서, 김남천 등의 반동적 문학활동이 "그들의 예술적 취미가 퇴폐적이며 형식주의적"인 것에서 기인한다고 판단한다.

홍순철[50] 역시 김남천의 「꿀」이 '형식주의와 자연주의의 독소'로 가득한 해독적 작품이라고 비난한다. 그리하여 한국전쟁의 피흘리는 현실을 "냉담하게 관조하면서 인민들의 장엄한 투쟁을 작가적 정열로써 고무하는" '애국자의 입장'이 아니라 "남의 일을 곁눈질하듯이 바라보"는 '방관자적 입장'에서 쓴 '해독적 작품'이며, "형식주의와 자연주의의 독소로 충만된" 작품이라고 비판한다.

뿐만 아니라 1956년에 이르면 한설야[51] 역시 '미제의 앞잡이'인 김남천이 「꿀」에서 '값싼 센티멘틸리즘'과 패배주의에 젖어 있다고 비판한다. 즉 「꿀」에서 김남천이 "우리 인민군 정찰병을 비방적으로 묘사하면서 우리 인민 군대의 고상한 동지적 전우애를 모독하였으며, 부상당한 정찰병이 죽음 앞에서 비겁하며 향수에 잠기어 애상의 세계에서 허덕이는 광경을 보여주

---

50) 홍순철, 「문학에 있어서의 당성과 계급성」, 『조선문학』, 1953. 12, 76~96쪽.
51) 한설야, 「평양시 당 관하 문학 예술 선전 출판 부문 열성자 회의에서 한 한설야 동지의 보고」, 『조선문학』, 1956. 2, 187~213쪽.

었"다면서 작품 전체를 "값싼 쎈치멘탈리즘으로 일관"시키면서 "비애와 절망의 독소를 전파하여 인민들에게 염전 사상과 패배주의 사상을 고취하려 하였"다고 비난한다. 그리고 그것이 "박헌영 도당의 반혁명적 '문화노선'이 지향하는 길"이며, "반동적 부르죠아 사상을 침식시켜 인민들의 혁명 의식을 마비시키며, 미국 침략자들에게 사상적 방조를 주려고 책동"하였다고 간첩 행위와 연결짓는다. 특히 한설야는 "저열한 부르죠아 자연주의로 꾸며진 김남천의 작품"을 찬양한 기석복을 함께 비판한다.

한설야는 이뿐만 아니라 다른 보고문52)에서도 「꿀」을 다시 비판한다. 김남천의 「꿀」이 "전선과 후방과의 철벽 같은 연결을 왜소하게 그려서 우리 조국 해방 전쟁의 빛나는 공훈을 보잘 것 없이 작은 것"으로 보이도록 만들었다는 것이다. 한설야의 논의에 이어 1956년에 이르면, 이태준에게 쏟아진 동료 문인들의 비난처럼, 김남천 역시 엄호석, 황건, 또다른 한효의 글, 김명수, 리효운, 윤시철 등의 글에 이르기까지 거의 동일한 의미의 유사한 수사적 표현을 동원한 비난을 받게 된다. 즉 엄호석은 "내용의 반동성"이 명백하며, "80세의 「표주박 같은」 파파 늙은이의 구원"을 받는다면서 "우리 군대의 해방적 역할이 제외되어 있는 반면에 자기 일신상의 생명을 구하려는 본능적 충동만이 강조"53)되었다고 비판한다. 황건은 한설야의 견해를 거의 그대로 따르며 "원쑤에 대한 적개심"과 투지가 없다면서 "인민 군대를 중상 비방"54)하였다고 비난한다. 한효는 "원쑤에 대한 적개심과 복수심은 털끝만치도 없이 슬픔에 잠겨 있는" 인간으로 묘사하는 "쎈찌멘탈리즘은

---

52) 한설야, 「전후 조선 문학의 현 상태와 전망—제2차 조선 작가 대회에서 한 한설야 위원장의 보고」, 『제2차조선작가대회문헌집』, 조선작가동맹출판사, 1956.
53) 엄호석, 「사실주의로 변장한 부르죠아 반동문학」, 『문예전선에 있어서의 반동적 부르죠아 사상을 반대하여』1, 1956, 100~163쪽.
54) 황건, 「산문 분야에 끼친 리태준 김남천 등의 반혁명적 죄행」, 『문예전선에 있어서의 반동적 부르죠아 사상을 반대하여』1, 1956, 166~180쪽.

독자들에게 아편과 같이 작용"하여 "비관과 영탄과 패배주의"[55]로 인도한다고 비판한다. 김명수는 "「표주박」 같은 한 기형적인 할머니"를 등장시켜 "동물적 본능만을 소유한 저렬한 인간인 듯이 우리 군대를 중상"하였으며, "인민군대의 해방자적 성격을 말살"하고 "미군 강점하의 남조선이 바로 생명의 원천인 듯이 선전"[56]했다고 비난한다. 리효운은 "조국과 인민의 자유독립이 아니라, 동물적 생명의 보존이라는 독소를 퍼뜨"[57]렸다고 비판한다. 윤시철은 「꿀」이 "인민군 전투원이나, 인민들이나 할것없이 원쑤들과의 싸움 앞에서 비겁하며 오직 생명의 구원만을 바라는 비렬한 반역자의 형상을 보여주려고 전력을 다했다."[58]라고 비난한다.

이렇듯 김남천의 「꿀」은 '새로운 전형'이라는 기존의 긍정적 평가는 사라진 채, 반동적 부르조아 작가가 만들어낸 패배주의와 퇴폐적 감상성에 젖은 해독적 작품으로 평가절하되고 만다. 이 작품 역시 이태준의 작품처럼 북한문학사에서 배제되면서 문학사에서 종적을 감추게 된다. 그러나 「꿀」은 부상병의 심리적 동요와 함께 생명에의 의지를 표명하고 있는 전쟁기의 수작에 해당한다. 즉 전쟁기의 소설이라고 해서 미제와 국방군에 대한 적개심만을 강조하는 것이 아니라, 부상병의 내적인 동요 속에 "자포자기에 가까운 체념"도 느끼며, '고향에 대한 그리움'을 떠올리다가 노동당원들에게 구조될 때면 눈물을 흘리며 살아 있음을 체감하는 '인간적 인물'로 액자 속

---

55) 한효, 「부르죠아 문학 조류들을 반대하는 투쟁에 있어서의 조선 현대문학」, 『문예전선에 있어서의 반동적 부르죠아 사상을 반대하여』 2, 1956, 6~39쪽.
56) 김명수, 「반동적 부르죠아 작가들의 반혁명 문학 활동의 죄행」, 『문예전선에 있어서의 반동적 부르죠아 사상을 반대하여』 2, 1956, 42~66쪽.
57) 리효운, 「우리 문학에 대한 부르죠아적 견해와 철저히 투쟁하자」, 『문예전선에 있어서의 반동적 부르죠아 사상을 반대하여』 2, 1956, 68~91쪽.
58) 윤시철, 「인민을 비방한 반동 문학의 독소 - 김남천의 8.15 해방후 작품을 중심으로」, 『조선문학』, 1956. 5, 142~156쪽.

'나'가 그려지기 때문이다. 하지만 북한에서 김남천의 「꿀」은 결과적으로 새로운 전형이라는 긍정적 평가가 배제되고, "동물적 생명의 보존"을 앞세우며 부르주아 반동작가의 센티멘탈리즘과 패배주의를 드러낸 작품으로 비난된다. 이러한 평가의 변화는 북한 문학의 지배 담론이 텍스트의 생동감을 배제하면서 도식적 잣대의 평가를 강요하고 있음을 보여준다. 따라서 북한문학 텍스트를 조명할 때는 지배 담론과 텍스트의 균열 양상을 함께 고찰해야 더욱 생생하고 유연한 문학적 텍스트성을 복원할 수 있음을 확인하게 된다.

5. 배제된 텍스트의 복원 필요성

해방 이후 북한문학은 혁명적 로맨티시즘과 고상한 리얼리즘을 강조하면서, 당 문학적 특성을 내세우고, 당성, 계급성, 인민성을 강조하는 사회주의 리얼리즘 문학을 표방한다. 특히 1967년 이래로 수령형상문학이라는 김일성 가계의 수령형상화를 전면에 앞세우는 문학적 획일화 논리는 문학적 자유를 호흡하는 남한 작가들에게 이해 불가능한 텍스트에 해당하기도 한다. 그러나 그러한 경직화된 논리로 공고해지기 이전에 북한문학의 생생한 현장을 보여주는 작품들을 북한문학사에서 배제된 텍스트를 통해 복원해 볼 수 있다. 한설야의 「모자」, 이태준의 「호랑이 할머니」, 김남천의 「꿀」 등은 해방기 이래로 한국전쟁기에 이르는 북한문학의 지배 담론과 텍스트의 균열 양상 속에 북한 사회의 내부적 변화를 보여주는 유의미한 작품들에 해당한다.

이 글은 남북한 통합문학사의 기술과 재구성을 위한 선결 작업의 첫 단계로서 1945년 8월 해방 이래로 1953년 7월 한국전쟁이 휴전되는 시기 중에서 세 편의 단편소설을 통해 북한문학의 지배 담론과 텍스트 사이의 균열적 양상을 조명해 보았다. 한설야의 「모자」(1946)는 발표 당시에 '조소 친선'이라는 주제의식이 긍정적으로 평가받지만, 소련군 병사의 동요하는 내면 등을 포함하여 작품 내적 리얼리티의 훼손이 비판되면서 문학사에서 사라진다. 이태준의 「호랑이 할머니」(1949)는 분단 이후 북한 사회 현실에서 문맹 퇴치 사업의 성과로 조명받지만, 인물 성격의 과장적 형상화를 확대하면서 근로 인민에 대한 모독과 제도의 비방이라는 비난에 이르게 된다. 김남천의 「꿀」(1951) 역시 한국전쟁기에 부상병의 독백이 새로운 전형으로 고평되다가, 센티멘탈리즘에 젖은 패배주의적 반동성의 작품이라는 비판을 받게 된다.

이들 세 작품은 문학성에 대한 양가적 평가 속에 정치적 담론이 문학을 강제하면서 당 문학적 견지를 중심으로 미학적 텍스트성이 평가절하되는 공통된 특징을 보여준다. 따라서 역설적이게도 북한문학에서 지배담론이 텍스트를 강제하는 모습을 통해 북한문학의 유연성과 경직성을 함께 들여다볼 수 있는 소중한 텍스트가 된다. 특히 이 세 작가의 작품에 대한 극단을 오가는 상찬과 비판은 다른 체제의 이데올로기를 배제할 수밖에 없는 분단 체제의 비극성을 여실히 보여준다. 이러한 비극성의 문학적 양상을 구체적으로 검토하는 것은 문학사적 평가에서 배제된 텍스트의 문학적 원형을 복원함으로써 남북한 통합문학사의 밑돌을 놓기 위한 선결 작업에 해당한다.

1950~60년대 대표 소설을 읽다

1. 소설 평가의 유연성과 경직성

이 글은 1953년 7월 휴전협정 이후 1967년 유일 사상체계 확립기까지를 대표하는 네 작품을 중심으로 1950~60년대 북한소설의 지배 담론과 실제 텍스트 평가의 균열 양상을 논구해보고자 한다. 이 시기 초반부는 한국전쟁의 책임론을 둘러싸고 반종파 투쟁이 전개된 시기임과 동시에 평화적 복구 건설기에 해당하며, 후반부는 천리마 운동 시기와 사회주의 확립 시기에 해당한다. 이 시기를 관통하는 문학 담론으로는 마르크스레닌주의 미학 사상과 함께 '사회주의 리얼리즘'이 강조된다. 북한식 사회주의 리얼리즘은 소련 문학의 영향 속에 당성, 계급성, 인민성의 원칙을 강조하며 긍정적 인물의 형상화에 초점을 맞추면서 부정적 인물과 상황의 형상화를 비판하거나 평가절하한다. 따라서 이 글은 북한문학에서 마르크스레닌주의 미학사상과 사회주의 리얼리즘을 강조하는 지배 담론과 실제 텍스트 평가 사이의 균열 양상을 통해 북한문학의 유연성과 경직성을 검토해보고자 한다. 이러한 작업이 남북한 통합문학사의 밑돌을 놓기 위한 초석이 될 수 있기 때문이다.

김재용[1])에 따르면 1950~60년대 북한문학은 유일 사상체계가 확립되는

---

1) 김재용, 「북한 문학계의 '반종파 투쟁'과 카프 및 항일 혁명 문학」, 『북한문학의 역사적 이해』, 문학과지성사, 1994, 125~169쪽. / 김재용, 「유일 사상 체계의 확립과

1967년 이전까지 마르크스레닌주의를 표방한다. 특히 '1950년대 반종파 투쟁'을 통해서 1953년 임화와 김남천과 이태준 비판, 1956년 기석복과 정률 비판, 1958년 한효와 안함광 비판이 진행되었으며, 1959년 '부르주아 잔재와의 투쟁'을 통해 안막과 윤두헌과 서만일에 대한 비판이 진행되었고, 천세봉의 『안개 흐르는 새언덕』(1966)을 둘러싼 안함광의 긍정적 평가와 김일성의 부정적 비판이 1967년 유일사상체계의 확립을 알리게 된다고 판단한다.

신형기[2])에 따르면, 1950~60년대 북한문학은 "사회주의를 향하여"가 강조되는 <전후복구와 사회주의 건설기(1953~1958)>와 "천리마와 같이 달리자"를 강조하는 <천리마 대 고조기(1958~1967)>로 구분된다. 그리하여 앞선 시기에는 1956년 제2차 조선작가대회에서 '도식주의'를 반대한 이후 전후 복구 사업의 형상화가 중시되고, 후반부 시기에는 천리마 운동과 혁명적 대작 논의가 활발히 진행되는 가운데, 1967년 주체시대의 출발을 알리는 유일사상체계의 확립 속에 천세봉의 『안개 흐르는 새 언덕』이 비판되었음을 주목한다.

김성수[3])에 따르면, 1950년대는 사회주의 리얼리즘이 강조되며, 1960년대는 대작 장편 창작방법 논쟁이 주목된다. 즉 1950년대 북한문학이 역동적으로 전개되었지만, 전후 문예조직이 개편되면서 부르주아 미학 사상의 잔재가 비판되고, 도식주의 비판과 수정주의 비판, 천리마 기수 형상론 등을 거치면서 사회주의 리얼리즘이 정립되는 과정을 고찰한다. 그리고 1960년대 북한문학은 혁명적 문학 예술과 대작 장편 창작방법 논쟁을 거치면서 『안개 흐르는 새 언덕』이 논쟁의 구체적 실례를 보여주는 작품이라고 평가한다.

북한 문학의 변모」, 같은 책, 215~231쪽.
2) 신형기, 『북한소설의 이해』, 실천문학, 1996, 163~260쪽.
3) 김성수, 『통일의 문학 비평의 논리』. 책세상, 2000, 151~219쪽.

선행 연구들의 거시적 분석틀을 참조점 삼아, 이 글은 미시적인 텍스트 평가의 분석을 통해 1950~60년대 북한문학의 유연성과 경직성을 구체적이고 실증적으로 분석해 보고자 한다. 우선 전후 복구기(1953~1956)에는 한국전쟁 책임론과 함께 도식주의 논쟁을 둘러싸고 전개된 작품 평가들에 대한 비판적 해석을 진행하고자 한다. 중편소설인 유항림의 「직맹반장」(1954)은 예술적 개성의 획득이라는 긍정적 평가와 객관주의적 해독이라는 비판 사이에서 노동계급의 새로운 윤리를 추적한 작품이라는 최종 평가를 받는다는 점에서 주목을 요한다. 그리고 전재경의 「나비」(1956)는 개성적인 '부정적 인물'의 형상화라는 긍정적 평가와 함께 '제도와 당에 대한 비방'이라는 비판을 통해 전후 복구건설기의 부정적 인물의 전형성에 대한 비판적 평가를 받는다. 이 두 작품은 전후 책임론 속에서 반종파투쟁과 함께 문학적 도식주의화가 가져온 북한문학의 지배담론과 텍스트 평가의 괴리 현상을 해석하는 데에 도움을 준다. 특히 예술성과 전형성, 인물 형상화 등 당대의 미학 사상과 창작방법론의 실제적 적용에 대한 논쟁이 진행되었다는 점에서 주목을 요한다.

유일사상체계 형성기(1957~1967)에는 북한이 1955년 이래로 '주체'를 정립하는 과정 속에서 천리마 운동과 공산주의 문학을 강조하는 사회주의적 사실주의를 검토하고자 한다. 이 과정에서 신동철의 「들」(1958)은 서정적 세계에 대한 형상화라는 긍정성과 함께 소부르주아 사상의 잔재라는 비판이 함께 제기되면서 공산주의 문학 건설에 반하는 해독적 작품이라는 비판을 받는다는 점에서 주목을 요한다. 그리고 천세봉의 『안개 흐르는 새 언덕』(1966)은 항일 혁명 전통의 성과작이라는 긍정성과 함께 부적절한 계급적 지향의 형상화라는 비판 속에서 올바른 혁명적 대작의 창작 방향을 제시한다는 점에서 주목을 요한다. 이 두 작품을 통해서는 서정성과 개인성, 인물의 전형성과 계급성, 혁명적 대작 논의 등 북한식 사회주의적 사실주의가 정립되는 과정의 긍정성과 부정성을 함께 들여다보고자 한다.

휴전협정(1953. 7) 이후 유일 사상체계 확립(1967)에 이르는 15년은 북한 사회가 전후 복구와 함께, 북한식 사회주의를 확립하기 위해 '주체'를 강조하게 되는 시기에 해당한다. 1950년대 중반까지 문학담론에 있어서는 도식주의 논쟁이 벌어지면서 작품들에 대한 비판적 해석과 함께 강제적 도식화와 이론적 경직화를 경험하게 된다. 이 시기를 대표하는 북한의 중단편소설이 「직맹반장」과 「나비」이다. 두 작품은 각각 문학사적 선택과 배제의 텍스트가 되지만, 발표 당시에는 텍스트를 둘러싼 입체적이고 다면적인 평가를 받는다는 특징을 보인다. 또한 1950년대 말에 이르면 공산주의적 교양이 강조되면서 천리마 기수의 형상화와 혁명적 대작 논의 등을 거치며 항일 혁명문학을 기원으로 주목하게 된다. 이 시기를 대표하는 두 편의 소설은 단편소설 「들」과 장편소설 『안개 흐르는 새 언덕』이다. 두 작품은 모두 문학사적 배제의 텍스트가 되지만, 발표 당시에는 서정성과 계급성이 주목받으면서 새로운 전형을 창조한다는 다면적 평가를 받는 특징을 보인다.

이 시기 북한은 체제의 안정화 속에서 마르크스레닌주의 미학사상과 함께 사회주의적 사실주의를 강조하게 된다. 하지만 사회주의 체제와 함께 호흡하는 문학이라는 점에서 북한에서는 체제의 안정이 곧 문학의 경직화를 수반하게 된다. 그러나 경직화의 논리는 유연성의 방향을 제시한다는 점에서 역설적으로 지배 담론과 함께 텍스트 평가의 균열 양상을 더욱 선명하게 드러내기도 한다. 이 글은 네 작품에 대한 고찰을 통해 1950~60년대 북한 문학의 지배 담론과 텍스트 평가의 균열 양상을 검토함으로써 북한문학의 유연성과 경직성을 함께 고찰하고자 한다. 그리하여 남북한 통합문학사를 기술 하고자 할 때 재고하고 복원해야 될 북한문학 텍스트에 해당한다고 판단된다.

2. 예술적 개성과 객관주의적 해독 사이 — 유항림의 「직맹반장」(1954)

중편소설인 유항림의 「직맹반장」(1954)은 한국전쟁 직후 전후 복구 건설을 위해 수행된 공장 복구 사업을 소재로 헌신적인 직맹반장 최영희의 노력을 중심에 두고, 입체적 인물인 직공장 학선이와 노동자 용식이의 긍정적 변화를 선도하며, 암해분자인 통계원 준호의 방해 공작을 물리치고 초과달성을 완수한 내용을 다룬 작품이다. 영희의 심리 묘사와 영희를 둘러싼 주변인과의 관계는 잘 포착하였지만, 주요 인물인 직공장 학선이와 노동자 용식이의 성격 변화와 통계원 준호의 반동적 활약은 미미하게 그려진다. 공식적으로 1950년대 말 북한문학사에서는 "사회주의적 의식과 새로운 긍정적 성격"4)의 형성을 보여준 작품으로 평가된다.

하지만 발표 직후인 1954년 당시에는 작중 인물의 형상화에 대한 비판적 평가가 공존한다. 먼저 김하명5)은 「직맹반장」이 성과작임에도 불구하고 '부정 인물의 형상화'에 나타난 '결함'을 지적한다. 즉 "작중인물에 대한 작가적 입장의 불명료성, 갈등의 도식성, 부정적 현상에 대한 관대성 등"을 거론한다. 구체적으로는 '1) 직공장 학선이의 성격의 모호성, 2) 암해분자 준호에 대한 "분노의 빠포쓰(열정)" 부재, 3) 애국심과 "원수에 대한 증오심"이 없는 허수아비 같은 인물들(=나태한 신입노동자들, 소극적 당원들)' 등의 문제를 지적한다. 특히 "공산주의적 이상의 실현을 위한 적극적 투사"인 당원이 "사건의 '중재자'적 역할만"으로 형상화된 것이 "당 일꾼의 형상화에 있어서의 현실 왜곡이며 엄중한 과오"에 해당한다고 비판한다.

반면에 한효6)는 「직맹반장」이 여성 노동자의 전형을 보여주었다면서 긍

---

4) 과학원 언어문학연구소 문학연구실 편, 『조선문학통사』(하), 1959(인동, 1988), 319쪽.
5) 김하명, 「부정적 인물의 형상화에 대하여」, 『조선문학』, 1954. 9.

정적 측면을 주목한다. 즉 최영희가 자신의 청춘과 행복과 노동을 "복구 건설의 전인민적 과업"에 결부시킴으로써 "감동적인 초상"으로 형상화되어 있다고 평가한다. 하지만 인물의 전형화 실패를 거론하면서 "인물들의 다양하고 복잡한 욕망과 열정과 지향들의 충돌 속에서 사건의 발전을 보여주면서 인물들을 전형화하는 데로 작품 구성을 이끌"지 못한 점을 지적한다.

한효와 달리 안함광[7]은 작품의 성과에 대한 간단한 언급과 함께 작품의 한계에 대한 비판을 상세히 거론한다. 우선 주인공 최영희가 "노동에 대한 열렬한 사랑, 고상한 애국적 헌신성" 속에 "전체 인민들을 교양"하는 등 "인민과 당에 대한 투철한 책임감"이 두드러진다고 평가한다. 반면에 인물 묘사와 작가의 견해 표명 등에서 객관주의적 수법의 잔재가 드러난다고 비판된다. 즉 첫째 "학선이의 개변 과정"을 소홀히 묘사하는 등 "객관주의적 수법의 잔재"를 극복하지 못한 점이 비판된다. 둘째로 작가의 "자기 견해의 지나친 사양이 아주 중요한 결함"이라고 비판된다. 셋째로 "예리성과 생동성"의 부족, "지루성과 산만성"의 표출이 '객관주의적 수법'의 잔재이며, 넷째로 "시대적 전망의 표현의 미약성, 반동분자 준호의 운명 처리에 있어서의 인민적 빠포스의 제거, 사건의 비탄력적 전개 등의 약점" 등이 드러난다고 비판된다.

하지만 안함광의 비판적 견해에 반박하는 김명수의 논문[8]이 곧바로 제기된다. '객관주의'라는 안함광의 낙인이 예술의 개성을 무시한 '근거 없는 도식화와 독단적 교조주의'에 해당한다는 것이다. 즉 "'무갈등론'에 대한 타

---

6) 한효, 「생활과 보조를 같이 하는 것은 작가들의 신성한 의무이다」, 『조선문학』, 1954. 10.
7) 안함광, 「문학의 사상적 기초―전후 인민경제 복구 건설기의 소설문학의 특징과 방향」, 『조선문학』, 1955. 1, 133~153쪽.
8) 김명수, 「농촌생활과 문학의 진실」, 『조선문학』, 1955. 3.

격을 인간의 도식화로 대치시키지 말아야 한다"면서 안함광이 "하등의 구체적 근거도 없이 '객관주의'라는 렛텔을 붙임으로써" "치명적인 타격"을 가했다고 비판한다. 그러면서 "문학의 사상성의 기치를 독단적인 교조주의와 바꾸지 말자", "작가와 작품의 예술적 개성을 무시하고 하나의 틀 속에 몰아 넣지 말자"고 주문한다. 비평가가 작가의 "생활의 다양성과 장르와 스타일의 다양한 발전을 억압"하지 않아야, '생활의 도식화와 비속화, 문학의 비속화'에 매몰되지 않을 수 있음을 강조한 것이다.

준호는 내무기관의 신세를 지게 되었다. 그가 전번 직맹반장의 횡령사건에도 관계가 있다는 것이 판명되었다. 낙후한 신입 로동자들 속에서 불평을 조장시켜 그들이 직장에 마음을 붙이지 못하게 해온 것도 실토했다. 전쟁 전에도 어느 국가기관에 근무하다가 횡령사건에 관계하여 교화를 받고 나온 일이 있고 적의 강점 시기에는 적 기관에 복무했던 사실도 드러났다. 준호란 이름도 본명이 아니었다. 지금까지도 적 기관과 연계를 가졌었는지 아닌지는 앞으로 내무기관이 알아낼 것이다.
4석회에서 1일당 목표량을 초과해서 생산하게 된 지 닷새 만에 석탄을 끌어올릴 윈치가 4석회에 도착했다.
석탄을 져나르던 노동자들은 기뻐하기보다도 눈이 둥그레졌고 어리둥절해서 할 바를 몰라 했다. 윈치가 왔으니 노력(勞力)이 많이 여유가 생길 것이고 따라서 석탄을 지던 사람은 대부분 할 일이 없어질 거라고 앞질러 걱정하는 것이었다.
영희는 이를 눈치 채리고 곧 격려했다.
"동무들 걱정 마세요. 윈치가 와서 석탄 나르는 덴 사람이 줄지만 여기 또 할 일이 많이 생겨요."
"예? 그럼…… 우린 또 딴 데로 가게나 되지 않나 해서……."
"이제 나머지 소성로 다섯 개를 복구하기 시작해요. 복구공사에두 많은 손이 필요하지만 복구가 끝난 담에두 사람이 더 필요하지 않아요?"

그제야 모두 안심하는 것이었다. 그사이에 모두 직장에 대한 애착심들이 커져서, 여기를 떠나게 되지나 않을까 해서 걱정하던 그들은 영희의 설명을 듣고 앞으로 복구될 소성로들을 밝은 얼굴로 돌아보았다.[9]

인용문은 작품의 마지막 부분이다. 통계원 준호가 내무기관의 신세를 지게 되는 부분이 화자의 설명으로 드러나면서 작품 속 갈등이 해결된다. '내각 결정 153호'에 의해 공장에 배치되어온 26세의 최영희는 성이 다른 전쟁고아 둘을 자신의 유복녀와 함께 기르면서도 노동규율을 강조하며 헌신적인 직맹반장 역할을 수행한다. 작품이 전개됨에 따라 직공장 학선이의 거친 언동이 변모되고, 관료주의적이고 비계획적인 작풍이 비판되면서 해결의 실마리를 찾아간다. 작품 말미에는 전쟁기에 가족을 모두 잃은 노동자 용식이 아침 작업 전에 자기비판을 하면서 통계원 준호의 꼬임이 아니라 직맹반장의 뜻에 따라 열심히 작업량을 채울 것을 다짐하면서 작품 속 갈등은 해소된다.

이렇듯 주인공 영희는 노동자들의 걱정이나 염려를 자신의 문제처럼 해결해줌으로써 직장에 대한 안심과 애착심을 유지하도록 지도하는 '긍정적 주인공'의 역할을 담당한다. 작품 속에서 최영희는 전쟁으로 남편을 잃은 미망인이지만, 계획량의 30%밖에 생산해 내지 못하는 제4석회로의 작업 능률을 끌어올리라는 과업을 받아 파견된다. 결국 직맹반장 영희의 헌신적인 노력 등으로 공장의 생산성이 높아지고, 암해분자인 통계원 준호는 내무기관에 불려가 조사를 받게 된다. 이후 노동자들이 직장에 대한 애착심을 갖게 되는 것으로 작품이 마무리된다.

1954~55년에 수행된 작품 평가가 긍정과 부정, 성과와 한계에 대한 비

---

9) 유항림, 「직맹반장」, 『건설의 길』, 1954.

판과 상찬이 다양하고 풍성하게 진행되던 것에서 벗어나 1956년에 이르면 비판적 평가는 사라지고 긍정적 상찬만이 남게 된다. 즉 1956년에 이르러 한설야는 이 작품이 "건설 분야에 조성된 난관과 곤란한 사업 환경을 모순 속에서 대담하게 드러내놓고 그것을 극복하는 주인공의 심각한 투쟁 과정과 그들의 심리 발전을 진실하게 그린"[10] 모범적 작품이라고 평가한다.

이후 한설야의 논지는 엄호석의 평가로 이어지면서 북한문학사의 공식적인 견해에 반영된다. 엄호석[11]은 「직맹반장」을 "사회주의적 조국을 건설하는 로동계급의 영웅주의와 혁명적 락관주의, 미래의 전망에 대한 확고한 신심"을 다룬 작품으로 평가한다. 그리하여 직맹반장 최영희가 "신입 로동자들, 암해 분자와 관료주의자들에 의하여 운영되는 락후한 직장" 환경에서 "모든 문제를 거의 자립적으로 해결하면서 끝까지 투쟁"하여 "당원다운 투사의 모든 품성과 성격이 시험된다"라면서 긍정적인 평가를 이어간다.

「직맹반장」은 1950년대 북한의 공식문학사인 『조선문학통사』에 이어 1980년대 문학사인 『조선문학개관Ⅱ』[12]에서도 노동계급의 부정적 사상 잔재를 극복한 작품임이 주목되고, 가장 최근에 쓰여진 1999년판 『조선문학사』(12)[13]에서도 "인간학의 요구를 구현하여 생산과 건설에서 사상의식"의 결정적 역할을 진실하게 형상화하였다고 평가된다.

결국 유항림의 「직맹반장」은 예술적 개성과 객관주의적 수법의 잔재라는 평가를 유동하면서 북한문학의 유연성과 경직성을 동시에 보여주는 작품이다. 1956년 한설야의 보고 이후 1954~55년에 존재하던 김하명, 한효,

---

10) 한설야, 「전후 조선 문학의 현 상태와 전망—제2차 조선작가대회에서 한 한설야 위원장의 보고」, 『제2차조선작가대회 문헌집』, 조선작가동맹출판사, 1956.
11) 엄호석, 「해방 후의 산문 발전의 길」, 『해방 후 우리문학』, 조선작가동맹출판사, 1958, 81~147쪽.
12) 박종원·류만, 『조선문학개관Ⅱ』, 사회과학출판사, 1986, 199~200쪽.
13) 『조선문학사』(12), 사회과학출판사, 1999, 102~110쪽.

안함광, 김명수 등의 비판적 평가는 사라진다. 그리고 한설야와 엄호석의 긍정적 평가가 그 자리를 대체한다. 하지만 제2차 조선작가대회 이전에 행해진 비평가들의 다양한 논평이야말로 실제로 북한문학의 생명력을 보여주는 대목이다. 즉 '부정적 인물 형상화의 결함(김하명), 인물의 전형화 실패(한효), 객관주의적 묘사와 세계관의 문제(안함광), 지루하고 산만한 서사의 비탄력성(김명수)' 등의 다채로운 비판 정신이 북한문학의 생동감을 확보하고 있었던 것이다. 이러한 비판적 대목을 복원하는 것이 북한문학의 텍스트 비평에 대한 합당한 평가를 회복하는 길이다.

3. 개성적인 '부정적 인물'과 제도에 대한 비방 사이 – 전재경의 「나비」(1956)

전재경의 「나비」(1956)는 '돈벌레'에 비유되면서 '양딸에게 대신 새끼 꼬게 하기', '오리 사육 수수방관하기', 현물 횡령 등 부패와 비리, 사기 등을 서슴없이 저지르는 부정적 인물 고영수를 중심으로 농촌에서의 사회주의 농업 협동화 문제를 반영한 현실 풍자적인 작품이다. 발표 당시에는 개성적인 '부정적 인물'에 대한 양가적 평가가 공존한다. 하지만 1959년에 이르면 '제도와 당에 대한 비방'을 형상화한 '반동적 부르주아 사상 잔재'의 텍스트로 평가절하된다.

먼저 1957년에 김영석[14]은 작품의 주제 의도와 인물의 형상화에 대한 양가적 평가를 진행한다. 즉 긍정적으로는 "종래의 편협성을 퇴치해 가는 도정"이라는 주제의식과 함께, "좀 더 뚜렷한 개성과 풍모를 가진 생동하는 인간의 면모"를 보여주고 있다고 평가한다. 하지만 "사기와 기만과 패덕과 기

---

14) 김영석, 「우리 산문 문학에 반영된 농촌 생활의 진실」, 『조선문학』, 1957. 5.

생충적 생활에 충만된 고영수"라는 "부정적 주인공을 갑자기 개변시킨 작자의 기도에 찬의를 표할 수 없"다는 의견을 제시한다. 결국 김영석은 '고영수'라는 부정적 인물의 형상화가 개성적 생명력을 드러내고는 있지만, 그의 갑작스런 변화에 대한 서사적 설득력이 미약한 점을 비판하고 있는 것이다.

1958년에 이르러 김하명15)은 이 작품을 풍자문학의 관점에서 긍정적으로 평가한다. 그리하여 "'돈벌레' 같은 이기주의자요, 사기군이며 건달뱅이인 고영수 같은 자를 우리 제도가 어떻게 개조"하고, "어떻게 사회주의 건설에 참가할 각오"를 내면화하게 되었는지를 보여주는 작품이라고 평가한다. 특히 작품 서두에 "농업 협동 조합에서의 씩씩하고 흥겨운 실제적 노력에 대한 서정적 묘사"와 함께, 작품 말미에 "고영수의 자기 개조에 대한, 결의"를 배치한 점을 강조한다. 결론적으로 1956년 조선노동당 제3차 대회 이후 "도식주의를 반대하는 투쟁"을 통해 풍자 작품들에서 전형화의 수법이 다양해졌으며, 생동하는 풍자적 전형들을 창조한 것이라고 판단한다.

김하명의 긍정적 평가 이후 윤세평, 엄호석, 서만일 등도 긍정적 평가를 이어간다. 그리하여 윤세평16)은 부정적 인물에 대한 집단주의적 개조 역량에 방점을 찍는다. 특히 "농촌 경리의 협동화에 방해물로 되는 부정적 인물"을 주인공으로 내세워 "조합원들의 집단적 력량에 의하여 사회주의적으로 개조되어 가는 과정을 보여줌으로써 새것의 승리를 더욱 확인시켜"준 작품으로 평가한다.

엄호석17) 역시 부정적 인물의 개변 과정과 함께 사회주의적 역량을 강조

---

15) 김하명, 「풍자 문학과 사회주의적 사실주의─최근에 발표된 풍자 작품을 중심으로」, 『조선문학』, 1958. 7.

16) 윤세평, 「해방후 조선문학 개관」, 『해방후 우리문학』, 조선작가동맹출판사, 1958, 5~80쪽.

17) 엄호석, 「해방 후의 산문 발전의 길」, 『해방후 우리문학』, 조선작가동맹출판사, 1958, 81~147쪽.

한다. 즉 「나비」의 "예술적 공적"이 고영수의 "개인 리기주의의 발현을 대담하게 폭로하고 그의 성격과 운명의 발전을 사실주의적으로 추구함으로써 그의 내부적 갈등을 심오화하"면서 "그의 개변 과정을 예리화"한 것에 있다고 평가한다. 고영수 비판의 힘이 "긍정적 빠포쓰와 내부적으로 련결"되었으며, "고영수를 비판하는 채찍"이 "작가의 비판적 빠포쓰 속에 숨은 우리 농촌의 사회주의적 력량"을 보여준다는 것이다.

서만일[18] 역시 생동감 있는 인물의 묘사와 농촌의 구체적 실정을 깊이 요해한 작품으로 「나비」를 평가한다. 즉 "사기와 기만과 패덕과 기생충적 생활에 습관된 농촌 건달군인 고영수란 인물의 형상이 아주 생동하게 묘사되어 있"으며, 특히 "그가 병을 가장하고 부업 경리에 동원되어 새끼 꼬는 일을 아홉 살짜리 양녀에게 맡기고 점수를 따는 장면들은 이 인간에 대한 독자들의 증오와 혐오를 퍼붓게 한다"면서 인물 형상화의 성공이 작가의 현지 생활 체험을 거쳐 연구한 데에서 나온 것임을 높이 평가한다.

> 「옥수수는 밭곡식의 왕이다」라는 표어는 참으로 잘된 매력 있는 구호였다. 물론 그 구호의 영향만은 아니였으나 추수 농업 협동 조합에서는 알곡 증산을 위한 긴급한 조치의 하나로서 금년도의 전 작물을 70프로 이상을 「밭곡식의 왕」으로 채웠다. (중략)
>
> "처음부터 자신은 있었으나 불안하기도 했습니다. 이젠 안심합니다. 다만 얼마 동안은 주위에서 그를 이끌고 나갈 필요가 있을 겁니다. 자기가 찾은 새로운 길을 제 발로 달음질쳐 나가는 사람도 있으나 손목을 잡고 이끌어 나가야 할 사람도 있으니까요."
>
> 어느새 논판에서는 젊은 처녀들의 명랑한 노래가 다시 시작되였다.
>
> 보람 있는 사업에 대한 크나큰 행복을 느끼면서 추수 농업 협동 조

---

18) 서만일, 「작가와 시대정신」, 『해방후 우리문학』, 조선작가동맹출판사, 1958, 353~397쪽.

합 관리 위원장과 부위원장은 두렁길을 지나 행길로 들어서는 고영수
의 뒷모양을 오래오래 바라보고 있었다.19)

인용문은 작품의 처음과 마지막 부분이다. 도입부는 "옥수수는 밭곡식의
왕"이라는 구호를 통해 이 작품의 의도를 반영하면서 알곡 증산의 필요성
을 강조하는 부분이다. 그리고 마무리 부분에서는 부정적 인물에서 공동체
의 일원으로 변모된 고영수의 뒷모습을 응시하는 것으로 작품이 종결된다.
이때 불안과 안심 사이에서 사람의 종류를 '새로운 길을 스스로 찾아가는
사람과 "손목을 잡고 이끌어나가야 할 사람"으로 이분화하는 장달현 관리
위원회 부위원장의 표현은 이 작품에서의 인물 구도를 보여준다.

55세의 중늙은이인 고영수는 작품 전반에서 사기와 횡령, 각종 음모와
속임수를 일삼는 부정성의 화신으로 등장한다. 작품 도입부에서부터 고영
수는 옥수수 농사를 짓는 여성 노동자로부터 "손가락만큼이나 굵고 커다란
시커므스레한 돈벌레"에 비유되는데다가, "도루래, 굼벵이, 자리, 집개벌레
할 것 없이 남이 공 들여 가꾸는 곡식을 파먹는 놈은 다 조합 재산을 처먹는
고영수와 같은 것"이라는 평가를 받는다. 조합 총회에서 여덟 가마니에 해
당하는 411킬로그램을 횡령한 사실이 드러났기 때문이다.

고영수는 해방 직후 이사 와서 10여 년째 사는 인물로서, 고아인 양딸을
둘 기르면서 잡화상을 하다가 전쟁기에 치안대에 갇혀 1주일간 동서의 행
방을 실토하라며 고문을 받는다. 이후 장사를 집어치우고 술을 끊으면서 세
곡 창고장, 소비조합 위원장, 리 인민위원회 서기장, 리 인민위원장 등을 역
임하면서 속이 좁다고 해서 '똑똑이'라는 별명으로 불린다. 1954년 농업협
동조합이 조직되면서 고영수는 정미소 책임자로 배치된다. 하지만 새끼 꼬

---

19) 전재경, 「나비」, 『조선문학』, 1956. 11, 76~104쪽.

는 일을 13세 고아 딸에게 대신 꼬게 하는 등 오리 사육 문제와 벼 411킬로 그램을 횡령한 사건이 들통난다. 결국 총회에서는 고영수를 쫓아내고 처벌 하자는 의견이 비등하지만, 관리위원회 부위원장인 장달현이 "조합에 두고 교양을 주어서 새 사람, 근로하는 성실한 사람으로 개변시키는 것이 우리의 의무"라고 말하면서 노동하는 인간으로 교양할 것을 강조한다. 결국 작품 말미에서 못짐을 많이 지고 나와 모 심는 노동을 하는 모습을 보여주면서 "돈벌레도 나비될 날이 있"음을 확인하게 된다.

하지만 1959년에 이르러 한설야[20]는 작품에 대한 긍정적 평가를 뒤집는 다. 즉 1958년 김일성의 「공산주의 교양에 관하여」(1958. 10. 14)에 입각하 여 "우리 문학에 잔존하는 부르죠아 사상 경향을 예리하게 비판 분쇄하면 서, 작가 자신이 당의 사상, 붉은 사상, 공산주의 사상으로 철저하게 무장할 것을 결의"하면서 전재경의 「나비」 등이 보여준 "흉악한 반동적 기도로 일 관된 부르죠아 사상"을 분쇄하는 데에 집중하여야 할 것을 강조한다.

한중모[21] 역시 「나비」가 부르주아 사상 잔재를 보여줌과 동시에 "당의 농업 협동화 정책"을 "악랄하게 비방 중상"한 작품이라고 비판한다. 특히 "해방 후 조선 인민의 생활을 외곡해서 묘사하면서 당의 정책과 사회주의 제도에 대한 불신임의 감정을 인민들 속에 부식시킬 것을 주요하게 목적" 한 작품이라고 평가한다.

한설야는 다른 글[22]에서도 전재경의 「나비」에 내포된 "반동적 부르죠아 적 요소들"을 비판한다. 즉 전재경이 고영수의 입을 통하여 "우리 당과 우 리 제도에 대한 비방과 중상"을 퍼붓고 있음에도 불구하고, "분노와 경각심

---

20) 한설야, 「공산주의 문학 건설을 위하여」, 『조선문학』, 1959. 3, 4~14쪽.
21) 한중모, 「소설 분야에서의 부르죠아 사상의 표현을 반대하여─전재경, 조중곤의 작품을 중심으로」, 『조선문학』, 1959. 4, 134~144쪽.
22) 한설야, 「공산주의 교양과 우리 문학의 당면 과업」, 『조선문학』, 1959. 5, 4~25쪽.

보다도 개성화된 인간 형상을 그려냈다는 것"을 성과작으로 추켜세우는 일부 사람들이 있었다며 비판한다.

이렇듯 전재경의 「나비」는 1956년 발표 당시에는 비판과 우려 속에서도 부정적 인물에 대한 풍자성과 함께 인물 형상화의 측면과 사회주의적 역량에 대한 강조 속에 고평되는 작품이었다. 하지만 1959년 이래로 '공산주의 문학'을 강조하면서 '당과 제도에 대한 비방'을 형상화한 반동적 부르주아 작품으로 평가절하된다. 그리하여 공식적인 문학사에서도 사라지게 된다. 하지만, '인물의 형상화와 서사적 설득력에 대한 비판(김영석), 생동하는 풍자적 전형의 수법(김하명), 부정적 인물의 계도 과정에 대한 리얼리티(엄호석), 생동감 있는 인물 묘사와 구체적 농촌 실정(서만일)' 등의 비판과 상찬은 '당과 제도에 대한 비방과 중상'이라는 공식적인 평가절하보다 유효한 평가에 해당한다. 왜냐하면 이들의 시각이 1950년대 중후반에 북한문학에서 텍스트 비평이 지닌 문학적 유연성을 보여주고 있기 때문이다.

4. 서정적 세계의 추구와 소부르주아적 개인성 사이 — 신동철의 「들」(1958)

신동철의 「들」(1958)은 작품 말미에 1952년 7월로 창작 시기가 명기되어 있다. 그러므로 한국전쟁 당시에 창작되었지만 미발표되었다가, 『조선문학』 1958년 11월호에 실린 작품임을 확인할 수 있다. 이 작품은 한국전쟁 중 평양으로 가던 군관의 눈으로 고향과 비슷한 마을의 현실과 풍광을 서정적으로 형상화한 작품이다. 따라서 전쟁기에 발표되었을 경우 충분히 비판의 소지가 농후할 것을 염려한, 일종의 '작가적 자기 검열'로 인해 이 시기에 발표된 것으로 미루어 짐작할 수 있다.

발표 직후 엄호석[23)]은 평범성과 일상성에 대한 긍정적 평가를 내놓는다.

즉『문학신문』지상을 통해 "평범한 인간들의 평범하고 일상적 에피소드를 통해 많은 것을 암시하는" 소재가 성과라고 평가한다. 엄호석에 뒤이어 1959년에 이르면 계북[24]은 이 작품을 한국전쟁 당시 "애국주의와 영웅성"에 대해 '더 많은 이야기'를 전달함과 동시에 공산주의 사상 교양 사업의 의무를 잘 수행한 작품이라고 평가한다. 특히 "평범하고도 단순한 이야기 속에 심오한 생활의 철학"을 담아냈으며, "독특한 서정 세계의 추구"가 작품의 새로운 특질이라고 고평한다. "회화적으로 씌여진 산문적 서정시"임을 주목한 것이다.

> 폭음의 메아리도 멀어지고 폭연도 사라진 뒤 정적이 깃든 들. 아무 일도 없은 듯 먼지를 뒤집어쓴 들판은 바람결에 설레인다.
> 산기슭의 묵은 참호에서 흙을 털고 일어난 조동호 군관은 오목한 눈으로 두리를 살펴본다.
> 얼마나 거칠은 들판인가? 지금은 리용하지 않는 철도를 따라 폭탄에 패인 숭숭한 구멍이들, 오래된 구덩이엔 물이 괴여 개구리밥까지 덮였다.
> (중략)
> 동호는 난처하여 서성거리다가 평양을 향해 무거운 걸음을 옮기였다.
> 그러나 한 가지 마음에 미쁘게 생각되는 것이 있었다. 가족이나 혈육간은 통성명을 아니 한다. 바로 그 허물없는 감정이란 남 아닌 집안끼리의 것이다. 그렇다! 큰어버이인 당과 인민 정권에 의하여 온 나라가 한집안이 되어 싸우는 우리에게 통성명이 무슨 소용인가!…
> 이러한 느낌이 차츰 마음에 자리를 잡자 동호의 걸음은 활기를 띠였다.
> 개암나무 냄새며 찔레꽃 냄새가 흐뭇이 풍겨오는 들은 먼 산밑에 닿았다.

---

23) 엄호석, 「전투적 쟌르인 서정시와 단편소설의 예술적 성능을 제고하자」,『문학신문』, 1958. 11. 27.
24) 계북, 「서정 세계의 추구」(작가 연단),『조선문학』, 1959. 1, 98~103쪽.

동호는 들국화며 새풀이 무성한 해묵은 참호를 뛰여넘어 달빛이 허옇게 보이는 행길 쪽으로 향하였다.

그의 배낭은 점점 작아 보이고 풀벌레 우는 들은 고요히 깊어 갔다.

— 1952. 9[25)]

인용문에서 드러나듯 한국전쟁기임에도 불구하고 들을 비롯한 자연과 마을을 바라보는 주인공 조동호 군관의 시선은 서정적이다. 폭음과 폭연 이후 정적에 휩싸인 들판이 "바람결에 설레인다"라는 묘사로 시작하여 "풀벌레 우는 들은 고요히 깊어 갔다"로 마무리되는 이 작품은 동호의 내면의 동요를 따라가는 일종의 모더니즘적인 여로형 소설에 해당한다. 작품의 골격을 요약해 보면, 주인공 동호는 배낭을 메고 파편에 긁힌 권총집을 옆구리에 차고 께어맨 장화를 신고 거친 들판을 걸어 서북쪽으로 향한다. 평양을 향해 가는 사흘째 사람을 만나지 못한 동호는 모든 것을 그리워한다. 더구나 폭격에 어머니와 어린 남동생을 잃은 그는 황폐한 농촌과 거리를 보면서 심란해 한다. 전장에서 지휘관으로서의 동호는 "항상 생각에 잠겨 우울한 편"이었지만, "적개심에 불타"올라 전투와 복수에 전념했다. 하지만 군단 정치부장으로부터 후방에 갔다 오면 "크고 깊은 힘"을 느낄 수 있을 것이란 말을 전해 들은 동호는 "가렬한 화선에서 벗어나 마음 푹 놓고 보는 자연이란 얼마나 아름다운가!"라며 감탄한다. 더욱이 늪 아래쪽에 자리한 움집이 '인민학교 분교'임을 알고 "당의 손길"에 감격한다. '후방의 정연함'을 보면서 당에 대한 "무한한 기쁨과 신심"을 느끼는 것이다.

오늘밤까지 평양시에 닿아야 하지만 움집에서 잠시 쉬면서 잠에 빠졌다가 깨어난 동호는 노을빛을 받아 더욱 아름답게 보이는 여교원의 얼굴에 수심과 슬픔 같은 그늘이 깃들여 있는 것을 보게 된다. 여교원이 차려준 상 위

---

25) 신동철, 「들」, 『조선문학』, 1958. 11, 84~90쪽.

에는 삶은 옥수수와 가물치회가 수북하지만, 오늘이 노인의 사위될 사람이 전사한 지 1년 되는 날이라는 사실을 나중에야 알게 된다. 동호는 고향인 청진이 무참히 파괴된 이야기를 전하며 원쑤에 대한 적개심을 피력한다. 여교원은 아이들 교육을 위해 전선 이야기를 해달라고 부탁하다가 시간이 없음을 알고 편지로라도 전해달라고 당부한다. 동호는 여교원의 얼굴에서 볼우물이 인상적임을 발견한다. 초생달과 "꼬마 련락병 같은 별" 아래로 다시 동호는 길을 떠나며, 토굴막 분교와 "자지옷 입은 녀교원"과 노인을 떠올리고, 자기 생애에서 "즐겁고 아름다운 추억"이 생겨났다고 생각하며 길을 떠나는 것으로 작품이 마무리된다.

이렇듯 동요하는 내면을 보여주는 조동호 군관의 형상에 대해 김근오[26]는 엄호석과 계북의 견해를 정면으로 반박하며 비판한다. 즉 「들」이 "소부르죠아적 개인 취미가 농후한 작품"이며, "조국해방전쟁시기의 싸우는 조선 인민들을 외곡되게 반영"하였고, 그 기저에 "애수와 고독"이 담겨 있는 비사실주의적 작품이라는 것이다. 특히 주인공 동호가 평범한 인물이 아니라 "현실과는 아무 인연도 없는 마치 달나라 세계를 구경하는 듯한 후방의 관찰자로 등장하는 무기력한 인물"이라고 평가절하한다. 결국 역설적으로 "부르죠아적 사상 잔재를 철저히 숙청하고 사회주의적 사실주의 창작 원칙을 고수"할 것을 강조하는 반면교사의 텍스트라고 비판하게 된다.

한설야[27] 역시 소부르주아적 개인성의 형상화에 대해 비판적으로 평가한다. 즉 평론가 엄호석 등이 "부르죠아 사상 잔재의 극복"을 거론하면서 "영웅적 인민군 군관을 소시민적 주인공으로 대처"한 신동철의 「들」을 상찬한 내용에 대해 비판한다. 한설야에게는 이 작품이 "사회주의적 사실주

---

26) 김근오, 「<들>에 방황하는 <서정>—신동철의 <들>에 대한 항변」(작가 연단), 『조선문학』, 1959. 2, 123~129쪽.
27) 한설야, 「공산주의 문학 건설을 위하여」, 『조선문학』, 1959. 3, 4~14쪽.

의에 대한 허무주의적이며, 수정주의적인 <서구 바람>의 침습"을 보여주고 있다고 판단되기 때문이다.

또 다른 보고문[28]에서도 신동철의 「들」이 "도식주의의 극복과 독창적인 스찔을 추구"한 나머지, "의식적이든 무의식적이든 간에 소부르죠아적 개인 취미로 떨어진 실례"에 해당한다고 비판한다. 그리하여 "낡은 부르죠아 사상 잔재를 청산하지 못한" 채, "개성적인 스찔, 개성화된 성격 창조, 작품의 문제성, 흥미 등을 일면적으로 파악하여 당성 원칙을 떠난" 대표작이라고 비판한다. 신동철이 "조국해방전쟁의 영웅적 현실을 왜곡"하여 자기만의 소부르주아적인 "'서정'의 세계를 추구하였"으며, 그 세계가 "조국해방전쟁 시기 전선과 후방에서 조선 인민이 발휘한 무비의 영웅성 및 혁명적 낭만성과는 아무런 공통성도 없"다는 것이다. 그리고 엄호석의 「들」을 향한 평론 역시 "들끓는 시대적 빠포스와는 거리가 먼 안온하고 사상성이 희박한 작품들을 내세움으로써 자기의 소부르죠아적 미학 취미를 발로시켰"다고 비판한다.

김민혁[29] 역시 1950년대 후반 북한문학이 "<평범하고 단순한 것>, <고요하고 서정적인 것>, <정적인 것>"이 아니라 "전투적이고 영웅적인 것, 격동적이고 랑만적인 것, 동적인 것"을 요구한다면서 사회주의 사실주의 원칙을 고수할 것을 강조한다.

1959년에 이르면 상찬의 시발점이었던 엄호석[30]이 자신의 기존 논의를 뒤집는다. 즉 "현대성, 혁명적 랑만성, 공산주의적 성격의 전형화, 민족적

---

28) 한설야, 「공산주의 교양과 우리 문학의 당면 과업」, 『조선문학』, 1959. 5, 4~25쪽.
29) 김민혁, 「문학의 현대성 문제와 로동계급의 집단적 영웅주의」, 『조선문학』, 1957. 5, 129~144쪽.
30) 엄호석, 「공산주의적 교양과 창작의 질적 제고를 위하여」, 『조선문학』, 1959. 8, 109~124쪽.

특성"을 강조하면서 "공산주의적 빠포스로 맥박치는 래일의 문학"을 제고할 것을 강조한다. 그러면서 "나 자신이 좋은 작품으로 그릇되게 평가한 신동철의 「들」"을 거론하면서 동호 군관이 공화국 인민군대의 "당적 인간의 전형"이어야 할 인물이었지만, "혁명적 락관주의와 영웅주의, 적에 대한 불붙는 증오심과 불굴의 정신과 같은 사회적 본질"을 규명하지 않았다고 비판한다. 그리하여 "패배주의 사상을 고취"하였으며, 북한 사회의 "현실에 의혹을 품는 악랄한 사상을 발로"하여, 결국 동호 군관이 "모호한 성격"의 소유자로서 "우울하고 감상적인 <심리적 인간>으로 등장"하였다고 비판한다.

윤세평31) 역시 신동철의 작품 세계 전반을 "반동적 미학 사상"으로 비판한다. 그리하여 신동철이 "도식주의를 반대하는 투쟁의 그늘에 숨어서", "반동적인 부르죠아 미학"의 견해를 노골화한 작가라고 비난한다. 특히 신동철의 「들」의 서정성이란 "소부르죠아적 애수의 정서"에 불과하며, 작가가 "열렬한 애국주의 사상"이 아니라 "고독과 애수, 감상과 추억의 장막을 펼쳐" "패배주의 사상을 고취"하였다고 비판한다.

이렇듯 신동철의 「들」은 1958년 발표 직후에는 평범한 인간의 일상적 에피소드와 함께 독특한 서정의 세계를 추구하면서 심오한 생활의 철학을 보여준 수작으로 평가된다. 하지만 곧이어 전쟁기에 평양을 향해 가던 군관이 자연 풍경에 심취한 모습은 소부르주아적인 개인성을 드러낸 것이라고 비판된다. 그리하여 부르주아 사상 잔재의 청산과 사회주의적 사실주의 원칙을 고수하기 위한 결정적 비판의 작품이 된다. 그러나 '평범하고 단순한 이야기, 독특한 서정 세계의 추구, 회화적인 산문적 서정시'라는 계북의 평

---

31) 윤세평, 「작품과 빠포스 문제─신동철의 창작을 일관하는 반동적 미학 사상」, 『조선문학』, 1959. 9, 126~132쪽.

가와, '평범한 인간과 일상적 에피소드의 암시성'을 강조한 초기 엄호석의 평가야말로 북한문학의 살아있는 현장 감각을 보여준다.

뿐만 아니라 결국 신동철의 「들」을 비판하는 근거로 활용된 대목들은 고스란히 북한문학에서 살려 써야 할 문학적 다양성의 수원에 해당한다. 즉 '관찰자로서 무기력한 인물(김근오), 허무주의적이고 수정주의적인 서구의 바람(한설야), 개성적인 스킬과 개성화된 성격과 작품의 흥미성(한설야), 고요와 서정과 정적인 특징(김민혁), 패배주의 사상과 모호하고 우울하고 감상적인 심리적 인간의 등장(엄호석), 고독과 애수와 감상과 추억의 장막(윤세평)' 등의 비판은 북한문학의 경직성과 도식성을 극복할 유연한 문학적 동력에 해당하는 것이다.

5. 혁명 전통의 성과작과 부적절한 계급적 형상화 사이 ─ 천세봉의 『안개 흐르는 새 언덕』(1966)

천세봉의 『안개 흐르는 새언덕』(상, 하)(1966)은 3.1 운동 이후 1920년대 원산 총파업으로부터 해방까지의 시기를 다루고 있는 작품이다. "음산한 날이였다. 천주교 회당 높은 종각 우에서까지 구름이 낮게 드리워 있다."[32] 라는 문장으로 시작되어, 1948년 조선민주주의인민공화국 수립 이후 만주에서 죽어간 딸 순영을 떠올리며 "김창환은 눈물이 어린 눈으로 앞을 내다보며 한숨을 지었다."[33]라는 문장으로 마무리되는 1,300쪽이 넘는 장편소설이다. 특히 긍정적 인물인 강림과 순영이 등, 부정적 인물인 '고이시, 한달수, 종파분자 최인렬 등'을 중심으로 해방 전 인민들의 생활 실정과 현실 발전의 모습을 생생하게 담아낸 작품으로 평가된다.

---

32) 천세봉, 『안개 흐르는 새 언덕』(상), 조선문학예술총동맹출판사, 1966, 12쪽.
33) 천세봉, 『안개 흐르는 새 언덕』(하), 조선문학예술총동맹출판사, 1966, 670쪽.

1966년 안함광[34]은 천세봉의 『안개 흐르는 새 언덕』이 혁명전통 주제에 바쳐진 성과작이라고 평가한다. 즉 "혁명적 대작을 창작할 데 대한 수상 동지의 교시를 심장으로 받들"면서 "그를 구현하려는 작가들의 긍지 높은 각성과 당과 혁명에 대한 무한한 충성심의 표시"를 드러낸다는 것이다. 이 작품이 "맑스주의 소조와 관련된 지하투사, 항일빨치산 투사, 양심적 민족주의자, 일제침략자와 그 주구들, 혁명운동의 암인 종파분자들"을 포함하여 다양한 계층의 인물들을 설정하면서 상호 관계를 옳게 해명하고 있다는 것이다.

특히 강림의 항일혁명투사로서의 훌륭한 성격의 완성이 "김일성장군의 직접적 지도를 받는 시기와 관련"된다면서, "혁명투사로의 웅심 깊은 정신세계의 소유자"이자 "혁명적 낭만주의 정신의 강한 구현자"로 그려진 강림의 훌륭한 점을 "조국과 혁명에 대한 무한한 충실성"이라고 평가한다. 부정적 인물인 관동군 사령부 참모장 '고이시'도 악마적 본성을 지닌 "일제 침략전쟁의 집행자"로서 "간악성과 잔인성, 교활성 등과 직접 연결"된 점을 높이 평가한다. 결국 '통속성의 구현, 풍부한 서정성, 지성미의 일정한 수준' 등이 흥미롭게 전개되면서, 결론적으로 이 작품이 "1930년대의 공산주의자들이 쌓아올린 혁명전통에 대한, 그 거목과 큰 뿌리에 대한, 정열적인 송가"라고 평가한다.

현종호[35] 역시 『안개 흐르는 새 언덕』을 긍정적으로 평가한다. 즉 이 작품이 "력사적 사실들의 정수를 한데 모아 가장 의미 심중한 인간성격의 운명선을 설정하고 길고 넓은 혁명의 력사를 하나의 유기체로 재창조"한 혁

---

34) 안함광, 「영광스러운 혁명전통에 대한 송가—장편소설 『안개 흐르는 새 언덕』(상, 하권)을 두고」, 『문학신문』, 1966. 9. 9.
35) 현종호, 「항일의 혁명력사와 인간운명에 대한 영웅서사시적 화폭」, 『조선문학』, 1966. 11.

명적 대작에 해당한다고 높이 평가한다. 특히 사건의 규모가 광활하며 인물군이 시대적 총체성을 보여주고, 심리묘사의 구체성이 드러난 점 등을 근거로 제시한다.

하지만 북한의 문학사에서 이 소설은 일종의 판금소설이다.[36] 김일성이 소설과 영화의 문제점을 담화로 비판하고 있기 때문이다. 즉 1967년 1월 김일성은 담화[37]를 통해 중산계급의 형상화가 지닌 결함을 지적한다. 즉 "이 영화의 중요한 결함은 또한 중산 계급을 잘못 취급한 것"이라면서 "영화에서 민족주의자의 딸이며 인텔리인 순영이를 혁명 투쟁에 참가하였다가 변절하여 나중에는 토벌대 대장의 여편네가 되는 것"으로 형상화한 것이 "아주 잘못"되었다는 것이다. "식민지 나라의 민족주의자들은 반제적인 혁명성을 가지고 있"기 때문에, "민족주의자인 아버지에게서 일정한 교양을 받은 순영은 조국 광복을 위한 투쟁에 나서서 끝까지 잘 싸울 수 있는 여자"였지만 제대로 형상화를 수행하지 못했다는 것이다. 김일성의 담화에서는 주인공 강림의 성격화도 비판된다.[38] 즉 "영화에서는 주인공을 주먹이 세고 힘꼴이나 쓰는 사람으로 왈패로 묘사하였"다면서 "노동 계급을 형상화하는 데서는 개별적 노동자들의 드센 주먹을 보여줄 것이 아니라 노동 계급의 조직성과 혁명성·강인성을 그려야 하며 그의 단결된 위력을 보여주어야" 한다고 강조한다.

> "민호 동무 민호 동무 글쎄 어떻게 죽어요? 당신이 어떻게 죽느냐
> 말이예요? 난 인제 어떻게 해요? 인제 민호 동무의 얼굴을 어데서 보
> 아요? 아 무서워, 이 가혹한 현실이 난 무서워 못 살겠어요 우리들은

---

36) 이명재 편, 『북한문학사전』, 국학자료원, 1995, 749쪽.
37) 김일성, 「혁명 주제 작품에서의 몇 가지 사상미학적 문제」, 1967. 1. 10.
38) 김재용, 앞의 책, 228~230쪽.

앞으로 행복을 가지자고 했지요. 우리들의 마음은 얼마나 깨끗했어요. 당신과 나와는 깨끗한 사랑과 행복 속에서 오래오래 살기를 희망했지요. 글쎄 얼마나 열렬히 희망했느냐 말이예요. 그런데 인젠 그 희망도 그 행복도 그 사랑도 다 어데로 갔나요? 아 무서워 무서워 내 앞에 이런 무서운 운명의 그림자가 덮일 줄 알았다면 나는 당신을 사랑하지 않았을 거예요. 난 인젠 맑스주의가 싫어요. 정말 싫어요. 맑스주의는 모든 것을 희생시키고 말았어요. 그래 당신이 맑스주의를 해서 피를 흘리며 싸운 대가가 죽음이란 말인가요?

결국 맑스주의는 우리들의 모든 것을 앗아가지 않았어요? 사랑도 행복도 희망도 맑스주의로 하여 다 없어지고 말지 않았어요? 나는 인제야 오일파 선생의 말씀을 알겠어요. 맑스주의가 인류를 피바다 속에 잠근다고 하던 그 선생의 말씀이 지금 내 가슴엔 너무도 절통스럽게 울려와요. 그 말씀이 옳아요. 아 무서워, 난 맑스주의가 무서워…"

순영이는 미친 듯이 벌떡 일어섰다. 그는 허전거리며 벽에 가 탁 부딪쳤다. 그리고는 도로 책상 앞으로 달려와 엎드리며 몸부림을 했다.[39]

인용문은 강민호(=권일호, 강림)가 항구의 총파업 지도자로 체포되어 문경태와 함께 사형을 선고 받은 뒤 순영이 마르크스주의에 대한 거부감을 격정적으로 토로하는 부분이다. 사랑과 행복과 희망을 위해 마르크스주의를 신봉했지만 결과적으로 사랑하는 연인을 죽음으로 인도한 마르크스주의이기 때문에 신념이 흔들리는 순영의 감정을 대사로 묘파한 부분에 해당한다. 이러한 동요하는 내면을 지닌 순영이의 형상이 중산계급의 전형성을 상실한 형상임을 김일성이 지적한 것이다. 마르크스주의에 대한 순영이의 변심 과정이 비약적으로 형상화된 것은 분명하며, 이후 한달수의 속임수로 인해 결혼과 죽음에 이르는 과정이 작품의 서사적 한계에 해당하는 것은 사실이

---

39) 천세봉, 「제2편 사나운 바람 속에서」, 『안개 흐르는 새 언덕』(상), 살림터, 1996 (1966), 275~276쪽.

다. 하지만 우유부단한 회의주의 음악가로 설정된 인텔리라는 점에서 '민족
주의자의 자식은 항일투사여야 한다'는 식의 김일성의 비판은 내면을 거세
한 평면적 인물을 강요할 뿐이다.

뿐만 아니라 1977년판 『조선문학사』에서도 "반당반혁명종파분자들의
책동"을 분쇄하고 "전당과 온 사회에 당의 유일사상체계를 철저히 세우"기
위해 "혁명적 작품들에서 당의 계급로선과 군중로선에 튼튼히 의거하여 등
장인물들의 전형적성격을 그려야 한다는 독창적인 사상을 제시"한 존재가
김일성임이 강조된다. 그리하여 김일성의 교시[40]를 직접적으로 언급하면
서 이 작품이 계급적 지향을 잘못 설정한 것으로 비판한다. 즉 "로동계급을
왈패로 묘사"한 점, "중산계급을 적의 편으로 밀어던진 것"이 문제이며, 모
두 다 "작가들이 우리 당의 계급로선을 잘 모르며 혁명의 동력에 대한 옳은
인식을 가지고 있지 못하기 때문"이라는 것이다. 그러므로 "작가들의 계급
적립장이 확고하고 계급적관점이 옳게 서야 똑똑한 작품을 만들 수 있"음
을 강조한다. 결국 작가의 올바른 계급적 세계관의 무장이 인물의 전형성과
세부 묘사의 진실성을 확보하는 전제가 되는 것이다.

신형기[41]에 따르면, 결국 소설과 영화에 대한 김일성의 비판은 첫째 노
동계급과 항일혁명가가 잘못 형상화되었다는 점, 둘째 주인공이 혁명가로
자라나는 과정이 진실하지 못하다는 점, 셋째 민족주의자의 딸이며 인테리
인 순영이 토벌대장의 아내가 되도록 만든 점 등을 지목하는 것이다. 결과
적으로 김일성의 비판은 혁명의 역사를 왜곡한 작가의 세계관과 작품의 형
상력에 대한 경고였던 것이다.

이렇게 볼 때 '당의 유일사상체계'를 확립하기 위해 거론된 반면교사의

---

40) 사회과학원 문학연구소, 『조선문학사』(1959~1975), 과학백과사전출판사, 1977,
    209~210쪽.
41) 신형기·오성호, 앞의 책, 256~259쪽.

작품이 천세봉의 1966년작 『안개 흐르는 새 언덕』임을 확인할 수 있다. 하지만 김일성이 비판하고 수정을 지시했던 부분은 결과적으로 북한문학의 유연성과 생동감을 위해 되살려야 하는 대목에 해당한다. 전일적으로 흔들림없는 신념 속에 당성과 계급성을 강조하는 북한문학의 도식화와 경직화가 오히려 북한문학의 생명력을 거세시키고 있기 때문이다. 문학적 상상력을 통해 경직된 세계관과 고정화된 인물의 정형화를 넘어서야 다양한 인물형상을 통해 살아 있는 북한문학의 다면성을 만날 수 있는 것이다.

결국 북한의 문학사적 인식으로 볼 때 천세봉의 『안개 흐르는 새 언덕』은 당의 유일사상체계를 확립하는 데에 반면교사의 텍스트로 자리매김된다. 이후 1967년 유일사상체계가 확립되고 주체시대가 출발되면서 비판받던 텍스트였지만, 1999년 『조선문학사』(13)에서는 언급 자체가 사라진다. 동일 작가의 『대하는 흐른다』(1962)나 『고난의 력사』(1964)만이 1970년대로부터 현재에 이르기까지 문학사적 텍스트로 기록될 뿐이다. 결국 북한문학사는 문학사적 대상 텍스트의 취사선택에서도 선택과 배제의 논리가 분명하며, 비판적 텍스트는 공식적 북한문학사에서 사라지는 냉혹한 현실을 보여준다. 이 작품에 대한 김일성의 비판은 북한문학에서 문학적 다양성과 현실의 유연성을 경직시키는 지도 비평의 잘못된 전형을 보여준다.

6. 북한소설의 생동감과 유연성 복원의 필요성

이 글은 1953년 휴전협정 이후 1967년 유일 사상체계 형성기까지를 대표하는 네 작품을 중심으로 1950~60년대 북한문학의 지배 담론과 실제 텍스트 평가의 균열 양상을 구체적이고 미시적으로 분석하였다. 이 시기를 관통하는 문학 담론으로는 마르크스레닌주의 미학 사상과 함께 '사회주의 리얼리즘'이 강조된다. 북한식 사회주의 리얼리즘은 소련 문학의 영향 속에

1950~60년대에 이르러서는 당성, 계급성, 인민성의 원칙을 강조하며 긍정적 인물의 형상화에 초점을 맞추면서 부정적 인물과 상황의 형상화를 비판하거나 평가절하한다. 이 글은 북한문학에서 도식주의 논쟁과 부르주아 사상 잔재 비판 등을 거쳐 당의 유일사상체계 형성을 강제하는 지배 담론과 실제 텍스트 평가 사이의 균열 양상을 통해 북한문학의 유연성과 경직성을 검토하였다. 그리하여 유연성의 제고가 북한문학의 생동감을 확보할 수 있는 방편임을 제시하였다.

유항림의 중편소설 「직맹반장」은 예술적 개성의 표출과 객관주의적 수법의 잔재라는 평가를 유동하면서 북한문학의 유연성과 경직성을 동시에 보여주는 작품이다. 1956년 한설야의 보고 이후 1954~55년에 존재하던 김하명, 한효, 안함광, 김명수 등의 비판적 평가는 사라진다. 하지만 제2차 조선작가대회 이전에 행해진 비평가들의 다양한 논평이야말로 실제로 북한문학의 생명력을 보여주는 대목이다. 즉 '부정적 인물 형상화의 결함(김하명), 인물의 전형화 실패(한효), 객관주의적 묘사와 세계관의 문제(안함광), 지루하고 산만한 서사의 비탄력성(김명수)' 등의 다채로운 비판 정신이 북한문학의 생동감을 확보하고 있었던 것이다.

전재경의 「나비」는 1956년 발표 당시에는 비판과 우려 속에서도 부정적 인물에 대한 풍자성과 함께 인물 형상화의 측면과 사회주의적 역량에 대한 강조 속에 고평되는 작품이었다. 하지만 1959년 이래로 '공산주의 문학'을 강조하면서 당과 제도를 비방한 반동적 부르주아 작품으로 평가절하된다. 그리하여 공식적인 문학사에서도 사라지게 된다. 하지만, '인물의 형상화와 서사적 설득력에 대한 비판(김영석), 생동하는 풍자적 전형의 수법(김하명), 부정적 인물의 계도 과정에 대한 리얼리티(엄호석), 생동감 있는 인물 묘사와 구체적 농촌 실정(서만일)' 등의 비판과 상찬은 '당과 제도에 대한 비방과 중상'이라는 공식적인 평가절하보다 유효한 평가에 해당한다. 왜냐하면 1950년대 중후반에 북한문학에서 텍스트 비평이 지닌 문학적 유연성을 보여주고 있기 때문이다.

신동철의 「들」은 1958년 발표 직후에는 평범한 인간의 일상적 에피소드와 함께 독특한 서정의 세계를 추구하면서 심오한 생활의 철학을 보여준 수작으로 평가된다. 하지만 곧이어 전쟁기에 평양을 향해 가던 군관이 자연 풍경에 심취한 모습은 소부르주아적인 개인성을 드러낸 것이라고 비판된다. 그리하여 부르주아 사상 잔재의 청산과 사회주의적 사실주의 원칙을 고수하기 위한 결정적 비판의 대상이 된다. 하지만 이 작품을 비판하는 근거로 활용된 대목들은 고스란히 북한문학에서 살려 써야 할 문학적 다양성의 수원에 해당한다. 즉 '관찰자로서 무기력한 인물(김근오), 허무주의적이고 수정주의적인 서구의 바람(한설야), 개성적인 스킬과 개성화된 성격과 작품의 흥미성(한설야), 고요와 서정과 정적인 특징(김민혁), 패배주의 사상과 모호하고 우울하고 감상적인 심리적 인간의 등장(엄호석), 고독과 애수와 감상과 추억의 장막(윤세평)' 등의 비판은 북한문학의 경직성과 도식성을 극복할 유연한 문학적 동력에 해당하는 것이다.

천세봉의 장편소설 『안개 흐르는 새 언덕』에 대한 김일성의 교시 이후 1967년 유일사상체계가 확립되면서 주체시대가 출발된다. 이 작품에 대한 김일성의 비판은 문학적 다양성과 현실의 유연성을 경직시키는 지도 비평의 잘못된 전형을 보여준다. 작품 내적 리얼리티의 적절성을 판단하기보다 작품 외적 세계관의 적절한 수용을 강제하고 있기 때문이다. 김일성이 비판하고 수정을 지시했던 부분은 오히려 북한문학의 유연성과 생동감을 위해 되살려야 하는 대목에 해당한다. 전일적으로 흔들림없는 신념 속에 당성과 계급성을 강조하는 북한문학의 도식화와 경직화가 오히려 북한문학의 생명력을 거세시키고 있기 때문이다. 문학적 상상력을 통해 경직된 세계관의 주입과 고정화된 인물의 정형화를 넘어서야 다양한 형상의 인물과 심리 묘사, 서사적 다면성을 만날 수 있는 것이다.

결과적으로 1950~60년대 북한문학은 살아 있다. 문학사에서 배제되거나 선택적으로 거론되는 논쟁적 작품들을 주목하는 것은 다양한 논쟁의 역사가 당대에 실재했으며, 그만큼 북한문학의 생동감을 여실히 보여주는 대목이기 때문이다. 북한문학은 1950~60년대의 논쟁사를 복원하고 배제된 텍스트를 재고해야 한다. 그렇게 잃어버린 과거의 텍스트를 투명하게 응시함으로써 새로운 북한문학의 미래를 견인할 수 있을 것이기 때문이다. 그리고 그것이 남북한 통합문학사의 온전한 복원을 향한 문학사 기술의 선결 작업에 해당한다.

1970~80년대 대표 장편소설을 읽다

1. '수령 형상'과 '인민의 내면' 사이의 진폭

이 글은 1967년 유일 주체사상체계 확립 이후 1970~80년대 북한문학의 지배 담론과 북한 소설 텍스트의 균열 양상을 연구하고자 한다. 이 시기는 수령형상문학을 강조하는 북한문학의 경직성과 함께 사회주의 현실 주제에서 '숨은 영웅'의 숨겨진 내면이 드러나는 유연성을 동시에 살펴볼 수 있는 시공간에 해당한다. 1970년대 북한문학은 『피바다』, 『꽃파는 처녀』, 『한 자위단원의 운명』 등 3대 불후의 고전적 명작과 더불어 김일성의 일대기를 소설화하고 있는 '총서 <불멸의 역사>'가 중요한 텍스트로 언급된다. 북한에서는 이 시기를 '사회주의의 완전한 승리 추구기'로 설정한다. 특히 1970년 조선노동당 제5차 대회에서 당 규약의 지도 이념으로 채택된 '주체사상'은, 1972년 '조선민주주의인민공화국 사회주의 헌법'에서 북한의 공식적인 지도 지침으로 천명된다. 그리고 사상, 기술, 문화의 3대 혁명운동이 1960년대 천리마 운동의 연장선 상에서 강조된다.

좀더 구체적으로 보자면 1970년대 북한문학은 김일성의 「조선로동당 제5차대회에서 한 중앙위원회사업총화보고」에서 '공산주의적 교양과 공산주의 세계관'을 강조하며 "온 사회의 주체사상화"[1]를 표방하는 문학예술로 수렴된다. 특히 4.15문학창작단이 김일성의 혁명역사를 연대기적 형식으로 형상화한 '총서 <불멸의 력사>' 중 『1932년』(1972), 『혁명의 려명』(1973) 등은 '수령형상문학의 기념비적 작품'으로서 짧은 기간 동안 창작된 것이 주목된다. 1990년대 이후에도 1970년대는 "주체예술의 대전성기"[2]로 요약되면서, 김정일이 김일성의 항일혁명 역사를 형상화한 장편소설 묶음에 '불멸의 력사'라는 제명을 달아주었음이 강조된다.

1980년대는 김일성이 1980년 10월 조선로동당 제6차대회에서 "온 사회를 혁명화, 로동계급화, 인테리화하는 사업을 다그쳐야 할 것"[3]을 강조하는 것에 초점이 맞춰진다. 특히 김정일은 1980년 1월 조선작가동맹 제3차대회에서 「현실발전의 요구에 맞게 작가들의 정치적식견과 창작적기량을 결정적으로 높이자」는 서한을 보내, '주체의 인간학'을 발전시키기 위해 "작품의 종자[4]를 똑바로 잡는 것"을 강조한다. '당 중앙'의 이름으로 발표된 이 서한에서 '숨은 영웅, 심오한 철학성, 도식주의의 극복' 등이 북한문학의 지도지침으로 작동한다.

1990년대 후반에 쓰여진 『조선문학사』 15권에 따르면, 1980년대 문학에 새로 등장한 인물 형상으로 "청년공산주의자들의 형상과 숨은 영웅들의 형상"이 강조된다. 그 중 '숨은 영웅'의 형상은 김수경의 『탄생하는 계절』(1985)과 박찬은의 『해빛』(1985) 등에서 드러난다고 평가된다. 이때 숨은 영웅들은 "숭고한 사상정신적풍모와 아름다운 정신세계가 진실하게 그려"지며, "당과 수령에 대한 충실성과 효성을 가장 숭고한 높이에서 지니고있"

---

1) 사회과학원 문학연구소, 『조선문학사(1959~1975), 과학백과사전출판사, 1977, 206~226쪽.
2) 천재규·정성무, 『조선문학사』 14, 사회과학출판사, 1996, 5쪽.
3) 김정웅·천재규, 『조선문학사』 15, 사회과학출판사, 1998, 4~6쪽.
4) 조선문학사에 의하면 '종자'란 "작품의 생명을 담보하는 사상적핵이며 그 가치를 규정하는 결정적요인"에 해당한다.(김정웅·천재규, 앞의 책, 11쪽)

으며 '당과 수령과 조국과 인민'을 위하여 "모든 것을 다 바친 헌신적복무정신으로 사람들의 심금을 강하게 울리며 커다란 미학적감화력"⁵⁾을 표현하고 있다고 분석된다. 결론적으로 1980년대 소설이 "현시대의 요구와 인민들의 미감과 정서에 맞게 작품의 철학성, 지성도를 높이기 위한 투쟁"을 통해 성과를 마련하였다고 평가된다.

1970년대 북한소설에 대한 남한 연구자들의 기존 논의는 대체로 '항일혁명을 위시한 김일성 가계 중심의 문학과 사회주의 현실 주제 문학'으로 이분화된다. 손화숙⁶⁾은 1970년대 북한소설 중에서 '3대 고전(『피바다』 등)'에서는 민중의 고난과 혁명 의식화 과정을 통해 종자론을 반영하고 있으며, '불멸의 역사'에서는 수령 형상화와 역사적 진실성 문제를 중심으로 진보적 역사주의의 관점에서 혁명과 계급의 이익을 앞세우는 이타주의의 논리와 전체주의적 특성을 의미화하고 있다고 평가한다. 그리고 '사회주의 현실 주제 문학'에서는 '세대교체에 따른 갈등, 당원과 소조원의 갈등, 지식인과 비지식인의 갈등, 공업화와 기계화에 따른 갈등'이 드러난다고 강조한다.

안민희⁷⁾는 1970년대 문학 작품의 주제를 '전쟁소설, 항일혁명과 수령형상문학, 3대 혁명문학' 등의 세 부분으로 구분하고, 월간지 『조선문학』에 실린 1970년대 단편소설 366편 중에서 '3대 혁명 문학'으로 분류된 120편을 선택하여 분석한다. 특히 김정일이 '주체사상의 김일성주의화'를 추진하면서, 1975년 '3대혁명소조운동'을 '3대혁명붉은기쟁취운동'으로 강화시켜 정치적 면모를 드러내고 있음을 주목한다.

---

5) 김정웅·천재규, 앞의 책, 35~36쪽.
6) 손화숙, 「1970년대 북한소설의 연구─3대 고전과 『불멸의 역사』 총서를 중심으로」, 『우암어문논집』 제6호, 1996, 183~202쪽.
7) 안민희, 「북한의 '3대혁명 문학'에 나타난 갈등양상 연구─1970년대 『조선문학』에 실린 단편소설을 중심으로」, 한국외대 교육대학원 국어교육전공 석사학위논문, 2009.

1980년대 북한소설에 대한 남한 연구자들의 분석 역시 대체로 '항일혁명 +김일성 가계 중심의 문학과 사회주의 현실 주제 문학'으로 구분한다. 먼저 김재용8)은 1980년대 북한문학을 주제에 따라 '1) 해방 후 혁명 투쟁의 형상화, 2) 역사 주제의 문학, 3) 조국통일 주제, 4) 사회주의 현실 주제'로 나누면서 1980년 이후 "높은 당성과 심오한 철학성"이 강조되며, "숨은 영웅"과 "도식성의 극복"이 강조되고 있음을 주목한다.

송명희·송경빈9)에 의하면, 1970년대는 사회주의적 사실주의에 김일성의 주체사상을 접목시켜 '주체성과 혁명성'이 강조되던 시기로서 항일혁명기에 김일성의 지도 아래 창작되었다는 항일혁명예술의 중요성이 부각된다. 하지만 1980년대 이후에는 김정일의 전면 부상과 상징화를 계기로 '주체의 인간학'이자 '공산주의적 인간학'이 강조되면서 '종자'가 형상화의 중심에 놓이게 되고, 1980년대 북한소설의 특성으로 '김일성 가계의 우상화, 주체적 인간의 전형 창조, 조국애의 형상화' 등을 주목한다.

오은경10)에 의하면, 북한 소설의 여성들은 '혁명적 모성과 슈퍼우먼 콤플렉스, 탈성화 전략과 동지로서의 여성, 집단주의 사회와 사적 사랑의 갈등'을 내장하고 있다면서, 김보행의 『녀당원』(1982), 백남룡의 『벗』(1988), 남대현의 『청춘송가』(1987), 김교섭의 「생활의 언덕」(1988) 등을 분석하여 동지적 평등 관계가 부부 관계의 토대라고 평가한다.

노상래11)에 의하면, 1980년대 북한문학은 '숨은 영웅, 심오한 철학성, 도

8) 김재용, 「1980년대 북한소설문학의 특징과 문제점—'사회주의 현실' 주제의 중장편을 중심으로」, 『북한문학의 역사적 이해』, 문학과지성사, 1994, 254~277쪽.
9) 송명희·송경빈, 「북한의 문학과 주체문예이론2—1980년대 단편소설을 중심으로」, 『한국문학이론과 비평』 5집, 한국문학이론과 비평학회, 1999. 8, 135~156쪽.
10) 오은경, 「남북한 여성의 정체성 탐구:1980년대 소설을 중심으로」, 『북한연구학회보』 제6권 제1호, 북한연구학회, 2002, 331~360쪽.
11) 노상래, 「1980년대 북한소설 연구—『1980년대 단편선』을 중심으로」, 『한민족어

식주의의 극복' 등을 목표로 '항일 혁명'의 영웅적 인물에 비해 일상 속의 '숨은 영웅'들을 주목한다. 특히 '숨은 영웅의 창출'은 1980년대 북한문학의 틈새이자 균열의 조짐으로 읽힐 수 있다고 판단하며, '성실한 노동자상의 전형화, 관료주의 몰아내기, 당원으로 거듭나기, 사랑과 혁명의 어우러짐, 도덕으로 무장되는 당의 명령, 자애로운 어머니의 슈퍼우먼 되기' 등으로 구분하여 북한문학의 새로운 양태를 분석한다.

권동우[12])에 의하면, 1980년대 북한소설에서는 "집단적 결속을 향한 '동기화'의 지배 원리"가 작동하고 있으며, 그 구체적 내용으로 '숨은 영웅의 일상화와 내면의 지배, 혁명적 기억의 환기와 유토피아적 전망, 경계인에 대한 지배와 단일 주체의 형성' 등을 분석한다. 그리하여 1980년대 북한 사회주의 현실주제의 소설에서는 개별적 욕망을 거세하고 집단의 요구에 복무케 하는 동기화의 지배 원리가 전략적 장치로 자리잡고 있다고 판단한다.

결국 1970~80년대 북한문학은 공산주의적 세계관과 교양을 강조하며, 1970년대에는 '온 사회의 주체사상화'를 모토로 항일혁명문학과 '수령형상문학'을 창작의 중심에 놓고 있으며, 1980년대에는 종자론과 속도전을 새로운 창작방법으로 활용하여 '높은 당성과 심오한 철학성'을 지닌 '숨은 영웅'의 발굴을 통해 도식주의의 극복을 위한 창작이 지속되던 시기라고 요약할 수 있다.

1970~80년대 북한문학의 지배 담론과 소설 텍스트의 균열 양상을 연구하고자 하는 이 글은 구체적인 텍스트로 권정웅의 『1932년』, 남대현의 『청춘송가』, 백남룡의 『벗』 등을 분석하고자 한다. 권정웅의 『1932년』은 '총

문학』 제59집, 한민족어문학회, 2011, 743~787쪽.
12) 권동우, 「1980년대 북한 소설과 동원의 정치학―『1980년대 단편선』 수록 사회주의 현실주제 작품을 중심으로」, 『인문연구』 62호, 영남대학교 인문과학연구소, 2011, 1~30쪽.

서 <불멸의 역사>' 중 첫 번째로 창작된 장편소설이라는 점에서 1970년대 이후 2017년 현재까지 '수령 형상화의 정전' 텍스트 중의 한 권에 해당하기 때문이다. 1980년대 숨은 영웅을 형상화하는 작품으로는 백남룡의 『벗』과 남대현의 『청춘송가』를 분석하고자 한다. 이 세 작품이 1970~80년대 북한 문학의 대표작으로서 북한문학의 지배 담론과 소설 텍스트의 균열 양상을 통해 북한문학의 경직성과 유연성을 사유할 수 있는 텍스트이기 때문이다. 이 연구를 통해 북한 소설의 균열적 지점을 예각화함으로써 남한 문학과의 접점 가능성을 점검하고, 북한문학의 유연한 틈새를 미세하게나마 확인할 수 있을 것으로 기대된다.

2. 수령형상문학의 출발과 도식적 인간형의 전형 – 권정웅의 『1932년』

북한에서 '총서 <불멸의 력사>'는 '수령형상문학'[13]의 대표작에 해당한 다. 윤기덕은 '총서' 간행이 김정일의 지도를 통해 수행되고 있다고 강조하 면서 수령형상의 의도가 "수령의 혁명력사와 숭고한 풍모를 진실하고 생동 하게 예술적 화폭에 그려 수령의 위대성을 예술적으로 감득하게 하는 것" 이라면서 수령형상의 본질을 '수령의 위대성과 고결성, 인간적 풍모의 예술 적 형상화'를 통해 인민을 계몽하는 것에 있다고 밝히고 있다. 그리하여 수 령형상창조의 원칙을 '첫째 충성심을 다하여 최상의 높이에서 형상, 둘째 밝고 정중하게 형상, 셋째 인민들 속에 계시는 수령 형상, 넷째 위대한 인간 의 형상, 다섯째 력사적 사실에 철저히 기초하여 형상' 등으로 강조한다. 권 정웅의 『1932년』(1972)은 '총서' 중 첫 번째로 발표된 장편소설이라는 점에

---

13) 윤기덕, 『수령형상문학』, 문예출판사, 1991, 155~157쪽.

서 주목을 요한다. 북한문학사에서는 이 작품에 대해 김일성의 "불멸의 혁명업적과 령도의 현명성, 고매한 공산주의적 풍모를 높은 예술적경지에서 형상한 기념비적걸작"[14]으로 평가한다.

권정웅의 『1932년』은 '총서' 중 '항일혁명투쟁시기편'에 속하는 작품으로서 김일성이 '반일인민유격대'를 창건하여 남북 수천리에 걸치는 첫해 원정을 승리로 이끌어 혁명의 거목을 이루는 틀을 마련한 1932년을 주목한 작품이다. 항일유격대 창건과 이후 백두산과 압록강 일대를 근거지로 삼아 관동군과 라남 19사단 '간도지구파견대'와 맞서는 김일성 부대의 무장전투 과정을 그리고 있으며, 강반석의 사망과 함께 김일성의 '고결한 인품'을 형상화한 작품이다.

북한문학사에서 강조하는 『1932년』의 구절은 작품 말미에 김일성이 부대원들에게 말하는 부분으로 항일무장투쟁에 어떠한 고난과 시련이 있더라도 뿌리 깊은 나무처럼 튼튼히 버텨낼 것임을 강조하는 대목이다.

> 우리는 벌써 싹이 아니라 한돌기 년륜을 감아놓은 나무로 되었습니다. 땅속깊이 뿌리를 내리고 가지를 뻗었습니다. 폭풍과 눈보라는 계속 불어칠것이지만 이미 대지를 힘있게 움켜잡은 뿌리는 끄떡않고 그루를 떠받들고있습니다. 간혹 가지가 꺾이고 잎도 뜯길 것이지만 나무는 창공을 향해 기운차게 자라오를것입니다.[15]

인용문은 항일혁명을 위해 '조선인민혁명군'이 태동한 사실을 언급하면서 "폭풍과 눈보라" 같은 모진 시련이 닥쳐올지라도 뿌리를 깊이 내리고 가

---

14) 사회과학원 문학 연구소, 『조선문학사(1959~1975)』, 과학백과사전출판사, 1977, 279쪽.
15) 사회과학원 문학 연구소, 『조선문학사(1959~1975)』, 과학백과사전출판사, 1977, 282쪽.

지를 뻗어 단단한 한 그루 나무처럼 될 것을 강조하는 대목이다. 이 대목을 통해, 문학사에서는 "거목에 아로새겨진 첫돌기의 년륜과도 같은 1932년의 거대한 력사적의의를 가장 높은 예술적 경지에서 풍만한 생활화폭으로 깊이있게 반영"[16]한 작품으로서의 성과를 강조한다.

당대의 독자인 양명선[17]은 "혁명소설『1932년』을 읽고 또 읽으면서 소설에 모셔진 위대한 수령님의 영상을 우러르며 그이께 더욱 충직한 혁명전사로 살며 싸우리라는 결의를 굳게 다지군" 한다면서 수령형상문학에 대한 독후감을 표명한다. 『1932년』이 '총서의 기획 의도'대로 '수령의 전사'로서의 결의를 다지는 역사소설의 역할을 충실히 담당하고 있는 것이다.

하지만 남한 연구자에 따르면 북한문학사의 시각과의 차이점이 조망된다. 먼저 신형기[18]에 따르면, '주체의 인간학'에서는 '혁명적 지조' 속에 '혁명적 수령관과 정치적 생명론'이 사회적 본성으로 제시되고 '사회주의 대가정론'이 강조된다고 평가한다. 특히 『1932년』을 비롯한 '총서 <불멸의 력사>'는 김일성의 역사를 '영도사'로 새로 쓰는 것으로서 '총서의 기획자'가 김정일임을 강조한다. 그리하여 '총서'가 주체의 문예이론을 가장 잘 구현한 예증이라면서 '발굴의 이데올로기'로서 혁명적 수령관이 철저하게 관철되는 특성을 주목한다.

텍스트로서의 '총서'를 분석하는 남원진[19]은 '총서'가 "혁명적 대작의 참된 본보기"이자 "대작의 최대 높이"에 도달한 작품으로 평가된다면서 『1932년』에서는 '화자의 존칭과 비하의 서술'이 드러나며, '완결된 인물과

---

16) 천재규·정성무,『조선문학사』14, 사회과학출판사, 1996, 48쪽.
17) 양명선,「인민들과 고락을 같이하시여」(우리의 혁명소설에 대한 독자반향),『조선문학』, 1973. 5, 26~28쪽.
18) 신형기·오성호,『북한문학사』, 평민사, 2000, 263~289쪽.
19) 남원진,「'혁명적 대작'의 이상과 '총서'의 근대적 문법」, 강진호 외,『북한의 문화정전, 총선 '불멸의 력사'를 읽는다』, 소명출판, 2009, 178~213쪽.

성장하는 인물'이 그려지고, '선악 이분법의 무협소설 구성'으로 이루어지고 있다고 분석한다. 결과적으로 '총서'가 "근대 미달 양식의 영웅서사물에 가깝다"는 평가를 내린다.

> 금성 동지의 방침을 받고나니 막혔던 동이 터진 듯 궁리가 탁트이면서 해야 할 일들이 연해연줄 생각나기 시작한 것이다. 의욕과 정력이 온몸에 차고넘친다.(56쪽)
> 몇 마디로 표현하신 금성 동지의 말씀은 그 끝없이 넓고 깊은 사색으로 하여 모든 사람의 넋을 일시에 사로 잡고 말았다.
> 옆에 서 있던 한홍수는 숭엄한 감정에 사로잡혀 자리에서 움직이지 못하였다. 웃음을 띠신 그이의 얼굴에서 그는 과거와 마찬가지로 미래에 있게 될 승리자의 환희와 랑만을 벌써 느낄 수 있었던 것이다. 그럼으로써 그는 자기 생에 대한 의의가 바로 다름 아닌 수령을 모신 하나의 전사라는 고귀한 이름에 잇닿아 있다는 것을 다시 한 번 깨달을 수 있었다.[20]

작품의 첫 부분에서 "금성동지의 방침"을 전해 듣고 깨달음을 얻으며, "의욕과 정력이 온몸에 차고넘치"는 모습이나, 작품 말미에 "금성 동지의 말씀"이 내포하는 '사색의 깊이'에 감화되는 대원들의 모습은 김일성이 전지전능한 신화적 영웅으로 형상화되고 있음을 보여준다. 김일성의 방침을 전해들은 대원들은 마치 말문이 트인 듯 해결사적 존재로서의 김일성의 지도에 의해 계몽되고, '촌철살인의 말씀'은 깊은 사색과 사유를 통해 대원들의 마음을 움직인다. 특히 한홍수 대원은 "숭엄한 감정에 사로잡혀" 감동과 전율을 느끼는 것으로 묘사된다. 김일성은 과거와 현재, 미래를 관통하는 지도자로서 "승리자의 환희와 랑만"을 대원들에게 제공하면서, 대원들에게 '수령의 전사'라는 "고귀한 이름"을 각인하게 해주는 절대자로 그려진다.

---

20) 권정웅, 『1932년』, 문예출판사, 1972, 776쪽.

하지만 『1932년』에는 동요하는 내면을 지닌 '금성 동지'의 형상이 부분적으로 드러나기도 한다.

> 어떻게 하면 좋을가? 이대로 떠나갈것인가? 며칠 더 어머님의 병세를 지내볼것인가? (중략) 그렇지만 앓고계신 어머님은 이제 어떻게 될 것인가? (중략)
>
> 나는 네가 무엇 때문에 망설이고있는지 짐작한다. 나라를 찾겠다는 사람이 그만 일에 망설여서야 무슨 일을 하겠느냐. 네가 혁명을 하겠거든 진심으로 혁명을 하고 세간을 하겠거든 아예 눌러앉아 세간을 하든지 량단간 결심을 하여라 (중략)
>
> 나라를 찾자고 하는 사람이 집근심을 하고서야 어떻게 큰일을 하겠니. 너는 더 큰 부대를 만들어가지고 싸워야 한다. 그런데 내 생각 같아서는 네가 하는 행동이 잘못된 것 같다[21]

인용문은 병환이 든 어머니를 두고 혁명의 길을 떠날 것인지 조금 더 어머니의 곁을 지킬 것인지를 고민하는 김일성의 모습이 드러난다. 그때 강반석은 혁명과 세간살이 중에 양자택일할 것을 권고하면서 "네가 하는 행동이 잘못된 것 같다."라고 진술한다. 필자가 읽은 '총서 <불멸의 력사>'에서 김일성의 행동이 이렇게 잘못된 오판이나 행동으로 드러나는 부분은 없다. 수령형상화의 원칙에 어긋나기 때문이다. 이 부분이 혁명가 가정의 어머니로서 강반석의 모성을 강조하기 위한 대목이긴 하지만 무오류적 존재인 김일성의 심리적 동요와 잘못된 행동에 대한 훈계가 드러나는 것은 이 작품의 '옥의 티'가 아니라 김일성의 살아있는 내면을 포착한 대목에 해당한다고 판단된다. 다만 이 대목을 제외하면 20세 청년 김일성의 사적 고뇌는 전무하다는 점에서 '총서의 한계'가 명백히 드러난다고 할 수 있다.

---

21) 권정웅, 『1932년』, 문예출판사, 1972, 166~168쪽.

이렇듯 김일성은 수령형상화의 원칙에 입각하여 필승불패의 영웅이자 승리자로서 고상한 전사이자 영도자로 '총서'에서 형상화된다. 하지만 결과적으로 동요하는 내면을 가진 인물은 거세된 채 이분법적 선악의 구도 속에 김일성을 중심으로 한 승리자의 역사가 분명한 필치로 그려지면서 '항일 승리'와 '일제 토벌대의 퇴치'라는 구도가 도식화된다. 그리하여 1970년대는 '3대 고전적 명작과 '총서 <불멸의 력사>'의 간행 속에서 '이데올로기적 과거'를 현재화하는 항일혁명 전통의 강조만이 주된 미학적 탐구 대상으로 거론된다. 결국 '총서'는 김일성의 항일혁명 일대기를 시기별로 분절하여 서사화함으로써 '수령의 신격화'를 강제하는 도식주의적 텍스트로서의 전형을 보여주며, 문학적 갈등이 거세된 북한문학의 박제화된 이데올로그를 제시할 뿐인 것이다.

3. 혁명적 동지애와 '연애담의 새로움' ─ 남대현의 『청춘송가』(1987)

남대현의 『청춘송가』는 '숨은 영웅'인 청년들을 중심으로 주체야금법과 연료개발안을 연구하려는 제철소 청년들의 도전과 연애담을 배치한 작품이다. 주인공 이진호는 기술국에 배치된 후 평양의 강철공장에서 고체연료를 시험하다 열 부족으로 실패한 뒤 제철소로 내려간다. 거기에서 숱한 난관을 뚫고 새 연료안을 성공하여 개인의 명예가 아니라 인텔리의 사회적 책무와 역할을 다하는 청년으로서 당과 수령에 대한 높은 충성심 속에 조국과 인민에 대한 끝없는 헌신성을 보여주는 '숨은 영웅'이 된다.

북한문학사에서 『청춘송가』(1987)는 1980년대에 들어와 "과학자, 기술자들의 생활과 투쟁을 그린 장편소설들" 중의 한 권으로서 "사상예술적으로 우수한 소설작품"[22]으로 평가된다. 그리하여 "야금공업을 주체화하기 위한 과학연구사업에 청춘을 바치는데서 참된 삶의 보람과 기쁨을 느끼는 청년과학자의 형상을 창조한 작품"으로 요약된다.

> 작가는 작품에서 모든 사람이 서로 돕고 이끌며 긍정에 의하여 부
> 정이 극복되여가고 날에 날마다 아름다운 것, 긍정적인 것이 꽃펴나는
> 우리 사회의 면모를 진실하게 재현하였으며 정서적이고 속도감이 나
> 는 문체로 인물들의 심리적움직임과 시대의 맥박을 선명하게 그려낸
> 특성을 보여주었다.23)

인용문에서 드러나듯 남대현이 북한 인민들의 상호 신뢰와 연대의 확인
속에 북한 사회의 아름다움과 긍정적인 분위기를 사실적으로 재현하고 있
으며, 호소력 있는 문체로 인물들의 내면 묘사를 충실하게 수행하고 있다고
평가한다. 특히 주인공 진호가 "당에 의하여 교양육성된 새형의 청년과학
자로서 나라의 과학발전을 위하여 청춘도 사랑도 바쳐가며 헌신적으로 투
쟁"하고 있다면서 진호의 형상이 "우리 시대 과학자들이 지녀야 할 자세와
립장, 정신도덕적풍모를 체현시켰으며 나라의 부강발전을 위한 투쟁의 길
에서만 청춘의 꿈과 리상을 꽃피워나갈수 있다는 진리를 형상적으로 구현"
하고 있다는 것이다. 더구나 '진호와 현옥, 기철과 정아'의 애정관계가 "시
대의 욕구에 맞게 진실하게 그려져 있"음을 높이 평가한다. 북한 평론가인
박용학24) 역시 『청춘송가』가 애정윤리의 새로운 전형을 보여주었다면서
'믿음과 매혹'의 관계를 감동적으로 형상화하였고, 특히 "인간의 내면세계
에 대한 침투와 철학적인 심오한 묘사"가 빼어나다고 평가한다.

반면에 남한 연구자들에게 남대현의 『청춘송가』는 1980년대 북한문학

---

22) 김정웅·천재규, 『조선문학사』 15, 사회과학출판사, 1998, 95~96쪽.
23) 김정웅·천재규, 『조선문학사』 15, 사회과학출판사, 1998, 97쪽.
24) 박용학, 「청춘시절은 어떻게 보내야 하는가—장편소설 『청춘송가』를 평함」, 『조
선문학』, 1988. 7, 70~75쪽.

의 새로운 가능성을 제시한 작품으로 평가된다. 박태상[25]은 『청춘송가』가 "신세대 청년계층의 낙관주의적 삶의 태도와 현실타개의 실험정신을 보여준 혁명적 낭만주의의 한 전형을 보여주는 장편소설"로서 1980년대의 '주체적 인간 전형'을 창조하고 있으며, 이진호와 윤정아가 '숨은 영웅의 형상화'에 해당한다고 강조한다. 이봉일[26] 역시 '인텔리와 과학기술의 부각' 속에 새로운 주체적 공산주의 인간 전형을 창조하고 있다면서, 『청춘송가』에서는 '생활의 요구를 반영하는 현옥'의 소극적 사랑과 '사랑의 창조성을 강조하는 정아'의 적극적 사랑이 진호를 매개로 전개되면서 사랑의 삼각관계가 드러난다는 점에서 북한의 전통적 도덕 관념을 정면에서 부정하는 작품이라고 평가한다. 김성수[27]도 『청춘송가』가 북한에서의 시대적 요구보다 남한 독자에게 남북 통합의 정서적 실마리를 제공한다면서, 진호와 현옥, 기철과 정아, 태수와 은심의 관계 묘사에서 청춘 남녀의 진지한 애정 심리와 헌신적인 희생 정신이 표명되고 있다고 분석한다. 반면에 강진호[28]는 '혁명적 사랑관'에 기초한 북한식 사랑을 사실적으로 보여주면서도, 작품의 의도가 단순한 진호의 사랑이야기가 아니라 북한 사회 전반에 만연되어 있는 관료주의에 대한 비판과 그것을 타개할 새로운 가치의 발견에 있다고 분석한다.

이렇듯 『청춘송가』는 과학기술자의 헌신성과 관료주의에 대한 비판을 바탕에 두면서 북한 젊은이들의 애정심리를 사실적으로 묘사한 작품으로

---

25) 박태상, 「북한의 인기소설 『청춘송가』 연구」, 『한국방송대학교논문집』 25, 1998.
26) 이봉일, 「숨은 영웅과 새로운 공산주의적 인간 – 남대현의 『청춘송가』」, 김종회 편, 『북한문학의 이해』, 청동거울, 1999, 300~311쪽.
27) 김성수, 「남대현론:남대현, 코리아문학통합의 시금석」, 『북한문학의 지형도』, 이화여자대학교출판부, 2008, 281~300쪽.
28) 강진호, 「낭만적 열정과 성숙한 주체의 길 ―『청춘송가』 남대현론」, 『문학과 경계』, 2006.

서, 주인공 '이진호'가 1980년대에 노동계급화한 인텔리의 전형이자 '숨은 영웅'으로 형상화된다. 진호의 세계관은 인텔리적 전형으로서 기본적으로 "집단의 요구에 순응"해야 하며, "개인이란 아무리 천재적이라 해도 집단에 비기면 티끌에 지나지 않"는 것이 "바로 우리의 생활 원칙"이라는 집단주의적 관점이 주를 이룬다.

> 그가 말하는 내적인 미란 일반적으로 얌전하다든가 성실하다든가 하는 마음씨뿐만 아니라 자기 사업에 대한 참다운 리해와 지향으로부터 출발되는 훌륭한 반려로서의 자질과 성품이였다. 자기의 포부를 진심으로 리해하고 거기에 모든걸 바칠 수 있는 처녀, 바쳐도 열렬히 바칠 수 있는 처녀, 오직 이런 처녀만이 자기의 대상이 될수 있었다.[29]

작품 초반부에 주인공 진호의 이상적 여성상은 "내적인 미"를 갖춘 존재로 그려진다. 즉 '얌전함과 성실성' 같은 마음씨가 있어야 한다는 것이다. 뿐만 아니라 "자기 사업에 대한 참다운 리해와 지향"이 "훌륭한 반려자로서의 자질과 성품"에 해당하며, 나아가서는 "자기의 포부를 진심으로 이해"하면서 진력을 다 바칠 수 있는 '처녀'만이 자신의 연애 대상이 될 수 있다고 판단한다. 결국 진호의 여성상은 '내적인 아름다움으로서의 마음씨'와 '사업에 대한 이해와 지향 능력', '자신의 포부와 전망에 대한 이해와 열정' 등을 갖춘 적극적 여성상인 것이다.

진호는 초기에 사랑이 '처녀의 외적인 매력'과 '내적인 지향의 합'으로 이루어지는 것이지만, 어디까지나 "지향이 우위"라는 것을 강조한다. '사랑'을 '외적 매력+내적 지향'으로 도식화하면서 지향의 우위에 방점을 찍고 있는 것이다. 그러나 결과적으로 진호는 "상대에 대한 이해만이 사랑을 신성시

---

29) 남대현, 『청춘송가』, 살림터, 1987, 14~15쪽.

하"고 "이해에 의해 정화된 사랑만이 진실한 사랑"이라면서 "진정한 사랑이란 두 사람이 주고받는 애정의 양이 서로 같을 때에만 제대로 꽃필 수 있다"고 말한다. '애정량의 등가 교환'으로서의 양방향 의사소통만이 진정한 사랑의 토대에 해당한다는 인식을 보여주는 것이다.

하지만 결과적으로 진호의 사랑관은 정아와의 대화속에서 변화된다.

> ≪언젠가 동문 진실한 사랑은 서로가 상대를 위하는 마음이 같아야 한다고 했지요? 그래야 참된 행복이 있을 수 있다고요. 그렇지만 전 이렇게 생각해요. 이제야 명백히 말할 수 있을 것 같아요. 누구나 자기를 위한 감정과 상대를 위한 감정, 이 두 감정 중에서 자기를 위한 감정보다 상대를 위한 감정이 크고 진실해야 한다고 말이예요. 바로 그 차이가 사랑의 크기라고요. 말하자면 상대를 위한 감정이 크고 진실할수록 그 사랑은 더욱 아름다워진다고 말이예요.≫ (중략)
>
> 쉽사리 리해하기는 어려웠으나 뭔가 새로운 것을, 어떤 고상한 감정을 불러일으키는 말이였다.
>
> 문득 사랑에 대해 력설하던 자기의 말이 생각났다.
>
> ≪사랑이란 처녀의 외적인 미와 내적인 지향의 합으로 이루어지는 걸세. 그렇지만 어디까지나 지향이 우위라는 것만은 명심해두게.≫
>
> 그제야 그는 자기가 주장해오던 사랑의 관점이 정아와 비하면 얼마나 일면적이며 자기본위에 지나지 않았던 것인가 하는 것을 깨닫지 않을 수 없었다.[30]

정아와의 대화 속에서 진호는 '사랑의 크기'가 이기적 감정을 넘어서는 '이타적 감정의 크기에 있음'을 알게 된다. 더구나 "상대를 위한 감정"의 크기와 진실성이 배가될수록 '아름다운 사랑의 결실'이 커진다는 것을 확인하게 된다. 정아의 관점에 의해 '새롭고 고상한 감정'이 고양되면서 진호는 자

---

30) 남대현, 『청춘송가』, 살림터, 1987, 337쪽.

신의 사랑의 관점이 "일면적이며 자기본위에 지나지 않았던 것"임을 자인하게 된다. 결국 진호는 자신이 이기적 요구만 앞세우고 이타적 배려는 부족했음을 반성하게 된다.

이렇듯 『청춘송가』는 진호와 현옥의 만남과 이별, 재결합이라는 '오해와 해결'의 사랑선을 회복하는 작품에 해당한다. 하지만 정아에 대한 진호의 심리적 동요, 정아와 현옥 사이의 질투, 기철과 정아의 갈등 등 일반적으로 기존의 도덕교과서적인 일방적인 연애방식으로부터 벗어나 다양한 감정의 혼란을 등장인물의 내면에 드러나게 함으로써 새로운 북한식 연애담을 개척하고 있는 작품이다. 결국 사랑의 관점의 다양성을 '사랑관의 변화' 속에서 텍스트의 곳곳에 배치하여, 기존 북한소설에서 강제되던 '혁명적 동지애'만을 강조하는 연애방식을 넘어서고 있는 것이다.

4. '숨은 영웅'의 형상화와 가정 불화의 진솔한 고백 ― 백남룡의 『벗』(1988)

백남룡의 『벗』은 '숨은 영웅'으로서 이혼 위기에 처한 가정의 문제를 해결하는 정진우 판사의 이야기를 다룬 1980년대 북한소설의 대표작이다. 이혼 가정에 다시 행복을 꽃피워준 '법무 일군'의 이야기를 통해 가정과 사회의 윤리를 조망하고 이웃집 부부 사이의 갈등에 구체적으로 접근하여 부부 사이의 갈등을 해소함으로써 동지적 관계의 회복을 강조하는 작품이다.

작품 속에서 시 인민재판소 판사 정진우는 도 예술단의 이름난 성악배우인 채순희로부터 이혼신청을 받게 된다. 고목처럼 생활이 메마른 남편과는 도저히 '생활 리듬'이 맞지 않는다는 것이다. 채순희는 많은 사람들의 선망 어린 눈길과 박수 갈채 속에 사는 인기배우였고 남편은 여전한 선반공이었다. 이들의 이혼문제에 도 공업기술위원회 위원장 채림까지 끼어들어 정진우에게 이혼을 성사시켜줄 것을 당부한다. 정진우는 이 가정을 구체적으로 들여다보면서 가정 불화의 원인이 남편 리석춘에게만 있는 것이 아니라고 판단한다. 실제 원인은 선반공이었던 과거를 잊고 음악가가 된 후 허영에 들뜬 채순희의 이기적인 불만에 있다는 것을 알게 된다. 또한 직권을 남용하여 채순희를 비호하고 리석춘의 5년에 걸친 노력의 산물인 <다축라사가공기> 창안까지 묵살시킨 채림의 처사가 옳지 못한 것이었음이 드러난다. 리석춘의 심리적 고충을 덜어주기 위해 정진우는 살얼음이 진 강물에 들어가 조종연결대 주물에 쓸 모래를 채취해오는 한편 집단의 방조로 채순희가 자기의 결함을 고치도록 하며 채림을 엄하게 비판한다. 결국 '불협화음'으로 얽혔던 마음들이 풀리며 아량과 용서, 희망의 기대 속에 순희와 석춘 부부가 재결합을 이룰 것을 예감하며 작품은 마무리된다.

백남룡의 『벗』은 『청춘송가』와는 다르게 북한문학사에서 공식적으로 언급되지는 않는다. 하지만 『문학대사전』에서는 "서로 리혼하려고 하던 한 가정에 다시 행복을 꽃피워준 한 법무일군의 이야기를 통하여 우리 시대에서 가족관계는 동지적관계로 되어야 한다는 것을 보여준 작품"(451쪽)으로 평가된다.

> 소설은 사회의 세포인 가정의 행복은 리기적인 <사랑>이 아니라 조국과 인민을 위해 성실히 복무하는 한길에서 동지적 사랑을 꽃피우는데 있다는 것을 감명깊게 보여주었다. 소설은 법무일군으로서의 높은 자각과 책임성, 풍부한 인간애를 지닌 정진우의 시점에서 심리분석적인 묘사를 통하여 가정륜리문제를 깊이있게 해명하였으며 인물성격들을 인상깊게 개성화하였다.[31]

---

31) 사회과학원, 『문학대사전』 2, 사회과학출판사, 1999, 451쪽.

인용문처럼 '동지적 사랑'의 회복이 가정의 행복을 견인하는 중핵이며, 법무일군인 정진우의 '자각과 책임감, 인간애' 등을 보여주면서 가정 윤리의 올바른 해명과 개성적 인물 형상화를 보여준 작품이라는 것이 주된 평가에 해당한다.

반면에 남한 연구자들에 의하면 백남룡의 『벗』은 1980년대 북한문학의 새로움을 표상하는 작품으로 분석된다. 김현숙[32]은 소설의 구성과 갈등, 인물과 '벗'의 의미, 시간과 서술의 문제 등을 검토하면서, 사건의 갈등이 표면적으로는 '이혼'이라는 '개인적 감정의 대립'으로 나타나지만, 작품 내적 담론의 흐름은 사회적이며 국가적인 차원의 문제를 담고 있다고 분석한다.

채지영[33]은 '북한의 문예이론(종자와 공산주의 인간학)'에 입각할 때 『벗』의 종자가 '부부간의 갈등을 극복한 혁명적 사랑'에 있다면서 정진우의 형상이 '지식인의 전형, 갈등의 해결사, 고귀한 인격의 소유자, 인민의 모범(교시적 인물), 혁명적 사랑의 회복자'로 그려지고 있다고 분석한다. 하지만 '남한의 문예이론'에 의하자면, "삶과 사상 자체가 건전"한 교과서적 인물에 해당하며, 남한 소설에서 드러나는 '고부 갈등, 성적 문제, 경제 문제'와는 다르게 "순수하고 건강한 의식"을 보여줌으로써 "비교적 인간적이지 않은 느낌"을 제공한다고 평가한다.

고인환[34]은 『벗』을 중심으로 1980년대에 이르러 기존의 주체소설이 보여준 수령의 대가족사 복원이나 사회주의 건설을 추동하던 내용이 생활에 밀착된 개인들의 삶을 다룬 이야기에 조금씩 자리를 내주면서, 개인의 욕망

---

32) 김현숙, 「백남룡 <벗>의 분석」, 『한국문화연구원논총』 64, 이화여자대학교, 1994, 37~54.
33) 채지영, 「남북한 현대소설 교육의 비교 및 전망」, 이화여대 교육대학원 석사학위 논문, 1998.
34) 고인환, 「주체의 균열과 욕망—『60년후』와 『벗』」, 이화여자대학교 통일학연구원 편, 『북한문학의 지형도』, 2008, 301~321쪽.

이 북한의 소설 속에 등장하여 주체소설의 미세한 균열이 드러난다고 분석한다.

최근에 발표된 박사논문에서 장용석[35]은 『벗』이 지닌 '주체소설의 균열'을 '1) 현재를 구속하는 절대 과거로부터 삶의 현실로의 변화, 2) 개인의 사적 욕망의 발현, 북한이 신성시하는 노동가치의 상대화, 중간 간부의 문제에 대한 신랄한 지적' 등이라고 분석한다. 그리하여 『벗』의 문학사적 의의(북한문학의 새로운 가능성)로는 '1) 이혼이라는 소재를 통한 두 남녀의 화해에 대한 기대감 제시, 2) 집단주의 정신을 강조하는 체제문학에서 벗어난 개별적 개인의 발견, 3) 공산주의적 인간학인 '충성과 헌신'에 '문화 정서적 세련미'의 덧붙임, 4) 세계문학과의 소통가능성 제시(2011년 프랑스에 번역 소개)' 등을 주목한다.

이렇듯 『벗』에서는 사회주의 사회의 이혼 문제를 다루면서 정진우라는 판사를 중심으로 부부생활의 다양한 갈등 양상이 드러난다. 정진우는 가정과 사업을 각기 독립적인 영역으로 설정하고 순희 부부의 갈등을 중개하는데, 이때 육체노동을 하는 남편과 정신노동을 하는 아내의 갈등묘사가 주목된다. 채순희는 북한 소설의 변화를 보여주는 문제적 인물로 형상화되며, 순희 부부의 결혼 생활에 대한 고민과 갈등은 사회주의 현실에서 발생되는 생활적 갈등을 진솔하게 보여준다.

> ① 정진우 판사는 화가 불쑥 치밀었다. 언제 량해를 해서 주부 노릇을 했던가?… 온몸이 비에 젖고 보니 그 량해란 말이 더욱 비위에 거슬리고 부아를 돋구었다. 20년이 넘는 가정 생활에서 연구 사업을 하는 안해 대신 어쩌는 수 없이 주부역을 담당했던 날들이 순식간에 꼬리를 물고 련상되었다. 사람들의 눈에 띄지 않는 성과나 좀 거둔 연구 사업,

---

35) 장용석, 「백남룡 소설 연구―『벗』을 중심으로」, 연세대학교 박사학위논문, 2014.

고산지대의 남새 재배… 오십고개 밑에 이르도록 안해의 연구 사업을 위해 언제까지 이런 앞치마 생활을 참아가며 해야 될 것인가.[36]

② 위원장 동무도 알겠지만 … 처녀 총각이 사랑하고 결혼하는 것은 자유입니다. 그러나 가정을 이룰 때에는 법기관에 등록해야 합니다. 가정의 형성은 법이 보증합니다. 그것은 가정이 국가의 개별적 생활단위이기 때문입니다. 이 국가의 단위가 파괴되는 일을 간단히 볼 수 있겠습니까… 리혼문제는 부부관계를 끊어버리는가, 그대로 두는가 하는 사사로운 문제이거나 행정실무적 문제가 아닙니다. 사회의 세포인 가정의 운명과 나아가서 사회라는 대가정의 공고성과 관련되는 사회정치적 문제입니다. 때문에 우리 재판소는 리혼문제를 신중히 다루는 것입니다.[37]

③ 그러나 정진우는 채순희의 결함을 허영심이라고 박아놓고 싶지 않았다. 예술인 가수는 로동자와는 달리 직업적 특성으로부터 정신생활에서 허영심이 있을 수 있다. (중략) 그렇다면 순희의 허영심이 과연 질적으로 나쁜 것인가?… 그 여자는 남편이 선반공이여서 불평하는 것이 아닌 것 같다. 남편이 십 년 전이나 오늘이나 정신생활에서 변화가 없이 따분하고 구태의연한 생활을 하기 때문이 아니겠는가… 석춘이의 지성 정도나 리상은 신혼생활 때와 수평이거나 침체되는 것 같다. 그러면서도 생활에 대한 자기 만족에 차서 자존심을 세우고 있다. 거기에다 성실성이라는 울타리를 든든히 둘러치고 안해를 타매한다.… 바로 이런 마찰에서 순희의 우월감과 절망적인 결심이 생긴 게 아닐까? 분쟁의 초점은 거기 있는 것 같다. (중략) 공장에서의 성실성은 가정에서 화목의 바탕으로 될 수는 있어도 전부로 되지는 못한다. 애정관은 사업 말고도 정신생활 영역의 많은 부분에 기초를 두고 있는 것이다.[38]

④ 좀 힘들긴 하지만… 그리고 가끔 불만스럽고 짜증나는 적도 있었지만… 보람있는 생활이였소 결혼 생활의 리상이… 지향과 목표가 한걸음, 한걸음 이루어지는 것이 난 기쁘오. 연약한 당신이 그 참다운

36) 백남룡, 『벗』, 문예출판사, 1988(살림터, 1992), 35쪽.
37) 백남룡, 앞의 책, 125쪽.
38) 백남룡, 앞의 책, 133~134쪽.

연구생활에서… 기나긴 탐구의 길에서 머리에 서리가 내리면서도 물러서지 않는 걸 보는 게 내게는 행복이오. 솔직히 말해서 지난날에는 이런 진실하고 깨끗한 동지적 감정을 품지 못했더랬소. 젊었을 땐 당신이 사랑스러워서 뒤바라지를 했고 다음엔 그저 남편이니 안해를 도와주어야 한다는 의무감이 앞섰더랬소. 그러다보니 남들의 아늑한 정상적인 가정생활을 부러워했고 목가적인 순수한 가정적 행복을 바란 적도 있었소.[39]

⑤ 정진우는 호남이를 내려다보며 마음속으로 달래였다. 걱정하지 말어라. 너의 아버지와 어머니는 다시 결혼을 할 게다. 혼례식은 없어도 새 가정을 꾸릴게다. 정신적 결혼을 말이다. 일요일을 즐기는 사람들의 물결이 흘러간다. 가정을 이루거나 가정 속에 사는 사람들이다. 가정을 떠난 사람은 없다. 가정은 인간의 사랑이 살고 미래가 자라는 아름다운 세대이다.[40]

인용문들은 이 작품에서 드러난 결혼 생활에 대한 개인의 내적 갈등과 가족의 갈등, 사회적 인식과 사회적 해결을 모색하는 부분들로서 북한문학의 새로움을 보여주는 대목에 해당한다.

인용문 ①은 정진우 판사가 '숨은 영웅'으로 드러나긴 하지만, 내적 갈등을 가진 존재임을 보여준다. 즉 연구 사업을 하는 아내 대신 가사 노동을 담당해야 했던 자신의 생활에 대한 한탄 속에 아내에 대해 화가 치민다면서 '양해'라는 말에 대해서도 비위에 거슬리고 부아를 돋구는 언사임을 토로하는 지극히 일상적인 감정의 소유자임을 보여준다.

인용문 ②는 사랑과 결혼은 처녀 총각의 자유에 해당하지만, 이혼 문제는 경솔하게 다루어져서는 안 되는 사회적 문제임을 강조하는 대목이다. 특히 가정이 국가의 개별 단위에 해당한다면서 '사회주의 대가정'론에 입각하

---

39) 백남룡, 앞의 책, 208쪽.
40) 백남룡, 앞의 책, 222쪽.

여 '가정의 운명'이 '사회정치적 문제'의 일환임을 강조하기 때문에 이혼 문제를 신중하게 다루는 것임을 강조한다.

인용문 ③은 '노동자와 예술인의 차이'에 대한 기술 속에 순희의 결함이 허영심에 있을 수 있음을 짚어보는 대목이다. 정진우가 보기에 순희가 '정신생활의 변화'가 없는 채 "따분하고 구태의연한 생활"에 머무른 남편 석춘을 보면서 불평과 불만을 가지고 있다는 것이다. 특히 "공장에서의 성실성"이 '가정의 화목의 바탕'은 될 수 있어도 전부가 될 수는 없다는 인식은 기존 북한소설이 보여주는 '노동자의 성실한 전형'에 대한 새로운 인식을 보여준다. 즉 노동자의 애정관이 '혁명적 동지애' 류의 신념의 확인으로만 끝나는 것이 아니라 '정신적 영역의 교감'에 토대를 두어야 한다고 인식하고 있기 때문이다.

인용문 ④는 결혼생활을 되돌아보는 정진우 판사의 고백에 해당한다. 특히 "보람있는 생활"이었다면서도 "가끔 불만스럽고 짜증나는 적도 있었"다고 기술하는 대목은 북한문학의 새로움에 해당한다. "솔직히 말해서 지난날에는 이런 진실하고 깨끗한 동지적 감정을 품지 못했더"라는 진솔한 고백, "의무감이 앞섰더"라는 고백 속에 "남들의 아늑한 정상적인 가정생활"에 대한 부러움과 "목가적인 순수한 가정적 행복"에 대한 바람을 고백하는 것은 『벗』의 새로움을 보여주는 대목이다.

인용문 ⑤는 작품 마지막 부분에 해당한다. 순희와 석춘의 재결합을 앞둔 상황에서 아들 호남이를 바라보면서 "정신적 결혼"에 대한 강조로 '새 가정'에 대한 기대를 표명하는 부분이다. 그리하여 '가정'이 "인간의 사랑"과 '미래의 아름다운 세대'가 주거하는 공간임을 강조하는 대목이다.

결국 작품 속에서 정진우 판사는 가정과 사회(사업)를 각각 독립적인 영역으로 설정하면서, 순희 부부의 갈등을 해소하고자 노력한다. 정진우는,

처음에는 10년 전의 '프레스공 처녀'에 대한 사랑을 유지하고 있는 리석춘을 비판한다. 하지만 남편과의 이혼을 결심한 순희가 천진했던 과거를 회상하면서 현재의 불행에서 벗어나기 위해 드러낸 '허영심의 발로'가 근본적인 원인에 해당함을 비판한다. 정진우는 자신의 가정에서 실현하고자 노력했던 결혼 시절의 지향과 목표를 현실 속에서 해결해 가고자 노력하는 '숨은 영웅'으로서 다양한 갈등을 중재하는 인텔리의 전형으로 형상화된다. 하지만 자신의 가정생활에 대한 불만을 토로하는 등 내적 갈등을 지닌 존재로 그려진다는 점에서 기존의 평면적 인물들과는 다른 계보에 위치되는 '유연한 인물의 전형'이라고 판단된다.

5. 유동하는 내면의 진정성을 찾아서

이 글은 1970~80년대 북한문학의 지배 담론과 소설 텍스트의 균열 양상을 연구하기 위해 권정웅의 『1932년』, 백남룡의 『벗』, 남대현의 『청춘송가』를 분석하였다. 권정웅의 『1932년』은 '총서 <불멸의 역사>' 중 첫 번째로 창작된 장편소설로서 1970년대 이후 현재까지 '수령 형상화의 정전' 텍스트 중의 한 권에 해당한다. 1980년대 숨은 영웅을 형상화하는 가운데 북한 소설의 균열적 지점을 예각화하는 작품으로는 백남룡의 『벗』과 남대현의 『청춘송가』를 분석하였다. 이들 작품이 북한문학의 균열적 지점을 미세하게나마 드러내면서 '사랑과 결혼'을 매개로 남한 문학과의 접점 가능성을 보여주고 있기 때문이다.

1970년대의 대표작인 『1932년』은 '수령형상문학'의 출발을 알리는 '총서 <불멸의 역사>'의 첫 번째 장편소설에 해당하지만, 역설적이게도 '수령형상의 도식화'를 강제하면서 무오류적 영웅의 일대기를 서사화하고 있다는 점에서 비판적 독해의 대상이 된다. 1980년대의 대표작인 『청춘송가』는

'혁명적 동지애'의 믿음과 사랑만을 강조하던 방식에서 벗어나 '삼각 관계' 등 다양한 연애관의 표출과 연애에 대한 입장 변화를 드러내고 있다는 점에서 북한문학의 새로운 표정을 보여준다. 또다른 대표작인 『벗』은 정진우 판사가 순희와 석춘 부부의 이혼 위기를 극복하게 해주는 '숨은 영웅'이면서도 끊임없이 자기 부부의 가정 생활에 대한 진술한 고민과 고백 속에 동요하는 내면을 드러내고 있다는 점에서 북한문학의 사실주의적 새로움을 보여주는 작품이다.

1970~80년대 북한문학은 '온 사회의 주체사상화'를 주창하면서 '수령의 전일적인 지배'가 강조되던 시기에 해당한다. 해방 이후 20년 남짓한 시기 동안 '고상한 사실주의'와 '사회주의 사실주의'를 강조하면서도 줄곧 이어지던 문학 텍스트의 다성성과 문학적 논쟁의 다양성은 1967년 유일 주체사상 체계 확립 이후 수면 아래로 잦아든다. 그리고 일종의 문학적 암흑기에 해당하는 '수령형상문학'의 초점화가 강제된다. 물론 1980년 이후 '숨은 영웅의 발굴과 도식주의의 극복' 등을 강조하면서 사회주의 현실의 내면과 속살을 진술하게 드러내는 『청춘송가』와 『벗』 등의 작품을 1980년대 후반에서야 만나게 된다. 그리고 1989년 동구권의 몰락과 소련의 해체에 이어, 1994년 김일성의 사망과 고난의 행군 시기 이후 북한문학은 다시 '강성대국건설'을 위한 '선군혁명문학'으로 호명된다. 1970년대 이후 여전히 수령형상문학은 북한문학의 제일 앞자리에 놓여 있다. 그러나 『황진이』(2004) 같은 작품이 간헐적이긴 하지만, 지속적으로 북한문학의 내면을 보여준다는 점에서 북한문학의 지배담론과 텍스트의 균열 양상을 추적하는 것은 남북한 문학 교류의 점이지대를 확대하기 위해서도 지속되어야 한다고 판단된다.

저자 오 태 호

　1970년 서울 출생. 경희대학교 국어국문학과 및 동 대학원을 졸업했다.
2000년부터 경희대에 출강하기 시작했으며, 2001년 『조선일보』 신춘문예
에 문학평론(「불연속적 서사, 중첩의 울림」)으로 등단했다. 2004년 『황석
영 소설의 근대성과 탈근대성 연구』로 박사학위를 받았으며, 성신여대 전
임연구원과 계간 『시인시각』, 웹진 『문화다』 편집위원을 역임했다. 2012
년 '젊은평론가상'을 수상했으며, 평론집으로 『오래된 서사』, 『여백의 시
학』, 『환상통을 앓다』, 『허공의 지도』 등이 있다. 현재 경희대학교 후마니
타스칼리지 부교수로 재직 중이다.

문학으로 읽는 북한

| 초판 1쇄 인쇄일 | 2020년 9월 15일 |
| 초판 1쇄 발행일 | 2020년 9월 28일 |

지은이	오태호
펴낸이	한선희
편집/디자인	우정민 우민지
마케팅	정찬용 정구형
영업관리	정진이 김보선
책임편집	우민지
인쇄처	으뜸사
펴낸곳	국학자료원 새미(주)
	등록일 2005 03 15 제25100−2005−000008호
	경기도 고양시 일산동구 중앙로 1261번길 79 하이베라스 405호
	Tel 442−4623 Fax 6499−3082
	www.kookhak.co.kr
	kookhak2001@hanmail.net

| ISBN | 979-11-90988-56-8 *93810 |
| 가격 | 26,000원 |